Wilma Müller

Anatopia - Im Kreuzfeuer der Synapsen

Wilma Müller, geboren 2003, hat gerade ihr duales Studium im Bereich Physiotherapie begonnen. Mit 13 Jahren fing sie an ihre Ideen zu Papier zu bringen und das Schreiben ist aus ihrem Leben nicht mehr wegzudenken. 2019 wurde ihr erster Fantasy-Roman „Aufgelöst – Hinterm Nebel liegt die Wahrheit“ veröffentlicht. „Anatopia – Im Kreuzfeuer der Synapsen“ ist ihr erster Roman mit Science-Fiction-Elementen.

Wilma Müller

Anatopia

Im Kreuzfeuer der Synapsen

Bibliografische Information der Deutschen Nationalbibliothek:

Die Deutsche Nationalbibliothek verzeichnet diese Publikation in der Deutschen Nationalbibliografie; detaillierte bibliografische Daten sind im Internet über http://dnb.dnb.de abrufbar.

Herstellung und Verlag: BoD – Books on Demand, Norderstedt

ISBN: 978-3-7597-4364-0

Für Frau Müller,
in deren Anatomieunterricht
ich erst auf die Idee hierfür
gekommen bin.

Kapitel 1

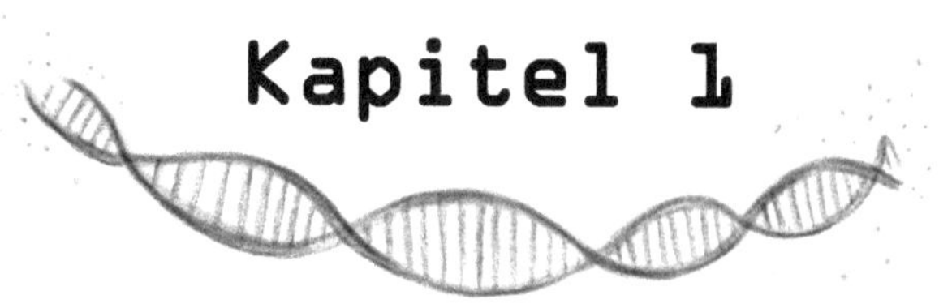

Mein Leben war schon ganz schön eintönig. Träge saß ich auf den dicken Wurzelfäden der sensiblen Informationen und ließ die Beine baumeln. Weiter konnte ich nicht raus. Undeutlich verlor sich der mächtige Nervenstrang in einem feinen Geflecht und man konnte hier und da sehen, wie ein elektrisches Signal aufblitzte.

Irgendwie erinnerte mich das an Sternschnuppen. Ein friedlicher und verträumter Anblick. Die unerreichbaren Weiten des peripheren Nervensystems. Erregungen, Impulse, Leben... Alles war miteinander verflochten und obwohl ich hier festsaß, war ich doch irgendwie ein Teil davon.

Manchmal war diese Gewissheit alles, was mir einen Sinn gab. Na ja, jetzt übertrieb ich wirklich. Eigentlich war es hier gar nicht so schlimm.

Meine Heimat (um es nicht Gefängnis zu nennen) war das vierte Zervikalsegment, somit trennten uns genau drei Segmente vom Gehirn. Unter uns schlossen sich dann noch die restlichen 27 Segmente an, eben der typische Aufbau des Rückenmarks.

Ständig wurden hier Informationen weitergeleitet und verschaltet, der Highway der Reize. Schon krass. Aber ich wusste nicht, was all die Signale bedeuteten, einen wirklichen Sinn bekamen sie erst im Gehirn. Dort oben musste es fantastisch sein...

„Hey! Fly! Wo bist du wieder mit deinen Gedanken?“, rief meine beste Freundin hinter mir. Mit einem Lächeln drehte ich mich zu ihr um: „Hallo, Glia. Hast du etwa keine Arbeit zu erledigen?“ „Was denn? Willst du mich etwa loswerden?“, erwiderte sie frech. „Neeiin“, entgegnete ich gedehnt und

spaßhaft sarkastisch. Ohne sie wäre mein Leben erst so richtig langweilig.
Ich spürte ein Kribbeln in meinen Hinterhörnern und mein Lächeln verblasste. Stimmt ja, es gab noch etwas Anderes, das mein Leben aufmischte.
„Sie kommen“, verkündete ich ernst und wickelte mir meinen Nervenstrang von der Hüfte, den ich meistens als Gürtel trug. Knisternd lud ich ihn mit Energie auf. Er bestand aus puren Neuriten, unisoliert. Das verringerte zwar die Reizstärke, aber dafür musste ich nicht zwingend mit der Spitze treffen, um Schaden anzurichten.
„Pass auf dich auf“, knapp nickte sie mir noch zu, bevor sie schnell wieder ihren Platz auf dem Markt einnahm. Sie war keine Kämpferin, ich schon.
Mit einem Lichtblitz kamen sie an. Gleich sieben auf einmal. Unsere werten Besucher hatten den Tractus spinothalamicus gewählt, die Vorderseitenstrangbahn, die praktischerweise ein gutes Stück von meiner aktuellen Position entfernt lag. Diesen Weg nannte man auch die Schmerzbahn und Schmerzen brachten sie auch.
Ohne zu zögern, fingen sie an zu schießen. Eine Frau von ihnen hatte genauso eine Neuritenpeitsche wie ich. Hatten sie dafür jemanden wie mich aus den Segmenten unter uns getötet? Dass sie dazu fähig waren, stand völlig außer Frage. Neuro-Hunter waren gewissenslose Mörder. Wie Parasiten fielen sie in unser Nervensystem ein und raubten, was sie konnten.
Aber das würde ich nicht zulassen! Das war mein Segment! Sie würden es nicht ausbeuten und zerstören!
Entschlossen flog ich auf. Ein Typ mit einer dicken, dunklen Brille bemerkte mich. Sofort richtete er sein Maschinengewehr auf mich. Noch war ich zu weit weg für einen Angriff. Grell sausten die Schüsse auf mich zu und ich überließ meinen Reflexen die Führung. Seine Waffe war nicht schlecht, aber immer noch zu langsam für mich.

Kinderleicht drehte ich mich durch die Luft und wich jedem Impuls aus. Jetzt war ich an der Reihe. Kräftig holte ich mit meiner geladenen Peitsche aus und traf ihn volle Suppe. Der Schlag schleuderte ihn ein Stück zurück. Entsetzen lag auf seinem Gesicht. Ja, das kannte ich schon. Sie kamen immer mit dieser Selbstgefälligkeit, als müsste ihnen alles gehören und dann upsi, war doch nicht so einfach.
Bye, bye.
Kraftvoll holte ich für den finalen Schlag aus. In den Gläsern seiner Brille sah ich mich selbst, die Personifizierung des Rückenmarks. Vorne zwei Hörner, hinten zwei Hörner, graue Haut und Schmetterlingsflügel, die normalerweise auch grau waren, aber jetzt, da ich sie benutzte, schillerten sie wunderschön bunt.
Daher kam auch mein Name, die Abkürzung von Butterfly. Alternativ hätte ich mich auch Zellkörperfee nennen können, doch Fly war da deutlich beflügelnder. Ein Lächeln schlich sich auf mein Gesicht, das mich schon ein wenig psychotisch aussehen ließ. Immerhin war ich gerade dabei, diesen nervtötenden Neuro-Hunter zu vertreiben.
Das war eigentlich schon eine ernste Angelegenheit, aber nicht wenn man diesen Kampf ständig führte. Immer wieder kamen neue Killer auf der Suche nach Profit und immer wieder machte ich sie fertig.
Meine Peitsche erwischte ihn und er löste sich in ein kleines, elektrisch geladenes Wölkchen auf. In einer Zaubershow würden für den Trick sicher alle Kinder klatschen. Sah schon putzig aus. Hier hatte ich jedoch keinen Applaus zu erwarten.
„Scheiße! Hast du das gesehen?! Dieses Vieh hat Vader mit zwei Treffern gekillt!“, schrie eine Frau mit Reflexbögen. So eine Waffe hatte ich schon ein paar Mal gesehen. Die Schüsse kamen in einem unberechenbaren Bogen immer an ihr Ziel, ähnlich wie Suchraketen. Der hier war ordentlich aufgemotzt, bestimmt konnte er einige Impulse gleichzeitig abfeuern.

Diese Gruppe hatte sich alle Mühe gegeben, sich für den Kampf vorzubereiten. Es tat mir fast leid, ihre Bemühungen mit Füßen zu treten.
Ohne zu zögern, warf eine andere Frau eine GABBA-Granate nach mir. Meine Hinterhörner warnten mich rechtzeitig und die lähmende Waffe traf nur den Boden. Ich musste echt aufpassen, dass ich nicht nachlässig wurde!
„Los! Feuert mit allem was ihr habt! Das wird einen fetten Bonus geben!“, forderte die Frau mit den Granaten die anderen auf und warf die nächste Kugel mit hemmendem Transmitter auf mich. Gleichzeitig schaltete die Angreiferin mit dem Reflexbogen von geschockt auf wildentschlossen und auch die anderen folgten ihrer Anweisung und legten sich richtig ins Zeug. Verdammt!
Ich hätte mit ihnen kurzen Prozess machen sollen! Jetzt kam ich doch ordentlich in Bedrängnis. Irgendjemand traf mich am linken Flügel. Nicht der erste Treffer, den ich einstecken musste, trotzdem brannte es fies.
Wütend ließ ich meine Peitsche knallen, doch der Schlag hatte nicht ganz die gewünschte Wirkung. Miss Granate hatte Myelinscheiden auf ihrer Panzerung, dafür hatte sie sicher Alpha-Motoneuronen getötet. Scheiße! Mich hatte noch ein Schuss erwischt! Autsch!
Und jetzt kamen auch noch Ranviersche Schnürringe ins Spiel! Was war das denn für eine chaotische, bunt gemischte Truppe?!
Auf einmal kam Bewegung in die Nervenfasern, die den Boden bildeten. Wie Killerwurzeln schlangen sie sich um die Beine der Neuro-Hunter. Die Kavallerie! Na endlich! Diese Gliazellen hatten sich auch ordentlich Zeit gelassen. Na ja, zu ihrer Verteidigung: Ihre ersten Kollegen waren sofort von unserem mörderischen Besuch abgeknallt worden.
Ich nutzte den Moment der Überforderung, der sich in der Gruppe ausgebreitet hatte, um die Reflexbogen-Tante auszuschalten. Puff, ein hübsches Wölkchen. Für die Granatenlady reichte es nicht ganz.

Mit einem weiteren heftigen Schlag konnte ich ihre Myelinschicht durchschmoren, aber ernsthaften Schaden hatte sie dabei noch nicht genommen. Glühend schlangen sich unzählige Neuriten um mich. Mit einem Schrei stürzte ich zu Boden. Die Frau mit der Peitsche hatte mich. Voller Hass starrte ich zu ihr, während sie unbarmherzig einen Schock nach dem anderen zu mir schickte.
„Toxic! Lähm die Gs! MC, Si Feuer! Night auf die Graue!“, erteilte meine Kerkermeisterin flott die Anweisungen. Ein eingespieltes Team. Tja, gleich nicht mehr. Acht Ranviersche Schnürringe sausten auf mich zu, blauleuchtend vor Elektrizität.
Bock auf ein kleines Kräftemessen? Überlegen setzte ich die motorischen Eigenschaften meiner Vorderhörner ein oder anders gesagt: Telekinese. Der gute Night (oder war es doch jemand anderes, der mich angreifen sollte?) leistete kaum Widerstand. Vielleicht hatte ich ihn überrumpelt oder er war schlicht nicht stark genug.
Schwupps wurde er von seinen eigenen Ringen umarmt und die Energie war zu viel für ihn. Hallo Knister-Wölkchen! Herrenlos fielen die Ringe auf den Boden. Inaktiv waren sie weiß und unscheinbar.
„Kali!“, schrie einer der Ballertypen panisch, als er sah, was ich aus seinem Mitstreiter gemacht hatte. Herzlichen Glückwunsch, das würde auch dein Schicksal sein!
Krampfhaft griff ich nach den Fasern der Peitsche, die wie ein brennendes Netz auf mir lag. Es tat weh und gleich würde es so richtig zwiebeln. Ich hielt mein eigenes Nervenbündel voll aufgeladen dagegen. Die Energieüberdosis ließ die ungeschützten Neuriten fast alle durchschmoren. Drei, vier hatten es vielleicht noch überstanden, aber damit konnte man nicht mehr wirklich was machen.
Dafür hatte ich allerdings auch einen mordsmäßigen Impuls abbekommen. Mein Kopf fühlte sich an, als würde er rauchen und ich hatte so einen metallischen Geschmack im Mund.

Vollkommen entgeistert starrte die so unbesiegbare Kommandantin auf ihre zerfetzte Waffe. Das war's dann. Mir fehlte gerade die Kraft, meine Peitsche richtig hochzutreiben, also schlug ich einfach mit etwas niedriger Reizstärke öfter zu. Fehlten noch drei.
Die waren mittlerweile fertig damit, die Gliazellen abzuschlachten, hatten jedoch ihrerseits auch ein bisschen was einstecken müssen. Außerdem schienen jemandem die Granaten ausgegangen zu sein.
„Oh keine Gamma-Aminobuttersäure mehr? Dann ist Toxic ja gar nicht mehr giftig“, erlaubte ich mir einen kleinen hämischen Spruch. Aber noch gab sie sich nicht geschlagen. Wie ihre beiden verbliebenen Kollegen ballerte sie jetzt wild mit einem Gewehr. Wirklich ein enttäuschendes Ende für diesen aufreibenden Kampf.
„Wisst ihr, ihr wart gut. Kreativ, abgestimmt, schnell. Aber jetzt ist es aus, ihr könnt nichts mehr tun“, konnte ich mir auch eine kleine Rede nicht verkneifen und ließ meinen Worten auch prompt Taten folgen.
Blitzschnell drehte ich mich in der Luft wie ein Bohrer und ließ meine Peitsche dann losschnellen. Diese Technik nannte ich Spiralnerv, als kleines Wortspiel für die mächtigen Spinalnerven. Damit pulverisierte ich glatt den granatenmäßigen Neuro-Hunter. Dabei bekam ich zwar auch ein paar Schüsse ab, aber mein ganzer Körper war noch so heiß-kribbelnd von dem gewaltigen Stromschlag, dass ich den Schmerz gar nicht richtig spürte.
Gleichgültig wirbelte ich meine Peitsche auf die letzten beiden. Wie hießen sie nochmal? Ach egal. Sie hatten die ganze Zeit im Hintergrund gestanden, zwei Mitläufer ohne bemerkenswerte Auffälligkeiten. Pech gehabt, ihr seid den falschen Leuten gefolgt.
Bis zuletzt feuerte der Erste auf mich. Eine sinnlose Verschwendung seiner Munition. Nummer zwei war da anders. Seine Verzweiflungstat bestand darin, mich anzustarren wie einen Todesengel und mich anzuflehen: „Bitte nicht.“

Für einen Moment hielt ich inne. In all den Kämpfen, die ich schon ausgefochten hatte, hatte mich nie jemand um Gnade gebeten. Nie hatte jemand daran geglaubt, dass ich auch gütig sein konnte, menschlich...
Ich sollte ihn zu seinen gewissenlosen Freunden schicken, ganz ohne Frage. Aber... Warum musste es immer mit dem Tod enden? Sie töteten uns, wir töteten sie, das war ein ewiges Hin und Her. Vielleicht sollte jemand mal den ersten Schritt tun, vielleicht sollte jemand den anderen eine Chance geben.
Ich entschied mich dieser jemand zu sein. Klang doch nach etwas Neuem und Aufregendem.
„Ich bin Fly und ich werde dich leben lassen, aber nur unter der Bedingung, dass du keine Gewalt mehr gegen uns ausübst, also weg mit der Knarre!“, verkündete ich engelsgleich und landete leichtfüßig direkt neben ihm.
„Du... Was?!“, verständnislos sah er mich an. „Ich bin Fly, du Neuro-Hunter, mir Waffe, wir Frieden“, formulierte ich es auf idiotisch und streckte auffordernd meine Hand aus. Immer noch etwas zögerlich folgte er meiner Anweisung.
„Bist du ein Gamer?“, fragte er mich unsicher. Ein Gamer? „Ist das alles für dich etwa nur ein Spiel?“, abfällig musterte ich dieses Würmchen. Scheinbar war meine Einschätzung doch falsch. Sie waren alle gleich und ohne sie waren wir besser dran.
„Nein, nein, nein! So war das nicht gemeint! Ähm... mein Name ist Sirius, aber du kannst mich auch Si nennen... Meine Freunde nennen mich Si...“, abwehrend hatte er die Hände gehoben und aus Furcht ein paar Schritte rückwärts gemacht. „Sirius“, wiederholte ich abwägend.
Ich hatte ehrlich keine Ahnung, was ich von ihm halten sollte.
„Ja, so wie der Stern“, antwortete er und versuchte etwas wie ein Lächeln, das ordentlich verschreckt aussah. „Du hast Angst“, stellte ich schlicht fest, ohne zu wissen welche Reaktion ich darauf erwarten sollte.

„Du bist unglaublich stark. Du hast alle andern einfach dem Erdboden gleich gemacht und das könntest du mit mir auch jederzeit machen. Normalerweise verliert man bei einer Niederlage immer alles. Es gibt keine Ausnahmen...“, am Ende redete er mehr mit sich selbst, als mit mir, aber ich konnte es trotzdem nicht lassen, es zu kommentieren: „So ein schwarz-weiß-Denken verbaut dir verdammt viele Möglichkeiten, Sisi.“
„Tut mir leid, ich bin einfach nur... überrascht“, meinte er vorsichtig und sah mich immer noch so an, als würde ich ihm jeden Moment den Kopf abreißen. Vielleicht würde es helfen, wenn ich meine Waffe auch ablegte. Von wegen Ausgeglichenheit und so.
Er zuckte ordentlich zusammen, als ich die Peitsche bewegte, doch als ich sie um meine Hüfte schlang statt ihn zu grillen, wurde das Fragezeichen in seinem Gesicht nur noch größer.
„Erzähl mir was von dir“, forderte ich ihn möglichst locker auf und weil der Gute ziemlich ratlos wirkte, grenzte ich es noch mit einer Frage ein: „Warum bist du hier, Sisi?“ „Ähm... Ich will ins Gehirn“, antwortete er extrem unsicher. „Und warum?“, bohrte ich weiter nach und verschränkte respekteinflößend die Arme vor der Brust.
„Um die Welt zu retten“, antwortete er schlicht und auf einen Schlag verdammt ernst. „Muss ich dir alles aus der Nase ziehen? Wie wäre es mal mit ein paar Zusammenhängen, Sisi?!“, langsam verlor ich ein kleinwenig die Geduld. „Ich heiße Sirius“, verbesserte er mich regelrecht frech. Unterwürfig und ängstlich hatte er mir besser gefallen.
„Antworten“, erinnerte ich ihn und ließ meine Hand bedrohlich zu meiner Peitsche wandern. „Du verstehst auch wirklich gar keinen Spaß“, ließ er sich davon nicht einschüchtern. Woher kam diese Wendung um 180 Grad?
„Soll ich dir zeigen, wie spaßig ich sein kann?“, drohte ich ihm jetzt ganz offen. „Das fände ich wirklich schön. Ich würde dich gerne näher kennenlernen. Du bist einzigartig... Fly“,

flirtete er jetzt etwa mit mir?! Dieses Kompliment! Dieses kleine Lächeln! Ich war total überfordert!
„Komm. Lass uns ein Stück spazieren“, auf eine unerwartete sanfte Art auffordernd hielt er mir die Hand hin. Damit hatte er mich völlig kalt erwischt. Ohne nachzudenken griff ich seine Hand und schlenderte los. Meine Finger kribbelten immer noch von dem krassen Impuls von dem ich mich treffen gelassen hatte, doch da war irgendwie noch mehr…
Auf einmal blieb er stehen und ließ meine Hand wieder los. Verwirrt sah ich ihn an. Generell war gerade alles verwirrend. Was war hier nur los?
„Fly, du hast mich daran erinnert, warum ich hier bin. Und ich danke dir für mein Leben, aber ich kann nicht bleiben. Auf Wiedersehen“, bevor ich ihn aufhalten konnte, verschwand er einfach. Er war bis ans Vorderhorn gegangen, um die Nervenzellen der grauen Substanz zu nutzen.
Verschaltet in der Pyramidenbahn war er über ein Alpha-Motoneuron blitzschnell auf dem Spinalnerv nach da draußen geschickt worden. Eine leuchtende Erregung, wie eine Sternschnuppe…

Kapitel 2

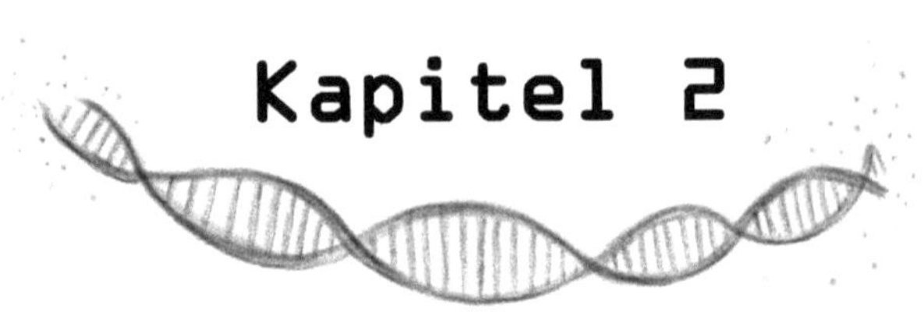

„Was ist denn los? Haben dich diese Versager so hart erwischt, dass du mir nicht mehr beim Schleppen helfen kannst?“, redete Glia ganz locker mit mir, als wäre nichts passiert. Was war überhaupt passiert? Ich verstand diesen Kerl nicht. Er war nett gewesen, irgendwie. Mochte er mich?
Ähm… Lieber sollte ich mich fragen, was er damit meinte, dass er diese Welt retten wollte. Würde er wiederkommen? Er wollte zum Gehirn, bestimmt hatte er bis hierhin auf seinem Weg schon viel gesehen. Ich könnte ihn fragen, wie es außerhalb aussah… Er war irgendwo da draußen. Wie zauberhaft die Impulse flackerten, so frei.
Etwas knallte hart gegen meine Hinterhörner, nicht schmerzhaft, aber verdammt unangenehm. „Was?!“, verständnislos drehte ich mich um. „Was ist los Fly?“, wollte Glia mit in die Hüften gestemmten Händen von mir wissen.
„Musste das sein? Hättest du nicht einen auf warm und einfühlsam machen können?“, grummelte ich und strich mit meiner Hand über meine kribbelnden Hörner. Mechanische Reize machten meiner Gefahrenantenne gar nichts.
„Du kennst mich doch“, erwiderte sie nur mit ihrem frechen Grinsen. Schnaubend rollte ich mit den Augen. „Also was ist passiert?“, wollte sie von mir wissen und drehte dabei die zerfetzte Neuriten-Peitsche prüfend in den Händen.
„Na ja… da war so ein Typ…“, fing ich etwas zögerlich an.
„Was? Ein einziger Typ hatte all das Zeug?! Krass! Ich hätte schwören können, es wäre eine ganze Gruppe gewesen“, anerkennend pfiff Glia und räumte dabei lässig weiter.
Irgendwie machte mich das gerade richtig aggressiv. Pampig verbesserte ich sie: „Es war ja auch eine Gruppe!“ „Und was

war an dem einen dann so besonders?", stellte sie mit einem verwirrten Stirnrunzeln genau die Frage, die mich selbst auch überforderte.

„Ach, vergiss es", grummelte ich nur und wandte mich wieder den unergründlichen Weiten des peripheren Nervensystems zu. „Ich könnte immer noch Hilfe gebrauchen", meldete sich meine unverbesserliche Freundin. „Das Wegräumen und Aufbereiten ihrer Waffen ist doch sowieso deine Aufgabe und du hilfst mir bei meiner auch nie. Immer wenn die Neuro-Hunter an unsere Tür klopfen, verkriechst du dich. Ich fühle mich schon ein wenig ausgenutzt", meinte ich so halb ernst, während ich mir die Ranvierschen Schnürringe packte.

Schwebende Energieknotenpunkte... Die Dinger würden sicher auch als Heiligenschein durchgehen oder wenn sie sich fächerförmig um einen herum ausbreiteten, sah das sicher super eindrucksvoll aus. Mal abgesehen davon, dass sie verdammt praktisch waren. Schade, dass ich die Waffen der Neuro-Hunter nicht benutzen konnte, die hatten schon krasses Zeug.

„Tut mir leid, vom Heldentod halte ich nichts und du weißt genau, das würde passieren, wenn ich mich diesen Killern mit meinem Werkzeug entgegenstellte. Du willst mich doch nicht auf dem Gewissen haben, oder etwa doch?", konterte sie auf meinen Spruch von eben, den ich schon fast wieder vergessen hatte.

„Nein, das würde mir nie einfallen", erwiderte ich extra ironisch. Geschäftig waren einige der anderen werkenden Gliazellen mit dem Abtransport meiner Kampfausbeute beschäftigt.

Manchmal fragte ich mich, warum sie so waren: Absolut gleichgültig. Sie taten ihre Arbeit ohne je ein Wort zu sagen, sie wurden nie wütend, sie lachten nicht und wenn ein Neuro-Hunter sie erwischte, bildeten sich neue, die genauso aussahen und genauso drauf waren.

Ich hatte wirklich schon alles versucht: Grimassen, Witze, Streiche. Keiner von ihnen hatte je reagiert. Glia war die Einzige mit der ich reden konnte… und Sirius.
„Bist du dir sicher, dass es dir gut geht? Du wirkst so weggetreten…“, bemerkte meine Freundin meine seltsame Stimmung. „Es ist nichts“, log ich nicht sehr überzeugend, was ihr bohrender Blick auch nochmal bestätigte.
Also gut, dann würde ich ihr eben mein Herz ausschütten: „Das hier kann doch nicht alles sein! Ich mache nichts anderes als kämpfen und rumgammeln! Ich hab keine Ahnung, wie es da draußen aussieht! Ich will mehr! Ich will richtig leben! Ich will etwas erleben!“
„Fly“, mit einer Mischung aus Genervtheit und Mitgefühl seufzte sie: „Das hatten wir doch schon so oft. Wir sind im Krieg. Du kannst hier nicht weg. Wer würde dann unser Segment gegen die Neuro-Hunter verteidigen? Wir gehören hierhin, das ist eben so, daran kannst du nichts ändern.“
„Und was, wenn doch?“, entgegnete ich herausfordernd: „Ich hab mit einem von ihnen gesprochen.“ „So einen richtigen Dialog?“, fragte Glia nochmal nach. „Nein, Lippenlesen“, konterte ich ironisch: „Na was denn sonst?“
„Normalerweise ist das doch nur ein Austausch von Drohungen“, stellte sich meine Freundin unterdurchschnittlich geistreich an. „Deswegen ist es ja auch etwas Besonderes“, ungewollt schlich sich ein leicht motziger Unterton in meine Stimme. Das war einfach ganz und gar nicht die Reaktion, die ich erwartet hatte!
Eigentlich wusste ich nicht einmal genau, womit ich gerechnet hatte, aber definitiv nicht dieses lasche Irgendwas! Und jetzt kommentierte sie es nicht einmal! Sie sah mich einen Moment schweigend an und bückte sich dann, um noch eine lose Nervenfaser aufzuheben! Das konnte jetzt doch nicht ihr Ernst sein!
„Halloho! Erde an Glia! Hast du nicht gehört? Ich habe mit einem geredet!“, versuchte ich es nochmal. „Und hast du ihn

danach ausgeschaltet?", auf einmal war sie völlig abweisend. „Nein", antwortete ich trotzig.
„Das ist kein Spiel. Du kannst keinen von ihnen einfach so davonkommen lassen. Wenn er zurückkommt, und das wird er, musst du es beenden. Wir oder sie. Etwas anderes gibt es nicht", hielt sie mir todernst einen Vortrag. Das passte gar nicht zu ihr.
„Was ist daran denn so schlimm? Wir haben nur geredet, er hat niemanden verletzt!", rechtfertigte ich mich, auch wenn es streng genommen nicht ganz stimmte. Vor unserer kleinen Unterhaltung hatte er ein paar dieser eintönigen Abwehr-Glias abgeknallt, was zwar nicht nett war, aber bei diesen persönlichkeitslosen Zombies konnte ich das fast schon verstehen.
„Du kannst die Regeln nicht ändern", mit diesen weisen Worten zog meine beste Freundin einfach ab. Fassungslos starrte ich ihr hinterher. Was war nur mit ihr los?! Das war nicht meine Freundin! Das war nicht die Glia, wie ich sie kannte...
„Was glotzt du denn so blöd?!", fuhr ich eine andere Gliazelle an, die zufällig in meine Richtung sah. Ohne jede Emotion ging sie mechanisch weiter ihre Arbeit nach. Wütend ließ ich die Ranvierschen Schnürringe wieder fallen und stapfte davon.
Ich ging bis zu den äußersten Wurzelfäden des Hinterhorns. So gerne hätte ich irgendwo gegen geschlagen oder mich wenigstens an einen Ort zurückgezogen, an dem ich wirklich ganz alleine war und mich ungestört abreagieren konnte. Aber ich stand hier. Ich war immer nur hier...
Sirius war einfach verschwunden. Warum tat ich es nicht auch? Warum?
„Da bin ich wieder mein Schmetterling", hörte ich auf einmal seine Stimme hinter mir und zwar ganz schön selbstüberzeugt. Wenn man vom Teufel spricht. „Es war keine gute Idee von dir wiederzukommen!", mit diesen Worten wirbelte ich herum und verpasste ihm einen Tritt der gesessen hatte.

Sauber fegte ich ihn von den Beinen. Und da war sie wieder, die Angst. Meine Hand hing über dem Griff meiner Peitsche in der Luft. Es wäre so einfach. Es wäre wie es immer war. Wir oder sie.
Für einen langen Wimpernschlag sah ich mir einfach nur sein Gesicht an. Recht kantige Gesichtszüge, jedoch ohne Brutalität auszustrahlen, schmale Lippen, die gerne öfter lächeln würden und smaragdgrüne Augen, die wahrscheinlich mehr von seiner Unsicherheit verrieten, als ihm bewusst war.
Irgendwie wollte ich nicht, dass auf seinem Gesicht Angst stand. Er wirkte so menschlich. Und er war die Abwechslung, nach der ich mich so lange schon sehnte. Glia hatte unrecht. Ich konnte die Regeln ändern! Regeln waren da, um gebrochen zu werden! Ich schrieb mein Leben selbst!
„Das war nur ein Scherz“, breit grinste ich ihn an und nahm eine lockere Haltung ein. „Hat dir schon mal jemand gesagt, dass dein Humor…“, mit verzogenem Gesicht fing er an sich wieder aufzurichten, doch dann stockte er. Was? Hatte er für einen Augenblick tatsächlich vergessen, dass wir auf befeindeten Seiten standen und normal mit mir geredet? Und jetzt hatte er natürlich Angst, dass die Folge seiner Offenheit der Tod sein würde.
„Außergewöhnlich ist“, beendete er seinen Satz mit Samthandschuhen. „Du kannst ruhig sagen, was du denkst. Du findest das gar nicht lustig. Aber den Tritt hast du verdient, du bist einfach so abgehauen! Nicht sehr nett“, machte ich ihm einen Vorwurf, der hoffentlich nicht zu verletzt klang.
Er sollte sich bloß nichts einbilden! Ich könnte ihn immer noch jeder Zeit töten! Theoretisch.
„Es tut mir leid“, mit dieser aufrichtig klingenden Entschuldigung nahm er mir schlagartig den Wind aus den Segeln. Damit hatte ich nicht gerechnet. Ein Neuro-Hunter entschuldigte sich bei mir, einem Rückenmarksträger. Der Tag ging in die Geschichtsbücher ein!
„Wie wäre es mit einer Begründung, warum du mitten im Gespräch verduftet bist und jetzt wieder auf der Matte stehst?“,

forderte ich ihn auf und verschränkte meine Arme eine Spur streng und autoritär vor der Brust. „Das ist eine berechtigte Frage", zu dieser wertlosen Äußerung packte er noch ein möglichst wertschätzendes Nicken, als würde ich dann nicht merken, dass er damit nur Zeit schinden wollte.

„Spar dir die Energie, dir eine Lüge auszudenken. Ich rate dir, gleich mit der Wahrheit rauszurücken", und schon war ich wieder im Drohmodus, dabei sollte das doch eigentlich einen gemeinschaftlichen Versuch von etwas wie Frieden darstellen. „Ähm...", gab er gedehnt von sich und ich konnte förmlich sehen, wie es in seinem Kopf ratterte.

Das musste ja eine miese Wahrheit sein, wenn er sich so sträubte sie preiszugeben. Gekünstelt seufzte er, um sein Nachgeben zu untermalen: „Ich war von dem Kampf sehr fertig und musste schleunigst geheilt werden." „Was für eine langweilige Lüge! Jetzt bitte die Wahrheit", entgegnete ich unbeeindruckt.

Kurz sah er mir ganz aufgewühlt und eine gute Spur ertappt in die Augen, dann wandte er befangen den Blick ab: „Ich wollte dich auf meine Seite ziehen, um mit dir dieses Segment zu erobern. Du bist eine wertvolle Waffe."

Pfiffiges Geständnis mit einem plausiblen Grund, warum er zuerst eine Lüge vorgeschoben hatte. Er gab einen Scheiß auf mich und wollte mich nur benutzen. Ganz schön verletzend, wenn es wahr wäre.

„Schon besser", lobte ich ihn lässig: „Aber du bleibst ein schlechter Lügner. Spuck es endlich aus, sonst muss ich dir wieder weh tun." „Es tut mir leid. Das ist das Geheimnis der Neuro-Hunter, wenn ich es dir verrate, bringe ich sie alle in Gefahr. Nimm's nicht persönlich, aber ich kann es dir nicht anvertrauen", obwohl er mir damit im Grunde überhaupt nichts sagte, war ich von seiner Offenheit schon ein wenig beeindruckt.

„Denkst du, du kannst es mir irgendwann erzählen?", wollte ich viel zu verständnisvoll wissen. Überrascht sah er mich an. Klar, er hatte mit der nächsten Drohung gerechnet. Was

sonst. Doch dieses miese Vorurteil glich er mit einem zweiten Anfall von purer Offenheit und Ehrlichkeit wieder aus: „Wenn ich dir alles sage und du hast, was du willst, bringst du mich dann um?"
„Vielleicht", antwortete ich mit einem kleinen Lächeln. Mal im Ernst, diese Todesstimmung war doch viel zu düster und musste dringend aufgelockert werden. „Vielleicht rüste ich in der Zeit ja auch richtig auf und töte dich", konterte er schelmisch. „Versuch es ruhig. Ich besorg schon mal eine Packung Taschentücher für danach", machte ich frech weiter.
„Ich würde doch nie vor einer hübschen Frau weinen", schlitterte er in eine Übergangszone aus scherzhaft und schmalzig. Und ich ließ die unbeschwerte Stimmung mit Volldampf gegen eine Wand fahren: „Ich bin keine Frau."
Im nächsten Moment bereute ich diese Worte schon. Warum hatte ich diesen ausgelassenen Traum nicht noch ein wenig weiter bestehen lassen? Konnte ich etwas Schönes und Freies nicht einfach genießen?
„Und was bist du dann?", fragte er mich ganz ernsthaft und tiefgründig. Na? Was war ich? Eine Wächterin? Eine Kriegerin? Eine Mörderin? Eine Gefangene? Eins war klar, ich war nicht das, was ich eigentlich sein wollte... Mega deprimierend.
„Dein schlimmster Alptraum", erwiderte ich schlagartig wieder zum Spaßen aufgelegt. Ich hatte genug von meinen düsteren Gedanken.
„Wie überwältigend schön müssen dann erst meine normalen Träume sein?", schleimte sich dieser verkorkste Angsthase wieder volle Latte bei mir ein. „Übertreib es nicht", ermahnte ich ihn semi-ernst. „Schon gut", beschwichtigend hob er die Hände: „Aber für einen Alptraum bist du wirklich nicht sehr monströs."
„Findest du mich etwa nicht respekteinflößend und stark?", verstand ich ihn absichtlich falsch und machte wieder Anstalten meine Peitsche zu greifen. „So habe ich das nicht gemeint und das weißt du", dieses Mal ließ er sich nicht so leicht

einschüchtern und er ging sogar noch weiter: „Du bist ganz schön unberechenbar. Scherze, Drohungen… Ziemlich wankelmütig."
„Ich rate dir, dass das ein Kompliment war", mit dieser halben Drohung bestätigte ich eigentlich nur seine Feststellung.
„Aber natürlich", versicherte er mit einer Prise Ironie. „Du bist die zweite Person, mit der ich überhaupt rede, ist doch klar, dass meine Sozialkompetenzen eine Katastrophe sind", rechtfertige ich mich nachträglich.
„Du redest also nicht mit den anderen…", angestrengt suchte er nach einem Oberbegriff für uns. Ich konnte es ihm nicht verübeln, mir würde auch nichts einfallen. „Ich habe eine Freundin, Glia. Sie gehört zu den Reparateuren. Bei ihr sind auch die Schätzchen, die deine Vorgänger hiergelassen haben", erzählte ich ihm offen.
„Und das verrätst du mir einfach so?", überrascht hatte er die Augenbrauen hochgezogen. „Warum auch nicht? Wenn du versuchst sie mit Gewalt an dich zu reißen, bist du tot", erwiderte ich mit einem lockeren Schulterzucken. Bedächtig nickte er und ich Wahnsinnige knuffte ihn doch tatsächlich ausgelassen in die Seite. Für diese hirnlose Geste bekam ich von ihm ein kleines, echtes Lächeln. Doch dann gewann der Neuro-Hunter wieder die Oberhand: „Wäre es für dich in Ordnung, wenn ich jetzt wieder gehe?"
„Was denn, du fragst mich um Erlaubnis?", ich versuchte es frech und unbekümmert klingen zu lassen, aber es war mir bei Weitem nicht so gleichgültig wie ich vorspielte. Ich hatte noch so viele Fragen! Und er war so gut wie meine einzige richtige Gesellschaft!
„Ich will nicht, dass du denkst, es wäre wegen dir", nahm er erstaunlicherweise Rücksicht auf meine Gefühle: „Ich wurde gerufen."
Ein bitteres Grinsen breitete sich auf meinem Gesicht aus: „Unser Gespräch wurde übertragen und jetzt willst du mit ihnen besprechen, wie es möglich ist, die Waffen ungesehen zu stehlen und mich damit umzubringen."

Enttäuscht schüttelte ich den Kopf. Doch ich war nicht enttäuscht von ihm, sondern von mir. Ich hätte das von Anfang an wissen müssen. Ich hätte nicht zögern sollen. Er war ein Neuro-Hunter. Er wollte uns alles nehmen. Wie hatte ich nur glauben können, dass sich diese unumstößliche Regel ändern würde?
„Nein! Fly! So ist es nicht!", beteuerte er mit wachsender Panik und dieses Mal sollte er auch Angst haben. Knisternd floss tödliche Elektrizität durch meinen Neuriten: „Du bist immer noch ein schlechter Lügner."

Kapitel 3

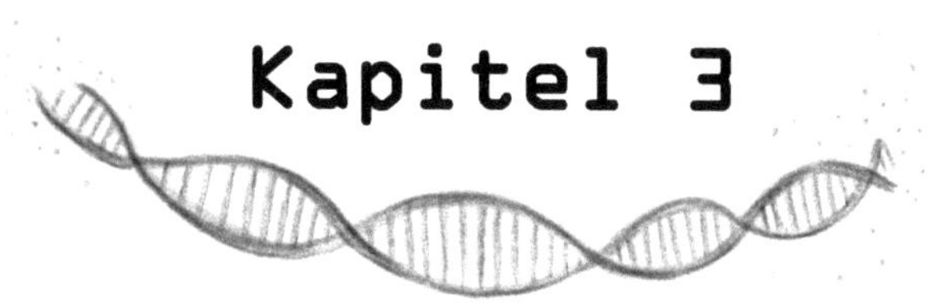

Alles in mir kochte. Dumme Hoffnung! Dumme Träume! Dummes Herz! Pfeilschnell zerschnitt meine Peitsche die Luft. Ich konnte in den Augen des Neuro-Hunters sehen, wie sein Leben an ihm vorbei zog, dieses blanke Entsetzen, ein Moment, der zu tausenden wurde.

Dabei hatte ich noch gar nicht auf ihn gezielt, das war erst zum warm werden gewesen. Jetzt war meine brodelnde Wut bereit auszubrechen. Mit einem fürchterlichen Kampfschrei verpasste ich ihm den ersten Hieb.

Der elektrisierte Treffer brachte wieder Leben in ihn. „Fly! Nein! Bitte!", flehte er und versuchte noch wegzukriechen. Dieses Mal nicht! Erbarmungslos gab ich ihm den Rest. Und puff! Von ihm blieb nichts als eine bittere Erinnerung und ein paar Funken, die schnell verglüht waren.

Schweratmend stand ich da. Ich hatte ihn wirklich getötet. Dieser Ausdruck in seinen Augen... Die Spiegelung meines Nervenfortsatzes kurz bevor es endgültig vorbei gewesen war... Warum fühlte ich mich so mies?! Er hatte es verdient gehabt! Es war das Richtige gewesen! Es war meine Pflicht gewesen! Eigentlich müsste ich mich rechtschaffen und zufrieden fühlen!

Mit einem emotionsgeladenen Schrei schlug ich meine Peitsche auf die Axone, die als weiße Substanz hier den Boden bildeten. Nur ein kleines Stück und er hätte über eine Nervenbahn verschwinden können... Wäre er doch nur nie wieder gekommen...

Scheiße! Jetzt brannten mir sogar schon Tränen in den Augen!

„Hey, Fly! Was ist denn los?“, fragte mich meine Freundin aus dem Nichts. Krampfhaft versuchte ich diese verdammten Tränen zurückzuhalten. „Nur ein weiterer Neuro-Hunter“, presste ich steif hervor. „Ein Neuro-Hunter oder der Neuro-Hunter?“, bohrte sie nach und legte mir verständnisvoll die Hand auf die Schulter. Vor ein paar Minuten hatte das doch noch ganz anders geklungen...
„Er ist tot, so wie die anderen, bist du jetzt zufrieden?!“, ruppig schüttelte ich ihre Hand ab und stapfte davon. „Es tut mir leid, wie ich vorhin drauf war, es ist nur eben unsere Aufgabe hier...“, versuchte sich diese penetrante Nervensäge zu rechtfertigen, doch dafür hatte ich gerade keinen Nerv: „Schon gut! Ich versteh‘s ja! Und jetzt solltest du vielleicht mal deiner Aufgabe nachgehen und dich um die Waffen kümmern!“
Ohne ein weiteres Wort verzog sie sich endlich. Und da war ich wieder, allein und wütend. Mein Leben lief so fantastisch! Ich wusste nicht, ob es Minuten waren oder Stunden. Ich wusste nicht, ob ich wütend war oder traurig. Ich wusste nicht, ob das wirklich Empathie für einen gewissenslosen Killer oder einfach Selbstmittleid war. Ich wusste nur, dass ich hier war und dass ich das immer sein würde. Und diese eine Gewissheit, die ich hatte, machte das alles nur noch viel schlimmer.
Andere konnten ihren Problemen davonlaufen, ein Tapetenwechsel, ein ganz neues Leben... Verloren schlang ich meine Arme um die Beine. Vor mir leuchteten all die elektrischen Signale des peripheren Nervensystems. Etwa so musste sich ein Fisch in einem Aquarium fühlen. Eine ganze Welt in Sichtweite und doch unerreichbar...
Und ich war eine Platte mit Sprung, die immer das gleiche Thema abspulte! Ich war gefangen, ich erlebte nichts Richtiges, heul!
Meine Hinterhörner kribbelten wieder. Na gut. Würde ich diese Gefühlsscheiße an denen auslassen. Kampfbereit griff ich nach meiner Peitsche. Sie hatten den Fasciculus gracilis

gewählt. Dummerweise stand ich gerade auch im hinteren Rückenmarksbereich. Pech gehabt. Die drei Neuro-Hunter waren hinüber, bevor sie sich überhaupt richtig wehren konnten, ein langweiliger Kampf.

„Fly“, versuchte es Glia nochmal und kam angelaufen. In diesem Hamsterrad konnte ich ihr nicht ewig aus dem Weg gehen. Damit ich dabei wenigstens nicht ganz blöd dastand, bückte ich mich, um Ranviersche Schnürringe aufzuheben. Scheinbar waren die Dinger im Moment im Trend.

„Ich hab nachgedacht“, fing die Bastlerin ja sehr verheißungsvoll an, solche Gespräche konnten nichts werden: „Du solltest nicht hier bleiben.“ Unsicher sah ich auf. Meine Stirn war so krass gerunzelt, dass ich mir gut vorstellen konnte, dass selbst meine Vorderhörner schief standen.

„Soll das ein Scherz sein?“, fragte ich verwirrt, denn das war meilenweit von ihrem schelmischen Gesichtsausdruck entfernt, auch schelmisch-ernst war das eindeutig nicht. „Nein, das ist mein Ernst. Ich seh doch, wie unglücklich du hier bist. Irgendwann wird dich das kaputt machen. Du solltest gehen“, erwiderte sie ganz sanft und fürsorglich oder mit anderen Worten: Sie war das genaue Gegenteil von meiner schlagfertigen, stoischen Freundin.

Natürlich konnte Glia auch mal nett sein, aber nicht so nett und schon gar nicht so gegen die Regeln. Sie hatte mir sicher schon tausendmal gesagt, dass meine Aufgabe wichtig war oder die Gesetze unseres Lebens sonst wie schöngeredet.

Das hier passte einfach so gar nicht. Irgendetwas stimmte mit ihr nicht. „Jetzt guck mich nicht so an!“, beschwerte sie sich wieder typisch Glia. „Hast du bei dem Kampf etwas abbekommen? Ich glaube, dein Gehirnareal für die Entscheidungsfindung wurde gegrillt“, entgegnete ich und am liebsten hätte ich ganz lässig die Arme vor der Brust verschränkt, doch ich hielt ja immer noch die ringförmige Waffe in der Hand.

„Ist es denn so schwer für dich, mir einfach zu glauben?“, genervt stöhnte sie. „Ja“, antwortete ich schlicht. „Memo an mich: Ich habe Vertrauensprobleme", murmelte sie und klatschte sich dabei kopfschüttelnd die Hand an die Stirn. Jap, sie hatte eindeutig einen Kurzschluss in ihrem Denkkasten!

Völlig ernst und ein wenig aufgebracht wandte sie sich wieder an mich: „Ich biete dir hier die Chance an, dir bei deinem größten Wunsch zu helfen und du stellst nur dumme Fragen! Willst du warten, bis der nächste Neuro-Hunter ein Herz zeigt und dich träumen lässt oder willst du dein Leben selbst in die Hand nehmen?!"

Die Ansprache hatte gesessen. Sie hatte recht! Ich wollte nicht warten und träumen!

„Warum musst du immer recht haben?", ging ich grinsend auf ihr verrücktes Angebot ein. „So bin ich nun mal", erwiderte sie mit dem gleichen verschmitzten Grinsen. „Und wie wollen wir das anstellen?", schaltete ich zur Abwechslung auf zweckdienlich. „Hast du Lust auf ein Umstyling?", fragte sie immer noch so schelmisch.

„Verkleiden? Das ist die Lösung? Und du denkst mit einem neuen Outfit kann ich die Bahnen auf einmal nutzen?", ließ ich mich von ihrer Ausgelassenheit nicht anstecken und blieb lieber wieder skeptisch. Das war für mich echt eine große Nummer und ich wollte mir keine falschen Hoffnungen machen und danach in den nächsten rosigen Tiefpunkt rutschen. Enttäuschungen hatte ich fürs Erste genug.

„Ein bisschen mehr gehört schon noch dazu. Ich habe mit dem Kram der Neuro-Hunter etwas gebastelt, das dir den Zutritt zu den Bahnen verschaffen sollte. Die Verkleidung ist nur, damit du nicht jedes Mal kämpfen musst, wenn du auf Neuro-Hunter triffst. Es ist besser, sie halten dich für eine von ihnen, aber an deiner Stelle würde ich mich dennoch so gut wie möglich von ihnen fernhalten", erklärte sie jetzt auch auf ernster Ebene, trotzdem war da dieses gewisse Strahlen.

Sie freute sich für mich. Und ich... Man! Ich hatte Angst! Verdammte Hacke! Mein größter Traum wurde wahr und ich mutierte zum Angsthasen! Wie dämlich ist das denn?!

„Ich weiß, das ist viel auf einmal. Wenn du willst, müssen wir es nicht sofort machen. Wir haben alle Zeit der Welt“, richtig verständnisvoll legte sie mir die Hand auf die Schulter.
„Seit wann bist du so rücksichtsvoll?“, entgegnete ich neckend. Da schlug wohl wieder meine gestörte Sozialkompetenz durch. „Das verletzt mich jetzt aber sehr. Ich war schon immer eine sanfte Seele“, erwiderte sie theatralisch. Ausgelassen prusteten wir beide los. Wenigstens war ich nicht alleine verrückt.
„Ich bin echt froh, dich als Freundin zu haben“, voller Wärme lächelte ich sie an. „Wir sind einfach eins“, meinte sie ebenfalls lächelnd, doch irgendwie war da noch mehr… Was sagte sie nicht?
„Du willst eigentlich nicht, dass ich weggehe, oder?“, erriet ich ihren seltsamen Gesichtsausdruck. „Nein… Ja… Du bist meine beste Freundin! Natürlich will ich nicht, dass du weg bist und ich werde dich auch tierisch vermissen, aber ich will noch mehr, dass du glücklich bist und das ist in Ordnung. Im Herzen werde ich immer bei dir sein“, nach dieser emotionalen Rede verzog sie das Gesicht, als hätte sie in eine besonders intensive Zitrone gebissen: „Das klang jetzt aber kitschig.“
„Du bist auch meine Freundin und das war schon in Ordnung“, zitierte ich sie mehr oder weniger und umarmte sie fest: „Ich werde dich auch vermissen.“ Als ich sie wieder losließ ergänzte ich mit einem leicht traurigen Lächeln: „Ich würde dich ja bitten mit mir zu kommen, aber dann wärst du nicht glücklich.“
„Jap, mein Platz ist hier. Sehr rücksichtsvoll von dir, dass du mich nicht zu einer irrwitzigen Reise drängen willst“, witzelte sie, halt voll Glia. „Tja, ich war schon immer eine sanfte Seele“, konterte ich schmunzelnd. Ich würde sie wirklich vermissen. Aber ich konnte ja jederzeit wiederkommen. Genau. Das war kein Abschied auf ewig.
„Ich werde dich auf jeden Fall besuchen und dir alles bis ins kleinste Detail erzählen. Mach dich auf einen langen

Monolog gefasst“, versprach ich ihr ziemlich aus dem Nichts. Und da war er wieder, dieser merkwürdige, irgendwie melancholische verschlossene Gesichtsausdruck.
„Ich freu mich schon drauf“, ihr Lächeln konnte es nicht verbergen, dafür kannte ich sie einfach zu gut. Ich könnte sie gleich wieder in den Arm nehmen. Dieser Moment war wirklich sehr emotional. Mit mir ging es auf und ab und mein Herz konnte sich gar nicht richtig entscheiden, welches Gefühl dabei im Vordergrund stand. Aber eins wusste ich ganz genau: Glia war die beste Freundin aller Zeiten! Und obwohl wir es eben schon hatten, umarmte ich sie nochmal.
„Ist ja gut“, lachte sie auf und klopfte mir auf den Rücken. „Ich hab nie gedacht, dass wir uns mal trennen würden“, sagte ich, während ich mich anschickte, sie für immer festzuhalten, was natürlich völliger Schwachsinn war. Irgendwie kam mir gerade wieder alles so unwirklich vor. Das war einfach so krass! So unvorstellbar! Ich konnte mich nicht erinnern, je so aufgeregt gewesen zu sein!
„Was denn? Dachtest du, wir sind siamesische Zwillinge? Da hast du aber einiges verpasst“, konterte sie mal wieder mit ihrem Humor. Es war genau wie dieses lachende Rückenklopfen, sie spielte ihre Gefühle runter. Doch das war in Ordnung. Schließlich war ich ihre Freundin und nicht ihre Therapeutin!
„Du weißt genau, was ich meine“, erwiderte ich nur schlicht.
„Wann sollen wir es machen?“, wollte sie wieder ganz ernst von mir wissen. „Jetzt“, entschied ich voller Aufregung. Alles in mir kribbelte und prickelte wie verrückt. Das war wie ein richtig heftiger Stromschlag, nur in Gut. Darauf hatte ich so lange gewartet! Es fühlte sich immer noch nicht ganz real an.
„Dann los“, mit diesen Worten hakte sich Glia bei mir ein und wir machten uns endgültig auf den Weg zum Markt. Er befand sich genau in der Mitte unseres Segments und hatte einfach alles. Aufbereitete Waffen, Outfits, sonstige Ausrüstung, selbst eine kleine Bar und als besonders süßes Detail gab es sogar eine Art Brunnen im Zentrum: Der Zentralkanal.

Streng genommen floss da zwar Liquor und kein Wasser, aber die paar Nährstoffe und Immunkörper, die darin gelöst waren, fielen doch nicht ins Gewicht. Außerdem war diese klare Säule irgendwie schick.
Unser kleiner Markt hatte nur ein Problem: Die Bewohner. Außer Glia und mir waren es nur diese persönlichkeitslosen, austauschbaren Nervensägen. Man könnte es fast für eine Geisterstadt halten, nur in mini, so viele Gebäude waren es nun auch wieder nicht.
Schlagartig bekam ich richtig miese Schuldgefühle, weil ich meine beste Freundin hier alleine lassen würde. Zweifelnd blieb ich stehen. Wie konnte ich gleichzeitig so dringend gehen und bleiben wollen?! Das ergab überhaupt keinen Sinn! „Hör auf dir so viele Gedanken zu machen!“, wies mich Glia zurecht und hatte dabei so ein spezielles, gutmütiges Lächeln im Gesicht. „Ich finde es nicht richtig...“, setzte ich an und als ich sah, dass sie mich gleich unterbrechen wollte, fuhr ich schnell fort: „Lass mich erst ausreden! Ich finde es nicht richtig, einfach so zu verschwinden, als wäre es keine große Sache. Es ist verdammt bedeutend! Wir sollten das feiern! Eine Abschiedsfeier.“
„Du hast recht! Warum bin ich nicht darauf gekommen? Wann bist du so klug geworden?“, ausgelassen grinste sie mich an. Als Antwort knuffte ich sie lachend in die Seite. Wir mussten uns gar nicht absprechen, wie diese Party anzugehen war. Einstimmig marschierten wir in die Bar.
Bunt tanzten die Lichter über die grauen Wände, vom Eingang zog immer wieder ein Schimmern durch das gesamte Gebäude, welches bei der erhöhten Theke endete. An den Rändern standen Bänke mit flachen Kissen und in der Mitte befand sich die Tanzfläche mit einer schraubenförmigen, blinkenden Säule in der Mitte, oder mit anderen Worten: Wir waren quasi in einer Party-Nervenzelle, kurz Panne.
Den Begriff hatte sich natürlich Glia ausgedacht und wir hatten echt schon so oft gewitzelt, wir hätten eine Panne! Jede Menge schöne Erinnerungen. Ich liebte diesen Ort! Der

Zellkern diente als Tanzfläche, die DNA war natürlich diese schmucke Säule (die sich sogar drehen konnte), die Mitochondrien waren bequemen Bänke und weil sie die Kraftwerke der Zelle waren, wurde da natürlich auch Kraft aufgetankt mit bunten Getränken und lustigen Snacks. Der Axonhügel war die Theke, bei dem die Informationen umgewandelt wurden (Bestellung→Drinks) und um das Bild komplett zu machen, zeigte der Fluss des Lichts zur Hügel-Theke die Weiterleitung einer Erregung in der Nervenzelle.
Einfach genial! Wie geil wäre das Leben, wenn jede Zelle im Körper so eine abgefahrene Bar wäre? Das Leben wäre eine Party und man müsste nur zur Musik tanzen! Glia setzte dieses Motto auch gleich um.
Ausgelassen griff sie sich meine Hände und zog mich zur Tanzfläche. Dabei hätte sie fast einen der kleinen kugelförmigen Mülleimer-Roboter umgerannt, die hier ähnlich wie Lysosome umher flitzten und alles sauber hielten. Irgendwie waren die kleinen Kerlchen fast schon süß. Wir hatten einem von ihnen mal Augen und Ohren angeklebt, sodass er wie ein verrücktes Haustier ausgehen hatte und ihn Somi genannt. Ein Mülleimer-Haustier...
Was hatten wir alles für schräge Sachen gemacht?
Bei der Erinnerung musste ich einfach loslachen. Mit einem lächelnd fragenden Blick sah meine beste Freundin mich an.
„Ich musste gerade an Somi denken", teilte ich meine Gedanken zwischen zwei Lachern mit ihr. Sofort prustete auch sie los: „Er wollte einfach nicht Sitz machen! So ein unartiges Haustier!"
„Egal wie leidenschaftlich du es ihm vorgemacht hast!", hemmungslos kicherte ich vor mich hin. Bestimmt war ich vor Lachen schon knallrot. Ich würde nie vergessen, wie sie sich auf den Boden fallen gelassen hatte und dann noch eine Ewigkeit über die Schmerzen in ihrem Steißbein geklagt hatte.
„Aber apportieren konnte er wie ein Weltmeister!", dachte sie vor Lachen schnaufend zurück. „Wir waren so

Müllschleudern!", ich lachte mir so einen ab! Wir lachten und tanzten, wir tranken, tanzten noch mehr, schwelgten in Erinnerungen und landeten schließlich total platt auf einem Mitochondrien-Sofa.

„Das ist echt eine der krassesten Pannen, die wir je hatten", meinte ich richtig außer Atem. „Deine Moves an der DNA-Stange sind immer noch so mies, wie am ersten Tag", musste sie mich natürlich necken. „Und wenn du singst, platzt fast die Zellmembran", konterte ich verschmitzt.

Auf einmal spürte ich wieder dieses unheilverkündende Prickeln in meinen Hinterhörnern und meine ausgelassene Stimmung verschwand wie all die Neuro-Hunter, die ich schon eliminiert hatte. Puff und weg.

„Die gönnen uns aber auch gar nichts", versuchte Glia es mit Humor zu nehmen, doch ihr Lächeln konnte man kaum als solches bezeichnen. Jap, ich fand es auch gar nicht lustig, dass uns die Neuro-Hunter immer jeden schönen Moment wegnahmen.

„Ich erledige das, leg du schon mal alles für meine Abreise bereit. Ich komme danach zu dir", ernst stand ich auf. Ein letztes Mal würde ich meine Pflicht erfüllen, ein letztes Mal würde ich die Hüterin dieses Segments sein, ein letztes Mal würde ich töten.

Kapitel 4

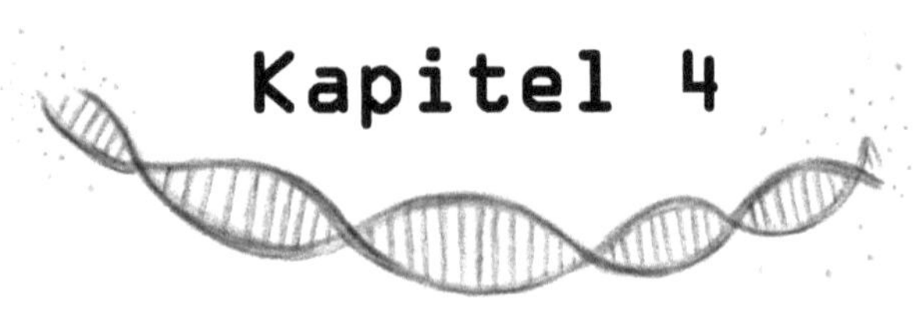

Ich ließ die bunte, unbeschwerte Welt der Bar hinter mir. Die Party war vorbei. Konzentriert ließ ich meinen Blick über meine allzu vertraute Heimat schweifen. Bis ich den Eindringling entdeckte, brauchte ich einen Moment.

Dieses Mal war es tatsächlich nur einer, der sich hergewagt hatte. Normalerweise schwärmten diese Parasiten ja gerne in Gruppen aus. Das würde leicht werden…

Meine Neuriten-Peitsche angriffsbereit in der Hand, flog ich los. Kämpferisch wild zog mir der Wind durch die Haare. Ein richtig epischer Augenblick. Ich spürte die kalte Konzentration des Kampfes, eisige Klarheit.

Unser unerwünschter Besucher entdeckte mich. Giftgrüne Haare und über jede Schulter einen Gürtel mit Granaten, die sich vor der Brust überkreuzten, dazu gleich zwei fette Gewehre an den Hüften und eine Panzerung aus Myelinscheiden, die ihn aussehen ließ wie ein kleiner Junge in zu großen Klamotten.

Da hatte sich jemand wirklich für den Kampf gerüstet. Wäre schon tragisch, wenn ich jetzt im Zweikampf besiegt werden würde, so kurz bevor mein Leben richtig anfing, aber ich hatte nicht vor, es so weit kommen zu lassen.

Den ersten zwei Granaten wich ich aus. Hierbei handelte es sich dieses Mal nicht um lähmende Gamma-Aminobuttersäure sondern Acetylcholin, explosive Krampfanfälle. Wenn man davon erwischt wurde, war man auf jeden Fall richtig wach. Allerdings würde ich die Teile nicht als Wecker weiterempfehlen.

Bevor ich richtig loslegen konnte, kam auch schon Bewegung in die Axone am Boden. Der Einzelkämpfer reagierte prompt mit einer seiner Granaten. Oh. Wirklich helle war er ja nicht gerade. Durch den erregenden Transmitter schlangen sich die weißen Nervenfortsätze nur noch fester um ihn. Wie hatte es diese Leuchte überhaupt bis hierher geschafft? Was für ein dämlicher letzter Kampf. Da wurde ich schon in einem glücklichen Freundinnen-Moment gestört und es war für so einen Quatsch.

Vielleicht sollte ich noch kurz abwarten und zusehen, ob es die persönlichkeitslosen Gliazellen sogar alleine schafften, aber selbst die Zeit war er mir nicht wert. „Ich. Lasse. Mir. Von. Euch. Nichts. Mehr. Wegnehmen!“, jedes Wort betonte ich mit einem gepfefferten Peitschenhieb und nach dieser Klarstellung hatte ich prompt keinen Gesprächspartner mehr. Nur meine Wut war nicht mit ihm verpufft.

In letzter Zeit war ich wirklich nur noch am Kämpfen! Früher hatte nichts und niemand meine Freundin und mich gestört und das war zwar schon irgendwann ein wenig langweilig geworden, aber so eine Abwechslung hatte ich mir nicht gewünscht!

Ich tötete nicht gerne. Selbst so Schmarotzer wie die Neuro-Hunter. Und obendrein war es trotzdem immer das Gleiche! Kämpfen, töten, kämpfen, töten…

Mit einem gewaltigen Seufzer, der jedoch immer noch nicht reichte, um meinem Konflikt Raum zu verschaffen, ließ ich mich nach hinten fallen. Nicht meine beste Entscheidung, das enge Geflecht aus Axonen war ordentlich hart.

Nachdenklich blickte ich nach oben, wo irgendwo das nächste Segment lag. Dorthin könnte ich reisen. Die ganze Zeit beschwerte ich mich über mein Leben und dort könnte ich einfach so ein neues anfangen. Ich könnte überall neu anfangen. Ich hätte so viele Möglichkeiten. Und eigentlich hatte ich die Entscheidung doch auch schon getroffen! Ich hatte mich für mich entschieden, für meine Wünsche und meine Träume, egal wie egoistisch das auch war. Warum machte ich es mir dann so schwer?!

„Fly!“, rief Glia hinter mir regelrecht panisch. „Alles gut. Nur ein akuter Anfall von Zweifeln“, entschärfte ich die Situation sofort und streckte meinen Daumen in die Höhe. Ich hörte sie näher kommen, auch wenn sie jetzt nicht mehr so überstürzt lief. Langsam wandte ich den Blick von den Welten über mir ab und schaute zur Seite.
An manchen Stellen bildeten die hellen Nervenfasern Hügel, die mich ein bisschen an Schützengräben erinnerten und hier und da waren kleine Synapsen zu sehen, wie Blumen, deren Blätter abgefallen waren. Irgendwie hatte dieser Ort etwas Trostloses und Leeres. Eine Ebene auf der nur der Tod wohnte...
„Was ist los? Machst du dir Sorgen, dass ohne dich niemand die Neuro-Hunter aufhält? Oder hat er dich an dein Gespräch mit Sirius erinnert?“, erkundigte sich Glia einfühlsam und beugte sich über mich. Aus dieser Perspektive sah sie wirklich nicht gut aus. Und schon schlich sich wieder ein kleines Lächeln auf mein Gesicht. Hallo Stimmungsschwankung!
„Nein, der Typ war ein totaler Idiot. Ich denke einfach nur zu viel“, erwiderte ich und entschied mich, nicht länger den Trauerkloß zu spielen. Entschieden stemmte ich mich hoch.
„Bist du bereit für dein Umstyling?“, ging Glia sofort wieder zum spaßigen Teil über. „Aber unbedingt“, bestätigte ich und meine gute Laune hatte ihr Comeback.
Alle Erinnerungen waren auch nicht schlecht. Als ich damals meinen ersten Kampf gewonnen hatte und ihre Waffen zurückgeblieben waren, hatten Glia und ich damit rumgealbert. Gemeinsam hatten wir aus dieser Spirale der Gewalt immer das Beste gemacht. Daran sollte ich denken.
Als hätte ich mir gerade nur locker die Beine vertreten und nicht einen Neuro-Hunter zerlegt, spazierten wir wieder zurück. Wehe gleich stand wieder der nächste auf der Matte, dann wäre ich aber wirklich angepisst. Dieser letzte Moment sollte richtig sein: Freundschaft, Fröhlichkeit, rührender Abschied. Ich wollte dabei echt nicht an egoistische, herzlose, gewalttätige...

„Wenn du deine Fäuste noch fester ballst, bohrst du dir noch Löcher durch die Hände“, machte sie mich mit ihrem typischen Humor auf den Bruch meines eigenen Vorsatzes aufmerksam. Wut und Verachtung hatten in diesem Moment keinen Platz.

Gerne hätte ich jetzt ja einen flotten Konter gebracht, aber was sollte man darauf schon erwidern? Also entschied ich mich für einen lockeren Themenwechsel: „Weißt du, wenn ich jetzt meinen Traum auslebe und eine Weltreise mache, solltest du das gleiche für dich tun und Designerin von Technikzeug werden. Ich könnte es ja für dich vermarkten.“

Verschmitzt zwinkerte ich ihr zu und wusste dabei selbst nicht einmal, ob das ernst gemeint war oder ein Scherz. Wäre schon lustig, wenn wir das machten, zwei Freundinnen, die unerwartet ihren Platz in der Welt fanden und dabei ihre eigenen Geschichten schrieben. Klang wie eine Reportage.

Lachend schüttelte Glia den Kopf: „Du hast Ideen!“ „Ich an deiner Stelle würde mich nicht so weit aus dem Fenster lehnen, was wir hier machen ist deutlich seltsamer als meine Ergänzung“, konterte ich grinsend. „Ich bin stolz auf meine Seltsamkeit“, erwiderte sie nur mit einem frechen Strahlen.

Schon hatten wir ihre Werkstatt erreicht. In mir war wieder das volle Prickelpaket der Erwartung. Ausgelassen gingen wir an ihrem Stand vorbei, wo sie immer eine bunte Auswahl für niemand bestimmten liegen hatte, das war so ein Tick von ihr. Sie gab eben gerne mit ihrer Leidenschaft an, selbst wenn es niemanden gab, vor dem sie angeben könnte.

Dahinter kam ihre Werkstatt. Noch so ein Ort vollgestopft mit Erinnerungen. Und jetzt würde der wohl bedeutsamste Moment in meinem Leben auch noch dazu kommen. Feierlich ging sie zu einer ihrer zahlreichen Werkbänke und hob eine edle Halskette hoch. Meine Eintrittskarte in die Freiheit.

„Der Kristall passt zu deinen Augen“, mit diesen Worten hielt sie mir dieses unendlich wertvolle Schmuckstück entgegen, als wäre sie irgendeine Verkäuferin. Sprachlos griff ich danach.

Der kristallene Anhänger schimmerte dunkel und wenn man ganz genau hinsah, schien sich dort etwas zu bewegen, fast so als wäre es lebendig. Auch die silberne Kette war besonders. Statt aus normalen ineinandergreifenden Gliedern wurde sie von einer feinen DNA-Doppelhelix gebildet.
„Sie ist wunderschön", hauchte ich überwältigt. Damit würde ich hingehen können, wo auch immer ich wollte... „Freut mich, dass sie dir gefällt", Glias Gesichtsausdruck zeigte, dass sie ihre Worte wirklich ernst meinte. Eine wahre Freundin, die beste Freundin. Und weil ich es in letzter Zeit ja noch nicht oft genug getan hatte, umarmte ich sie wieder.
Kurz drückte sie auch mich und klopfte mir dann auffordernd auf den Rücken: „Los zieh sie an, du Trödelliese!" „Trödelliese?", wiederholte ich lachend. Was war das denn für ein Wort? Aber statt wieder weiter rumzualbern, tat ich das, was sie gesagt hatte und zog mir die wichtigste Kette aller Zeiten an.
Dafür dass sie so bedeutsam war, war sie regelrecht lächerlich leicht. Irgendwie hatte sie in meiner Vorstellung locker eine Tonne gewogen, dann hätte ich vom Tragen ganz miese Nackenschmerzen bekommen und das wäre so etwas wie der Preis für meine Freiheit gewesen. Das hier kam mir schon ein wenig zu leicht vor. Nicht, dass so wichtige absolut entscheidende Veränderungen nicht auch leicht sein durften, aber... Nein! Kein aber!
„Schick, schick. Und welche Accessoires bekommt mein neues Ich noch?", ging ich grinsend zum nächsten Programmunkt über. „Großer Hut, mysteriöse Kapuze oder dicker Turban?", stellte sie mir fröhlich zur Auswahl.
Ich konnte mich ganz neu erfinden! Witzig. Was wollte ich sein? Ein verrückter Außenseiter, ein zwielichtiger Außenseiter oder mitten drin? Obwohl... Wahrscheinlich würde auch ein Turban komisch aussehen, wenn er um meine Hörner gespannt war.
Am Ende dachten die anderen noch, ich hätte einen Hydrocephalos, auch wenn mir die Meinung der Neuro-Hunter

wirklich egal sein konnte, doch wer wusste schon, wen ich auf meiner Reise so alles treffen würde? So aufregend! Und ich wollte definitiv nicht nach Wasserkopf aussehen.
„Denkst du, wir bekommen das irgendwie schick hin?“, nachdenklich musterte ich unser Material. „Was? Findest du das etwa nicht schick?“, fragte meine Freundin und wedelte grinsend mit dem Hut. Gekonnt zog ich eine Augenbraue hoch. „Was hast du dir denn vorgestellt?“, spielte sie voll die Modeberaterin und schlang sich das blaue Tuch des Turbans wie einen Schal um den Hals.
„Nicht zu düster, nicht gefährlich. Unauffällig ist bei meinen Grundvoraussetzungen wahrscheinlich schon unmöglich, aber wenigstens auf eine nette Art schräg“, versuchte ich meine Vorstellungen auszudrücken, was ein bisschen schwer war, wenn man gar keine genauen hatte.
Trotzdem schafften wir es am Ende, ein Outfit zusammenzustellen, das zu mir passte (das klingt deutlich schneller und einfacher, als es in Wahrheit gewesen war). Zufrieden drehte ich mich in meinem neuen Aufzug.
Meine vier Hörner waren in den Hut einintegriert, sie lagen quasi auf der Hutkrempe und hatten zum Schmuck ein paar selbstgebastelte Blumen aus Folie bekommen, ein bisschen kindisch, ein bisschen verspielt und wirklich das Gegenteil von düster und gefährlich. Ich liebte diesen Hut!
Um meine Flügel zu verbergen, hatten wir einen Mantel mit bunten Flicken gewählt. Ganz bequem war es zwar nicht, sie so eng am Körper zu falten und nur zu Fuß unterwegs zu sein, versprach schon ordentlich unpraktisch zu werden, aber was war das schon für ein Preis?
Apropos zu Fuß: Neue Schuhe hatte ich auch. Schicke Stiefel mit etwas lächerlichen Glitzersteinchen und bequem gefüttert. Meine Füße sollten es ja gemütlich haben auf meiner langen Reise.
Ansonsten hatte ich eine recht schlichte, dunkle Hose, die ebenfalls in der Kategorie bequem punktete und einen recht klobigen Gürtel, der schwer nach Pirat aussah. Er war eben

das Einzige gewesen, das breit genug war, um unter sich meine Neuriten-Peitsche zu verbergen. Mein Oberteil war dann wieder etwas farbenfroher: Lila Pulli mit gelbem Netztop.

Ja, ich sah schon ordentlich komisch aus. Wenn jemand in dieser Aufmachung hier aufgetaucht wäre, hätten Glia und ich uns wahrscheinlich totgelacht. Auf die Idee war bis jetzt noch kein Neuro-Hunter gekommen: Mit Albernheit für Ablenkung sorgen und dann zuschlagen. Aber ich schweife vom Thema ab.

Ich war anders, das ließ sich nicht verbergen und irgendwie war es schön, so bunt und chaotisch zu sein. Dieses Outfit zeigte einfach das genaue Gegenteil der knallharten Kämpferin, die ich bis jetzt so oft sein musste. Es fühlte sich richtig an.

„Du hast recht. Ich sollte wirklich Designerin werden", während Glia mich betrachtete, nickte sie grinsend. Spaßhaft schmiss ich mich in eine total seriöse Modelpose, allerdings nur für etwa zwei Sekunden, dann platzte das Lachen einfach aus uns heraus.

In diesem Moment waren wir einfach nur zwei verrückte Freundinnen. Es war wunderschön ausgelassen und voller Leichtigkeit. Aber irgendwann war dieser Moment vorbei und Stille legte sich über uns. Das war der letzte notwendige Schritt gewesen. Alles war bereit. Nur bei mir war ich mir da noch nicht so sicher. Ich wollte mich nicht verabschieden.

„Weißt du, ich finde, wir sollten keine Wiederholung aus diesem Abschieds-Drama machen. Es ist doch eigentlich ein schöner Moment. Also lass deine Schuldgefühle und Zweifel einfach hier in der Werkstatt und geh. Leb dein Abenteuer", ernst sah mich Glia an und ihre Lippen umspielte etwas wie ein feierliches Lächeln.

Im ersten Moment bewegte ich mich gar nicht. Mein Inneres war gerade so vollgestopft mit Emotionen und Gedanken, dass ich mit dem Verarbeiten einfach nicht hinterher kam.

„Los! Geht jetzt! Oder muss ich etwa die böse Mami spielen

und bis drei zählen?", schmiss sie mich richtig raus und hatte dabei wieder ihren wundervoll komischen Humor.
„Na gut. Machen wir es eben nicht schmalzig. Aber ich komme wieder und hole meine Schuldgefühle und Zweifel noch ab. Also pass gut auf sie auf", konterte ich genauso schelmisch und machte endlich einen Schritt rückwärts in Richtung Tür.
„Ich kann nichts versprechen", sie versuchte diesen Satz spaßhaft zu sagen, doch da war noch mehr. Traurigkeit? Gewissensbisse? Nein, das bildete ich mir nur ein! Ich sollte mein negatives Überdenken doch hierlassen.
„Bis bald", winkend wandte ich mich endgültig um. Diese Verabschiedung fühlte sich bei Weitem nicht angemessen an, aber wahrscheinlich wäre das selbst dann der Fall, wenn sich alle Gliazellen salutierend aufgestellt hätten und noch ein Chor mit Sinfonieorchester das Ganze musikalisch untermalen würde. Nichts könnte diesem unbeschreiblichen Gefühl in meinem Inneren gerecht werden.
Auf seltsame Weise fiebrig sah ich mich um. Ich wusste nicht, ob ich gehen oder laufen sollte. Am Ende wurde es ein sehr zackiger Gang, bei dem mein Mantel affig hinter mir her flatterte. In Zukunft musste ich mich da zügeln, sonst könnten jemandem meine Flügel auffallen. Der Gedanke war so unwirklich.
Und dann hatte ich die graue Substanz im Zentrum erreicht, genauer gesagt das Vorderhorn, wo die Pyramidenbahn auf die zweiten Motoneuronen verschaltet wurde. Mein Weg hier raus. Gleich würde ich auch einer der vielen Impulse in der Ferne sein. Fest schloss ich meine Hand um den Anhänger meiner DNA-Kette. Schick mich los!
Nichts passierte. Das hatte ich bei meinem epischen Abgang nicht eingeplant. Was musste ich noch machen? Bis jetzt hatte ich nie einen Neuro-Hunter eine Losungsformel oder so benutzen gehört. Sie waren einfach gekommen und gegangen. Funktionierte vielleicht Glias Arbeit nicht? War all das umsonst gewesen?

Plötzlich kribbelten meine Hinterhörner wieder. Und wie! Ach du Scheiße, musste das eine große Gefahr sein! Ich war nicht auf einen Kampf eingestellt! Ich wollte auch überhaupt nicht kämpfen! Ich wollte frei sein!
All meine Haare stellten sich auf. Ein gewaltiges Kraftfeld lag in der Luft. So etwas hatte ich noch nie gespürt. Es war so viel mächtiger als ich. Diesen Kampf würde ich nicht überleben.
Schlagartig traf mich ein Impuls, der mit nichts zu vergleichen war. Wenigstens hatte ich für einen Moment hoffen können, dass es für mich noch ein anders Leben gab. So ein schöner Traum...

Kapitel 5

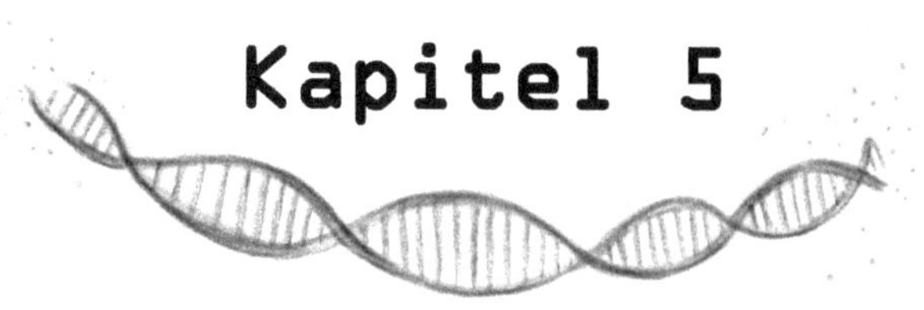

Keine Ahnung wie ich mir den Tod vorgestellt hatte. Wenn ich es mir recht überlegte, hatte ich mir da eigentlich nie wirklich Gedanken drüber gemacht. Dabei war ich doch bei meinen ganzen Kämpfen ständig damit konfrontiert worden. Auch wenn ich in erster Linie den Tod gebracht hatte und nicht um mein eigenes Leben fürchten musste. Und jetzt…
Es war Energie, ich war Energie. Irgendwie war es Freiheit. Ich war im Fluss, nichts hielt mich, ich war schnell, so unfassbar schnell. Und dann war es mit dieser Geschwindigkeit auf einmal wieder zu Ende.
Ähm… Alles klar…
Nein, eigentlich war gar nichts klar. Also ich stand hier auf einer Fläche, einer ziemlich vollen Fläche. Überall gingen Leute umher. Manche führten angeregte Gespräche oder lachten unbeschwert, ein paar schienen sich genau wie ich erst orientieren zu müssen und ich bekam auch den ein oder anderen Seitenblick zugeworfen.
Dabei stach mein verrückter Aufzug in dieser bunten Versammlung nicht mal wirklich raus. Hier gab es einfach alles! Kunterbunt, einfarbig, voll bewaffnet, extravagant, streng, schlicht, locker, chaotisch… Wer war das alles? Tote Neuro-Hunter vielleicht? War das womöglich das Jenseits? Oder hatte ich es mit meinem ganzen „Das ist das Ende!“-Denken einfach nur maßlos übertrieben und war jetzt an so einer Art Neuro-Hunter-Treffpunkt?
Sollte ich einfach jemanden fragen? Wäre das verdächtig? Natürlich wäre das verdächtig! Bei so einer offensichtlich uneingeweihten Frage merkte doch selbst der letzte Depp, dass ich nicht dazu gehörte!

Nein, ich sollte lieber nichts überstürzen und schlicht abwarten und beobachten. Einige Fragen würden sich sicher von selbst klären und die anderen würden auch nicht weglaufen. Nur nicht den Kopf verlieren. Alles war bestens.
Möglichst unauffällig sah ich mich um, denn das hier war Welten von meinem Segment entfernt. Na gut, Welten war vielleicht ein wenig übertrieben. Hier schien es auch einen Markt zu geben, zumindest konnte ich in einiger Entfernung Gebäude erkennen, die unseren sehr ähnlich sahen, nur eben deutlich belebter und auch deutlich mehr.
Der Boden war ganz anders. Statt einer klaren Unterteilung in weiße und graue Substanz gab es hier nur ein feines, sehr stabiles Netz aus Nerven, die immer wieder aufleuchteten. An den Seiten der Fläche führten sie nach oben und wurden dabei immer breiter, als würden wir in einem gewaltigen Trichter sitzen, der als Deckel wieder den typischen Rückenmarksquerschnitt hatte.
Aha. Hier mussten wir im Conus medullaris sein, das spitzzulaufende Ende des Rückenmarks auf Höhe des ersten oder zweiten Lendenwirbelkörpers. Weiter unten gab es nur noch Wurzelfäden, die als cauda equina oder auch Pferdeschwanz zusammengefasst wurden.
Ich fand das sprach deutlich mehr für einen Neuro-Hunter-Treffpunkt als das Jenseits.
„Krasser Hut!“, machte mir unvermittelt jemand ein Kompliment, der rumlief wie eine lebende Leuchtreklame. „Danke?“, unsicher schaute ich dieses Individuum an.
War das hier wirklich so eine gute Idee gewesen? Mit dem Ganzen fühlte ich mich schon ein kleinwenig überfordert. Aber ich würde das sicher schaffen. Ja, ganz bestimmt. Immer noch mit einem ordentlich mulmigen Gefühl, setzte ich mich in Bewegung.
Ich war ganz normal, nur eine von vielen. Alles war gut. Ich würde Erfahrungen sammeln und wir würden alle schön friedlich weitermachen. Als unbedeutender Teil der Menge erreichte ich den beachtlichen Markt.

Es war wirklich überwältigend! Überall drängten sich die Menschen und nicht wenige staunten genau wie ich. Kleidung, Karten, Verpflegung, Krankenbehandlung und ja, auch jede Menge Waffen. Aber diese Vielfalt! Und auch die Masse! Bei dem ganzen Gewusel und Stimmengewirr blickte ich gar nicht mehr durch! Doch irgendwie war es ein schönes Chaos. Hier herrschte eine Mischung aus geschäftigem Treiben und begeisterter Neugierde, vielleicht hier und da auch ein wenig Ungeduld aber nichts Kämpferisches, keine Gewalt. Das war so viel schöner!
Vor einem abstrakt geformten, gräulichen Gebäude, aus dem jede Menge Äste ragten, blieb ich stehen. Darauf stand: „Zum Interneuron“. War das vielleicht sowas wie unsere Panne zuhause?
Vorwitzig schritt ich durch die dunkle Öffnung, die sich stetig leicht nach links und rechts bewegte. Ein flexibler Eingang war doch lustig! Für einen Moment stand ich total baff im Raum. Ja, das war auch eine Bar, aber eine ganz andere Liga.
Die Luft vibrierte fast vor Leben! Seitlich schlängelte sich eine Spiralstruktur nach oben, die scheinbar aus einem Axon bestand (was anatomisch nicht völlig korrekt war, da es ja eigentlich außerhalb der Zelle verlief). Oben verzweigte er sich zu einer luftigen Fläche, bei der die Endknöpfchen Tische bildeten und somit war unten eine breite Tanzfläche frei, die auch ausgiebig genutzt wurde. Unglaublich.
Immer noch ganz fasziniert fing ich an nach oben zu gehen. Was es hier wohl für Getränke und Speisen gab? Und bestimmt hatte man dort eine super Aussicht, nicht zu schweigen von dem Gefühl über den Dingen zu schweben. Überwältigt von allem ließ ich mich auf eine der feinen Bänke vor einem Endknöpfchentisch sinken.
Sofort tauchte eine Liste auf mit aufregenden Spezialitäten wie Zentriol-Rollen, Prost-Proencephalon, Sympathikus-Küsschen, Parasympathikus-Schuss... Keine Ahnung wer auf all die verrückten Namen gekommen war, die mal wieder

so komplett unzusammenhängend waren und noch viel weniger wusste ich, was ich mir darunter vorstellen sollte. Ich würde einfach von oben anfangen und alles durchtesten.
Aufgeregt tippte ich die Zentriol-Rollen an. Keine Ahnung ob das Bestellen wirklich so funktionierte, aber einen Versuch war es allemal wert. Eine Anzeige in Rot ploppte auf: „Nicht genügend Münzen."
Was sollte das denn heißen? Verwirrt runzelte ich die Stirn und versuchte es erneut. Möp. Natürlich klappte es wieder nicht. War das eine Neuro-Hunter-Währung, von der ich einfach nichts wusste? Wie blöd.
„Du bist wohl zum ersten Mal hier", mit diesen Worten und einem absolut schleimigen Lächeln setzte sich ein Typ mir gegenüber. Über seine muskelbepackte Schulter hing ein Munitionsgürtel, er hatte ein Streichholz im Mund, einen Dreitagebart und unterm Strich eine Ausstrahlung, die regelrecht Gangster schrie. Für die Feststellung, dass er nichts Gutes wollte, brauchte ich meine kribbelnden Hinterhörner also gar nicht.
„Ja, bis jetzt habe ich es vorgezogen Gesellschaft zu meiden und bei dir würde ich das gerne beibehalten", erwiderte ich distanziert. „Hey, warum gleich so garstig?", abwehrend hatte er seine behandschuhten Hände gehoben und lachte schmierig auf: „Vielleicht gefällt dir mein Angebot ja."
„Danke. Aber ich verzichte lieber", blieb ich kühl und stand beherrscht auf. „Überleg dir das besser nochmal", in seinen Worten schwang eindeutig eine Drohung mit. Doch damit konnte er mich nicht beeindrucken. Ich konnte die Gefahr durch seine widerwärtigen Komplizen deutlich spüren, aber das war nichts, womit ich nicht fertig werden würde. Solche Typen konnte ich zum Frühstück verputzen, wenn ich es wollte, was bei meinem neuen Ich nicht der Fall war. Schlimm genug, dass mich dieser Affe zwang, nicht schrullig-freundlich zu sein.
„Es gibt nichts, das du und deine Freunde mir bieten könnten. Also lass mich in Ruhe oder ich lasse dich alles gründlich

überdenken", drohte ich ihm mit einer Entschlossenheit, die seine Selbstgefälligkeit ein kleinwenig ins Wanken geraten ließ.
Ohne ihm die Chance zu geben noch etwas Dummes zu sagen, wandte ich mich ab. Gerne wäre ich jetzt einfach runter gesprungen und hätte mich unter die hemmungslos Tanzenden gemischt. Mit meinen Flügeln wäre das überhaupt kein Problem. Aber da ich gerade im Neuro-Hunter-Modus war, fiel diese Option leider aus. Also stapfte ich einfach nur unaufhaltsam davon.
Bis jetzt lief mein Ausflug ja echt wundervoll. Wie hatte es hier wohl ohne die Neuro-Hunter ausgesehen? War es auch so leer gewesen, wie in meinem Segment? Hatten sie all das hier erbaut? Aber wir hatten auch einen Markt und bei uns waren sie noch nicht gewesen, beziehungsweise hatte ihr Aufenthalt immer nur gerade zum Sterben gereicht.
Hatte es früher vielleicht ein Urvolk der Nerven gegeben, das von den Neuro-Huntern vertrieben worden war? Bisher hatte ich mir darüber noch nie richtig Gedanken gemacht und ich war mir auch nicht sicher, ob ich darauf je Antworten finden würde.
Definitiv nicht hier, wo sich die Neuro-Hunter schon alles zu eigen gemacht hatten. Gedankenverloren und ziemlich mies gelaunt verließ ich die Bar wieder. Wo sollte ich als nächstes hingehen? Unschlüssig sah ich mich auf dem überlaufenen Markt um. Eigentlich waren mir hier überall zu viele Menschen.
„Hallo! Ich finde deinen Hut echt hübsch! Besonders die Blumen! Richtig süß!", sprach mich auf einmal eine weibliche Stimme an. Meine Hinterhörner meldeten zwar von ihr keine Bedrohung, trotzdem blieb ich wachsam.
„Hallo", begrüßte ich sie und unterzog sie einer kleinen Musterung. Ihre Haare waren bonbonrosa, ihre Haut ziemlich blass, was ihre farbige Frisur noch stärker zur Geltung brachte. Dazu trug sie ein rotes Halstuch, eine weiße Jacke, darunter ein lila Top, eine weiße Hose und wieder lila Stiefel.

Waffen schien sie keine bei sich zu haben und ihr ganzer Aufzug wirkte auch nicht sonderlich gefährlich.
„Ich bin Nilli", stellte sie sich freundlich vor. „Ich bin Fly", antwortete ich ohne nachzudenken. Ich hatte doch eine völlig neue Identität angenommen, brauchte ich da nicht auch einen neuen Namen? Allerdings hatte sich eigentlich nie ein Neuro-Hunter die Mühe gemacht nach meinem Namen zu fragen und selbst wenn, hätte er ihn nicht verraten können. Außer Sirius...
Egal! Mit meinem Namen war ich auf jeden Fall nicht auffällig und ich mochte ihn einfach. Außerdem war es jetzt eh zu spät.
„Bist du auch neu oder schon länger dabei?", erkundigte sie sich fröhlich: „Und woher hast du diese ganzen umwerfenden Accessoires? Dein Outfit ist einfach umwerfend!" „Ähm... Bei dem Outfit hat mir meine beste Freundin geholfen. Ich muss gestehen, ich hab echt keine Ahnung von allem hier", vollkommen ehrlich machte ich eine allumfassende Geste.
„Wollen wir dann vielleicht ein Team werden?", fragte sie mich ganz offen. Für einen Neuro-Hunter war sie wirklich nett und es könnte durchaus seine Vorteile haben, diese Weiten nicht alleine zu erkunden...
„Warum nicht?", willigte ich vielleicht etwas unüberlegt ein, aber mein Gefühl sagte mir einfach, dass es die richtige Entscheidung war. „Super! Wo sollen wir zuerst hin? Wir können auf die unteren Segmente und dort üben! Da gibt es ja auch Quests, um Münzen zu sammeln, oder? Und Erfahrungspunkte! Wir brauchen eine richtige Spitzenausrüstung!", fing meine neue Weggefährtin gleich mit dem Planen an.
Erfahrungspunkte klang doch schon mal gut. Spitzenausrüstung hingegen hatte für meinen Geschmack zu viel mit Kampfhandlungen zu tun. Aber fürs erste würde ich mich einfach Nilli anschließen. „Dann lass uns aufbrechen und unser Abenteuer gleich starten!", meinte ich voller Tatendrang.
„Das ist genau die richtige Einstellung!", stimmte sie aufgedreht zu und setzte sich in Bewegung.

Neugierig folgte ich ihr und versuchte möglichst zu verbergen, dass ich noch weniger Ahnung von allem hier hatte, als sie. Eilig schlängelten wir uns durch das Gedränge der ganzen Neuro-Hunter bis zur Mitte des Segments. Genau wie bei uns floss hier der Liquor, allerdings war er durch einen imposanten Brunnen deutlich spektakulärer in Szene gesetzt. Schon beeindruckend.

„Machen wir es gemeinsam?", fragte mich Nilli und streckte auf nette Weise auffordernd die Hand aus. „Natürlich", völlig selbstverständlich griff ich ihre Hand und zusammen setzten wir uns auf den kantigen Rand des Wasserbeckens. Und was jetzt?

Vorfreudig fing Nilli an zu zählen: „Eins…" Ich hatte keine Ahnung, was ich machen sollte! „Zwei…", sie lächelte mich an, was ich ziemlich überfordert erwiderte. Da hinten sprang jemand ins Wasser! Würden wir das auch tun? Warum? Sonst reiste man doch immer über Nervenfasern!

„Drei!", schloss ihr Countdown und sie sprang tatsächlich nach vorne. Etwas unvorbereitet wurde ich mitgerissen. Klar umschloss mich das gefilterte Blut, nur ein paar Bläschen waren zu sehen. Für einen Moment trieb ich absolut friedlich in der Flüssigkeit, die das gesamte zentrale Nervensystem umspülte, doch natürlich war es damit noch nicht vorbei…

Kapitel 6

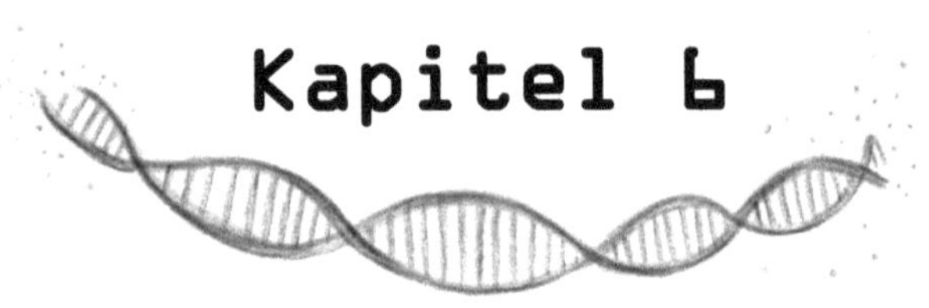

Das Gefühl war so ähnlich wie meine Reise hierhin und doch irgendwie ganz anders. Ich weiß, dass ist eigentlich schon ein Widerspruch in sich. Ein großer Unterschied war auf jeden Fall, dass ich wenigstens eine grobe Vorstellung hatte, was mich erwartete. Diese Ungewissheit und die ganze Angst tot zu sein, waren schon übel gewesen. Aber ich lebte ja noch und wenn ich ehrlich war, fühlte ich mich sogar so lebendig wie nie.
Schlagartig endete dieser wilde Trip der Energie wieder. Ich brauchte einen kleinen Augenblick, um wieder richtig anzukommen. Interessant. Offensichtlich waren wir erneut an einem sehr beliebten Ort. Auch hier wimmelte es nur so vor Neuro-Huntern.
All das Leben im Gebiet dieser Killer fühlte sich, im Vergleich zu meiner wie leer gefegten Heimat, irgendwie verkehrt an. Ich meine, wir waren doch die Guten! Sollte es bei uns nicht eigentlich schöner sein, als bei ihnen? Die Welt war echt nicht gerecht.
„Wo sollen wir zuerst hin?“, fragte meine neue Gefährtin quirlig: „In den Dendriten-Dschungel? Auf den großen Axonhügel? In das Netzsystem der Arachnoidea-mater? Vielleicht finden wir ja sogar einen Sinus durae matris mit Arachnoidalzotten! Die gibt es zwar eigentlich nur im Gehirn, aber ich hab schon mal davon gehört, dass jemand eine entdeckt haben soll! Das wäre doch super! Wie ein geheimer See! Nur eben mit Liquor und Blut! Vielleicht schwimmt dann da auch ein Ungeheuer drin, wie Loch Ness!“
Irgendwann würde mich diese Quasselstrippe ganz sicher noch in den Wahnsinn treiben, aber jetzt war ich dafür viel zu

fröhlich. Außerdem war es doch auch genau das, was ich wollte: offen, glücklich und ein wenig überdreht.
„Dann suchen wir mal Loch Ness“, meinte ich mit einem ehrlichen Lächeln. Diese neue Welt zu erkunden, war so aufregend! Seite an Seite gingen wir los. Neugierig beobachtete ich die anderen Neuro-Hunter um uns herum.
Viele wirkten unschlüssig oder hibbelig. Die wenigsten zogen alleine umher, die meisten standen in Gruppen und diskutierten leidenschaftlich, dachten angestrengt nach oder lachten ausgelassen. Das waren nicht die herzlosen, habgierigen Killer, wie ich sie kennengelernt hatte. Hier wirkten sie wie ganz normale Menschen...
„Hey, Nilli. Darf ich dir mal eine komische Frage stellen?“, setzte ich vorsichtig an. „Klar, leg los“, forderte sie mich sofort unbeschwert auf: „Ich stelle auch andauernd komische Fragen.“ „Warum wollt ihr, ähm, wir zum Gehirn?“, sprach ich die entscheidende Frage aus, die ich auch schon Sirius gestellt hatte. Seine Antwort... Die Welt retten.
Ich musste es einfach wissen! Wie wurden so normale Menschen zu Mördern? Wieso eroberten sie unsere Welt? Warum hatte mein Leben ein ständiger Kampf sein müssen? Es musste doch einen Grund hinter alldem geben!
„Ah! Du hast das Einstiegs-Video übersprungen! Das kann ich gut verstehen. Ich bin auch häufig ungeduldig. Aber das solltest du dir wirklich noch ansehen! Echt gut gemacht! Und die Musik im Hintergrund! Einfach fantastisch! Ein Symphonieorchester mit Chor! Da kriegt man echt Gänsehaut! Richtig episch!“, sprudelte sie gleich wieder los. Aber das waren die falschen Informationen!
Also es war schon ganz interessant, dass sie durch ein Video über uns informiert worden waren, allerdings fand ich ihre Lernmethode gerade wirklich zweitrangig. „Könntest du mir vielleicht trotzdem schon mal eine Kurzfassung geben?“, bat ich sie und versuchte mir meine angespannte Unruhe dabei nicht anmerken zu lassen.

„Natürlich! Aber ich warne dich schon mal vor: In Kurzfassungen bin ich ganz schlecht“, und dann kam meine sonnige Begleiterin endlich zur Sache: „Also da ist eine Frau, also nicht nur irgendeine Frau. Sie ist die Chefin eines Technik-Konzerns mit dem Kerngebiet auf Robotik und künstlicher Intelligenz. Und sie wurde jahrelang von allen voll mies behandelt, so richtig erniedrigend und jetzt will sie sich rächen, indem sie eine Armee aus Robotern auf die Welt losschickt. So Terminatormäßig auch mit menschlichem Klon-Aussehen, sodass niemand mehr weiß, wer ein Mensch ist und wer eine Maschine. Niemand könnte mehr den anderen trauen. Die absolute Überwachung, weil sie die Kontrolle über alle Roboter hat. Doch einer der Laboranten, der ihr auch bei der Herstellung der menschlich wirkenden Körper geholfen hat, will sie aufhalten. Mit seiner Technik kommt man in das Nervensystem eines Menschen. Neurohacking. Aber so leicht ist das nicht, weil sich der Körper natürlich wehrt, wenn Fremdkörper reinkommen. Wie auch die Abstoßreaktion bei einem Transplantat oder bei einer Allergie. Auf jeden Fall müssen wir bis hoch ins Gehirn, wo die Deaktivierungscodes für diese herzlosen Roboter sind. Und wenn das geschafft ist, haben wir die Weltherrschaft dieser kaltherzigen, berechnenden... Frau verhindert. Mir fällt gerade ihr Name nicht mehr ein, aber Miss X klingt doch auch gut.“
Für einen Moment wusste ich nicht, was ich sagen sollte. Sprachlos starrte ich sie an. Die Zerstörung jeglicher Privatsphäre? Ein Zeitalter ohne jedes Vertrauen? Die Weltherrschaft? Und wir waren Teil dieser Person?
Das konnte nicht stimmen! Nein! Das musste ein Scherz sein! Eine Lüge! Irgendwas! Ich konnte nicht für eine Irre kämpfen! Ich konnte nicht die ganze Zeit über die Guten getötet haben! Glia war doch nicht schlecht! Ich war nicht schlecht! Es musste eine andere Erklärung geben!
„Fly? Was ist los? Worüber denkst du nach?“, wollte Nilli neugierig von mir wissen. „Da stimmt etwas nicht“, murmelte ich nur. „Denkst du, dass ist eine falsche Spur? Dass wir unter

dem Vorwand der Deaktivierung einer Roboterarmee hierhin geschickt wurden, aber in Wahrheit ist es etwas ganz anderes? Das wäre ja mal eine Wendung!", ihr schien es überhaupt nichts auszumachen, dass sie vielleicht belogen und benutzt worden war.
Wie konnte sie alles nur so locker sehen? Hier ging es um Leben und Tod! Wenn ich nur daran dachte, wie viele Neuro-Hunter ich schon getötet hatte, die gedacht hatten, sie würden für eine gute Sache kämpfen... Mir wurde schlecht.
Aber es war doch nur Selbstverteidigung gewesen! Ich konnte es nicht wissen! Sie hatten immer nur ihre Waffen sprechen gelassen!
Nilli sah mich an. Es war offensichtlich, dass sie meine Reaktion übertrieben fand. Scheinbar herrschte bei den Neuro-Huntern überhaupt kein Zusammengehörigkeitsgefühl. Doch bei uns war das auch nicht wirklich anders. Bis auf Glia waren mir diese Klone doch meistens ziemlich egal gewesen... Ähnlichkeiten zwischen uns und ihnen zu finden, machte die Sache wirklich nicht besser. Dadurch wirkten sie eher noch menschlicher und meine Schuldgefühle wuchsen weiter. Nur konnte ich das meiner neuen Partnerin auf keinen Fall so sagen. Im besten Fall würde sie mich für verrückt halten, im schlimmsten Fall würde sie einen Kampf mit mir anfangen und sie sollte nicht auf der Liste meiner Opfer stehen.
Also rang ich mir ein Lächeln ab: „Ich finde das alles nur sehr krass. Vielleicht hätte ich mich vorher doch informieren sollen." „Kein Ding! Dafür bin ich ja da!", kaufte sie es mir sofort auf ihre nette, unkritische Art ab. Nilli war wirklich alles andere als ein herzloser Killer.
„Sollen wir jetzt los oder brauchst du noch einen Moment?", fragte sie mich verständnisvoll. „Wir können gerne los", ich versuchte meine Worte mit einem überzeugten Lächeln zu bekräftigen, aber ich war mir nicht sicher, wie gut mir das im Endeffekt gelang. „Super! Auf in unser neues Abenteuer!", jubelte meine aufgedrehte Begleitung.

Unbeschwert zogen wir weiter. Na ja, Nilli war unbeschwert, ich grübelte über eine ganze Gewitterwolke von Gedanken nach. Dadurch bekam ich auch gar nicht richtig unsere Umgebung mit, was echt schade war, weil ich ja eigentlich extra für solche Erkundungen losgezogen war. Aber ich kam einfach nicht mit dieser Geschichte klar.
Mein ganzes Leben fühlte sich wie eine einzige, große Lüge an, meine ganze Identität! Als Teil des Nervensystems einer Psychopatin hatte ich schon so eine Existenzkrise. Ich meine, wenn ich ein Teil von ihr war, musste ich doch irgendwo auch so sein oder ich hätte irgendwas merken müssen!
Neben diesen sinnlosen Überlegungen war da die etwa ebenso sinnhafte Suche nach einer anderen logischen Erklärung. Da war alles mit dabei, von Halluzinationen durch einen festen Schlag auf den Kopf während eines Kampfes, über eine ausgefuchste, gemeine Verschwörung der Neuro-Hunter, natürlich mit dem Ziel alles zu unterjochen, bis hin zu wirren Parallelrealitäten.
Ich sah ja selbst ein, dass diese Erklärungen vieles waren, nur nicht logisch. Am Ende kam ich nur zu einem echten Schluss: auf diese Weise würde ich keine Antworten bekommen.
Wenn ich Gewissheit wollte, gab es nur einen Weg: Nach oben. Im Gehirn wurden alle Informationen verarbeitet und gespeichert. Dort musste es Antworten geben. Praktischerweise war das ja auch schon Nillis Ziel, also konnten wir weiter ein Team bleiben. Und auf unserem Weg dorthin würde ich versuchen, mich nicht länger damit verrückt zu machen.
Hier und jetzt würde ich mein Leben leben und wenn der Moment gekommen war und ich mich der Wahrheit stellen musste, würde ich auf eine aufregende Zeit zurückblicken können, die nichts mit der Welt eines herzlosen Kämpfers zu tun hatte.
Das hier war meine Entscheidung. Ich bestimmte, wer ich sein wollte!

Kapitel 7

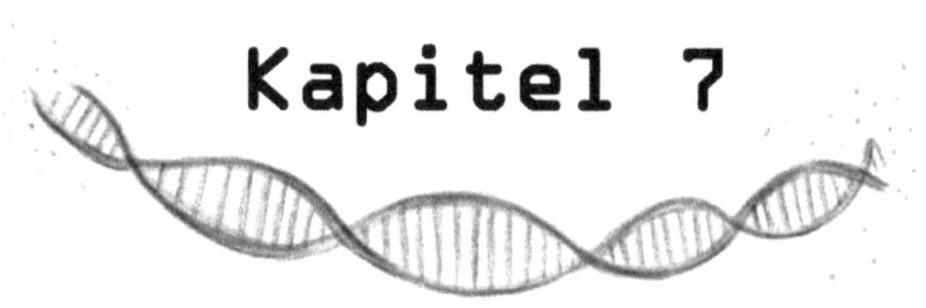

Nachdem ich meine Erkundung über die ganzen dramatischen Gedanken sträflich vernachlässigt hatte, sah ich mich jetzt nochmal umso gründlicher um. Das meiste hatte ich wahrscheinlich schon verpasst. Rechts konnte ich in der Ferne etwas in die Höhe ragen sehen. Vielleicht war das ja ein Strang Wurzelfäden, der sich durchzog oder auch der Dendriten-Dschungel von dem Nilli geredet hatte, vielleicht ja auch eine Mischung aus beidem.

Im näheren Umkreis war nichts Besonderes, na ja, nicht ganz. Nur einen Katzensprung von uns entfernt ragte eine Art rötliche Mauer in die Höhe. Nein, es war keine Mauer, es war Gewebe! Die Pia mater! Die innerste Hirnhaut, die direkt mit dem Rückenmark und auch dem Gehirn verwachsen war. Eigentlich auch logisch, sie schloss gemeinsam mit der festen Dura mater auf der anderen Seite die Arachnoidea quasi ein.

Und diese Öffnungen vor uns waren bestimmt Trabekel, die uns in diese mittlere Schicht brachten. Ich war schon gespannt, was uns dort erwarten würde!

Wir waren übrigens auch hier nicht alleine. Einige Neuro-Hunter steuerten ebenfalls auf den Eingang zum Subarachnoidalraum zu. Nach der ganzen Zeit quasi mit Glia allein, war es immer noch eine wahnsinnig große Umstellung so viele Personen auf einmal zu sehen. Ein wenig beängstigend war es auch, aber nur ein wenig.

„Bereit für eine ganz neue Welt? Die Cisterna lumbalis! Die Weiten des äußeren Liquorraums! Hier kann man Nährstoffe sammeln oder sich vielleicht sogar mit Abwehrzellen aufleveln! Super krass! Unsere erste richtige Mission! Ich würde

sagen, wir gehen auf Nummer sicher! Zuerst nur abchecken und Nährstoffe sammeln, kein Risiko. Es wäre mega scheiße, wieder von vorne anfangen zu müssen", plante Nilli alles eifrig vor und wandte sich ganz zum Schluss noch an mich: „Oder was hältst du davon?"
„Klingt nach einem klasse Plan", stimmte ich einfach mal zu. Sie redete schneller, als ich denken konnte und irgendwie mochte ich ihre quirlige Art. Genau so wollte ich meine Reise verbringen. Ohne Risiko und dafür mit jede Menge unbeschwertem Spaß.
„Du solltest Reiseleiter werden. Bei dir klingt alles wie ein Abenteuer!", meinte ich lächelnd. „Es ist ja auch ein Abenteuer!", erwiderte sie strahlend: „Aber danke." Ich war echt froh, sie gefunden zu haben, alleine wäre das hier nicht halb so lustig.
Seite an Seite schritten wir durch die Öffnung, die wie schon vermutet in einen Trabekel führte. Ich hatte mir diese Verbindungen ja deutlich kleiner vorgestellt. Hierdurch hätte fast schon ein LKW brettern können.
„Oh! Hier ist eine Schleuse!", begeistert hüpfte Nilli auf und ab. „Gehen wir gemeinsam in dieser Welt unter", machte ich ausgelassen ein kleines Wortspiel. „Ich mag deinen Humor", machte mir meine Begleiterin auf ihre unbefangene Art einfach ein Kompliment. „Und ich mag deine positive Sicht", gab ich ehrlich zurück.
„Danke. Damit kommt man auch viel weiter, wenn man alles immer hell sieht. Dann entdeckt man überall Möglichkeiten, die für andere in dunklen Griesgram-Ecken verborgen bleiben", meinte sie ganz philosophisch.
„Wollt ihr noch ewig quatschen?", meldete sich eine mürrische und sehr ungeduldige Stimme von hinten. Er gehörte ganz sicher zu den Menschen mit den Griesgram-Ecken.
„Man muss jeden Moment auskosten, mein Lieber", mit diesen Worten schenkte ich ihm noch ein provozierendes Lächeln, bevor ich mich endlich richtig der Schleuse zuwandte. Irgendwo hatte er ja schon recht. Es war an der Zeit für

unsere erste richtige Mission, wie Nilli es so schön genannt hatte.
Ohne noch irgendwelche Wortspiele zu machen oder große Weisheiten rauszuhauen, drückte ich auf eine runde Erhebung direkt neben der Schleuse und wie ich vermutet hatte, öffnete sich dadurch die Wand des Trabekels und eine völlig neue Welt empfing uns. Hallo äußerer Liquorraum!
„Arschbombe!“, rief Nilli und kam mir zuvor, in die geheimnisvolle Wassermasse zu springen. Was sollte ich denn jetzt noch Witziges rufen? Weil mir nichts Besseres einfiel, machte ich die beiden Erkennungs-Töne aus der weiße Hai und warf mich ihr hinterher.
Ui! Das war fast wie fliegen! Nur langsamer, träger! Irgendwie toll! So friedlich und schwerelos! Ausgelassen ruderte ich mit den Armen. Ich fühlte mich wie ein Kind. Es gab nichts, worüber ich mir Sorgen machen musste, einfach wundervoll!
„Ich war noch nie schwimmen“, wollte ich Nilli unbeschwert erzählen, doch aus meinem Mund kamen nur ein paar Blubberblasen. Schnell schlug ich mir die Hände auf den Mund und musste richtig albern grinsen.
Mit einem Lächeln griff meine neue Freundin nach meiner Hand und zog mich durch die klare Flüssigkeit hinter sich her. Ihr Beinschlag hatte so etwas Beständiges und Zielstrebiges. Für sie war das hier definitiv nicht das erste Mal schwimmen. Und wie lustig ihre rosa Haare um ihren Kopf schwebten, als wäre sie voll elektrisch aufgeladen. Witzig!
Oh nein! Moment mal! Wenn hier alles einfach in der Gegend rum hing, verdeckte mein Umhang meine Flügel doch gar nicht mehr. Panisch warf ich einen Blick über die Schulter, der meine Befürchtung bestätigte. Trotzdem war es nicht so schlimm wie gedacht. Wenn ich meine Flügel nicht benutzte, waren sie ja sowieso in einem schlichten Grau und hier war durch den Liquor noch zusätzlich alles farblich gedämpft und leicht verwaschen. Man könnte meine Flügel schnell für eine weitere Lage Stoff halten, wenn die anderen überhaupt so genau hinsahen.

Außerdem würde sowieso kein Neuro-Hunter damit rechnen, dass sich je jemand wie ich unter sie mischte. Sirius hatte mir ja gezeigt, dass sie in uns nur Monster sahen…
Wie war ich denn an diesen Punkt gekommen? Eigentlich sollte ich diesen umwerfenden Moment genießen. Entschieden schob ich meine dummen, unglücklichen Gedanken zur Seite und obwohl sie sehr hartnäckig waren, erfüllte der Blick in meine Umgebung seinen Zweck. Bei diesem Anblick könnte man einfach alles vergessen.
Überall führten balkenartige Gebilde durch diese Unterwasserwelt, die Netzstruktur der Arachnoidea mater und wir waren mitten drin. Ja, schon klar, das klang nicht so spektakulär im Vergleich zu dem Markt der Neuro-Hunter mit all dem aufregenden, überwältigenden Zeug, aber dieser Ort hatte einfach etwas Weltvergessenes an sich, das einen auf eine ganz andere Art in den Bann zog. Ich könnte stundenlang hier treiben, vorausgesetzt ich hätte genug Luft.
Aufgeregt zerrte Milli an meinem Arm. Was hatte sie entdeckt? Oh! Da war ein kleiner, kantiger Ring im Liquor, nur ein winziges Stück von uns entfernt. Glukose! Unser erster Nährstoff! Mit leuchtenden Augen tippte sie das Molekül an und es verschwand. Sobald wir hier draußen waren, musste ich sie unbedingt fragen, wie sie das gemacht hatte. Doch zuerst sollten wir versuchen, noch mehr zu sammeln und ich hatte auch schon das nächste entdeckt.
Schnell zog ich meine Begleiterin in die Richtung. Neugierig probierte auch ich es einmal mit dem Antippen, aber nichts passierte. Vielleicht war es ja so ein Neuro-Hunter-Ding. Mit einer galanten Geste überließ ich ihr einfach den Vortritt und schon verschwand das Ding bereitwillig.
Irgendwie war das total aufregend! Dabei wusste ich nicht einmal, was wir später mit diesen Energielieferanten anfangen sollten. Meine Neuriten-Peitsche luden sie definitiv nicht auf. Aber das Praktische war für einen Moment egal. Hier ging es nur um Spaß!

Eine Gruppe von vier Neuro-Huntern schwamm locker auf uns zu. Um ihre Köpfe hatten sie lustige Blasen, die mich ein bisschen an Astronauten-Helme erinnerten. Wahrscheinlich konnten sie mit den Dingern länger unter Wasser bleiben, was schon echt nützlich war. Bei mir machte sich der Sauerstoffmangel bereits langsam bemerkbar. Auch Nilli machte dicke Backen. Dabei hatte unser Nährstoff-Sammeln doch gerade erst richtig angefangen!
Ohne uns groß zu beachten, schwamm die Gruppe weiter. Nilli deutete auf den nächsten Balken und zog mich auch gleich in die Richtung. Lange brauchten wir nicht, um auch hier die kleine Erhebung zu finden, die die Schleuse öffnete. Flink schlüpften wir ins Innere des Trabekels und schnappten erst einmal nach Luft.
Atemlos stützte ich mich mit den Händen auf den Oberschenkeln ab. Meine Hutkrempe hing traurig herab und tropfte, doch meine Stimmung war das genaue Gegenteil zu diesem tristen Anblick.
„Das war der Wahnsinn!“, brachte ich keuchend hervor. „Echt super!“, stimmte mir Nilli zu und auch ihr konnte man anhören, dass sie gerade ziemlich lang die Luft angehalten hatte.
„Was machen wir eigentlich mit der Glukose?“, nutzte ich meinen noch schwerfälligen Atem für eine logische Frage.
„Na zum Essen, als Notfallvorrat, wenn unser Energielevel mal sinken sollte. Das ist immer gut. Außerdem müssten wir erst einmal ein paar Münzen verdienen, bevor wir uns das richtig krasse Essen leisten können“, erklärte sie mir immer wieder unterbrochen von Atempausen. Ich liebte es, dass sie mich dabei nicht wie ein unwissendes Kind behandelte, immerhin waren manche meiner Fragen schon sehr grundlegende Sachen, die eigentlich für jeden Neuro-Hunter selbstverständlich sein sollten.
„Sollen wir uns noch ein bisschen mehr Essen selbst organisieren? Das ist doch sowieso viel aufregender, als es einfach nur langweilig zu kaufen“, voller Tatendrang ließ ich meine Hand über der Erhebung zur Schleuse schweben.

„Auf jeden Fall!“, stimmte sie mir so energiegeladen wie immer zu. Aufgedreht öffnete ich uns wieder die faszinierende Welt der Cisterna lumbalis. Ebenfalls faszinierend war, mit wie vielen Wörtern man diesen Ort benennen konnte: Cisterna lumbalis, Subarachnoidalraum, äußerer Liquorraum… Als hätte eine Bezeichnung nicht gereicht.
Hand in Hand paddelten wir durch die ruhige Flüssigkeit und hielten die Augen nach dem nächsten Zuckermolekül offen. Aha. Da kam die lustige Blasenkopf-Gruppe wieder. Warte… Meine Hinterhörner fingen an zu kribbeln. Sie waren viel zu hektisch. Alarmiert umklammerte ich Nillis Hand fester. Fragend schaute sie mich an. Irgendetwas stimmte hier nicht! Wir mussten schnell hier weg!
Nur eine Sekunde nach dieser vagen Feststellung sah ich es: Ein dickes, unförmiges Ding, das den anderen Neuro-Huntern dicht auf den Fersen war. Eigentlich sah es gar nicht so angsteinflößend aus, eher wie ein weißer Popel oder so ein geknautschter Antistressball.
Doch dann erreichte es eine der schlicht gekleideten Personen, es war glaube ich ein Typ. Dumpf hörte ich den Schrei, den er ausstieß. Sein Bein hing in der rundlichen Maße. Verzweifelt ruderte er mit den Armen, doch das brachte nichts. Entsetzt kreischend kam ihm einer seiner Kameraden zu Hilfe. Eine Spur aus Luftblasen zog aus seinem Mund. Krampfhaft zog er an seinem Arm, aber er versank immer weiter.
Zuerst schossen die anderen, doch das beeindruckte den Monozyten kaum. Sie erkannten, dass es sinnlos war und rissen den Helfer weg. Er wehrte sich mit Händen und Füßen, doch die Gruppe wollte nicht zwei Leute an einem Tag verlieren. Ich konnte den Schmerz in ihren Gesichtern sehen. Noch einen Verlust würden sie nicht verkraften.
Mit einem letzten kummervollen Blick öffneten sie die nächste Schleuse und verschwanden in Sicherheit. Auch das Opfer verschwand, allerdings in dem wabbernden, bleichen Ball. Kurz leuchtete er auf, als der Neuro-Hunter sich in

glühende Fünkchen verwandelte und seine Luftblase zerplatzte mit einem leisen und doch so endgültigen „Plopp".
Ein absolut schreckliches Schauspiel!
Wieder war ein Leben verglüht. Ich hatte schon so oft den Tod gesehen. Ich war fast schon gleichgültig gewesen, doch jetzt stand ich auf der anderen Seite. Mein Herz wollte fast zerspringen. Es fühlte sich ungerecht an, es fühlte sich falsch an, es war einfach qualvoll traurig.
Und über all das vergaß ich das Wesentliche: Nur weil wir gerade die unbeteiligten Beobachter gespielt hatten, hieß das nicht, dass wir das auch waren. Wir waren nicht in Sicherheit...

Kapitel 8

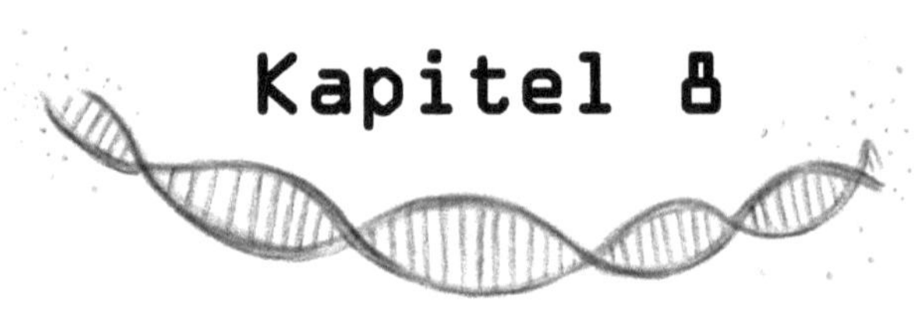

Auf einmal steuerte dieses lachhaft wirkende Ding auf mich zu. Es musste ein Monozyt sein, spezialisiert zu einer Fresszelle, die alle Fremdkörper verschlang, Fremdkörper wie wir. Keine Ahnung woher diese Erkenntnis plötzlich kam. Eigentlich sollte ich mir lieber fieberhaft Gedanken machen, wie wir uns retten könnten.

Spoileralarm: Das konnten wir nicht.

Wir hätten unsere Chance ergreifen sollen und während dem Angriff auf die andere Gruppe in einen der Trabekel zurückkehren sollen. Jetzt war es für eine Flucht zu spät. Niemals würden wir noch schnell genug den Eingang zu einer Schleuse finden.

Nilli wollte es scheinbar trotzdem versuchen. Panisch schwamm sie los und zerrte mich dabei mit sich. Ich wollte nicht, dass es so endete. Es hatte doch gerade erst angefangen! Und ich wollte nicht, dass Nilli starb. Sie war nett, sie hatte ein gutes Herz.

Mein Tod würde ihr die Zeit geben zu entkommen, wenn sie denn nicht in eine Schockstarre verfiel. Aber ich war nicht der Typ für eine Opferung und auch bei einer sinnlosen Flucht würde ich nicht mitmachen.

Entschlossen fixierte ich die Abwehrzelle. Dieses Geschöpf war ein Teil dieses Körpers, genau wie ich, doch es war genau wie die meisten Gliazellen in meinem Segment völlig ausgehöhlt. Es hatte nie wirklich gelebt und es würde nie wirklich leben, aber wir würden es tun und ich würde dafür sorgen. Also tat ich etwas, das ich eigentlich nie wieder machen wollte.

Eilig öffnete ich meinen Gürtel und drückte Nilli die Hand auf die Augen. Hoffentlich kamen keine anderen Neuro-Hunter vorbei. Allerdings war diese Sorge im Moment eher zweitrangig.
Der weiße Klumpen hatte uns fast erreicht. Leuchtend lud ich meine Neuritenpeitsche mit Energie auf und nutzte gleichzeitig meine Vorderhörner, um ihn auszubremsen, was jedoch nur mittelmäßig funktionierte. Ein bisschen Zeit konnte ich mir trotzdem erkaufen.
Noch nie hatte ich im Wasser gekämpft. Hier war es nicht möglich, großartig Schwung zu holen, doch es musste auch so funktionieren. Ich musste stark genug sein.
Wie in Zeitlupe schwang meine tödliche Waffe zu meinem unförmigen Gegner und verpasste ihm einen heftigen Schlag. Er zuckte nicht einmal. Verdammt! Wenn ich schon meinen Friedensvorsatz brach, sollte es wenigstens auch funktionieren!
Mit aller Kraft jagte ich mehr Energie in meine Peitsche. Sie hing in der Immunzelle fest und es wäre wahrscheinlich berechtigt gewesen sich Sorgen zu machen, dass er sie verdaute und damit diesen wertvollen Teil von mir zerstörte und obwohl ich ihn eigentlich nicht mehr benutzen wollte, wäre das schon ein unglaublicher Verlust.
Allerdings war mein Gehirn gerade nicht für solche Gedanken zu haben. Ich war voll auf mit dem Versuch zu überleben beschäftigt. All meine Verzweiflung, Frustration und Hoffnung ließ ich als tödliche Energie in meinen Nervenfortsatz fließen.
Nilli schob meine Hand zur Seite, mit der ich für den eher unwahrscheinlichen Fall meines Sieges mein wahres Ich verbergen wollte. Am liebsten hätte ich ihr gesagt, dass sie mir vertrauen sollte, aber wir waren ja immer noch im Wasser, Erklärungen waren also aus. Somit handelte ich spontan und etwas radikal: Ich schlug ihr eine rein, fest genug, um sie für den Moment auszuknocken. Tut mir leid, aber sie durfte mich einfach nicht sehen, wie ich war.

Unbeholfen versuchte ich irgendwie doch ein kleines Stück von ihm weg zu kommen, einfach nur um mehr Zeit zu haben, den Monozyten zu eliminieren. Doch davon ließ er sich nicht wirklich aufhalten. Meine Peitsche lief immer noch auf Hochtouren. Damit hätte ich schon eine kleine Armee von Neuro-Huntern gekillt, aber er war immer noch da und schien sich davon nicht einmal gestört zu fühlen. Verflucht!
Es hatte uns erreicht!
Verbissen schob ich mich vor Nilli. Jetzt machte ich also doch einen auf Opferung. Der Arm, mit dem ich immer noch krampfhaft meine Peitsche hielt, verschwand in seinem Inneren. Vor Schmerz schrie ich auf, doch es stiegen nur ein paar Blasen auf. Ein stiller Tod. Verzehrend spürte ich, wie er mir meine Energie entzog, mein Leben, einfach alles.
Irgendwie versuchte ich weiter meine Kraft gegen den Monozyten zu richten, als wäre ich eine Autoimmunerkrankung, die sich blindlinks auf körpereigene Zellen stürzte, aber ich konnte nicht mehr. Es tat so weh! Ich war nicht stark genug.
Plötzlich verpuffte er im gleichen Funkenregen wie auch die Neuro-Hunter. Kraftlos glitt mir meine Peitsche durch die Finger. Mein ganzer Arm kribbelte und brannte und hing da fast wie tot, aber er war noch dran, was ich als großen Erfolg sah. Generell war das doch ein mega Erfolg. Wir lebten noch! Yippie. Um mich wirklich zu freuen, war ich viel zu kaputt. Und dann hatte ich ja noch Nilli neben mir, die langsam wieder zu sich kam.
Mit aller Kraft, die ich irgendwie mobilisieren konnte, wickelte ich mir die Peitsche wieder um die Hüfte und den Piratengürtel drüber. Meine Hand, die unmittelbar davor in einem mörderischen Monozyten gesteckt hatte, war kaum noch zu gebrauchen. Die zweite unmögliche Tat, die ich heute erreicht hatte.
Schon war meine aufgedrehte Begleiterin wieder ganz da. Völlig verständnislos bis hin zu verstört sah sie mich an. Das war nichts, was man stumm im Liquor treibend klären konnte,

besonders da ich meine ganze Luft gerade rausgeschrien hatte und dringend atmen musste.
Träge schwamm ich los. Dieser Kampf war mit Abstand der anstrengendste gewesen. Ah. Da war auch schon eine Schleuse. Erleichtert und erschöpft zugleich öffnete ich sie und blickte auffordernd über die Schulter. Doch Nilli war gar nicht da.
Verwirrt sah ich zu ihr zurück. Sie hatte scheinbar noch etwas geholt, aber jetzt schwamm sie in meine Richtung. Ich konnte nicht länger unter Wasser bleiben. Ohne auf sie zu warten, ließ ich mich in den Trabekel fallen.
Hustend schnappte ich nach Luft und kroch ziemlich erbärmlich zur Wand, um mich dort anzulehnen. Nach diesem Kampf hatte ich aber auch eine Pause verdient.
Nur einen kleinen Moment später kam auch Nilli. Jetzt konnte ich sehen, was sie geholt hatte: Eine weiße Kugel, nein, ein Jojo. Als sie es auf und ab hüpfen ließ, schimmerte die feine Schnur irgendwie faszinierend. Etwas daran war besonders…
Wo hatte sie das denn her? Doch bevor ich genug zu Atem kommen konnte, um meine Frage zu stellen, war erst einmal sie dran: „Fly, wie hast du das gemacht? Das war ein spezialisierter Makrophage! Den anderen hat er verschlungen, als wäre er nichts! Und bei den Schüssen hat er überhaupt keinen Schaden genommen!“
Zumindest wirkte sie eher begeistert anstatt wütend, weil ich ein Geheimnis vor ihr hatte und sie außerdem noch ausgeknockt hatte. „Das ist ein Geheimnis“, blieb ich auch dabei und versuchte möglichst locker und verschmitzt zu wirken, allerdings war ich in erster Linie wohl erschöpft und klitschnass.
„Komm schon! Sowas kannst du mir doch nicht verschweigen!“, ließ sie total aufgekratzt einfach nicht locker: „Das war so abgefahren! Wir haben jetzt krass viele Münzen und diese mega Waffe! Ein Makrophagen-Fragment! Damit können wir

anderen ihre Energie entziehen! Ich hätte nie gedacht, sowas mal zu haben! Und so früh!"
Wenn das so weiterging, vergaß sie über die Schwärmerei mit ein bisschen Glück den Anfang dieses Gesprächs. „Das ist unglaublich! Du hast uns so nach vorne katapultiert!", machte sie mit strahlenden Augen weiter, doch dann stockte sie. Oh oh.
„Fast so, als wärst du...", setzte sie beunruhigend an und blickte mir direkt in die Augen: „Ein Hacker." Sie hauchte dieses Wort, als wäre es ein geheimer Ritterschlag und ich verstand nur Bahnhof. War das eine Art Spezialform der Neurohacker? Sowas wie eine streng geheime Elite? Was es auch war, es lieferte mir die perfekte Ausrede. Gekauft.
„Hör mal", etwas theatralisch seufzte ich: „So solltest du das nicht erfahren..." Ich musste gar nicht weiter reden. „Keine Sorge! Dein Geheimnis ist bei mir sicher! Ich kann es nur noch immer nicht so ganz glauben! Aber ich wusste schon von Anfang an, dass du etwas Besonderes bist!", sie sprudelte regelrecht über vor Glück. Es war schön, sie so zu sehen.
„Oh! Willst du es haben?", mit diesen Worten hielt sie mir das Jojo entgegen. „Nein, nein. Es gehört dir. Wir sind ein Team", lehnte ich mit erhobenen Händen ab und ergänzte noch mit einem kleinen vertrauensvollen Zwinkern: „Und es ist besser, wenn du unsere Sachen hast."
Verschwörerisch nickte sie: „Oh, ich verstehe."
Na ja, wenigstens einer von uns. Für einen Moment kehrte Ruhe ein. Nein, es war eher das Fragment eines Moments, schon blubberten die Worte wieder nur so aus meiner Begleiterin heraus: „Das Weiß von diesem Schätzchen passt auch so gut zu meinem Outfit! Das ist wie für mich gemacht! Oh und denkst du, die Münzen reichen schon, um es aufzuleveln? Wir könnten die Reichweite verbessern und die Intensität! Vielleicht könnten wir es auch in ein Gewehr einbauen lassen. Sowas wie ein konzentrierter Energiesaugstrahl oder ein riesiger Stab mit so einem Ring am Ende, der

energieentziehende weiße Seifenblasen macht. Der hätte auch den verspielten Charakter des Jojos! Riesige Seifenblasen! Das wäre echt ein Traum!"
Mir gefiel die Richtung, in die sich das ganze entwickelte ja überhaupt nicht. Klar, ich hatte gerade diese Abwehrzelle getötet, aber das war nur zur Verteidigung gewesen. Ich wollte nicht aktiv irgendetwas angreifen und dazu führten Waffen am Ende doch immer.
„Und wenn wir unsere neuen Münzen für ein extra schickes Essen nutzen? Da gab es diese Bar... Zum Interneuron glaube ich. Die hatten da ein paar Spezialitäten, die ich gerne austesten würde", schlug ich eine friedliche und zugleich interessante Verwendung für unseren Gewinn vor.
Es wäre falsch einen Teil dieser Welt getötet zu haben, um weiteren den Tod zu bringen, er sollte für das Leben genutzt werden. Oder anders gesagt: Eine Fresszelle sollte einen zum glücklichen Vollfressen animieren statt zu Gewalt.
„Das ist eine super Idee! Wir müssen unseren Sieg feiern!", war sie sofort begeistert: „Wir können danach ja wiederkommen und noch mehr Monozyten erledigen! Vielleicht finden wir ja auch einen Lymphozyten! Antikörper-Kanonen wären der Ober-Hammer! Immunkiller!"
Ja genau, nicht wenn ich es verhindern konnte.
Nilli war leicht abzulenken, sicher konnte ich sie zu etwas Abenteuerlichem überreden, auf eine spaßige, gewaltfreie Art. So ein bisschen Sorgen machte mir ihre unschuldige Leidenschaft zu töten allerdings schon. Sie verhielt sich, als wäre es keine große Sache, mehr noch, als wäre es eine gute Leistung, etwas Schönes. Na ja, für die Neuro-Hunter waren wir ja auch die Bösen und Böse zu beseitigen war gut. Aber Nilli war so lieb und fröhlich... eigentlich sollte sie gar nichts mit dem Tod zu tun haben.
„Dann lass uns mal gehen", ziemlich schwerfällig raffte ich mich hoch. Mein Arm hatte immer noch kein richtiges Gefühl. Keine Ahnung, wie ich es noch geschafft hatte den Gürtel wieder anzuziehen. „Warte! Ich helfe dir!", war meine

strahlende Begleitung sofort zur Stelle und stützte mich. „Danke“, erschöpft lächelte ich.
Bis ich mich davon wieder vollständig erholt hatte, würde ich wohl eine Weile brauchen. Mich hatte lange niemand mehr so durch die Mangel genommen. Selbst bei Sirius und seinen Freunden hatte ich mich noch eine Spur fitter gefühlt.
Warum dachte ich jetzt wieder an ihn?! Das hatte hier überhaupt nichts verloren! Es ging um mich und Nilli und diese aufregende Welt, in der ich ihn nicht brauchte! Die Erinnerungen an ihn war dämlich! Vollkommen unnötig! Das versaute mir nur mein Siegesgefühl!
Obwohl... eigentlich hatte ich mich von Anfang an nicht wie der strahlende Sieger gefühlt. Ich war schon erleichtert und vielleicht auch eine Spur stolz, so einen starken Gegner besiegt zu haben, aber wirkliche Siegesfreude...
Viel zu nachdenklich schielte ich zu Nilli rüber. Sie grinste breit und ihre Augen funkelten vor Glück und Lebensfreude. Ihre Sicht auf die Welt zu haben, musste schön sein, ganz unbeschwert und ohne große Schuldgefühle, aber das volle Paket der Unbeschwertheit war für mich einfach unfassbar.
Vielleicht könnte ich versuchen, mich ein bisschen von Nilli anstecken zu lassen und wenigstens ein paar unbeschwerte Momente sammeln. Von ein paar etwas dramatischen Rückschlägen mal abgesehen, fand ich, dass wir auf einem ganz guten Weg waren.
Apropos Weg, von dem bekam ich wieder nicht viel mit. Dieses Mal war es nicht nur das Grübeln, sondern auch eine gewaltige Portion Erschöpfung.
Irgendwann blieb Nilli einfach stehen. Sicher liefen hier irgendwelche Fasern der aufsteigenden Bahnen, aber in den unteren Segmenten kannte ich mich nicht so gut aus. Immerhin gab es hier nicht die schön klare Unterteilung in weiße und graue Substanz, die aussah wie ein Schmetterling... Mein Ursprung.
„Bereit für ein phänomenales Festessen? Bezwingerin des Immunsystems?“, stellte mir meine Freundin aufgedreht eine

rhetorische Frage. „Aber sowas von“, bestätigte ich trotzdem und konzentrierte mich fröhlich darauf, wieder zum Conus medullaris zu kommen, wo mein Abenteuer mit Nilli ja auch angefangen hatte.
Das Ganze war immer noch komisch, eigentlich funktionierte es ja schon größtenteils automatisch, aber gleichzeitig musste man noch irgendwie navigieren.
Oh. Nilli war schon weg. Sonst hatte es doch immer geklappt, dass wir gleichzeitig reisten... Ein ungutes Gefühl beschlich mich. Angespannt versuchte ich ihr mit all meiner Willenskraft zu folgen. Vergeblich.
Etwas stimmte hier nicht. Lag es daran, dass ich den Monozyten getötet hatte? Hatte ich damit irgendeinen Kodex gebrochen? Nein, das konnte nicht sein. Aber es erinnerte mich an etwas Anderes: Ich war kein Neuro-Hunter. Ich hatte nicht die gleichen Regeln wie sie. Ich konnte eigentlich nicht an ihrem Leben teilhaben.
Panisch packte ich mir an den Hals, wo meine Kette sein sollte, doch sie war weg.
Deswegen hatte ich die Glukose nicht sammeln können! Deswegen hatte ich keine Münzen gesehen! Ich hatte sie verloren. Zitternd atmete ich ein. Ohne sie saß ich hier fest. Ohne sie war alles vorbei.

Kapitel 9

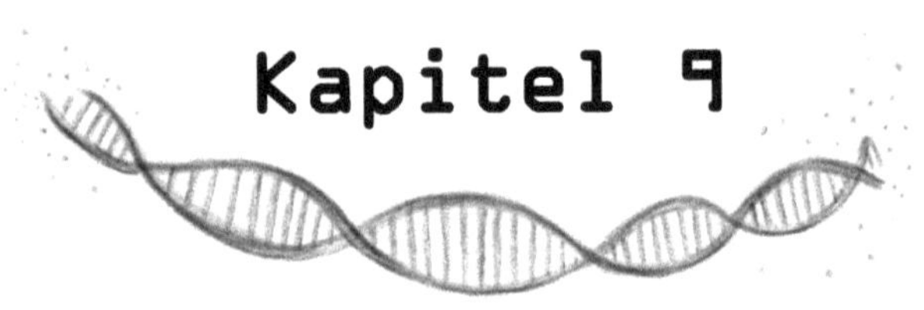

Keine Ahnung wie lange ich einfach nur so dastand. Es fühlte sich wie eine Ewigkeit an. Eine verzweifelte, hoffnungslose Ewigkeit. Ich musste zurück in die Cisterna lumbalis und sie suchen, aber in diesen Weiten könnte sie überall sein und ich müsste ständig Pausen machen, um durchzuatmen.
So würde ich sie doch nie finden! Oder jemand anderes hatte sie längst gefunden!
Wie hatte ich nur so unachtsam ein können? Es war meine Schuld. Ich hatte meine einzige Chance verspielt.
„Fly?“, fragte mich Nilli auf einmal. Erschrocken zuckte ich zusammen. Meine Hinterhörner hatten sie überhaupt nicht registriert. Sie war für mich also keine Gefahr. Schön zu wissen. Offensichtlich war ich mit meiner Zerstreutheit für mich selbst die größte Gefahr.
Schwer schluckte ich. Was sollte ich ihr nur sagen? Auf mein Zögern hin fragte sie besorgt nach: „Alles in Ordnung?“ Fast hätte ich schnell mit „Ja!“, geantwortet, eine glatte Lüge, aber ich wollte nicht lügen. Und was würde es auch bringen, diese eindeutige Wahrheit verbergen zu wollen? „Nein, nicht wirklich“, gestand ich mit hängenden Schultern.
„Was ist denn passiert?“, wollte sie mitfühlend wissen. Für einen Moment blickte ich in ihr liebes Gesicht, das mir absolut nichts Böses wollte. Würde das auch noch so sein, wenn sie wusste, was ich war?
Niedergeschlagen senkte ich den Blick. Ich konnte es ihr einfach nicht sagen. Aber wenigstens konnte ich ihr einen Teil der Wahrheit geben: „Ich habe gemerkt, dass ich etwas sehr Wichtiges verloren habe, in der Cisterna lumbalis, eine Kette

von meiner Freundin und ich weiß nicht, ob ich sie jemals wiederfinden werde."

„Na mit dieser Einstellung bestimmt nicht!", schaltete sie wieder auf Feuereifer um: „Komm! Wir gehen schnell zurück! Zusammen finden wir sie!" Voller Optimismus griff sie meinen Arm und zog mich hinter sich her. Es war so lieb, dass sie mir einfach vorbehaltslos helfen wollte, doch in meinem Kopf kreisten immer noch all diese Sorgen.

Was, wenn wir sie nicht fanden? Wenn aus Stunden Tage wurden? Irgendwann würde sie es aufgeben und dann musste ich dieses Leben aufgeben. Irgendwie schaffte ich es immer wieder aufs Neue durch diesen Bereich zu laufen, ohne meine Umgebung wirklich zu registrieren.

Schon kam die Pia mater bestimmend in unser Sichtfeld, wirklich eine riesige Struktur und was sich hinter der innersten Hirnhaut verbarg, war ja noch viel riesiger. Eindeutig ein Punkt auf meiner Sorgenliste.

Wahllos steuerte Nilli auf einen der Trabekel zu, doch ich hielt inne. Auf einmal kribbelten meine Hinterhörner. Alarmiert sah ich mich um. Woher kam die Gefahr?

„Immer diese Frischlinge, die sich für die Größten halten", hörte ich eine schadenfrohe Stimme begleitet von einem dreckigen Lachen. Warte... Irgendwoher kannte ich ihn... Der Typ aus der Bar! Zum Interneuron! Der mich zu irgendeinem zwielichtigen Deal überreden wollte!

Eigentlich sollte ich um diesen unangenehmen Kerl einfach einen großen Bogen machen, doch mein Instinkt riet mir etwas anderes. Kein gutes Zeichen...

„Was ist denn los?", fragte mich meine liebe Unterstützung, als ich sie mit mir in Richtung Stimmen zog, doch ich konnte ihr gerade nicht antworten. Alles in mir war angespannt. Ich bereitete mich schon für den nächsten Kampf vor und dieses Mal waren da keine Bedenken. Ich war entschlossen, ich war fokussiert, ich war bereit.

Schon hatten wir ihn und seine Freunde erreicht und meine Befürchtungen waren richtig gewesen. In seinen Händen

hielt er meine Kette, gemeinsam mit einem Granatengürtel und zwei glänzenden Armreifen. Er hatte die Wertgegenstände gestohlen, die im Subarachnoidalraum verloren gegangen waren.
„Diese Kette gehört mir!“, fiel ich ziemlich mit der Tür ins Haus. Für das höfliche, geschickte Vorgehen war ich bei Weitem zu angespannt. Immerhin hing hiervon alles ab und es ging um einen totalen Widerling.
„Na sieh mal einer an, wen haben wir denn da? Zwei schrullige Tanten, die einen auf jung und angesagt machen wollen“, verspottet er uns lachend. „Erstens: Wir sind jung und angesagt und zweitens bräuchten wir diese Kette bitte wieder“, entgegnete Nilli deutlich gefasster. Zum Glück hatte ich sie an meiner Seite.
„Ja klar. Und ich soll sie euch einfach so geben. Ihr spinnt doch!“, nahm er uns immer noch nicht ernst. Ich war so kurz davor ihn zu grillen. Friedensvorsatz hin oder her! Er war viel weniger wert als dieser Monozyt! Ihn zu töten, wäre sogar eine Gnade für alle anderen! Umso länger ich darüber nachdachte, desto verlockender wurde der Gedanke. Es kribbelte mir schon richtig in den Fingern! Oder war das eher die langsam einsetzende Heilung?
„Wir würden auch dafür bezahlen, natürlich. Als Finderlohn“, wählte Nilli geschickt einen anderen Ansatz, allerdings konnte man dem Mistkerl immer noch ansehen, dass er uns als niedriger ansah.
„100 Münzen“, fing das Mädchen mit den rosa Haaren spontan an. Schlagartig veränderte sich sein Gesicht. Oh nein! Unter seiner Verwunderung, die mir ja eigentlich eine gewisse Befriedigung geben sollte, brodelte ein Gefühl, das das vollständig zunichte machte. Gier.
Wir hätten nicht so hoch anfangen sollen. Das war ein Fehler gewesen. Jetzt wusste er, dass die Kette wirklich wertvoll war und dahinter mehr steckte. Und eins war klar, dieses mehr wollte er für sich nutzen.

„Das reicht mir nicht“, stellte er eiskalt klar und verschränkte mit einem miesen Grinsen die Arme vor der Brust. Gut möglich, dass wir hier mit Diplomatie an unsere Grenzen stoßen würden, sogar sehr wahrscheinlich. Und dann würde ich auf Plan B mit Gewalt zurückgreifen. Von ihm würde ich mir mein Leben nicht wegnehmen lassen!

Nein, ich sollte mit diesen brutalen Gedanken aufhören. Das hatte ich mir nicht für mein Leben gewünscht und Nilli hatte es noch nicht aufgegeben, alles friedlich zu lösen: „150 Münzen?“

„Vergiss es Süße“, ließ sich dieser Scheißhaufen immer noch nicht erweichen. „Wir haben nur 227 Münzen, bitte, mehr können wir nicht bezahlen“, flehend blickte sie ihn an. War das wirklich alles, was wir hatten oder tat meine Partnerin nur so, weil sie ihm nicht alles geben wollte? Zweiteres wäre wirklich klug und auch beeindruckend gut geschauspielert, ich war mir nur nicht sicher, ob sie so verschlagen sein konnte.

„Und woher habt ihr so viele Münzen?“, wollte er bedrohlich wissen. „Wir sind schon länger im Spiel und haben sie uns verdient, wie jeder andere auch. Was soll überhaupt die Frage?“, antwortete Nilli selbstbewusst. „Und da treibt ihr euch noch hier rum?“, zweifelte er an unserer Geschichte. Gar nicht gut. „Tust du doch auch“, mischte ich auch mal wieder im Gespräch mit.

Doch meine Worte zeigten nicht ganz die gewünschte Wirkung, er grinste einfach nur breit. So leicht würden wir hier nicht raus kommen.

„Wie viel ist euch diese hübsche Kette denn wert?“, der Unterton in seiner Stimme gefiel mir gar nicht, da würde noch irgendwas kommen. „Alles was wir haben“, Nilli hatte wieder ihre bittende Mine aufgesetzt.

„Auf dem Markt bekomme ich von irgendeiner eingebildeten Tussi mit Premium-Status sicher mehr als eure jämmerlichen 227 Münzen“, lehnte er sadistisch unser Angebot ab und enthüllte uns dann: „Aber ich bin kein Unmensch. Wenn euch wirklich so viel an dem Ding liegt, biete ich euch die Chance es zu verdienen. In wenigen Stunden findet im Dendriten-Dschungel eine Power-up Jagd statt. Wenn ihr es schafft, bringt mir die Synapsen-Kapsel direkt im Anschluss ins Soma und im Austausch bekommt ihr die Kette. Ich werde eine halbe Stunde warten, ansonsten habt ihr eure schöne Kette für immer verloren."

Damit erklärte er das Gespräch für beendet und zog schadenfroh mit seiner Gruppe ab. Einen Großteil seiner Bedingungen hatte ich zwar nicht verstanden, aber ich musste nicht erst Nillis besorgtes Gesicht sehen, um zu wissen, dass es nichts Gutes war.

Für einen langen Augenblick standen wir einfach nur schweigend da. Gerne wäre ich diesem Feigling nachgelaufen und hätte das ganze Rückenmarksträger-Paket durchgezogen, doch das wäre nicht richtig gewesen. Wir mussten es wie normale Neuro-Hunter versuchen, wir mussten ihm diese Synapsen-Kapsel beschaffen.

Nur war alles, was mit diesem Begriff verbunden war, für mich nichts weiter, als ein einziges, großes Fragezeichen. Auch wenn es sich unpassend anfühlte, fragte ich in dieses schicksalhafte Schweigen: „Was hat das alles zu bedeuten?"

„Synapsen-Kapseln sind äußerst selten, man kann sie nur bei solchen Power-up-Jagden bekommen. Wenn sich jemand da rein setzt, wird er für 30 Sekunden immun gegen jeden Schaden und seine gesamte Sichtweite verbessert sich noch für eine weitere Minute erheblich. Man kann es aber nur einmal benutzen und um es zu bekommen, muss man erst die besten der besten schlagen. So ein Teil will jeder haben und es wird da nur von Leuten wimmeln, die echt etwas drauf haben. Das schaffen wir nie", erklärte sie mir hoffnungslos und das sollte bei ihr schon echt was heißen.

Trotzdem erwiderte ich mit einem Lächeln, das noch viel unpassender als meine Frage war: „Mit dieser Einstellung wird das aber nichts." „Du willst es echt versuchen?", fast schon entsetzt starrte sie mich an und ich zögerte.

Ja, ich wollte meine Kette zurückhaben, aber wollte ich es auch um jeden Preis? Theoretisch könnte ich es sicher schaffen, immerhin hatte ich schon viele sehr starke Neuro-Hunter besiegt. Doch dafür müsste ich jedem zeigen, was ich wirklich war und damit wäre meine Reise auch beendet. Außerdem könnte Nilli dabei verletzt werden und sie sollte auf keinen Fall dafür zahlen müssen.
Aufgeben wollte ich dennoch nicht. Fieberhaft suchte ich nach irgendeinem Ausweg und als mir keiner einfiel, entschied ich mich einfach, weiter Informationen zu sammeln, bis die erlösende Hintertür bei dieser Zwickmühle auftauchte: „Wie genau läuft so eine Power-up-Jagd eigentlich ab?"
Bei dem Gedanken daran teilzunehmen fühlte sich Nilli immer noch offensichtlich nicht wohl, doch sie berichtete es mir trotzdem: „Es sind immer verschiedene Orte, die ein paar Tage davor festgelegt werden. Sobald das Event startet, wird dieser Bereich eine Fight-Area. Jeder kann also jeden angreifen. Das geht so lange bis jemand das Power-up erreicht. Manche nutzen es auch einfach nur, um schnell an Münzen und andere Gegenstände von Gestorbenen zu kommen. Aber es ist halt auch sehr riskant, weil man dabei selbst drauf gehen kann, einfach so."
Zum Schluss schnipste sie einmal, was wohl ihre letzten Worte untermalen sollte, jedoch eher eine Spur albern wirkte. Unabhängig von dieser kleinen Geste regte sich eine vage Idee in meinem Kopf.
„Also ist es nicht zwingend festgelegt, dass man kämpfen muss? Man muss das Power-up nur als erstes finden?", bohrte ich nochmal nach. „Ja. Schon. Aber das geht nicht ohne Kämpfen. Alle werden auf den Start warten und uns nicht einfach so dorthin lassen", erwiderte Nilli einen Hauch unsicher.
„Das hier ist nur eins der unteren Segmente, oder? Es gibt noch mehr", klopfte ich die nächste Rahmenbedingung meines immer deutlicheren Plans ab. „Na ja, also schon. Für L5 und einen zusammenfassenden für die Sakralwirbel. Aber da

sind auch viele Knochen mit bei, als Abwechslung hierzu und man kann dort nicht gut punkten. Worauf willst du hinaus?“, mittlerweile zeigte sich auf ihrer Stirn ein deutliches Runzeln. „Verläuft der Dendriten-Dschungel auch da durch?“, stellte ich die letzte entscheidende Frage, die ich von hier aus klären konnte. „Ich weiß es nicht genau, kann sein. Wie gesagt, es ist keine aufregende Gegend“, gab sie mir verwirrt Auskunft.

„Kannst du bitte nachsehen?“, bat ich sie angespannt: „Es wäre wichtig, ob dort die Zellkörper liegen, zu denen die Dendriten gehören.“ „Wichtig wofür?“, wollte sie verständnislos von mir wissen.

Ich war ihr wohl eine Erklärung schuldig: „Du hast recht, wir können im Kampf nicht gewinnen, aber vielleicht gibt es einen anderen Weg, einen dem noch nie jemand Beachtung geschenkt hat, weil es schon immer so war, wie es nun mal ist. Aber was, wenn wir die Anatomie für uns nutzen könnten?“

Laut dachte ich nach und spann einen völlig irren Plan vor mich hin, der sich null auf irgendwelche Beweise stützte und an mehr als einer Stelle ordentlich schief gehen könnte. Doch er war eine Chance, die einzige, die ich für mich noch sah und ein großer Vorteil war, dass Nilli dabei nicht direkt in der Schusslinie stehen würde. Selbst wenn wir eine Niederlage einstecken mussten, hätten wir also auf jeden Fall nicht vollkommen verloren.

Einen Moment lang ließ meine Partnerin diese Idee einfach nur auf sich wirken.

„Ich weiß nicht, ob so etwas funktionieren kann. Das hat noch niemand versucht…“, murmelte sie gedankenverloren, doch dann hob sie den Blick und ich wusste, dass sie sich entschieden hatte: „Darum werden wir die ersten sein! Wir werden als die Spieler eingehen, die alle Regeln umgeschrieben haben.“

Breit grinste ich sie an. Genau diese Nilli hatte ich gebraucht. „Komm! Wir dürfen keine Zeit verlieren! Zuerst gucken wir

uns die Lage in den unteren Segmenten an und dann müssen wir noch all das Zeug besorgen! Hoffentlich reichen unsere Münzen dafür. Manches sind vielleicht Spezialanfertigungen und vor der Jagd wollen bestimmt noch einige auf...", als ich mich nicht rührte, stockte sie verwirrt.
„Ich komme nicht mit", enthüllte ich ihr und senkte den Blick: „Ohne meine Kette kann ich nicht. Es tut mir leid. Die Vorbereitungen musst du alleine treffen."
„Hey, das verstehe ich", lieb legte sie mir die Hand auf die Schulter: „Die Kette ist dir sehr wichtig und du willst dich nicht zu weit entfernen. Es ist vielleicht auch besser, wenn du den Kerl im Auge behältst. Ich traue ihm nicht so ganz. Und das Soma ist auch ein merkwürdiger Treffpunkt für eine Übergabe. Dort ist eine dauerhafte Fight-Area. Egal, zusammen schaffen wir das schon. Du kannst auf mich zählen."
„Danke", es war verrückt wie viel ich versuchte in dieses kleine Wort zu stecken. Selbst in dieser kurzen Zeit war sie mir eine wahre Freundin geworden. Sie unterstützte mich, sie vertraute mir, wir konnten gemeinsam lachen und gemeinsam kämpfen.
Vielleicht war es ja ein wenig naiv von ihr, mit mir durch das Gebiet der Neuro-Hunter zu ziehen, immerhin schaffte ich es nicht besonders gut zu verstecken, dass ich nicht wirklich dazu gehörte. Aber auf der anderen Seite hatte sie die zwielichtigen Absichten dieses Kerls sofort durchschaut, was jetzt auch keine detektivische Meisterleistung war und dennoch ein deutlicher Kontrast zu ihrem vorbehaltslosen Vertrauen mir gegenüber. So ganz verstand ich sie ja nicht, doch ich musste ihr Verhalten gar nicht ergründen, um zu wissen, dass ich verdammt froh war, sie zu haben.
„Wir sehen uns später! Ich beeil mich! Das wird episch!", rief sie mir noch mit ihrer üblichen Energie zu und rannte los, zurück zu der Stelle, an der die Bahnen verliefen. Gedankenverloren sah ich ihr nach. Unglaublich gerne wäre ich ihr gefolgt und hätte auch dieses Abenteuer mit ihr gemeinsam erlebt.

Doch das Gefühl etwas zu verpassen und ihr gleichzeitig auch noch die ganze Arbeit aufzubürden, war nicht einmal das Schlimmste. Es war die Erinnerung. Früher war es genauso gewesen. Ich tatenlos in einem Segment gefangen. Und meine einzige Gesellschaft war Glia gewesen. Glia. Wenn wir das nicht schafften, würde ich sie nie wieder sehen...
Wir mussten es schaffen.

Kapitel 10

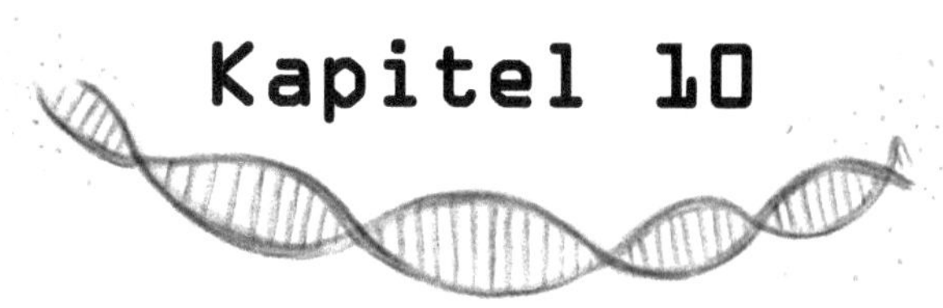

Meine Hinterhörner kribbelten als hätte man eine wütende Armee Feuerameisen auf sie losgelassen. Von allen Seiten kam die Gefahr. Angespannt verharrte ich und mein Puls ging unnatürlich schnell. Ich spürte wie meine Kampfinstinkte übernehmen wollten, doch ich blieb ganz ruhig, na ja, so ruhig wie es ging.

Wenn sie es wirklich alle auf mich abgesehen hätten, stünden meine Karten echt schlecht. Viele von ihnen strahlten eine beeindruckende Stärke aus, regelrecht einschüchternd. Zwar hatte ich schon einige Vergleichbare geschlagen, aber es waren nie so viele auf einmal gewesen.

Allerdings galt ihre Aufmerksamkeit ja auch nicht mir sondern der Synapsen-Kapsel, die irgendwo weit über unseren Köpfen versteckt war. Und es würde jeder gegen jeden kämpfen, was die Sache für mich nochmal ein wenig vereinfachte.

Dennoch würde es noch schwer genug werden. Alles hing allein von meiner Geschwindigkeit ab. Ich musste dieses Ding finden!

„Die Power-up-Jagd beginnt in Drei…“, fing eine seltsame Stimme aus dem Nichts an zu zählen: „Zwei… Eins!“ Endlich! Wie eine gespannte Bogensehne schnellte ich nach vorne und auch die anderen stürmten los. Aus dem Augenwinkel sah ich wie die ersten Gewehre abgefeuert wurden und sich Neuro-Hunter in einem hübschen Funkenregen auflösten. Sie waren wirklich skrupellos.

Durch meine Hinterhörner spürte ich einen Angriff, der es direkt auf mich abgesehen hatte. Ranviersche Schnürringe. Mit meinen Vorderhörnern hätte ich versuchen können sie abzulenken, aber ich versuchte lieber so lange wie möglich den

Neuro-Hunter zu spielen. Schnell hastete ich zwischen einem der dicken, senkrechten Äste der Dendriten in Deckung. Einige hatten schon angefangen hochzuklettern. Verdammt waren die alle flink! Das würde eine knappe Sache werden…
Um dem Chaos am Boden zu entkommen, schwang ich mich ebenfalls an einem der Zweige in die Höhe. Überall blitzten Impulse auf, Granaten explodierten und Leute schrien. Es war immer noch chaotisch. Und scheinbar waren die Neuro-Hunter nicht die einzige Gefahr hier.

Blitzschnell zischte ein Epselpi an mir vorbei. Völlig elektrisiert stellten sich mir alle Haare auf. Eigentlich waren diese kleinen, rasenden Energiekugeln Verkörperungen des EPSPs, was für exzitatorisches postsynaptisches Potenzial stand oder in normal: aktivierende Erregung. Glia und ich hatten die rundlichen Kerlchen immer süß gefunden, deswegen der Spitzname.

Doch obwohl sie mit ihren hellweißen Energiestrahlen fast schon fluffig aussahen und manchmal total knuffige Knister-Glucksgeräusche machten, waren sie brandgefährlich. Kollidierte man mit ihnen, bekam man eine heftige Erregung ab, ähnlich wie bei einer Acetylcholin-Granate. Je nachdem konnten die Krämpfe und die Überladung sogar zum Tod führen.

Ich war also froh, dass das knuffige Bällchen an mir vorbei gedüst war. Unter mir schrie jemand auf wie ein echter Opernsänger, so richtig über mehrere Oktaven. Vielleicht hatte das Epselpi ihn ja getroffen oder jemand anderer, womöglich war es sogar einfach nur ein Kampfschrei. Wer weiß.

Ohne mich von diesen trivialen Gedanken ausbremsen zu lassen, sprang ich an den nächsten Zweig. Direkt unter meinen Fingern lief glühend ein Impuls durch und zog weiter in die Tiefe. Lustig.

Ein heftiges Kribbeln. Um Haaresbreite konnte ich einem gut gezielten Schuss ausweichen. Puh. Und schon ging das Feuer weiter. Mittlerweile war ich schon in dem Bereich, in dem die Dendrite teilweise auf die Endknöpfchen von

anderen Zellen trafen, um Informationen zu empfangen und eben diese Synapsen hatten jetzt ein schönes Kreuzfeuer gestartet.
Für eine Sekunde stockte ich. Kein Muster war erkennbar und das Power-up war noch nicht in Sichtweite, also musste ich da durch.
Dick gepanzert mit Myelinscheiden in allen möglichen Ausführungen hangelten sich die ersten anderen Neuro-Hunter weiter hoch, als wäre überhaupt nichts. Einer benutzte auch Blitzgeschwindigkeit, um so schnell hin und her zu springen, dass er den Impulsen locker auswich.
Tja. Ich hatte weder das eine noch das andere, auch wenn mir besonders dieser Turbogang echt gefallen würde. Es führte kein Weg dran vorbei. Schnell kontrollierte ich, ob das spezielle Instrument an meinem Gürtel immer noch gut befestigt war. Gleich würde ich meinen eigenen Turbogang einlegen. Wie ich mich freute… Ne. Aber es musste sein, also Zähne zusammenbeißen und durchziehen.
So fest ich konnte, drückte ich mich vom Stiel ab und schnellte schutzlos ins Kreuzfeuer, als wäre ich eine Irre mit Todessehnsucht. Schmerzhaft traf mich einer der Impulse mitten im Gesicht. Obwohl ich ja schon auf Treffer vorbereitet gewesen war, warf mich das doch ziemlich aus der Bahn.
Für einen Augenblick konnte ich gar nichts mehr sehen, was in einer solchen Situation tödlich enden konnte. Hart knallte ich gegen irgendeinen Dendritenstrang. Schnell griff ich zu, doch ich war zu langsam. Ich fiel. Nein! Das durfte nicht das Aus sein! In diesem chaotischen Dschungel-Netz würde ich mich doch wohl wieder gefangen bekommen.
Ah da! Ein Neuro-Hunter hing ein Stück unter mir an den funktionellen Antennen der Nervenzelle. Als er mich sah, zögerte er keine Sekunde und feuerte aus einer Art Armreif einen Schuss auf mich.
Ungerührt benutzte ich meinen gewissenslosen Gegenspieler als Halterung. Bevor er wusste, wie ihm geschah, hatte ich schon das Handgelenk gegriffen, mit dem er eben noch

auf mich gezielt hatte. Ruckartig endete mein Sturz und mein unfreiwilliger Helfer gab ein Keuchen von sich. Wahrscheinlich hatte das seiner Schulter gar nicht gut getan, doch ich würde schon dafür sorgen, dass er die Schulterschmerzen vergaß.

Flink schlang ich meine Beine um den Dendriten und hebelte mein Freundchen kraftvoll raus. Mit einem spitzen Schrei stürzte er in die Tiefe. Da hatten wir wohl die Positionen getauscht. Viel Spaß noch.

Ohne groß Zeit zu verlieren hangelte ich mich zurück zu dem dichten Kreuzfeuer der Synapsen, das sich über die ganze Ebene erstreckte und offensichtlich die Mittelmäßigen rausfiltern sollte. Aber ich war nicht mittelmäßig.

Wie Tarzan schwang ich mich an einem Interneuron, das einfach so hier rumhing. So ein Zell-Durcheinander! Wieder bekam ich einige fiese Impulse ab. Unterschenkel, Rücken, Hintern, Bauch, Hals... Alles ging so schnell und ich fühlte mich regelrecht wie ein Nadelkissen.

Wenig wählerisch griff ich den nächstbesten Dendriten, den ich in die Finger bekam und zog mich so schnell wie möglich in die Höhe. Genau wie ich gehofft hatte, endete das Kreuzfeuer nach einem recht überschaubaren Abschnitt wieder. Trotzdem hatte es gereicht, um mich mies zu treffen.

Atemlos hängte ich mich in die nächste Gabelung. Das war echt gar nicht nett gewesen. Doch die anderen wollten mir scheinbar keine kleine Pause gönnen. Plötzlich zischte eine Granate auf mich zu. Eilig wich ich aus, aber ein bisschen was bekam ich dennoch ab.

Schlagartig fühlten sich meine Glieder träge, fast taub an. GABBA. Da hätte ich ja sogar einen Krampf von Acetylcholin besser gebrauchen können.

Dafür entschied das Karma, noch vor dem Tod für ausgleichende Gerechtigkeit zu sorgen und dieser nervige Neuro-Hunter, der sich schon bereit gemacht hatte, mir mit einer weiteren Granate den Rest zu geben, wurde von einem Ipsipi angegriffen.

Auch das waren ganz knuffige kugelige Wesen, allerdings deutlich gedämpfter und fast schon wie ein lichtaufsaugendes, schwarzes Loch in ihrem Zentrum, dennoch putzig. Sie waren genau das Gegenteil der Epselpis und verkörperten damit die IPSPs also inhibitorische postsynaptische Potenziale. Echte Zungenbrecher. Deswegen ja auch die süßen Sitznamen von Glia, Königin der Kosenamen.

Auf jeden Fall sorgte der kleine hemmende Ball dafür, dass sich mein Gegner praktischerweise nur noch in Zeitlupe bewegte. Mies gelaufen, würde ich sagen. Dummerweise brachte es mir kaum etwas, das der Granatenwerfer jetzt ausfiel, denn um jede Ecke warteten mehr ernstzunehmende Killer und dazu noch die Herausforderungen, die der Dendriten-Dschungel alleine stellte. Ich war ja jetzt schon total abgekämpft.

War ich überhaupt im richtigen Bereich oder hing das rettende Power-up in einem ganz anderen Winkel dieses unübersichtlichen Ortes? Oh man! Wenn ich nicht bald die Bestätigung bekam, war alles umsonst gewesen. Also weiter. Fest biss ich die Zähne zusammen und kletterte nicht mehr ganz so flink in die Höhe.

Der Gedanke einfach meine Flügel zu benutzen, war gerade sehr verlockend. Ein Pfeil schoss auf mich zu von einem hochwertigen Reflexbogen. Schnell drückte ich mich von meinem Dendriten ab und landete eher unelegant am nächsten. Dort wo ich vor einer Sekunde noch gehangen hatte, steckten jetzt fünf Pfeile in dem mächtigen Zellbestandteil. Nett.

Und wieder schlug meine Alarmanlage voll an. Wie ein Pirat bereit zu einer Meuterei schwang ein Neuro-Hunter mit schwarzem Kopftuch zu mir rüber. Langsam kam ich echt ein wenig in Bedrängnis.

Angespannt wich ich auf einen schräg gewachsenen Nervenfortsatz aus. Die Pfeile kehrten wie Boomerangs zum Reflexbogen zurück. Diese Funktion war kein gutes Zeichen. Vielleicht würden sich meine Angreifer ja gegenseitig erledigen...

Mit einem Grinsen, das mehrere glänzende Goldzähne entblößte, schlug der Meuterer nach mir. Hektisch duckte ich mich unter seinem Angriff weg, doch ich spürte das Kribbeln der Elektrizität. Sicher würde sich ein Treffer überhaupt nicht gut anfühlen. Bevor ich reagieren konnte, hatte er mit der anderen Faust einen weiteren Hieb hinterher gesetzt.
Schmerzhaft jagte ein heftiger Impuls durch mich und ich wurde nach hinten geschleudert. Hart knallte ich gegen einen Dendriten und sackte ein Stück nach unten. Zum Glück war hier direkt eine Abzweigung gewesen. Mein Kopf fühlte sich an, als würde er rauchen. So würde ich nicht weiterkommen. Stöhnend lehnte ich mich mit dem Rücken an den Strang, der sich weit in der Höhe verlor. Unter mir rückten Neuro-Hunter nach, über mir turnten welche rum und auch sonst zu allen Seiten.
Oh. Scheinbar war der Neuro-Pirat noch nicht fertig mit mir, aber ich würde nicht den Boxsack für ihn spielen. Ganz geschickt benutzte ich die Abzweigung auf der ich wie tot gehangen hatte als schön federndes Sprungbrett und katapultierte mich damit in die Höhe. Im Flug drehte ich einen eindrucksvollen Salto, der allerdings ehrlicherweise nur Zufall war.
Meine Landung hingegen fiel gar nicht eindrucksvoll aus. Fest griff ich mir eine lose Nervenendung und mein Kopf stieß von dem Schwung unangenehm gegen den Stamm. Am Ende würde ich so viele Beulen haben, dass man mich Hundert-Horn nennen konnte!
Doch da spürte ich es. Durch meine Hinterhörner kam das undefinierte Gefühl von Macht, kein mächtiger, gefährlicher Neuro-Hunter. Dieses Mal war es anders. Es musste das Power-up sein! Die ganze Zeit hätte ich den Dendriten nur eine Kopfnuss geben gemusst! Ich hätte mir diesen ganzen Alptraum sparen können! Warum hatte ich das nicht früher gemerkt?
„Arrg!“, angriffslustig donnerte der Schläger seine Faust dorthin, wo mein Kopf gewesen war. Um ihm zu entkommen,

hatte ich mich einfach auf die andere Seite des Dendriten geflüchtet, allerdings würde mir diese Säule keinen echten Schutz bieten. Jetzt musste ich schnell handeln!
Verdammt! Unnachgiebig streckte er seine knisternde Hand nach mir aus. Augenscheinlich gehörte er zu jenen, die nicht auf den Hauptgewinn aus waren, sondern lieber andere Spieler ausnahmen, sonst hätte er mich längst links liegen gelassen.
Ein wenig dämlich wich ich weiter aus, indem ich weiter um den Dendriten rutschte. Wir drehten uns voll im Kreis und er würde nicht lockerlassen. Was sollte ich jetzt tun?
Mit einem grellen Schrei stürzte ein Stück entfernt ein Neuro-Hunter in die Tiefe. Hey, das war doch die Lösung! Ich musste nicht weiter hoch oder selbst hierbleiben!
Locker schlang ich meine Beine und Arme um den entscheidenden Dendriten und ließ mich eine ordentliche Strecke nach unten rutschen. Mein Manöver wurde sehr grob von einem abzweigendem Stück gestoppt, das voll gegen meinen Oberschenkel knallte oder wohl eher mein Oberschenkel gegen das Ding. Ein kleines schmerzvolles Zischen kam aus meiner Kehle, doch mehr ließ ich mich davon nicht ausbremsen.
Zügig zückte ich mein Spezialwerkzeug am Gürtel: Eine etwas überdimensionale Spritze mit rosa Kontrastmittel. Entschieden rammte ich das Teil in den Dendriten und drückte den Kolben runter. Rasant färbte sich die nervale Antenne abwärts in einem sanft glühenden Rosa. Es hatte funktioniert! Aber ich sollte mich nicht zu früh freuen.
Der Rest von meinem Plan war immer noch bloße Spekulation. Nilli wartete dort unten im letzten Abschnitt der Wirbelsäule auf meine Markierung mit einer umgewandelten Kationen-Bombe, die hoffentlich ausreichte, um die Ladung an der Zelle umzukehren und meine Partnerin durch den Dendriten direkt zur Synapsen-Kapsel zu schießen. Ein sehr großes „hoffentlich“ immerhin waren Nervenzellen normalerweise Einbahnstraßen.

Und wenn es nicht funktionierte, stand ich ganz schön blöd da. Es wäre wirklich frustrierend, wenn ich diese ganze Scheiße umsonst durchgemacht hatte! Von einem guten, alten Impulsgewehr wurde ich aus meinen grummeligen Gedanken gerissen. In all den Kopfschmerzen war die Warnung meiner Hinterhörner völlig untergegangen.
Ich wurde direkt zwischen den Schulterblättern getroffen, voll auf meine zusammengefalteten Flügel. Vor Schreck und Schmerz lockerte sich mein Griff und ich verlor den Halt. Rückwärts stürzte ich mal wieder.
Für einen Moment ließ ich mich einfach fallen. Warum sollte ich mir auch groß Stress machen? Mein Teil war erfüllt, ich konnte sowieso nichts mehr machen. Allerdings würde diese ist-mir-egal-Tour am Ende nicht gut ausgehen. Umso länger ich fiel, desto mehr Schwung bekam ich und dementsprechend würde meine Landung aussehen.
Also musste ich mich doch noch ein wenig zusammenreißen. Teilweise übernahm der Dendriten-Dschungel das Abbremsen schon von alleine. Eigentlich klang das ja ganz nett, wenn es nur nicht mit Nervensträngen wäre, gegen die ich alles andere als sanft knallte. Aua.
Sobald das hier vorbei war, würde ich unsere Glukose mampfen. Vielleicht half das ja doch. Haha! Irgendwie bekam ich einen recht dünnen Zweig zu fassen! Nicht gut! Er war nicht richtig fest! In hohem Bogen schwang ich durch dieses Zellchaos und das Ding glitt mir doch wieder aus den Händen.
Schon ging mein Sturz in die zweite Runde. Oh. Das hatte ich ganz verdrängt. Merklich durchquerte ich das Kreuzfeuer der Synapsen. Ein Wunder, dass ich nach all den Treffern, die ich so nebenbei eingesteckt hatte, noch nicht zu einem Funkenregen geworden war. Wirklich viel fehlte jedoch auch nicht mehr, also sollte ich etwas vorsichtiger sein. Tot würde mir meine Kette auch nichts bringen.
Ziemlich fertig klammerte ich mich gegen einen Dendriten und blieb an ihm auch tatsächlich hängen. Atemlos lehnte ich

meine Stirn an den übergroßen Stamm und wieder sah ich einen glühenden Impuls von oben im Inneren vorbei sausen. Faszinierend wie die Informationen so kodiert waren, einfach nur eine bestimmte Abfolge von Erregungen und ihr Zusammenspiel bestimmte unser gesamtes Leben, einfach alles.
Wild ging der Kampf um mich herum weiter. Als nette Abwechslung wurde ich nicht weiter beachtet, dabei musste ich in meiner jetzigen Position doch aussehen wie leichte Beute. Egal, es war mir nur recht.
Allerdings gab es mir zu denken, dass noch nichts passiert war. Wenn alles funktionierte, müsste Nilli in Sekundenschnelle am Ziel sein und alles für uns entscheiden. Dass die Zeit verging, bedeutete im Grunde unsere Niederlage. Oder waren mir die letzten Augenblicke vielleicht einfach nur länger vorgekommen, als sie waren. Oh bitte! Bitte! Es musste klappen!
Plötzlich wurde der gesamte Dschungel für einen Moment in blaues Licht getaucht und die gleiche Stimme wie am Anfang verkündete: „Die Power-up-Jagd ist beendet. Den Sieg trägt Nilli davon. Die meisten Kills wurden von Orpheus erreicht. Die meisten Münzen hat Kittycat gesammelt. Auf viele weitere, fröhliche Jagden."
Ich konnte kaum glauben, was ich da hörte. Es hatte tatsächlich geklappt! Wir hatten das Unmögliche geschafft! Irgendwie hatte ich selbst nicht mehr damit gerechnet. Einfach unglaublich!
Um mich herum fingen die Neuro-Hunter wieder an, sich vom Schauplatz der wilden Jagd zurückzuziehen. Manche von ihnen wirkten ganz schön enttäuscht, andere sehr zufrieden und wieder andere waren einfach völlig ausdruckslos.
Nilli und ich hatten uns gegen diese riesige Truppe behauptet! Wir waren so ein gutes Team! Ob sie jetzt oben auf mich wartete? Für den Fall, dass wir gewannen, was ja jetzt wie durch ein Wunder passiert war, hatten wir gar keinen Treffpunkt vereinbart. Ich würde einfach mal oben nach ihr sehen.

Auch wenn ich von den ganzen Kämpfen in letzter Zeit ziemlich platt war, krabbelte ich flott nach oben.
Unser unerwarteter Sieg erfüllte mich mit so einer Energie! Echt phänomenal. „Fly? Fly!“, hörte ich Nillis Stimme durch den Dendriten-Dschungel hallen. Genau einordnen konnte ich es nicht, aber es klang schwer nach über mir, also antwortete ich grob: „Ich bin hier unten!“
„Gott sei Dank geht es dir gut! Ich dachte schon, sie hätten dich am Ende noch erwischt, als du nicht oben warst!“, verfiel sie wieder in ihre übliche Plauderei, nur dass sie es jetzt förmlich schrie, damit ich es hören konnte.
„Ja, es war ein wenig brenzlig, aber alles gut“, stieg ich ebenso laut ins Gespräch ein. Das war alles so unfassbar! Es fühlte sich fast schon unwirklich an.
„Wir sollten unbedingt einen Clan bilden, dann können wir den anderen orten!“, rief Nilli irgendwo in diesem Dendriten-Wirrwarr. „Klingt gut, aber lass uns das erst einmal zu Ende bringen“, erwiderte ich, in der Hoffnung, dass das mit meiner Kette auch wirklich ging. Durch sie konnte ich ja einen Status als Neuro-Hunter vorgaukeln. Ob das auch so weit ging, dass ich Clans bilden konnte, keine Ahnung, aber ich würde es versuchen können.
Mein neues Leben würde weitergehen. Diese Gewissheit war so unfassbar schön und obwohl meine Flügel immer noch unter dem Mantel verborgen waren, hatte ich gerade das Gefühl vor Glück fliegen zu können. Unser legendärer Sieg. Auf in das nächste Kapitel unserer legendären Abenteuer! Na ja, dafür musste ich Nilli erst noch finden.
„Warte mal kurz. Ich komm zu dir!“, mit diesen Worten schlug ich meine Hinterhörner noch einmal gegen den Dendriten, als wären sie Stimmgabeln. Ja, ich konnte meine Freundin spüren. Zum Glück waren die Nervenzellen auch untereinander gut vernetzt, denn sie hockte ein paar Stränge weiter in die Höhe.
Mit dieser Taktik hätte ich es bei der Jagd wirklich so viel einfacher gehabt!

„Wie willst du mich denn finden?“, fragte Nilli, die natürlich nichts von meiner Spezialmethode wusste. „Ich folge einfach deiner Stimme“, improvisierte ich und machte mich schon daran zu ihr zu klettern. „Dann werde ich singen“, entschied sie unnötigerweise, aber sie war so begeistert, dass ich sie einfach machen ließ. Außerdem hätte ich sie wahrscheinlich sowieso nicht stoppen gekonnt.

Ganz in Siegesstimmung schmetterte sie ein Lied, dessen Text ich bestenfalls erahnen konnte, doch es klang schön, voller Energie und Leidenschaft. Es war ansteckend. Ich ertappte mich selbst dabei, wie ich in der zweiten Strophe mitsummte. Zwischen all den recht farblosen Strängen und Verzweigungen kamen ihre rosa Haare und weißen Klamotten zum Vorschein. Ein wundervoller Farbkleks.

Sie hatte mich noch nicht bemerkt. Unauffällig hangelte ich mich näher. Energiegeladen wippte sie mit dem Fuß, eigentlich mit dem gesamten Körper. Beim besten Willen sah sie nicht wie jemand aus, der bei einer krassen Jagd gewonnen hatte und genau das liebte ich.

Mit ihr war immer alles so leicht und fröhlich. Und vor uns lag eine ganze Welt, die wir so noch erkunden konnten. Konnte es überhaupt besser sein?

Kapitel 11

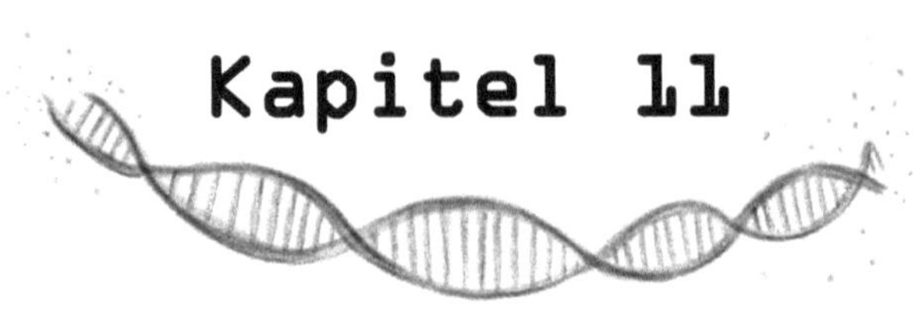

„Hey, du Bezwingerin der Dendriten", machte ich sie grinsend auf mich aufmerksam. „Fly!", glücklich fuhr sie zu mir herum: „Wir haben es geschafft! Wir haben die Regeln neu geschrieben! Wir sind Legenden! Bestimmt werden alle wochenlang nur von uns reden! Nein, was sag ich da! Monate! Wir stehen in einer Reihe mit den Spitzenspielern!"

„Und wir bekommen meine Kette wieder", betrachtete ich unseren Sieg aus einer ein wenig anderen Perspektive.

Auch wenn Nilli ja schon mal so etwas in der Richtung erwähnt hatte, war ich gar nicht scharf auf die Aufmerksamkeit. Hoffentlich übertrieb sie in ihrer Euphorie einfach. Wenn wir unter ständiger Beobachtung standen, würde es sicher nicht lange dauern, bis meine wahre Identität ans Licht kam und generell könnten wir unsere Reise dann nicht mehr völlig frei genießen.

Aber eins nach dem anderen. Zuerst mussten wir noch meine Kette zurückholen.

„Ähm... Hör mal Fly. Jetzt da wir die Synapsen-Kapsel echt haben... Wollen wir sie wirklich diesem Kerl überlassen? Wir sind so ein gutes Team. Bestimmt haben wir ruckzuck genug Münzen, um eine neue zu kaufen", wandte meine Freundin zögerlich ein.

Kurz stockte ich. Es war logisch, dass sie so dachte. Für sie war es nur eine Kette, lange nicht so wertvoll wie dieses Power-up.

„Entschuldigung. Das war ein blöder Vorschlag. Weißt du was: Wir gehen jetzt ins Soma und machen den Tausch und dann ziehen wir weiter. Mal sehen, was sich noch so ergibt und bei der nächsten Gelegenheit können wir ja auch das

Makrophagen-Fragment zu etwas super Krassem aufleveln", zog sie ihre Worte schnell wieder zurück und lächelte mich halb entschuldigend, halb vorfreudig an.
Überrascht sah ich sie an. Sie hatte nicht einmal nach dem Warum gefragt. Sie stand einfach so hinter mir, ohne jede Bedingung...
„Danke", und wieder war dieses schlichte Wort nicht annähernd genug für ihre unglaublich herzensgute Art. „Du siehst ganz schön fertig aus", bemerkte sie jetzt ein wenig besorgt: „Willst du vielleicht unsere Glukose?"
„Nein, danke, vielleicht später, bringen wir erst einmal diese Übergabe hinter uns", lehnte ich ziemlich angespannt ab. Hoffentlich konnte ich mit meiner Kette wirklich etwas aufnehmen, was meine Heilung beschleunigte. Ich hatte echt keinen Bock, nur langsam wieder hochzukommen.
Na ja, was hieß hier langsam. Bei einem normalen bis mittelschweren Schaden brauchte ich so ein paar Stunden, in diesem Fall sollte die Sache nach aller höchstens zwei Tagen erledigt sein. Für das, was ich heute eingesteckt hatte, war das eigentlich lachhaft wenig Genesungszeit, dennoch nervig.
„Komm! Wir rutschen die Dendriten wie Feuerwehrleute runter!", aufgekratzt grinste Nilli bei dieser Idee. „Aber pass auf die Abzweigungen auf, die können einen fies erwischen", riet ich ihr aus Erfahrung und ab ging die Post.
Sicherheitshalber schwang ich mich noch an einen benachbarten Dendriten und ließ mich dort in die Tiefe sausen, damit wir nicht blöd ineinander rutschten. Knapp schaffte ich es den Abzweigungen auszuweichen und auch meine Partnerin wurde nicht abrupt aufgehalten.
„Wuhuu!", jubelte sie unbeschwert neben mir. Ja, der Wind und die Geschwindigkeit hatten schon was. Es war fast wie eine extra flotte Rutsche. Ich fühlte mich frei und unaufhaltsam, halt ein echter Sieger. Auch wenn der Weg runter fast schon zu leicht war, wenn ich daran dachte, wie ich mir jedes

Stückchen aufwärts mühsam erkämpft hatte. Das konnte man nicht vergleichen.
Rucki zucki hatten wir den Boden erreicht. Total durch den Wind stellte ich mich extra breitbeinig hin, um mich wieder an das Gefühl von festem Boden zu gewöhnen. Eigentlich waren wir gar nicht so lange im Dendriten-Dschungel gewesen, aber ich war einfach vollkommen in dieser verschlungenen Welt versunken, in der man selbst ohne Flügel quasi fliegen konnte.
Irgendwann mussten wir unbedingt mal ohne Kampf hierhin zurück und uns in Ruhe umsehen. Dieser unübersichtliche Ort versprach förmlich Geheimnisse. Um die mysteriöse Ausstrahlung zu verstärken, flackerten wieder ein paar helle Impulse durch diese gewaltigen Strukturen. Eine beeindruckende Kulisse, wenn auch für ein gnadenloses Schauspiel. Egal, jetzt war es vorbei. Ich sollte aufhören an diesen Kampf zu denken. Ich würde nicht mehr kämpfen müssen.
„Wie hast du das gemacht?“, wollte auf einmal eine gefährliche Stimme von uns wissen. Misstrauisch musterte ich den Neuro-Hunter, der sich zu uns geschlichen hatte und uns ebenfalls argwöhnisch betrachtete.
Eine dicke Rüstung mit allem Tamtam und eine kerzengerade, arrogante Körperhaltung. Eindeutig ein hochrangiger Kämpfer, dem wir völlig unwürdig das Power-up weggeschnappt hatten. So kann's gehen.
„Das ist ein Geheimnis“, antwortete ich verschlossen. „Bei dieser Jagd ging es nicht mit rechten Dingen zu. Ihr habt betrogen“, unterstellte uns der aufgeblasene Idiot. „Wie sollten wir denn betrügen? Das System wirft jeden raus, der das versucht. Du kannst uns ja ruhig melden. Wir haben nichts Unrechtes getan und die Leitung wird das bestätigen“, stellte Nilli sich ihm selbstbewusst entgegen und ich kämpfte darum, nicht in Panik zu verfallen.
Ein System? Die Leitung? Melden? Bei einer genauen Prüfung würde meine Tarnung doch niemals standhalten!

„Die Synapsen-Kapsel gehört mir!“, stellte der aufgebauschte Muskelprotz klar. „Nein, sie gehört uns“, verbesserte ich ihn und versuchte mir dabei meine Unruhe nicht anmerken zu lassen: „Und wir haben noch etwas zu erledigen, wenn du uns also entschuldigen würdest.“

„So leicht werdet ihr nicht davonkommen! Ich werde es beweisen! Ich hätte gewinnen müssen! Ich habe alles auf diese Jagd gesetzt!“, rief uns der freundliche Neuro-Hunter noch hinterher.

Na toll. Jetzt hatten wir noch einen Feind. Konnte ich nicht einfach wie ein normaler, durchschnittlicher Neuro-Hunter leben? Mehr wollte ich doch gar nicht.

„Der Typ war ja mal hartnäckig. So ein schlechter Verlierer“, meinte Nilli, als wir außer Hörweite waren und rollte demonstrativ mit den Augen. „Ja. Ich hoffe mal, dass das nur heiße Luft war. Ich habe kein Bock, ihn jetzt als Klette zu haben“, erwiderte ich lockerer als ich eigentlich war. „Ach das wird schon“, unbekümmert machte meine Partnerin nur eine wegwerfende Handbewegung.

Ich wünschte, ich könnte es so entspannt sehen, wie sie, aber gerade war ich das totale Nervenbündel. Würde die Übergabe klappen? Was, wenn er uns auch für Betrüger hielt? Oder sonst irgendwas?!

Irgendwie hatte ich ein ganz mieses Gefühl…

Nachdem wir einmal quer durchs Segment getappt waren, wobei uns immer mal wieder Neuro-Hunter angestarrt oder sich gegenseitig tuschelnd die Ellenbogen in die Seite gestoßen hatten, erreichten wir einen eindrucksvollen, grasbewachsenen Hügel. Ich lehne mich mal ganz weit aus dem Fenster und behaupte, dass das der Axonhügel war.

Mit seinem saftigen Grün und den zahlreichen bunten Blümchen stach er deutlich bei all dem Grau und Weiß, was hier sonst größtenteils vorherrschte, heraus. Vielleicht sollte er mit all den Farben und intensiven Gerüchen ja ein bisschen für die Reize stehen, die an ihm in Impulsen mit einer bestimmten Frequenz codiert wurden.

Auf jeden Fall war es ein sehr schöner Ort. Augenscheinlich sahen das auch viele andere Neuro-Hunter so, denn es wimmelte hier nur so von ihnen. Sie redeten, picknickten, spielten Karten, manche saßen auch einfach nur alleine da und ich konnte nicht genau sagen, ob sie auf jemanden warteten oder schlicht den Moment genossen.
So gerne hätte ich mich ihnen angeschlossen. Das hier hatte so etwas Gemütliches und Fröhliches, es war der positivste Ort, den ich je gesehen hatte.
Hier und da standen Tafeln, vor denen sich einige Neuro-Hunter tummelten. Beim Vorbeigehen warf ich einen kleinen Blick auf sie. „Wie man am besten Münzen sammelt“, „Tipps für Boss-Kämpfe“, „So trittst du einem Clan bei“
Scheinbar waren das so etwas wie Ratgeber. Wäre sicher praktisch, sich die mal durchzulesen. Allerdings waren wir nicht dafür gekommen.
Als wir auf der anderen Seite den Hang wieder abwärts gingen, sah ich es: Das Soma. Bei solch einem freundlichen Axon-hügel hätte ich mir das Zellinnere definitiv nicht so vorgestellt. Adieu Farben, bye bye Frieden. Ein echtes Schlachtfeld.
Die Ebene war verbrannt, beziehungsweise brannte an manchen Stellen immer noch. Das endoplasmatische Retikulum wirkte wie die finstere Ruine eines Labyrinths aus Tunneln, die den unheilverkündenden rot-glühenden Zellkern umgaben und der Rest der Zellorganelen sah sogar noch schlimmer aus.
Der Golgi-Apparat war offensichtlich eine Todesfalle geworden. Statt die Stoffe vom rauen ER aufzunehmen, schluckte diese Konstruktion unachtsame Neuro-Hunter. Jemand mit gleich zwei Gewehren machte das sehr anschaulich vor. Innerhalb von wenigen Sekunden war er ein hübsches Bläschen geworden, das über die brutale Landschaft schwebte, etwa fünf Sekunden. Dann entdeckte ein anderer Neuro-Hunter seinen umgewandelten Kollegen und mit einer Salve

Schüsse zerplatzte das Bläschen in dem wohlvertrauten Todesfunkenregen.
Auch wenn wir keine Gelegenheit bekamen, es zu beobachten, war ich mir ziemlich sicher, dass die Lysosomen genauso mörderisch reagierten. Immerhin war es sowieso ihre Aufgabe, Abfallprodukte zu verdauen, das schrie doch nach Tötungsfunktion.
Ansonsten gab es noch das Zentriol. Aus den länglich gespaltenen Röhren krochen die Proteinfäden und wiegten trügerisch sanft hin und her. Es war klar, dass sie sich sofort um alles und jeden, das ihnen zu nahe kam, erbarmungslos schlingen würden. Gruselig.
Die Mitochondrien knisterten vor Energie und stießen gleichzeitig beunruhigende, dunkle Gaswolken aus und die Ribosomen arbeiteten unaufhörlich an dicken Ketten, die wahrscheinlich ähnlich reagierten, wie die lauernden Proteinfäden der Zentralkörperchen.
Eine echte Horrorzelle.
Und dazwischen liefen Neuro-Hunter rum, die auf einander schossen und bis auf den Tod kämpften. Permanent sprühten irgendwo Funken. Etwas abseits von diesem gnadenlosen Chaos entdeckte ich ein bekanntes Gesicht. Zusammen mit seinen zwielichtigen Kumpels stand unser Verhandlungspartner genau an der Grenze zwischen dem Axonhügel und dem Soma.
Beide Bereiche wurden von einer dünnen, durchsichtig schimmernden Membran getrennt, was eigentlich nicht ganz anatomisch korrekt war, weil der Axonhügel ja noch in der Zelle lag, aber darüber machte ich mir gerade nicht wirklich Gedanken.
Ich war nur froh, dass wir nicht so weit in diese Alptraumlandschaft mussten und ich wollte es hinter mich bringen. Ich wollte es so sehr! Angespannt krallte ich meine Hände in den Gürtel. Jetzt war es so weit.
Nilli und ich tauschten noch einen letzten entschlossenen Blick und traten durch die semipermeable Membran. „Hier ist

eine Fight Area“, verkündete die gleiche Ansagerstimme wie eben.
„Ah, da seid ihr ja. Die unerwarteten Siegerinnen“, begrüßte uns der Kerl wieder mit seinem schmierigen Lächeln: „Verratet mir nur eins: Wie habt ihr es gemacht?“ Warum wollten das immer alle wissen?! Nein, eigentlich wusste ich es ja, aber warum konnten sie diese dumme Frage nicht einfach für sich behalten?!
„Können wir nicht gleich zum Geschäft kommen? Die Kette gegen die Synapsen-Kapsel“, erwiderte meine sonst so aufgedrehte Begleiterin ganz nüchtern.
„Ja, das war unser Deal. Ich habe ja schon von Anfang an etwas Besonderes in euch gesehen, aber ich hätte nicht gedacht, dass ihr so einzigartig seid. Was haltet ihr von einer Zusammenarbeit? Ihr könntet die Synapsen-Kapsel behalten und würdet die Kette bekommen und in Zukunft würden wir uns die Beute teilen, als Clan. Ihr würdet gut zu uns passen. Ihr habt den Biss, das gefällt mir“, machte er uns ein verlockendes Angebot oder zumindest konnte man ihm ansehen, wie überzeugt er selbst davon war.
„Nein, danke. Das ist eine einmalige Angelegenheit. Ihr gebt uns die Kette und unsere Wege trennen sich“, lehnte ich mit aller Entschiedenheit ab. An Nillis angewidertem Blick konnte ich unschwer erkennen, dass sie genauso dachte. Es war schon schlimm genug, dass wir jetzt mit ihnen zu tun hatten.
„Das hatte ich schon befürchtet“, der Vollidiot seufzte gespielt enttäuscht. Ich wollte einfach nur hier weg und dann würde ich eine Runde im Liquor schwimmen in der Hoffnung die ekligen Spuren seiner Anwesenheit abzuwaschen. Nur indem ich einfach hier stand, fühlte ich mich schon irgendwie schmutzig.
Plötzlich hob er seine Pistole und drückte ab. Ein Schuss. Entsetzt riss ich die Augen auf. Keine Warnung von meinen Hinterhörnern. Er war nicht für mich bestimmt gewesen. Von Nilli blieb nichts als ein kleiner, heller Funkenregen, der schnell verglühte.

Nein. Ich konnte es nicht glauben. Alles stand still. Es ergab keinen Sinn. Es fühlte sich vollkommen falsch an. Nilli. Sie hatte doch eben noch da gestanden. Kein Schrei, keine letzten Worte, kein letzter Blick. Sie war einfach weg, einfach so. Das konnte nicht sein.
Drängend prickelten meine Hinterhörner, doch ich konnte mich nicht bewegen, ich war vollkommen gefangen in diesem absolut unwirklichen Moment. Wir hatten die Power-up-Jagd zusammen geschafft, wir hatten den Monozyten besiegt. Das hier waren doch keine Gegner für uns. Er konnte sie nicht getötet haben. Sie war nicht tot! Nilli. Ich konnte das doch nicht alleine.
Heftig traf mich ein Schuss in den Bauch und ich wurde nach hinten geschleudert. Hart rollte ich über den verbrannten Boden und knallte gegen irgendein verkohltes Bruchstück von irgendwas. Es war mir egal. Heiß brannte der Schmerz in meinem Inneren und mit ihm kam der Zorn.
„Die Kleine ist noch da. Sie ist wohl doch zäher als die andere“, hörte ich eindeutig die Stimme des Killers. Diese Schadenfreude und gleichzeitig die Gleichgültigkeit, als wäre Nilli ein Niemand gewesen, eine wie alle anderen.
Meine Hinterhörner warnten mich und ich drehte mich zur Seite. Knapp verfehlte mich sein Schuss. Ohne nachzudenken, riss ich mir den Umhang ab und entfaltete meine Flügel. Mit einem kräftigen Flügelschlag beförderte ich mich in die Höhe.
Vollkommen überrumpelt starrten sie mich alle für einen Moment an. Klickend öffnete ich meine Gürtelschnalle. Voller Hass griff ich meine Peitsche. Der erste von ihnen kam wieder zu sich und fing an zu ballern. Geschickt wich ich ihm aus und schlug mit aller Wucht nach ihm. Zwei Treffer und es war aus mit ihm.
Sein Nachbar war immer noch völlig erstarrt und gaffte mich mit großen Augen an. Mein Neurit surrte förmlich vor Elektrizität. Nur ein Treffer und er war weg, für immer, wie sie...

Laut schrie ich auf und hieb auf die anderen ein. Sie fielen, einer nach dem anderen. Ihre Angst, ihre Verzweiflung, sie starben wie alle anderen.
Wie konnten sie die Macht haben, Nilli zu töten?! Wieso war ich nicht schneller gewesen?! Wieso hatte ich nichts gemerkt?! Wieso hatte ich sie nicht beschützt?!
Der Anführer begriff, dass er diesen Kampf nicht gewinnen konnte und lief feige auf die Zellmembran zu. Ein Schlag und der letzte seiner Leute fiel. Im Sturzflug raste ich auf ihn zu. Ich warf ihn zu Boden. Fest schlang ich die Peitsche um meine Faust und schlug zu, direkt in sein Gesicht.
Er hatte gelächelte, als er abgedrückt hatte. Ich sah es vor mir. Ich sah sie vor mir. Sie hatte keine Chance gehabt.
„Warum?!“, meine Stimme klang ganz schrill. Wieder und wieder schlug ich zu. Meine eigene Energie brannte mir in der Handfläche. „Warum hast du das getan?!“, schrie ich ihn an. Tränen stiegen mir in die Augen. Ich wollte ihm weh tun. Es tat so weh. Nilli! Warum?!
Auf einmal löste er sich unter mir auf und ich sackte auf den toten Boden. Durch den Schleier meiner Tränen sah ich etwas Silberglänzendes in all dem Schwarz. Mit zittrigen Fingern griff ich danach. Meine Kette. Ein Schluchzen drang aus meiner Kehle.
Fest schloss ich meine Faust um den kühlen Anhänger und schlagartig sah ich es: Berge von Münzen und Waffen und da, auf den Überresten von Nilli, lag das weiße Jojo, Nillis Makrophagen-Fragment, dazu die Glukose-Moleküle und die Synapsen-Kapsel. Die Belohnung für meinen Sieg.
Verloren streckte ich meine Hand danach aus. Ich wollte es gar nicht haben, ich wollte meine Freundin, ich wollte den Spaß mit ihr. Die Münzen und alles verschwanden auf einmal und irgendwie spürte ich, wie ich alles in mir aufnahm.
Ich hatte mir alles genommen, was diesen herzlosen Killern etwas bedeutet hatte: Ihr Reichtum, ihre Stärke, ihr Leben. Aber es war kein Sieg. Ich fühlte mich so leer.

Aus dem Augenwinkel sah ich andere Neuro-Hunter zögerlich näherkommen. Sie überlegten, ob sie mich angreifen sollten. Sahen sie nicht, dass ich vollkommen am Boden war?! Waren sie wirklich so herzlos?!
Krampfhaft hielt ich den Griff meiner Peitsche und richtete mich aus den Trümmern meines Lebens auf. Ich sollte sie alle umbringen! Doch mein Hass war nur ein kleines Aufflackern gewesen. Geschlagen ließ ich meinen Arm wieder hängen. Nein, ich wollte nicht kämpfen, ich wollte nur nach Hause.
Ohne mich um die andern zu kümmern, drehte ich mich um und ging. Es war mir egal, dass jetzt alle sehen konnten, was ich war. Es war vorbei.

Kapitel 12

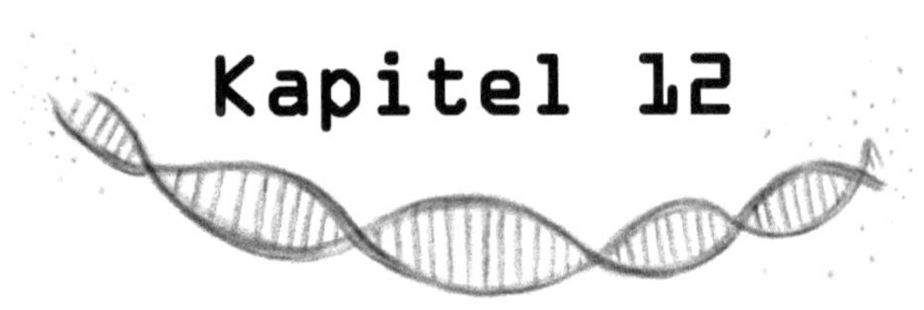

Ich konnte gar nicht genau sagen, wie ich in die Mitte des Segments gekommen war. Nichts erreichte mich mehr wirklich. Nilli war tot. Ich hatte sie überredet meine Kette zurückzuholen. Ich hatte sie überhaupt erst verloren. Nur wegen mir war sie da gewesen.

Eine Träne lief unangenehm an meinem Hals hinab. Dass ich angefangen hatte zu weinen, hatte ich gar nicht gemerkt. Es war auch egal. Ich machte mir nicht die Mühe diese sinnlosen Tränen wegzuwischen.

Konzentriert schloss ich meine Augen und wie von selbst reiste ich über den Tractus spinothalamicus, die so symbolische Schmerzbahn, zurück nach Hause, Segment C4. Meine Rückkehr hatte ich mir nicht so vorgestellt. So hätte es nicht sein sollen.

Dumpf kribbelten meine Hinterhörner. Was für eine wundervolle Begrüßung, gleich erst einmal ein Kampf. Home sweet Home... Als ich meine Augen wieder öffnete, packte mich das blanke Grauen.

Keine Gruppe von Kämpfern hatte meinen Instinkt geweckt, es war alles voll von ihnen! Sie tummelten sich auf dem Markt, sie reisten über die verschiedenen afferenten Bahnen weiter nach oben. Sie scherzten und grübelten und verhielten sich, als würde einfach alles ihnen gehören. Doch das war mein Segment! Mein Zuhause!

Diese Monster hatten es eiskalt ausgenutzt, dass ich weggewesen war und hatten meine Heimat einfach überrannt. Alles sprudelte nur so vor Leben, aber es war nicht richtig. Völlig erstarrt sah ich sie einfach nur an. Was sollte ich tun? Es

waren zu viele. Ich konnte sie nicht mehr vertreiben. Ich war nicht stark genug dafür. Ich hätte nie weggehen dürfen.
Direkt neben mir tauchte ein Neuro-Hunter auf, der sich mit schlichten Stoffen vermummt hatte. Als er mich sah, wurden seine Augen ganz groß. „Glotz nicht so blöd, ich bring dich schon nicht um. Noch nicht“, murmelte ich irgendwie und setzte mich wieder in Bewegung. Einfach nur hier zu stehen und alles zu bereuen, brachte auch nichts.
Glia würde auf dem Markt sein und an ihrem Stand ihre Waffen an diese herzlosen Eroberer verkaufen. Wie sah sie diese Veränderung wohl? Mochte sie es, jetzt mehr zu tun zu haben oder hasste sie es, dass die Neuro-Hunter alles hier übernommen hatten? So gerne wollte ich mit ihr über alles reden. Natürlich würde dadurch nicht alles wie durch ein Wunder wieder gut werden, aber es fühlte sich ein bisschen so an. Sie war immer noch meine beste Freundin und ich war nicht allein. An dieser Gewissheit hielt ich mich fest.
Mein Aufzug fiel den Neuro-Huntern auf. Gespräche verstummten, es wurde nach Luft geschnappt und Waffen wurden gezogen. Niemand griff mich direkt an. Niemand wusste, was genau er von mir halten sollte. Wie eine Bedrohung sah ich ja wohl kaum aus: Verheult, immer noch halb in fröhlich verrückten Sachen und sicherlich mit einer Körperhaltung, die in etwa die Stabilität eines Kartenhauses vermittelte.
Wenn ich es mir recht überlegte, klang das ein wenig nach labilem Psycho. So betrachtet könnte ich also doch eine Bedrohung sein. War ich aber nicht. Gerade wollte ich einfach nur zu meiner Freundin.
Wie würde sie wohl reagieren? Eine tröstende Umarmung, ein frecher Tadel, um die Stimmung zu lockern, eine verrückte Mischung aus allem, die irgendwie unbeholfen, aber auch genau richtig war? Glia würde mich verstehen und sie würde für mich da sein.
Krampfhaft versuchte ich meine Gedanken weiter in Bewegung zu halten. Ich war fast da, ich durfte mich jetzt nicht von all der Scheiße überwältigen lassen. Immer schön weiter.

Endlich tauchte Glias Stand in der verwinkelten Straße auf. Noch nie war mir der Weg über unseren kleinen Markt so endlos lang vorgekommen.
Ein erleichtertes Lächeln mogelte sich auf mein Gesicht und gleichzeitig traten wieder Tränen in meine Augen. Alles wollte einfach aus mir herausbrechen.
Jemand wollte bei ihr gerade Ranviersche Schnürringe kaufen, die ich einmal erbeutet hatte. Als er mich sah, stockte er mit der Waffe in der Hand und wirkte absolut überfordert. Ich kümmerte mich keine Sekunde lang um ihn. Klar, vordrängeln gehörte sich nicht, aber er musste einfach einen Moment warten können, ich brauchte… Nein.
„Oh, Sie scheinen es ja sehr eilig zu haben. Würden Sie bitte warten, bis Sie an der Reihe sind, dann werde ich Sie gerne beraten“, wandte sich die Gliazelle höflich an mich. Sie lächelte, doch es war nicht echt, es war nicht sie. Ein persönlichkeitsloser Klon.
Aber das war ihr Stand!
„Wo ist Glia?! Wo ist die Besitzerin dieser Werkstatt?! Was ist mit ihr passiert?!“, meine Stimme bebte. Angst schnürte mir die Kehle zu. Ich konnte kaum atmen. Glia würde ihren Stand nie einem von denen überlassen. Sie musste hier sein. Es musste eine Erklärung geben.
Hatte sie mich kommen gesehen und wollte mir einen Streich spielen? Hatte sie sich nach dieser Invasion auch auf den Weg gemacht, um das Nervensystem zu erkunden? War sie hinten in der Werkstatt?
„Es tut mir leid, Sie scheinen mich zu verwechseln. Es gibt hier keine Glia“, die seelenlosen Worte der Gliazelle durchfuhren mich schlimmer als jeder Stromschlag und ich spürte wie alles, woran ich mich festgehalten hatte, zu einem Funkenregen wurde.
„Nein, das kann nicht stimmen“, keuchte ich ungläubig und schüttelte meinen Kopf. Das war nicht real. „GLIA! WO BIST DU?! KOMM RAUS!“, schrie ich verzweifelt und schwang mich über die Auslage. Ich musste in die Werkstatt! Ich

musste sie sehen! Sie würde da sein. Es konnte gar nicht anders sein.
Plötzlich packten mich zwei Gliazellen in Kampfmontur, beide mit ihren typisch unbewegten Gesichtern. „Bitte beruhigen Sie sich. Wir haben nicht, was Sie suchen, aber sicher finden wir etwas anderes, das Ihren Anforderungen gerecht wird“, redete dieser Zombie, der Glias Platz eingenommen hatte, immer noch ganz im Verkäufermodus.
Entgeistert starrte ich sie an. Etwas anderes, das meinen Anforderungen gerecht wurde?! Es ging um Glia! Es gab nichts anderes!
Bebend schloss ich die Finger um meine Peitsche. Diese Frau gehörte nicht hier hin.
„In diesem Bereich sind Kämpfe nicht gestattet“, ermahnte mich die Gliazelle streng: „Dies ist keine Fight Area.“
Fight Area?! Jetzt benutzten sie auch schon die gleichen Begriffe, wie die Neuro-Hunter?!
Grob riss ich mich von den Gliazellen-Sicherheitskräften los. Das war nicht mehr mein Zuhause. Ich wollte weinen und schreien, alles zerstören und von jemand Vertrautem in den Arm genommen und beruhigt werden. Doch meine Augen brannten ohne eine weitere Träne übrig zu haben und meine Stimme war gefangen in meinem Brustkorb, der sich anfühlte, als würde er jeden Moment zu einem schwarzen Loch kollabieren. Alles war bereits zerstört und alle meine Vertrauten waren tot. Und so konnte ich nur eins tun.
Ich lief.
Ich lief über den Markt. Ich lief an all den Neuro-Huntern vorbei. Ich lief über die Ebene der weißen Substanz. Ich lief bis zur Radix anterior, die austretenden Fasern ganz am Ende des Vorderhorns. Atemlos blieb ich dort stehen und starrte in die Weiten des peripheren Nervensystems, wo Impulse wie Sternschnuppen vorbeizogen.
Da draußen sah alles noch aus wie immer, als hätte sich nichts geändert. Wie oft hatte ich schon auf einer der vier

Austritts-, beziehungsweise Eintrittsstellen der Axone gestanden und mich in die Ferne geträumt…
Ich war so dumm gewesen. Mit einem lautlosen Schluchzen brachen meine Beine weg. Mir war nichts geblieben. Nilli, Glia, mein Zuhause. Alles war weg. Und das schlimmste war: Ich hätte es verhindern können.
Wenn ich nur auf Glia gehört hätte! Ich hätte hier sein sollen! Das war meine Aufgabe, etwas anderes konnte ich nicht und jetzt nicht einmal mehr das.
Gequält liefen mir die Tränen übers Gesicht. Ich hatte alles falsch gemacht. Zittrig schloss ich meine Finger um die Kette, mit der alles angefangen hatte. Mein größter Fehler. Ich hasste meine dummen Träume! Ich hasste es, dass ich immer zu spät war! Dass ich es nicht geschafft hatte, auch nur eine Sache zu retten, nur weil ich an meiner dummen Hoffnung auf ein schönes Abenteuer festgehalten hatte! Ich hasste diese Kette!
Wütend riss ich sie mir vom Hals und holte aus. Doch mitten im Wurf stockte ich. Dieses verfluchte Ding stand für alles, was ich egoistisch zerstört hatte, aber es war das einzige, das mir von Glia geblieben war, das und diese seltsamen Klamotten, die wir gemeinsam für mein neues Leben ausgesucht hatten.
Wieder musste ich total losheulen. Fest drückte ich die Kette an mich. Erinnerungen fluteten mich und raubten mir den Atem. Glia und ich beim Umstyling, bei spaßhaften Diskussionen während dem Waffeneinsammeln, bei Partys in der Panne… Glia und ich gegen den Rest der Welt…
„Fly! Pass auf!“, schrie plötzlich jemand auf. Unwirklich spürte ich das warnende Brodeln in meinen Hinterhörnern. Alles wirkte so weit weg. Und was wäre schon dabei, wenn ich jetzt draufging? Wofür sollte ich jetzt noch kämpfen?
Die Tränen verwischten meine Sicht und das Geflecht des peripheren Nervensystems mit seinen unergründlichen Impulsen wirkte noch magischer. Es wirkte fast wie ein Schriftzug, es könnte alles sein, tausend Möglichkeiten… Ein

schöner Ort zum Sterben. Hier konnte ich mir einreden, zu Hause zu sein, auch wenn ich das nie wieder sein würde.
Geschlagen schloss ich meine Augen. Ich war bereit für das Ende. Der Schmerz sollte aufhören.
„Bereit zu sterben“, hörte ich diffus eine Stimme in meinem Inneren und ich antwortete nur: „Ja.“ Erbärmlich. Wie hatte es so weit kommen können? Warum?
„NEIN! Fly!“, brüllte dieser Typ wieder und etwas regte sich ganz tief in der Asche meines Verstandes. Er kannte meinen Namen, aber alle, die ihn kannten, waren tot und es gab auch niemanden mehr, der mich beschützen wollte. Ich war allein. Oder zumindest sollte ich das sein.
Ein Funken Neugierde schlich sich in die überwältigende Trauer, aber er wurde sofort erstickt. Mir konnte alles egal sein. Ich war fertig damit. Ich wollte nicht mehr. Undeutlich hörte ich schnelle Schritte hinter mir. Irgendwie kam mir meine ganze Wahrnehmung verlangsamt vor, als würde ich drei Momente hinterher hinken.
Schüsse wurden abgefeuert, genau zwei. Jemand keuchte laut vor Schmerz und da war eindeutig ein dumpfer Aufprall. Bei mir kam nichts von dem Angriff an, obwohl er laut meinen sensiblen Informationen für mich bestimmt gewesen war. Hatte jemand die Schüsse für mich abgefangen? Warum? Und wer?
„Fly! Verschwinde endlich!“, presste eine Stimme hinter mir hervor. Wieder zwei Schüsse. Vielleicht hatte das Gewehr keine vernünftige Mehrfeuerfunktion. Vielleicht war der Angreifer aber auch einfach nur überheblich. Für einen Herzschlag blieb ich einfach nur sitzen. Ein Häufchen Elend voller Selbstmitleid und Schuldvorwürfen.
„FLYYY!“, schrie mein mysteriöser Retter langgezogen meinen Namen. Seine Stimme überschlug sich. Er konnte mich nicht mehr retten. Aber ich konnte es.
Ohne nachzudenken wirbelte ich zur Seite. Wirkungslos gingen die Schüsse an mir vorbei ins Leere. Aha. Mir gegenüber standen zwei Neuro-Hunter im Partnerlook, deswegen auch

zwei Schüsse, logisch. Sie waren ein Team. Diese Erkenntnis versetzte mir einen Stich. Ich war auch Teil eines Teams gewesen...
„Verräter!", rief einer der beiden mit mechanisch verzerrter Stimme: „Stirb!" Beinahe synchron richteten sie ihre Waffen auf die Gestalt am Boden. Panisch wandte er den Blick von den beiden Neuro-Huntern ab und sah mir direkt in die Augen. Auf seinem Gesicht stand die Gewissheit, dass er sterben würde.
„Es tut mir leid", sagte er schlicht. Es traf mich wie ein Schlag. Das konnte nicht sein!
Sirius?!

Kapitel 13

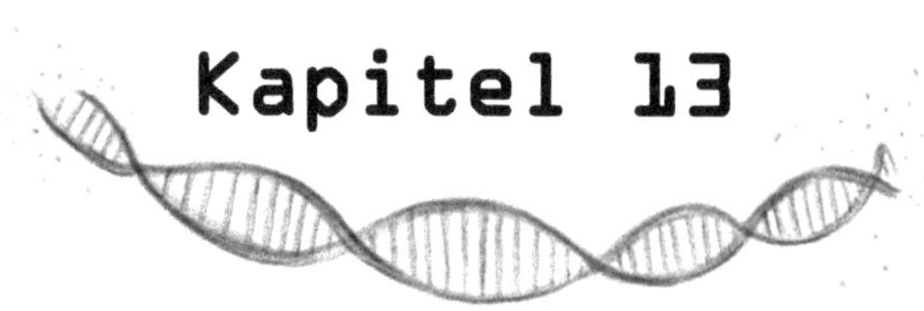

Zwei Schüsse. Sie wollten Sirius töten, während ich daneben stand, genau wie bei Nilli. Dieses Mal nicht! Blitzschnell schleuderte ich meine halbgeladene Peitsche nach vorne. Funken sprühten, als sie mit den Impulsen zusammentraf und ich spürte unangenehm kribbelnd den Rückstoß.
Ohne zu zögern, trieb ich die Energie meines Neuriten höher und griff die Neuro-Hunter an. Panisch schossen sie auf mich und ich wich spielerisch aus. Im Nu hatte ich die größenwahnsinnigen Zwillinge pulverisiert und dann stand ich da, mit Sirius.
Sprachlos schaute ich auf ihn herab. Ich hatte ihn getötet. Er war tot. Er konnte nicht hier sein. Er hatte mich retten wollen. Aber ich hatte ihn getötet. Er hatte mich nur benutzen wollen. Er war nicht anders als die anderen. Er war ein Monster. Alle Neuro-Hunter waren... Nein, Nilli nicht. Und er?
Für einen Moment erwiderte er einfach nur meinen Blick, dann richtete er sich langsam auf und meinte ziemlich nervös: „Nahtod-Momente sind wohl unser Ding. Du weißt schon, unser erstes Treffen, als du mich fast getötet hast... Das sollte kein Vorwurf sein. Tut mir leid.“ Sollte das ein lockerer Einstieg sein? Ich fand es ja nicht lustig.
„Wie?“, fragte ich mit noch ziemlich dünner Stimme. „Ähm...“, unruhig zuckte sein Blick hin und her: „Also. Das ist eine lange Geschichte und ziemlich kompliziert... Können wir vielleicht weg von der Aufmerksamkeit hier?“
Weg von hier?
Verloren blickte ich in die Gesichter der Neuro-Hunter, die sich auf der Ebene versammelt hatten, nicht wenige von

ihnen kampfbereit. Sie gehörten nicht hierhin! Ich gehörte nicht hierhin…

Langsam nickte ich und ich wusste, dass ich nicht noch einmal wiederkommen würde. Mein Zuhause existierte nicht mehr.

„Ich sag nur kurz meinen Freunden Bescheid, dass ich weg bin, damit sie sich keine Sorgen machen“, meinte er ganz nebenbei. „Du willst mich in eine Falle locken!“, flüsterte ich und machte einen Schritt rückwärts. Nichts hatte sich geändert!

„Nein, nein, nein! Fly! Alles gut!“, beschwichtigend hatte er die Hände gehoben: „Wenn ich das wollte, hätte ich dir doch nicht gesagt, dass ich meine Freunde kontaktiere. Ich will dir nichts tun, versprochen.“

„Warum?“, stellte ich die nächste knappe Frage. „Weil ich gesehen habe, was auf dem Markt passiert ist und wie du dich von den beiden töten gelassen hättest. Du brauchst jetzt jemanden, der für dich da ist“, erklärte er voller Mitleid.

„Warum du? Warum jetzt?“, ließ ich mich nicht so schnell von seinen Worten und seiner großen Opferungsgeste einlullen. Letztes Mal war ich schon viel zu naiv gewesen. Diesen Fehler würde ich nicht wiederholen.

„Ich werde dir alles erklären, aber nicht hier. Bitte Fly, komm mit mir“, auffordernd streckte er mir seine Hand entgegen. Das letzte Mal als ich seine Hand gegriffen hatte, war er danach abgehauen. Jetzt wollte er mit mir abhauen, aber konnte ich ihm trauen? Hatte er vielleicht davon gehört, wie Nilli und ich die Power-up-Jagd gewonnen hatten und wollte mich als Kämpfer ausnutzen?

Der Gedanke an dieses Abenteuer tat weh. Hier zu stehen tat weh. Eigentlich tat mein ganzes Leben im Moment weh. Doch er hatte mein Leben gerettet und dafür hatte er es wohl verdient, dass ich ihm wenigstens zuhörte. Womöglich würde mich das ja auch ablenken und es würde nicht mehr ganz so weh tun, zumindest für kurze Zeit.

Zögerlich griff ich seine Hand und auf seinem Gesicht erschien ein kleines Lächeln, ein nettes Lächeln voller Verständnis und Zuversicht. Wenn man ihn so sah, wirkte er überhaupt nicht wie ein Monster.
Gemeinsam gingen wir los, für den Weg abwärts mussten wir ja den Leiter der motorischen Impulse nutzen, die Pyramidenbahn in der grauen Substanz. Vor uns teilte sich die Menge, immer noch mit abwägenden und neugierigen Blicken. Als leichtes Prickeln spürte ich ihre Kampfbereitschaft, aber von niemandem ging eine ernsthafte Gefahr aus.
„Vertrau mir", sagte Sirius noch einmal, als wir das Vorderhorn erreicht hatten. „Das tue ich sicher nicht, aber mein Leben kann kaum schlimmer werden", stellte ich meine Abneigung ihm gegenüber klar. Beim ersten Mal hatte ich ihn nicht ohne Grund getötet und ich hatte noch nicht ausgeschlossen, dass es ein zweites Mal geben würde.
„Es kann aber auch wieder besser werden", spielte er den Optimisten und bevor ich mit einem richtigen Streit loslegen konnte, reisten wir als Erregung durch das Rückenmark. Ich hatte keine Orientierung. Reisten wir nur ein Segment tiefer oder zehn? Wo wollte er überhaupt hin?
Die Neuro-Hunter waren doch überall! Sie hatten jeden ach so kleinen Fleck als ihr Eigentum erklärt. Wo und wie sollten wir da unter uns sein?
Abrupt endete unsere energiegeladene Reise. Misstrauisch blickte ich mich um. Hier sah es vollkommen anders aus, als der Rest des ZNS. Es war recht dunkel, bis auf sechs paarig angeordnete Löcher in der Decke, durch die dicke Nerven verliefen und noch ein bisschen Licht fiel.
Nachdem sich meine Augen an das schummrige Licht gewöhnt hatten, erkannte ich, dass die Decke aus Knochen bestand, ebenso der Boden oder zumindest die Stellen, die nicht von Nervenzellen überwuchert waren. Wie sanfte Vorhänge hingen überall Nervenfortsätze, die immer mal wieder durch Impulse kurz aufleuchteten. Allerdings gab es auch massivere Trennungen durch überdimensional große Axone

und Dendriten, ähnlich wie im Dendriten-Dschungel und an manchen Stellen bildeten auch die Zellen richtige Wände.
Es war unmöglich zu sagen, ob wir hier wirklich allein waren oder sich irgendwo an diesem verschachtelten Ort noch andere Neuro-Hunter rumtrieben. Auf jeden Fall wirkte es ziemlich ruhig.
All das nahm ich völlig nüchtern wahr und dann traf mich eine verspätete, bittere Erkenntnis: Das hier musste der Zusammenschluss der unteren Segmente sein. S1 bis S5. Nilli war hier gewesen, um die Synapsen-Kapsel zu holen. Von einer rosa glühenden Zelle war nichts zu sehen, aber die Erinnerung war trotzdem da und ebenso der Schmerz.
„Fly?", fragte Sirius mich vorsichtig. Ich hatte völlig vergessen, dass er auch noch da war und dass wir immer noch Händchen hielten. Wütend entriss ich ihm meine Hand und machte einen Schritt von ihm weg.
„Warum hast du mich hierher gebracht?", ich hasste es, dass meine Stimme dabei so zitterte. „Das hier ist wahrscheinlich der einzige Ort, an dem man ungestört reden kann, ohne sich ein Zimmer kaufen zu müssen. Ich hab sogar mal eine Zeit hier gewohnt", antwortete er mir locker, gezwungen locker. Und dabei sein Gesicht...
Ich ertrug es nicht, ihn anzusehen! Auch wenn es strategisch die dümmste Entscheidung überhaupt war, wandte ich ihm den Rücken zu. Immer noch mit erbärmlich dünner Stimme verlangte ich: „Dann lass uns reden. Erzähl mir alles."
„Ähm, also, was weißt du schon?", drückte sich der Feigling um Antworten. Aber ich wollte nicht diese dummen Spielchen spielen! Rasend fuhr ich zu ihm herum: „Das ist egal! Ich will ALLES wissen!"
Erschrocken wich er einen kleinen Schritt zurück. Trotz seiner Seelentröster-Nummer hatte er immer noch Angst vor mir. Unruhig schluckte er und fing endlich an: „Wir Neuro-Hunter kommen von außerhalb, wir sind eigentlich nicht wirklich Teil dieses Nervensystems. Deswegen auch ständig diese Kämpfe zwischen uns. Aber eigentlich wollen wir nichts

Böses. Wir wollen nur ins Gehirn, um dort eine Information zu beschaffen, die die Welt retten wird. Für uns seid ihr quasi die Bösen, aber ihr verteidigt euch nur. Eigentlich gibt es hier kein Gut und Böse. Allerdings ist unsere Mission zu wichtig, um Rücksicht zu nehmen und das tut mir leid. Du hast ein gutes Herz."
Soweit deckte es sich mit der Geschichte von Nilli, nur dass sie kein Blatt vor den Mund genommen und nicht so Mitgefühl und Verständnis vorgeheuchelt hatte. Er verstand gar nichts!
„Wo ist Glia?", stellte ich eine konkrete Frage und meine Hände ballten sich zu Fäusten. „Sie war deine Freundin, oder?", kam er mir nur mit einer dämlichen Gegenfrage und machte dabei einen auf einfühlsam. „WO IST SIE?!", ich schrie ihn richtig an. Dieses Getue konnte er sich sonst wohin stecken!
„Ich weiß es nicht", gestand er nicht mehr ganz so aufgesetzt ruhig: „Ich war beim letzten Kampf nicht dabei. Es kann sein, dass sie sich gewehrt hat und gestorben ist. Es kann aber auch sein, dass sie einfach verschwunden ist."
„Verschwunden?", wiederholte ich verständnislos. Er atmete noch einmal tief durch und für diese kleine Pause hätte ich ihn am liebsten geschlagen. Doch dann fuhr er fort: „Wir Neuro-Hunter arbeiten alle zusammen an unserem Ziel, auch wenn es trotzdem ein Wettkampf ist, wer am Ende als Held an der Spitze steht. Auf jeden Fall hat jedes Segment einen besonders starken Wächter oder auch eine Gruppe. Für C4 warst du es. Und während sich alles andere mit der Zeit regenerieren kann, verschwinden die Wächter endgültig, wenn sie einmal besiegt wurden. Vielleicht hat Glia zu dir gehört und… als du das Segment verlassen hast…"
„Hab ich sie umgebracht", beendete ich mit tonloser Stimme den Satz. „Nein, so darfst du das nicht sehen!", widersprach er mir sofort, doch es waren nur leere Worte.
In meinem Kopf lief nochmal mein Abschied von ihr ab. Sie hatte sich so merkwürdig verhalten… Hatte sie vielleicht

etwas geahnt? Nein, dann hätte sie mich nicht ermutigt zu gehen und meinen dummen Traum zu leben. Glia war keine stumm sterbende Märtyrerin. Sie hätte mich aufgehalten und mir den Kopf gewaschen. Sie hätte mich an meine Pflichten und unseren Spaß erinnert. Und am Ende wären wir gemeinsam gegangen. So hätte es sein sollen.

„Fly. Du wusstest es nicht. Du darfst dir nicht die Schuld geben“, redete Sirius weiter eindringlich auf mich ein. Er war immer noch da. Wie konnten alle weg sein, außer er?

„Warum du?“, meine Stimme war nicht mehr als ein gebrochenes Flüstern. „Ähm, also, ich hab dir ja schon gesagt, dass wir Neuro-Hunter nicht zu diesem Nervensystem gehören. Unser Verstand wurde quasi rein gehackt und... öh... Dadurch leben wir quasi in der Realität, also der Außenwelt und wenn jemand hier stirbt, lebt er dort immer noch weiter“, erklärte er mir unruhig und ein kleiner Hoffnungsschimmer blitzte in der Dunkelheit meines Inneren auf.

„Nilli ist nicht tot?“, fragte ich ängstlich. Ich hatte Angst, es doch falsch verstanden zu haben. Ich hatte Angst, dass dieses kleine Licht wieder erstickt wurde und ich wieder alleine mit der Finsternis war.

„Ja, sie lebt noch, aber ich kann dir nicht versprechen, dass sie wiederkommt. Für manche ist es zu... intensiv hier zu sterben und sie wagen keinen weiteren Versuch“, gab er mir so ziemlich die Antwort, die ich mir erhofft hatte, doch die Angst lauerte immer noch.

„Und woher weiß ich, dass du nicht lügst?“, stellte ich die entscheidende Frage. „Du hast doch gesagt, dass ich ein schlechter Lügner bin“, meinte er mit dem Anflug eines Lächelns. „Wenn ich dich jetzt töte, würdest du dann wiederkommen?“, ich weiß gar nicht, wie ich darauf kam.

„Ja“, antwortete er schlicht. „Ich habe nie wirklich jemanden getötet“, dachte ich laut und ich wusste nicht so ganz, was ich mit dieser Erkenntnis anfangen sollte. Wegen meiner mörderischen Rolle in alldem hatte ich doch voll die Identitätskrise gehabt und das hatte sich als vollkommen

unbegründet herausgestellt. Das war doch gut. Eigentlich sollte ich mich freuen. Aber das brachte Glia nicht zurück und Nilli...
Sagte er überhaupt die Wahrheit oder wollte ich einfach nur glauben, dass es die Wahrheit war. Die Wahrheit... An diesem Punkt war ich doch schon einmal gewesen, als mir Nilli das erste Mal von der Mission der Neuro-Hunter erzählt hatte. Ich konnte nicht sagen, was wahr war, niemand konnte das. Aber jeder wusste, wo die Wahrheit zu finden war.
„Ich will ins Gehirn“, verkündete ich mit einer sehr kläglichen Entschlossenheit. Überrumpelt sah Sirius mich an. „Ich will wissen, ob ich es getan habe. Ich will wissen, ob sie noch leben. Ich will wissen, wer ich bin“, mit aller Macht stemmte ich mich gegen die betäubende Macht der Trauer: „Und was kann ich dabei schon noch verlieren?“
„Mich“, fast schon verletzlich sah er mich an und wäre die Situation eine andere, hätte ich wahrscheinlich gelacht. „Dich hatte ich nie“, widersprach ich ihm gefasst: „Du hast damals versucht mich zu benutzen, um starke Waffen zu bekommen und jetzt willst du mich benutzen, um mit meiner Stärke voran zu kommen, weil du von der Synapsen-Kapsel oder dem Soma gehört hast. Und du hast dein Leben für mich riskiert, weil es für dich nicht mehr als ein unangenehmes Erlebnis ist.“
Es tat gut, so nüchtern zu denken, so hart zu sein.
„Ich mag dich wirklich“, seine Worte wirkten aufrichtig und sein Gesicht war schuldbewusst. „Mag sein, aber du würdest mich trotzdem für deine Zwecke verraten“, beurteilte ich immer noch so wundervoll unerreichbar und berechnend. Keine Ahnung woher das auf einmal kam, aber es sollte bleiben!
„Zu deinem Glück kann ich einen Neuro-Hunter gut gebrauchen und wir haben beide das gleiche Ziel. Also. Bist du bereit mit mir zu kämpfen?“, eisern blickte ich ihm in die Augen.
„Du machst gerade viel durch. So etwas sollte man nicht überstürzt entscheiden...“, drückte er sich feige.

„Dann gehe ich eben alleine", gleichgültig wandte ich mich ab. So dringend brauchte ich ihn nun auch wieder nicht. „Nein. Fly! Warte!", hielt er mich auf und obwohl er immer noch nicht besonders kriegerisch wirkte, sagte er: „Ich komme mit dir."

Kapitel 14

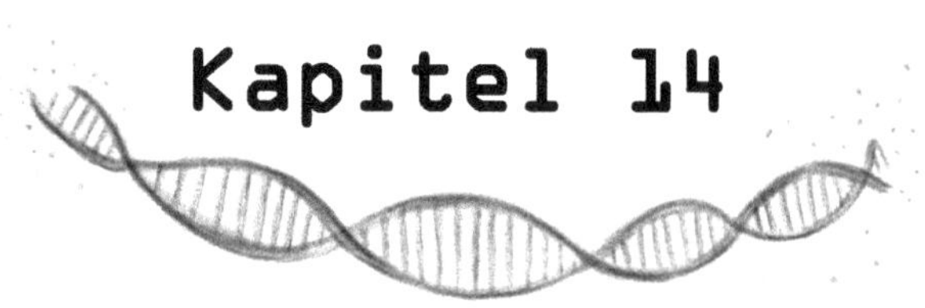

Und was machten wir nach dieser dramatischen Entscheidung? Wir standen einfach nur da. Mit jeder Sekunde, die verstrich, spürte ich, wie meine kühle Entschlossenheit brüchiger wurde. So viel kämpfte in meinem Inneren, so viel drohte mich zu überwältigen. Ich musste etwas tun!

„Kämpf gegen mich", fordert ich Sirius ohne groß nachzudenken auf. Ich konnte nicht mehr denken. „Was?!", völlig überrumpelt und auch eine Spur ängstlich sah er mich an. „Ich töte dich nicht, vertrau mir", erwiderte ich nur angespannt und lud meinen Neuriten auf.

Ich war ein Monster und dann doch nicht. Ich hatte alle verloren und dann doch nicht. Meine Welt konnte nicht so oft eingerissen werden! Das war zu viel! Irgendwie musste ich das alles loswerden! Irgendwie musste ich wieder atmen können!

Kräftig schlug ich zu, absichtlich daneben. Sirius machte gehetzt einen Satz zur Seite. Zu langsam. Wenn ich ernst gemacht hätte, wäre er jetzt tot.

„Streng dich mehr an!", zischte ich kaum beherrscht und ließ meine Peitsche erneut durch die Luft schnellen, haarscharf über seinen Kopf. Panisch duckte er sich mit dieser peinlich lahmen Reaktionszeit.

„Fly. Lass uns darüber reden. Wir waren uns doch einig…", versuchte es der Feigling wieder mit Worten. „Quatsch nicht so viel und kämpf!", verlangte ich von ihm und verpasste ihm einen milden Schlag gegen die Wade. „Du bist verrückt!", rief er, aber zog brav seine Waffe. Oh ja! Jetzt konnte es richtig losgehen! Was?! Nein!

Statt auf mich zu schießen, warf er die Knarre einfach weg! „Ich kämpfe nicht gegen dich. Ich werde nur mit dir kämpfen. Ich bin nicht dein Gegner“, weigerte sich dieser Spielverderber.
Enttäuscht ließ ich meinen Arm hängen. Mit einem Mal fühlte ich mich so kraftlos, vollkommen ausgehöhlt. Diese Gefühlsachterbahn war echt nicht lustig.
„Wir sollten das alles langsam und überlegt angehen“, fing Sirius ganz bedächtig an, doch bevor er seinen tollen Plan vorstellen konnte, unterbrach ich ihn: „Vorschlag abgelehnt. Ich hab keine Lust mehr zu warten.“
„Aber wenn wir einfach so gehen, werden wir sterben“, widersprach er mir eindringlich. Darauf reagierte ich nur mit einem gleichgültigen Schulterzucken.
Und auf einmal platzte Mister Wohlüberlegt der Kragen: „Dir ist das ja vielleicht egal, aber mir nicht! Weißt du, wie lange ich dafür gebraucht hatte, so hoch zu kommen?! Das war harte Arbeit! Meine Freunde und ich haben eine Ewigkeit daran gesessen und dann hast du einfach alles zerstört und wir mussten komplett von vorne anfangen! Und jetzt mache ich einen neuen Versuch, der völlig bescheuert ist, weil du unberechenbar und brutal bist, aber ich hab’s versucht. Ich war nett und ich hab wirklich versucht, Rücksicht zu nehmen. Ich war bereit, dein Freund zu sein und mit dir ein Team zu bilden, aber nicht so! Was willst du überhaupt? Zum Gehirn, gut, ich komm mit, aber nicht als planloses Selbstmordkommando. Willst du kämpfen und deine Wut rauslassen? Geh ins Soma, aber benutz mich nicht als Spielzeug! Oder willst du einfach nur sterben? Dann geh allein, denn dabei werde ich dir nicht zusehen.“
Sprachlos sah ich ihn einfach nur an. Zuerst hatte ich nicht übel Lust, ihm eine zu verpassen, als er doch allen Ernstes mir klagte, wie schlimm er es doch gehabt hatte. Und bei meiner Personenbeschreibung und seinen Mühen hätte er den nächsten Schlag verdient gehabt. Doch dann diese Frage.
Was wollte ich?

Ich hatte mich entschieden, die Wahrheit zu finden. Das wäre doch eine gute Antwort. Aber anstatt mich auf den Weg zu machen, hatte ich ihn zum Kampf herausgefordert und eben noch hatte ich nur gewollt, dass alles endete. Wollte ich wirklich sterben? Wollte ich wirklich aufgeben und es nur nett verpacken, indem ich in einen letzten Kampf auf dem Weg zur unerreichbaren Wahrheit lief?
Dieser Gedanke fühlte sich falsch an, allerdings fühlte sich überhaupt nichts mehr richtig an. Sirius hatte durch unseren ersten Kampf einen Neuanfang bekommen, mit dem er wieder arbeiten konnte, ich war einfach nur am Ende.
„Ich will nicht nachdenken“, murmelte ich und ließ mich auf einen dicken, querverlaufenden Axon fallen. Ich wollte auch nicht mehr stehen. Eigentlich wollte ich gar nichts mehr.
„Es tut mir leid, das war taktlos. Du machst viel durch. Ich hätte dich nicht so anfahren sollen“, mit diesen Worten setzte er sich neben mich. „Was denkst du, will ich?“, mein Blick verlor sich in der Leere.
Wie gerne hätte ich jetzt meine Freundin zum Reden, doch ich hatte nur ihn. Wahrscheinlich sollte ich dankbar dafür sein, dass ich überhaupt ihn hatte, aber das fiel mir doch sehr schwer.
„Ich denke, du willst, dass der Schmerz aufhört, dass alle Neuro-Hunter aus deinem Segment verschwinden und Glia dafür zurückkommt. Ich denke auch, dass du gar nicht kämpfen willst, aber es trotzdem tust, weil du nichts anderes kennst und nicht weißt, was du sonst machen sollst“, analysierte er mich ruhig.
„Und ich denke, dass du nur gewinnen willst“, tat ich das Gleiche mit ihm: „Du hast dich daran so festgeklammert, dass du mich angefleht hast, dir nichts zu tun.“ „Dafür, dass du fast die ganze Zeit isoliert in einem Segment gelebt hast, kannst du Menschen ziemlich gut einschätzen“, war das ein Lob oder eine schlichte Feststellung?
„Ich bin nur gut darin Verzweiflung zu erkennen“, erwiderte ich immer noch so hohl. Sirius hatte mit seiner Einschätzung

recht gehabt. Es wäre leichter gewesen, wenn es nicht so wäre, wenn er mich nicht verstand, wenn er nur ein einfältiger, egoistischer Neuro-Hunter wäre, den ich vernichtete und alles wäre wieder gut.

„Darf ich dir meinen Plan erzählen?“, machte er unvermittelt einen Themenwechsel und warnte mich vor: „Er wird dir nicht gefallen, aber anders haben wir keine Chance.“ „Na gut“, willigte ich kraftlos ein. Dieses ganze Hin und Her war zu viel für mich! Eigentlich hatte ich den Punkt, dass mir alles zu viel war, schon längst überschritten. Keine Ahnung, wie es möglich war, dass ich noch irgendwie funktionierte.

„Wir machen einen Abstecher auf den Markt, also irgendeinen Markt und verbessern unsere Waffen so gut es geht. Dabei treffen wir uns mit dem Rest meiner Gruppe und legen gemeinsam los“, lieferte er einen doch sehr vagen Plan und er hatte recht, er gefiel mir nicht.

„Ich traue deinen Freunden nicht“, stellte ich mit ganz miesen Erinnerungen klar. Eine von ihnen hatte doch diese Neuriten-Peitsche gehabt, die ich zerfetzt hatte. Wollte sie jetzt als Ersatz meine haben? Oder die Granaten-Tante. Am Ende schlief ich ein und wachte nie wieder auf.

„Das kann ich ja auch verstehen, aber sie sind gute Kämpfer und wir brauchen Hilfe. Und sie vertrauen mir. Wenn ich ihnen sage, dass du auf unserer Seite bist, werden sie auf mich hören und dich nicht angreifen“, gab er sich alle Mühe mich zu überzeugen.

„Vergiss es! Die haben für ihre Peitsche schon einen Rückenmarksträger gekillt und ich will nicht der nächste sein!“, blieb ich ebenso beharrlich. „Ich dachte, du machst dir nichts mehr aus deinem Leben“, war er es dieses Mal mit den seltsamen Stimmungsschwankungen. Dieses schiefe Grinsen auf seinem Gesicht passte wirklich überhaupt nicht.

„Meine Ansprüche an den Tod sind gestiegen. Es sollte schon glorreich oder episch sein und nicht hinterrücks niedergemeuchelt“, antwortete ich viel zu ungerührt für dieses

Thema. „Ich gebe dir mein Wort. Sie werden dir nichts tun", schwor er mir todernst.
„Und was bringt mir dein Wort? Die Befriedigung, dass dein schlechtes Gewissen ein bisschen größer ist, wenn es so weit ist?", erwiderte ich, immer noch nicht überzeugt: „Hast du überhaupt so etwas wie Pflichtgefühl oder Ehre?"
„Dann ziehen wir es eben alleine durch", knickte er viel zu leicht ein. „Was hast du vor?", wollte ich misstrauisch von ihm wissen. „Es bringt nichts mit dir zu diskutieren, damit verschwenden wir nur Zeit. Du bist die stärkste Kriegerin, die es bisher gegeben hat, ich hoffe nur das reicht", erklärte er sein Nachgeben und er legte sich echt ins Zeug, um mir das zu verkaufen.
„Du willst deine Freunde einfach so dazu holen", erriet ich seinen ziemlich offensichtlichen Plan. „Nein! Wie kommst du darauf?", stritt er sofort ab, doch sein ertappter Gesichtsausdruck sagte alles.
Entschieden stand ich auf, bereit unsere Partnerschaft wieder aufzulösen und mir meinen glorreichen Tod zu holen. Aber eigentlich wollte ich das nicht. Verdammt! Sirius hatte mich mit seinen dummen Fragen und allem total durcheinander gebracht!
Und statt abzuhauen, drohte ich: „Wenn deine lieben Freunde auftauchen, werde ich gegen sie kämpfen und ich werde sie töten, wie ich es schon einmal getan habe. Also denk gut nach, bevor du etwas machst, das du später bereust."
Eisern sah er mich an. Er wirkte überhaupt nicht überrascht, gerade so als hätte er nur darauf gewartet, dass ich mich als gnadenlose Killermaschine zeigte. Wie verletzend.
„Was ist? Kommst du jetzt shoppen oder nicht?", auffordernd hatte ich die Augenbrauen hochgezogen. Eine Spur widerwillig erhob er sich ebenfalls.
Sicher hatte er gehofft, er könnte mich besser manipulieren, wenn ich am Ende war, doch das machte mich nicht schwächer, sondern gefährlicher. Ich wusste ja selbst nicht, was ich

als nächstes tun sollte. Womöglich brachte ich ihn ja auch einfach um. Irgendwie ein amüsierender Gedanke.
„Hast du irgendwelche Wünsche?", erkundigte Sirius sich zuvorkommend. Fragend sah ich ihn an. Wollte er jetzt, dass ich wieder mein ganzes Leben überdachte und komplett in Verzweiflung abdriftete, wie bei seiner Frage, was ich wollte? Vom Sinn her war das ja sehr ähnlich...
„Auf welchen Markt sollen wir?", formulierte er es mittelmäßig geduldig um. „Das ist mir egal, nur nicht C4", antwortete ich ihm und ich konnte spüren, wie sich etwas in meinem Inneren extrem versteifte.
„Bist du dir sicher? Du könntest doch noch einmal Abschied nehmen, bevor wir...", verkrampft unterbrach ich ihn: „Nicht C4!" „In Ordnung", und wieder hob er beschwichtigend die Hände, fast als würde er sich bei einer Schießerei ergeben, was zu diesem Feigling durchaus passte.
Wie aus dem Nichts tauchte ein schwarzer Umhang in seinen Händen auf. „Den solltest du vielleicht anziehen", mit diesen Worten hielt er ihn mir entgegen. Zur Abwechslung zog ich das schlichte Kleidungsstück ohne Protest über. Damals hatte ich mich bewusst gegen das Outfit vermummt-mysteriöser Außenseiter entschieden, jetzt schien es durchaus passend. Es war viel passiert...
Sirius tarnte sich im Partnerlook und schritt zu einem der dicken Axone. Wieder hielt er mir seine Hand hin, aber ich hatte keinen Bock auf Händchenhalten. Wir waren kein Pärchen! Entscheiden griff ich seinen Unterarm. Brauchte man überhaupt Körperkontakt? Bei mir und Nilli hatte es immer prima ohne geklappt. Allerdings waren wir ja auch auf einer Wellenlänge gewesen. Sirius und ich hingegen...
Nein, darüber wollte ich lieber nicht nachdenken und praktischerweise hatte ich auch gar nicht die Gelegenheit dazu. Schon reisten wir durch irgendeine der Bahnen nach oben und kamen auf einem Segment raus, das wirklich gewaltig war! Im Grundprinzip war es wie mein Zuhause gebaut nur viel, viel größer. Und statt einer kargen Ebene bildete die

weiße Substanz hier weiße Bäume und Sträucher, Blumen, die elektrisch leuchteten.
Es sah wunderschön aus! Und erst der riesige Markt! Das hier war wirklich beeindruckend! Und für den Moment drängte sich das Staunen in den Vordergrund.
„Wir sind im ersten Thorakalsegment, mitten in der Intumescentia cervicalis“, spielte Sirius ein bisschen meinen Reiseführer und er hatte Glück, dass ich so überwältigt war, denn so gab es statt einem schnippischen Kommentar nur ein sprachloses Nicken.
Eigentlich hätte ich mir ja denken können, dass das hier eine der Verdickungen war, das erklärte die extreme Größe. Trotzdem war es faszinierend. „Komm“, sanft legte er mir die Hand auf den Rücken und führte mich in Richtung Markt. Wir fielen überhaupt nicht auf, unsere ach so professionelle Verkleidung erfüllte ihren Zweck.
Schließlich hielten wir bei einem der vielen Waffenhändlern.
„Hallo. Ich würde gerne dieses Gewehr eintauschen und dafür die Impulsdichte hiervon aufleveln lassen“, mit diesen Worten legte Sirius zuerst die Waffe einer unserer Zwillingsgegner von eben und dann seine eigene auf den Tresen.
Er hatte also nebenbei die Belohnung für meinen Sieg eingesackt und währenddessen hatte er getan, als würde er sich wirklich Sorgen um mich machen. Diese Erkenntnis war nicht so schön, auch wenn sie im Grunde keine große Überraschung darstellte.
Schlagartig hatte ich das Bedürfnis etwas Unerwartetes zu tun, meine Stärke zu zeigen, quasi ein Protest und damit ich dabei nicht völlig kindisch oder brutal war, wandte ich mich an die nüchterne Gliazelle im Laden: „Ich hätte auch einen Auftrag: Dieses Makrophagen-Fragment soll zu einem großen Seifenblasenstab werden und geben sie ihm so viel Power wie möglich.“
Als wäre es keine große Sache legte ich das Jojo neben Sirius popelige Waffen und dann übertrug ich dem Händler

meinen gesamten sonstigen Besitz, bis auf die Glukose und die Synapsen-Kapsel natürlich.
„Vergessen sie das mit der Impulsstärke. Das kommt alles zu der Spezialanfertigung“, schloss sich Sirius total baff an. Es tat gut, ihn ausgestochen zu haben und es war ein riesen Bonus, dass ich dabei Nillis Wunsch erfüllt hatte. Eigentlich sollte es mein Hauptanliegen sein, ihr Andenken zu ehren, aber so rein war mein Herz nicht. Es tat mir leid, doch so war es eben.
„Das wird einige Stunden dauern. Sie bekommen eine Benachrichtigung, wenn Ihr Auftrag fertig ist“, informierte uns die werkende Zelle schlicht und unsere Sachen verschwanden. „Einige Stunden?!“, wiederholte ich entsetzt. Ich konnte nicht wieder warten! Ich hatte schon so viel Zeit verschwendet! Ich konnte nicht weiter auf der Stelle treten!
„Komm. In der Zeit können wir noch genauer planen“, ruhig legte mir Sirius wieder die Hand auf den Rücken. „Nimm deine Hand weg oder ich mach es für dich“, drohte ich ihm kochend. Als hätte er sich verbrannt, zog er seine Hand wieder weg und machte unsicher einen Schritt auf die Straße.
Obwohl ich den Gedanken zu warten immer noch unerträglich fand, folgte ich ihm. Er brachte uns zur weißen Substanz und ließ sich unter einem der makellosen Bäume nieder. Alles andere als entspannt, stand ich einfach neben ihm. Ich wollte auf und ab gehen, ich wollte auf den glatten Stamm einschlagen, ich wollte es irgendwie rauslassen, aber ich stand nur hier, als wäre ich selbst ein Baum.
„Fly, setz dich doch“, forderte er mich auf, was meinen Entschluss zu stehen nur bestärkte. „Woher hast du das Makrophagen-Fragment?“, erkundigte er sich betont locker. „Das geht dich überhaupt nichts an!“, blockte ich sofort ab. „Und willst du später damit kämpfen?“, ließ der Idiot einfach nicht locker und ich konnte mir schon denken, worauf dieser scheinheilige Killer hinaus wollte.
„Du wirst diese Waffe nicht bekommen! Und weißt du was, es ist vielleicht doch eine gute Idee mich hinzusetzen, da

drüben! Und du bleibst hier! Ich halte deine beschissene Anwesenheit nicht mehr aus!“, mit diesen Worten drehte ich mich um und marschierte zu einem Baum ein gutes Stück entfernt.
Entschieden ließ ich mich auf den Boden fallen und starrte in eine andere Richtung, wobei ich ihn aus dem Augenwinkel trotzdem die ganze Zeit beobachtete. Ich musste vorsichtig sein. Ich konnte ihm nicht vertrauen. Nilli hatte ich vertrauen können... Meine Gedanken schweiften ab. So viele schöne Erinnerungen, bei denen ich weinen könnte, doch dazu war ich zu fertig ...
„Fly. Fly! Wach auf!“, jemand rüttelte mich an der Schulter. Verschlafen blinzelte ich. Für einen Moment dachte ich, ich würde auf dem harten Geflecht der Nervenfortsätze von meinem Heimatssegment liegen und ich wäre nur wieder dabei eingeschlafen, wie ich die Weiten des peripheren Nervensystems beobachtet hatte. Glia war bei mir. Alles war wie immer, ein wenig eintönig, aber trotzdem schön. Mit ihr als Freundin war doch alles...
Ich war eingeschlafen! Ruckartig fuhr ich hoch und sah mich um. Sirius saß neben mir in der Hocke. Wir waren auf Th1. Ich war nicht zu hause. Mein Zuhause gab es nicht mehr, genau wie Glia. Heftig schüttelte ich mich, um auch das letzte bisschen der Benommenheit des Schlafes loszuwerden.
„Was ist los?“, wollte ich trocken von Sirius wissen. „Das Makrophagen-Fragment ist fertig“, informierte er mich gelassen. Was?! Ich war mehrere Stunden weg gewesen?! Was war in der Zeit passiert?! Sirius könnte alles Mögliche gemacht haben!
„Sieh mich nicht so an. Ich hab deinen Wunsch respektiert und war die ganze Zeit drüben, aber zum Aufwecken musste ich ja wohl rüber kommen“, verteidigte er sich grinsend und ein wenig zu selbstbewusst.
„Du kannst immer noch nicht gut lügen“, erwiderte ich unterkühlt. „Na gut! Ich hab dich beim Schlafen beobachtet! Du

sahst so verletzlich aus und ich wollte dich beschützen. Zufrieden?!", brach seine verlogene Fassade.
War das wirklich alles, was er getan hatte? Egal. Ich wollte endlich los.
„Ich wusste doch, dass ich mich auf dich nicht verlassen kann", meinte ich nur trocken und stand auf: „Holen wir endlich diese Waffe ab und machen uns auf den Weg."
Unproblematisch kamen wir über den Markt und wieder zurück. Den gut zwei Meter großen, waffentauglichen Seifenblasenstab verstaute ich wieder in meinem Inneren, wo auch der Rest war, auch wenn ich das immer noch nicht so ganz verstand.
Schließlich standen wir auf dem Fasciculus cuneatus, der die Informationen der oberen Extremität weiterleitete, eher sanftere Reize, wie leichter Druck. Allerdings würde das wohl kaum etwas an der Art zu reisen ändern.
Entschlossen tauschten wir einen letzten Blick. Es war so weit. Wir würden uns C3 stellen und bis zum Gehirn weiterkämpfen. Fest hielt ich meine Peitsche. Ich war bereit.

Kapitel 15

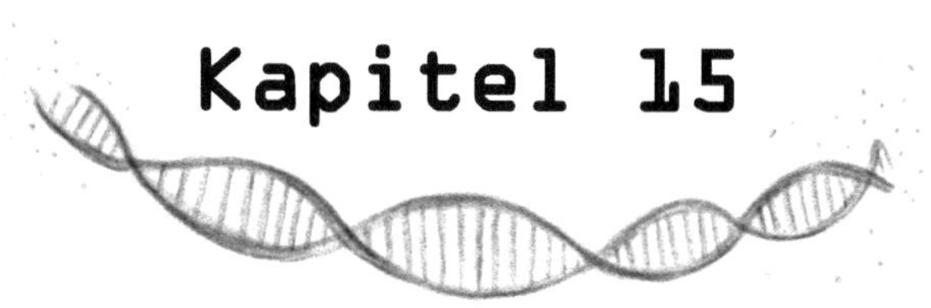

Als das mittlerweile vertraute, elektrisierende Gefühl der segmentalen Reisen endete, schlugen meine Hinterhörner sofort voll an. Ich hatte gar keine Zeit mich umzusehen, schon traf es uns mit voller Wucht.

Von dem Schlag wurden Sirius und ich ein gutes Stück nach hinten geschleudert. Alles andere als angenehm, aber wenigstens hatte es den Vorteil, dass ich jetzt mit ein bisschen Abstand auch mal einen Blick auf unseren Gegner werfen konnte.

Ach du Scheiße! Das war eine Art leuchtender Riese aus unzähligen kleinen Alpha-Motoneuronen. Die kleinen Kerle waren eigentlich ungefährlich, aber verdammt flink und damit verteufelt schwer zu fassen. Trotzdem setzten die Neuro-Hunter alles daran sie zu töten, weil sie von einem dicken Panzer aus Myelinscheiden umgeben waren, den diese Killer für sich selbst als Schutzschild nutzen wollten.

Und jetzt rächten sich diese unschuldigen Wesen dafür. Ich wollte sie nicht töten!

Bis jetzt hatte sich erst einmal eins auf unser Segment verirrt und Glia und ich hatten so viel Spaß gehabt bei dem Versuch es zu fangen. So eine schöne Erinnerung…

„Fly!“, schnell zog Sirius mich zur Seite und die wimmelnde Riesenfaust donnerte genau da auf den Boden, wo ich eben noch gelegen hatte. Das war knapp gewesen. Es tat mir zwar leid, aber jetzt hieß es sie gegen uns und ich wollte zum Gehirn. Für die Wahrheit mussten Opfer gebracht werden.

„Ich versuche es aus der Luft!“, mit diesen Worten streifte ich den Mantel ab und schoss wie der Blitz in die Höhe. Also gut, dann würden wir diesen Riesen mal erlegen. Entschlossen

schwang ich meine knisternde Peitsche. Sie ging glatt durch diesen Koloss durch. Die einzelnen Alphas waren meinem Angriff einfach ausgewichen!
Verzweifelt fing Sirius an auf sie zu schießen, doch er hatte das gleiche Problem. Ich glaube, einmal hatte er sogar einen Glückstreffer, doch wegen der fetten Isolierung machte es der kleinen Nervenzelle nichts aus. Wir müssten jede von ihnen hunderte Male erwischen. Eine unlösbare Aufgabe.
Dennoch kämpfte ich erbittert weiter. Immer und immer wieder zielte ich mit meiner Peitsche und es ging daneben. Einmal machte ich sogar meine besonders fiese Spiralnerv-Technik und traf punktgenau eins der kleinen, glühenden Geschöpfe. Wie es mit seinem glucksenden Stimmchen aufschrie... Das fühlte sich an wie Tierquälerei.
Ich konnte mich über meine gelungene Attacke gar nicht richtig freuen und unterm Strich war sie auch gar nicht so gelungen. Der Riese wurde nur wütend. Um Sirius kümmerte sich unser gigantischer Gegner überhaupt nicht. Warum auch? Er stand nur da und schoss sinnlos durch ihn hindurch.
Mit seiner überdimensionalen Hand griff der Wächter des Segments nach mir. Spielerisch wich ich ihm aus. Zum Glück war die enorme Geschwindigkeit der motorischen Nervenzellen nicht auf diesen gewaltigen Zusammenschluss übertragen worden.
Was?! Plötzlich verschmolzen Zeige- und Mittelfinger der Hand zu einem Menschen in meiner Größe. Kraftvoll sprang er von der Handfläche ab. Ich sah ihn gar nicht richtig kommen, schon traf mich der Schlag im Gesicht.
Schützend riss ich meine Arme hoch, doch die Gestalt war schon wieder weg. Und peng! Der nächste Schlag, dieses Mal gegen einen meiner empfindlichen Flügel. Sofort konterte ich mit meinem Neuriten. Wieder zu langsam. Es war längst weg oder eher wo anders. Schmerzhaft landete ein Tritt in meiner Magengrube. Verflucht!

So schnell ich konnte, fuhr ich herum. Zu langsam. Ich sah ihre leuchtende Silhouette aufblitzen, ich duckte mich, der Schlag ließ meinen Schädel brummen.
„Fly!", hörte ich Sirius rufen. Keine Ahnung ob er Hilfe brauchte oder mir helfen wollte, ich hatte keine Zeit, zu ihm zu sehen. Dieses Ding war einfach überall! Links, rechts, vorne, hinten, oben, unten! Egal was ich tat, es war fünf Schritte weiter! Schlag um Schlag steckte ich ein.
Sie waren zwar eigentlich nichts im Vergleich zu den Impulsen, mit denen sonst auf mich geballert wurden, aber sie taten immer noch weh und es waren viele, zu viele. Ich spürte, wie meine Kräfte schwanden.
Von all den Kämpfen in letzter Zeit war ich immer noch nicht ganz erholt, doch selbst in Bestform hätte ich nichts ausrichten können, dann hätte ich nur etwas länger den Boxsack spielen können.
Plötzlich erwischte mich die Hand des Riesens brutal von hinten. Er fegte mich glatt aus der Luft. Mit einer Geschwindigkeit, mit der ich den Alpha-Motoneuronen Konkurrenz gemacht hätte, sauste ich auf den Boden zu. Und aus.
„Autsch, das sah fies aus", ihre Stimme klang leicht atemlos.
„Ach was. Ich bin doch viel Schlimmeres gewöhnt. Ein kleiner, hinterlistiger Axon ist doch kein Gegner für mich", erwiderte ich ganz taff und griff nach der Hand, die sie mir hilfsbereit hin hielt.
Ein bisschen peinlich war es ja schon, dass ich mich so abgelegt hatte.
„Ich glaube, wir sollten die Strategie ändern, mit Hinterherlaufen bekommen wir ihn nie", nachdenklich musterte Glia das kleine Kerlchen ein Stück entfernt, das endlich mal stillsaß und uns damit zu verhöhnen schien.
Dieser lange, leuchtende Schwanz, der leicht hin und her zuckte, der kugelrunde Körper und die kleinen, dunklen Augen, die bei all dem elektrischen Glühen kaum zu erkennen waren. Er wäre echt eine tolle Ergänzung zu unserem süßen Mülleimer Somi.

„Vielleicht können wir ihn anlocken...“, überlegte ich und legte grübelnd den Kopf schief: „Motoneuronen stehen doch bestimmt auf Bewegung. Wir wäre es mit einem Dance Battle?“ „Oh ja!“, sofort war meine Freundin von der Idee begeistert und fing an die Hüften zu schwingen. Energiegeladen stieg ich mit ein.
Wir gaben wirklich alles. Um unseren kleinen Freund zu beeindrucken, machten wir sogar eine Hebefigur, die beinahe ordentlich in die Hose gegangen wäre. Und jede Menge Pirouetten und verrücktes Rumwackeln. Die volle Palette.
Aber am Ende waren wir nur außer Atem und der flinke Impulsleiter saß immer noch unschuldig da. Zumindest war er nicht weggelaufen. Doch das reichte mir noch nicht als Erfolg.
„Vielleicht ist Gewalt ja eine Lösung“, und obwohl ich nicht vorhatte, ihn ernsthaft zu verletzen, lud ich meine Peitsche auf. Schlagartig kam Leben in unseren leuchtenden Spielgefährten. Im Turbogang zischte er auf mich zu und knapp an mir vorbei. Er umkreiste mich regelrecht.
„Das muss an der Peitsche liegen! Bestimmt mag er die Energie!“, schlussfolgerte Glia ausgelassen. „Na? Magst du das Kleiner?“, fragte ich spaßhaft und schwang meine Peitsche wie eine rote Fahne bei einem Stierwettkampf.
Lachend spielten wir so noch eine Weile. Ganz unbeschwert. Nur wir zwei. Ich konnte die Freude förmlich schmecken.
Nein, warte, das war Blut.
„Sie hat gerade gezuckt! Da ihre Finger! Sie kommt wieder!“, das war nicht Glia! Angestrengt blinzelte ich. Undeutlich sah ich ein großes, grelles Licht und da direkt vor mir war eine schwammige Gestalt.
„Lenkt die ab! Ich übernehme!“, rief eine zweite Person und die verwaschene Person verschwand. Sirius! Plötzlich war alles wieder da. Glia war tot und mich hatte ein Riese aus Alpha-Motoneuronen aus der Luft geholt. Und die andere Stimme...

„Du hast deine Gruppe doch eingeschaltet“, stellte ich mit dünner Stimme fest. Ich vermisste meine alte Stärke. Warum musste ich in letzter Zeit so eine jämmerliche Version sein?
„Ohne sie wärst du jetzt tot“, erwiderte er und griff sanft nach meiner Schulter: „Wie geht es dir?“ „Ging schon besser“, grummelte ich wahrheitsgemäß. Langsam klarte meine Sicht wieder auf, aber nur mit sehen würde ich den Wächter des Segments nicht in die Flucht schlagen.
„Warum hast du nichts gesagt?“, er klang ehrlich besorgt mit einer Prise Vorwurf: „Du hättest noch nicht kämpfen sollen. Du hättest sterben können.“ „Ich hatte keinen Bock, dass du mich auf die Wartebank schickst, du Spaßverderber“, ich gab ein kleines, ziemlich schwaches Lachen von mir.
Jemand schrie auf. Alarmiert schnellte Sirius Kopf hoch. Ich versuchte auch etwas zu sehen, aber der Gigant war im Weg. War der nicht eben noch größer gewesen? Oh. Da drüben war noch einer. Halbe Größe, doppelte Geschwindigkeit, unterm Strich noch gefährlicher. Wenn sie am Ende zu einer kleinen Armee aus menschengroßen Zusammenschlüssen wurden, waren wir so richtig am Arsch. Falls wir dann überhaupt noch lebten. Bei mir fehlte wirklich nicht mehr viel.
Gedankenverloren blickte ich wieder in Sirius Gesicht. Er wirkte ängstlich, besorgt und verzweifelt. Er wusste genau wie ich, dass unsere Karten nicht gut standen. Doch statt an der Seite seiner Freunde zu kämpfen, kniete er neben mir. Irgendwie war das schön…
Oder er war ein Feigling. Oder er erhoffte sich, dass ich den Kampf für sie wieder rumriss. Da musste ich ihn enttäuschen. Ich war einfach zu schwach. Sie könnten mich höchstens irgendwie als eine Art Ablenkungsmanöver oder Köder benutzen, um selbst zu fliehen.
Auf einmal musste ich wieder an die Erinnerung von eben denken, wie das kleine Kerlchen auf meine Peitsche abgefahren war. Glias Worte echoten in meinem Kopf: „Bestimmt mag er die Energie.“

Das war die Lösung! Wir würden nicht kämpfen! Wir würden ihnen eine Freude machen und locker weiterziehen, während sie unbeschwert und vergnügt herumtollten. Niemand musste sterben.
„Fly“, sanft strich mir Sirius über die Wange: „Ich bin nicht stark genug, um dich zu beschützen. Gibst du mir das Makrophagen-Fragment?“ Das war doch wohl nicht sein Ernst!
„Nein!“, stellte ich sofort klar und schlug seine Hand so energisch wie ich konnte weg. Kleiner, egoistischer Idiot!
„Diese Waffe gehört Nilli und sie ist nicht zum Kämpfen da!“, ergänzte ich meine deutliche Abfuhr. „Warum hast du dann so etwas Krasses daraus gemacht?! Das ist eine völlige Verschwendung!“, sein behütendes Getue schlug in Wut um: „Ich habe all meine Münzen da reingesteckt! Du kannst das nicht einfach so alleine entscheiden! Ich habe auch ein Recht dazu!“
„Pass auf, was du sagst! Einen Teil deiner tollen Münzen habe ich beschafft und du hast sie dir nur unter den Nagel gerissen! Und das Makrophagen-Fragment geht auch auf meine Rechnung! Ich kann alleine entscheiden und ich habe es getan. Du hast kein Recht auf Mitsprache!“, zeigte sich auch bei mir die Wut.
Typisch Neuro-Hunter! Als würde ihnen die ganze Welt gehören!
„Ihr benehmt euch wie Kinder! Wenn du eine starke Waffe hast, benutz sie! Ohne einen Trumpf im Ärmel gehen wir hier alle drauf!“, fuhr mich eine Stimme von hinten an. Um nicht ganz so schwächlich zu ihr aufblicken zu müssen, setzte ich mich auf. An sie konnte ich mich noch gut erinnern. Die Anführerin der Gruppe, die mit der Peitsche.
Entschieden und vielleicht auch einen Hauch trotzig blickte ich ihr direkt in die Augen: „Wir werden keine Gewalt mehr nutzen. Alpha-Motoneuronen mögen Elektrizität. Nutzt eure Waffen um eine Art Blitzsäule oder etwas in der Richtung zu bilden. Das wird sie ablenken und wir können weiterziehen.“

„Warum hast du das nicht gleich gesagt?!", wollte der mörderische Boss aufgebracht wissen. „Weil ein gewisser Jemand meine Andenken stehlen wollte", bei diesen Worten schickte ich Sirius einen anklagenden Seitenblick. Es machte ihm nicht einmal was aus, er war voll in der Planung für die Umsetzung meiner Idee. Wirklich befriedigend war das ja nicht. Hektisch formatierten die Kämpfer sich neu. Ziemlich teilnahmslos sah ich ihnen bei ihrem fieberhaften Planen und wilden Herumlaufen zu, dabei saß ich eigentlich mit ihnen in einem Boot und es war nicht der richtige Zeitpunkt sich zurückzulehnen.

Nach einigem Hin und Her hatten sie schließlich eine Vorrichtung aus ihren Waffen gebastelt, die immer wieder Impulse in die Höhe schoss, ein bisschen wie ein Feuerwerk und als Ergänzung knisterte irgendetwas hübsch auf dem Boden. Gar nicht mal schlecht für etwas komplett Improvisiertes.

Verspielt versuchten die beiden Riesen die Impulse zu fangen und auch wenn sie keine richtigen Gesichter hatten, würde ich sagen, dass sie glücklich waren. Auf mein Gesicht schlich sich jedenfalls ein kleines Lächeln. Genau so sollte es sein. Freude statt Tod und Schmerz.

„Danke Glia", murmelte ich und zu dem Lächeln kamen jetzt auch wieder diese Tränen.

„Fly, komm. Wir gehen auf den Markt und suchen uns dort eine Bleibe", mit diesen Worten half Sirius mir hoch. „Aber wir könnten weiterziehen!", widersprach ich ihm, auch wenn ich mich von ihm stützen ließ.

„Wir sind alle abgekämpft. Dich hätte es schon fast erwischt. Ohne Erholungspause können wir nicht weiterziehen!", entgegnete er, wieder ganz der Beschützer. Diese Runde ließ ich ihn gewinnen. Er hatte ja schon recht. Ich war echt fertig. Kurz warf ich einen Blick zurück auf die fröhlichen Riesen aus Alpha-Motoneuronen. Das war richtig gewesen. Aber es würden weitere Neuro-Hunter kommen und der Frieden wäre vorbei...

Entschlossen wandte ich mich an Sirius: „Sag allen Neuro-Huntern, wie sie die Wächter beruhigen können, damit sie vorbeikommen." Überrascht sah er mich an: „Aber unser Vorsprung…" „Darum geht es nicht. Sie sollen nicht leiden müssen. Teil das Wissen mit den anderen. Sieh dir die kleinen, großen Kerlchen doch an. Sie haben es verdient, zu leben. Wir schaffen das auch so", erklärte ich ihm ruhig, womöglich war es auch die Erschöpfung, die meinen Worten die Schärfe nahm.
„Du bist wirklich außergewöhnlich", sagte er mehr zu sich selbst und wir schleppten uns weiter. Von dem Weg über den Markt bekam ich kaum etwas mit. Alles zog so an mir vorbei. Und dann lag ich in einem Bett. Es war so schön weich, viel bequemer als meine sonstigen Schlafstätten. Man hatte richtig das Gefühl darin zu versinken wie in einer kuscheligen allumfassenden Umarmung.
Das Ganze hatte nur einen Haken: In dem Gemeinschaftszimmer lagen auch alle anderen aus Sirius Gruppe. Sie warfen mir misstrauische bis hin zu sehr feindseligen Blicken zu, die auch schon in den Bereich „wenn Blicke töten könnten…" fielen. Außerdem spürte ich ein ganz leichtes Prickeln an meinen Hinterhörnern.
In dieser Gesellschaft konnte ich mich nicht entspannen, ich durfte nicht.
„Mach dir keine Sorgen Fly, ich pass auf dich auf", versprach mir Sirius und gab mir einen kleinen Kuss auf die Stirn. Jetzt prickelte auch diese Stelle, aber irgendwie anders, so warm und… auf jeden Fall beunruhigend!
„Wenn du das noch mal tust, schlag ich dir mit der Stirn die Zähne aus!", drohte ich ihm und es hätte wahrscheinlich bedrohlicher gewirkt, wenn ich nicht direkt im Anschluss hätte gähnen müssen. „Versuch zu schlafen. Du wirst deine ganze Kraft brauchen", ignorierte er meine Drohung einfach: „Träum süß."
Statt ihm das Gleiche zu wünschen, schnaubte ich nur abfällig. Was sollte ich bitte Süßes träumen? All meine schönen

Erinnerungen waren jetzt traurig. Mein Leben könnte nicht weniger süß sein, es war bitter, es war kalt, es war rau, es war...

Erstaunlich schnell verlor sich meine selbstmitleidige Aufzählung und ich schlief doch tatsächlich ein und zwar so richtig tief und fest. Mein Körper schien vergessen zu haben, dass er wachsam sein musste, dass er ihnen allen nicht trauen durfte, dass es für mich keine Sicherheit und Geborgenheit mehr gab, nie wieder...

Kapitel 16

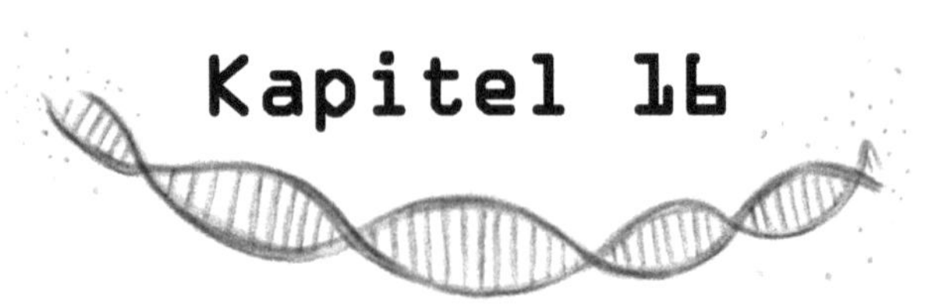

„Ist jemand zu Hause?“, fragte eine schmeichelnde Stimme. Zu Hause? War ich zu Hause? Wo war mein Zuhause? Jemand war dort, aber ich nicht, ich konnte nicht dort sein... Es kitzelte. Nein, es pikste, ganz sanft, fast schon frech oder lustig, so gar nicht bedrohlich... Bevor meine dämmrigen Gedanken noch mehr Quatsch verzapfen konnten, gab es einen brutalen Knall, der mich schlagartig hellwach werden ließ.
Oh Scheiße! Im nun deutlich vergrößerten Türrahmen stand dieser aufgerüstete Typ, der Nilli und mich beschuldigt hatte, wir würden betrügen. „Ich wusste, dass etwas mit dir nicht stimmt, Rückenmarksschlampe!“, rief er mit einem irren Funkeln in den Augen. Er würde uns alle umbringen! Oder auch nicht.
Mein Blick fiel auf die anderen Betten, bereit sie zu beschützen, doch sie waren leer. Sirius und seine verräterischen Freunde hatten mich alleine gelassen. So viel dazu, dass er auf mich aufpassen würde. Verlogener Mistkerl! Er hätte einfach tot bleiben sollen.
Dringlich warnten mich meine Hinterhörner und ich schaffte es, mich noch vor dem Schuss zu ducken. Der übertriebene Impuls zerfetzte glatt die Wand hinter mir. Das hätte weh getan. Oh. Es war gar kein richtiger Schuss gewesen, sondern eher ein Energiestoß von seinem überdimensionalen Schwert. An sich eine etwas kreativere Waffe, aber in der Ausführung im Grunde das Gleiche wie eine Knarre.
„Ich werde dich töten! Die Synapsen-Kapsel gehört mir! Dieses Mal kannst du nicht abhauen!“, brüllte dieser Wahnsinnige und richtete die glühende Schwertspitze erneut auf mich.

In diesem Raum war er eindeutig im Vorteil, die Wände begrenzten den Platz meiner Peitsche. Also tat ich, was ich laut ihm nicht konnte: Ich haute ab und zwar durch das Loch, das er netterweise hinter mir gesprengt hatte. Blitzschnell flog ich zur Seite und dann in einem Bogen nach oben.
Flach legte ich mich auf das runde Dach unserer Bleibe. Meine Klamotten hatten zwar nicht die perfekte Tarnfarbe, aber größtenteils konnte ich sie mit meinen grauen Flügeln überdecken. Zuerst brauchte ich einen Moment, um mich zu ordnen.
Was bedeutete Sirius Verschwinden? Eigentlich ergab das doch überhaupt keinen Sinn! Er hatte sich doch mit mir zusammengetan, weil er für den weiteren Weg meine Stärke brauchte. Sicher war er mit seiner Gruppe nicht einfach heimlich zum nächsten Segment gezogen. Wenn das sein Plan gewesen wäre, hätte er mich vorher bestimmt getötet, um noch an das Makrophagen-Fragment und die Synapsen-Kapsel zu kommen.
Die einzig logische Möglichkeit war, dass ihm dieser Kampf Angst gemacht hatte, dass er Angst hatte zu scheitern und es deswegen gar nicht erst weiter versuchen wollte. Fein. Ich brauchte ihn sowieso nicht!
Was? Meine Hinterhörner warnten mich vor einer Gefahr von unten. Ohne lang nachzudenken, rollte ich mich zur Seite, keine Sekunde zu früh. Schon klaffte ein Loch im Dach, wo ich einen Herzschlag vorher noch gelegen hatte.
„Ich kann dich sehen!“, grölte der Berserker als wäre das nicht offensichtlich. Damit würde ich vom Ordnen wohl zum Kämpfen übergehen. Gut. Ich war nämlich ziemlich angepisst und er schien mir das perfekte Ventil dafür zu sein. Außerdem hatte ich wohl lange geschlafen, denn ich fühlte mich wieder fast wie neu. Zeit für eine hübsche Funkenwolke zu sorgen.
Entschieden erhob ich mich. „Komm raus zum Spielen!“, forderte ich ihn auf und lud meinen Neuriten schon mal bis aufs

Äußerste. Oh ja. Er würde zu spüren bekommen, dass ich niemanden brauchte.
Vom Schwert wechselte er jetzt auf ein aufgeputschtes Gewehr und sprang aufs Dach. Sehr ausgefuchst. Sein Geschoss kam als Bumerang zurück. Kein Problem. Locker flatterte ich zur Seite und sah zu, wie das Dach mehr und mehr einem Schweizer Käse ähnelte. Schade um den gemütlichen Schlafplatz.
Plötzlich wechselte mein Gegner wieder seine Waffe. Ein geradezu hypnotisch pulsierendes Netz flog auf mich zu, um genauer zu sein ein rezeptives Feld, normalerweise verantwortlich für die Aufnahmen von optischen Reizen in der Peripherie des Auges.
Zweimal war ich schon mit diesen fiesen Dingern angegriffen worden. Das erste Mal wäre es fast für mich aus gewesen, das zweite Mal war der Netzwerfer glücklicherweise ungeschickt gewesen, was vielleicht auch daran gelegen hatte, dass er genau im richtigen beziehungsweise für ihn falschen Moment von einer Gliazelle einen Schuss abbekommen hatte.
Auf jeden Fall wusste ich, was zu tun war. Mit einem gezielten Schlag durchtrennte ich die Verbindung der Ganglienzelle und die nachgeschalteten Bipolarzellen, Horizontalzellen und Fotorezeptoren fielen unschädlich auseinander. Hah! Ein Punkt für mich!
Doch noch bevor ich einen triumphierenden Spruch ablassen konnte, spürte ich meinen Irrtum. Verdammt! Die hemmenden Horizontalzellen in diesem miesen Geflecht waren schon stark aktiv gewesen und meine Peitsche hatte eine gute Portion abbekommen. Bis die Wirkung wieder nachließ, würde meine Impulsstärke nicht mehr als ein prickelnder Stupser sein.
Ich musste Zeit schinden.
„Hast du überhaupt eine Ahnung, wer ich bin?“, ging ich auf das Imponiergehabe ein, nach dem seine ganze Aufmachung förmlich schrie. „Du bist doch nichts Besonderes! Ein

Rückenmarksträger, Wächter von C4 und ein Fehler. Du hättest nie dein Segment verlassen dürfen, du hättest nie die Synapsen-Kapsel gewinnen dürfen. Meine Gilde wäre gekommen und hätte dich getötet. So sollte es sein. Aber diese Unstimmigkeit werde ich nun korrigieren", stieg er auf das Gespräch ein.

Nur dummerweise war er ziemlich schnell auch wieder fertig. Mit seinem irren Mördergrinsen benutzte er sein Schwert, das durch eine Blitzsäule erweitert wurde und hackte wild nach mir. Wenn er nicht noch ein Ass im Ärmel hatte, würde ich damit locker fertig werden. Er war so unoriginell!

Aber ich wollte nichts riskieren, also versuchte ich unsere Unterhaltung in die zweite Runde zu bringen: „Ich bin nichts Besonderes? Sagt nicht schon alleine, dass ich etwas getan habe, das nicht möglich sein dürfte, dass ich eben doch etwas Besonderes bin? Und ohne meine Informationen wärst du auch nie an dem Riesen aus Alpha-Motoneuronen vorbeigekommen."

Auf einmal lachte er auf, ein Lachen, das Grauen verkündete: „Wir wollten nie an ihm vorbeikommen."

Nein. Lähmend breitete sich in mir eine schreckliche Erkenntnis aus. Wie in Trance sah ich zur Seite, wo wir den Wächter mit dieser Waffen-Feuerwerk-Verrichtung friedlich zurückgelassen hatten. Nichts war mehr friedlich. Dort herrschte ein erbitterter Kampf.

Die Alpha-Motoneuronen waren versprengt, immer wieder versuchten sie sich neu zu formieren, doch ihre Angreifer kannten keine Gnade. In einem klagenden Funkenregen verschwand eines der unschuldigen Geschöpfe und hinterließ nur seine Panzerung aus Myelinscheiden als leere Hülle. Sofort krallte sich ein Neuro-Hunter sie.

Es war ein Gemetzel und ich hatte es ihnen ermöglicht. Sie hatten mein Wissen zum Töten benutzt. Das war meine Schuld. Wieder würde ein Segment wegen mir den Neuro-Huntern zum Opfer fallen.

Was hatte ich nur getan?

Glühend traf mich die gewaltige Energieklinge in der Seite und fegte mich aus der Luft. Hart knallte ich auf die ebenen Zellkörper der grauen Substanz. Keuchend schnappte ich nach Luft. Scheiße tat das weh! Da steckte ordentlich Power dahinter. Und dann die flinken Nervenzellen, denen ich den Tod gebracht hatte.
Drüben hörte ich ihre Schüsse. War das der verlorene Schrei eines verwundeten Motoneurons? Nein! Ich konnte sie nicht sterben lassen! Ich war Wächterin eines Segments, genau wie sie. Und ich würde über sie wachen!
Laut rumste es, als mein Angreifer neben mir auf dem Boden landete. Wahrscheinlich betrachtete er mich als schon geschlagen, eine leichte Beute, mit der man noch ein bisschen spielen konnte. Falsch gedacht! Er war die Beute. Oder nicht einmal das.
Schnell schleuderte ich meine Peitsche, die zwar immer noch nicht für tödliche Elektrizität zu gebrauchen war, aber als fiese Schlinge durchaus funktionierte. Bevor er wusste, wie ihm geschah, hatte ich sie schon um sein Bein gewickelt und kräftig dran gezogen.
Prompt verlor er das Gleichgewicht und stürzte wie ein gefällter Baum. Tja. Er hätte auf mich schießen sollen, als ich noch richtig am Boden war. Doch ich nahm mir nicht die Zeit ihm diese Lektion bis zum Ende beizubringen.
Bis meine Peitsche wieder voll da war, würde sich der Kampf ziehen und so lange konnten die Alpha-Motoneuronen nicht warten. Ohne zu zögern flog ich auf. Hinter mir brüllte der Irre noch irgendwas und ich würde später sicher noch meinen Spaß mit ihm haben, doch für den Moment war das egal. Zuerst würden seine Freunde sterben.
Schon hatte mich der erste von ihnen entdeckt und eröffnete auch prompt das Feuer auf mich. Sollte er ruhig ein bisschen Energie verschwenden, allerdings konnte ich das Spielchen wohl kaum so lange treiben, bis die Waffe nachgefüllt oder aufgeladen werden musste. Fürs Erste war es trotzdem nicht

schlecht. So waren zumindest die Alpha-Motoneuronen nicht mehr im Fadenkreuz.
Aha. Einer seiner Kollegen stieg mit ein und sie nahmen mich ins Kreuzfeuer. Immer noch keine wirkliche Herausforderung für mich. Als drittes im Bunde kam dann mal als kleine Abwechslung zu dem stupiden, gewalttätigen Geballer ein guter, alter Reflexbogen. Die Dinger hatte ich ja noch nie so richtig leiden können, aber ebenfalls nichts, mit dem ich nicht locker fertig wurde. Spielerisch wich ich aus.
Plötzlich explodierte ein Pfeil und ein paar Tropfen trafen meinen Flügel. Schmerzhaft krampfte er. Acetylcholin! Verdammt! Ich hatte sie unterschätzt!
Fest biss ich die Zähne zusammen und wich irgendwie den nächsten Schüssen aus. Oh nein! Jetzt kamen auch noch Ranviersche Schnürringe in dieses brutale Chaos! Man hatten die ein Tempo drauf!
Bevor ich auch nur ernsthaft versuchen konnte auszuweichen, hatten sie sich schon um meine Handgelenke und Knöchel geschlungen und spannten mich in der Luft auf, als wollten sie mich gleich vierteilen. Das war jetzt doch eine sehr unangenehme Situation.
Als festes Ziel könnten sie mich kinderleicht mit ein paar heftigen Impulsen oder auch einigen Pfeilen umbringen, doch sie wollten keinen kurzen Prozess machen, sie wollten ihren Sieg auskosten. Oder sollte ich lieber vermeintlichen Sieg sagen?
Mit all meiner Willenskraft setzte ich meine Vorderhörner ein. Diese Dinger waren zäh, deutlich widerstandsfähiger als die von Sirius Freund. Schmerzhaft brannte ihre Elektrizität auf meiner Haut. Ich musste sie loswerden! Kommt schon!
„Da stimmt etwas nicht“, hörte ich einen der Sadisten beunruhigt sagen. Wahrscheinlich war er der stolze Besitzer dieser miesen Ringe und er hatte recht, auf seiner Seite stimmte eine ganze Menge nicht, aber auf meiner...
Endlich hatte ich einen Anpack bekommen. Mehr und mehr zwangen meine motorischen Impulse sie, sich zu lockern und

dann BAMM! Episch schleuderte ich sie von mir und um den Schwung zu nutzen, hetzte ich sie gleich auf ihren Meister. Leider konnte ich ihn damit nicht ins Jenseits schicken, doch zumindest schrie er vor Schmerz und Überraschung auf und trug einen ganz netten Schaden davon.
Jetzt gingen die anderen auch wieder zum Schießen über, doch ich war noch nicht fertig mit meinen tödlichen Heiligenscheinen. Auch wenn es ordentlich Konzentration kostete, was in Kombination mit den Ausweichmanövern nicht ganz so einfach war, benutzte ich die Ranvierschen Schnürringe weiter als Waffe. Momentan waren sie alles, was ich hatte, in mein Neuritenbündel kam nur langsam wieder so richtig Leben.
Wild diskutierten meine Angreifer miteinander und auf einmal verschwanden meine schicken Ausweichwaffen. Scheinbar hatte ihr Besitzer sie in diesem abstrakten Gedanken-Raum untergebracht. So ein Spaßverderber!
Aus dem Augenwinkel konnte ich sehen, wie sich ein paar Alpha-Motoneuronen wieder zu einer menschenähnlichen Gestalt zusammentaten. Unterstützung war unterwegs. Grinsend ließ ich meine Peitsche durch die Luft knallen und die Funken flogen schon ganz schön. Damit konnte ich zwar noch keinen verheerenden Treffer landen, aber sicher zwickte es trotzdem gut und ich konnte mich ja an die Strategie meiner kleinen Kumpane halten: Viele schwache Treffer richteten auch großen Schaden an.
Ich war gerade mit dem Kampf richtig schön warm geworden, als die Stimme des ersten Irren über das Schlachtfeld donnerte: „Ergib dich oder er stirbt!“ Wer? Irritiert warf ich einen kurzen Blick zu ihm, nicht besonders interessiert an seiner Drohung. Wen wollte er mir denn noch wegnehmen? Ich hatte doch längst alle verloren.
Aber als ich ihn erkannte, stockte ich. Es war Sirius. War er etwa zurückgekommen oder war er vielleicht sogar nie weg gewesen? Steckte dieser brutale Killer hinter alldem?

Ängstlich blickte mich mein spezieller Neuro-Hunter an. Er hatte immer noch diese Furcht vor dem Tod, daran hatte sich nichts geändert, obwohl er doch jederzeit wiederkommen konnte. Nur die Alpha-Motoneuronen würden als Wächter für immer verschwinden, wenn sie alle vernichtet wurden…
Unbeeindruckt wich ich einem weiteren Pfeil aus und hütete mich vor der kleinen Explosion, die er wieder auslöste. „Töte ihn ruhig. Er ist ein Neuro-Hunter, das bringt ihn nicht richtig um. Wenn ich es schon nicht geschafft habe, schaffst du es auch nicht", ging ich nicht weiter auf seine Drohung ein.
Warum auch? Um dem kleinen Feigling seine Angst zu nehmen? Was war das schon im Vergleich zu dem, was mit diesem Segment passieren würde, wenn ich nachgab? Keine schwere Entscheidung, da konnte er mich noch so verloren und hoffnungsvoll ansehen.
Hatte er etwa vergessen, dass ich nicht die Heldin sondern der Feind war? Bestenfalls könnte man mich vielleicht noch als hochriskantes Mittel zum Zweck einstufen.
„Du scheinst nicht richtig zu verstehen. Wir spüren alles. Er wird den Schmerz spüren, er wird den Tod spüren. Das hier ist mehr als eine Mission, es ist unser Leben! Wir folgen einem heiligen Ziel, die Ehre, die damit verbunden ist, die Hoffnung… Wenn man so weit gekommen ist und einfach mit einem Schlag alles verliert, das ist ein Gefühl… Du kannst es dir gar nicht vorstellen! Diese Leere, die Wut, die Verzweiflung, das Gefühl, dass einem seine Bestimmung entrissen wurde", schilderte der protzige Schwertkämpfer, doch er irrte sich, ich kannte dieses Gefühl und die Erinnerung daran ließ mich für einen Moment so unachtsam werden, dass ich einen kleinen aber gemeinen Streifschuss abbekam.
Ein schadenfrohes Grinsen breitete sich auf seinem Gesicht aus und der Erpresser fuhr fort: „Wie oft wird er das wohl noch mitmachen, bevor er daran zerbricht? Willst du wirklich den einzigen, dem an dir noch etwas liegt, aufgeben? Du hättest sehen sollen, wie er aus der Herberge gestürmt ist. So besorgt um einen lästigen Fehler wie dich. Allerliebst. Er hat

mich sogar angegriffen und wollte dich rächen. Und er ist dir egal. Traurig."
War das wahr? Was, wenn er das nur erzählte, um mich zu manipulieren? Aber Sirius Blick... Fast schon beschämt für sein überstürztes Handeln und geschlagen im Angesicht des Todes...
Dieses Mal flehte er mich nicht an, ihn zu retten. Hatte er die Hoffnung schon aufgegeben? Oder vertraute er darauf, dass ich die richtige Entscheidung traf? Was war die richtige Entscheidung?
Ich sah ihn an und ich wusste es.
„Das nennst du traurig? Ich finde es eher traurig, dass du dir nicht anders zu helfen weißt, als mich mit so einer erbärmlichen Klette zu erpressen", konterte ich immer noch ungerührt und flog dabei näher.
„Wenn das so ist...", mit steinerner Miene spannte er den Hahn seiner Waffe. Blitzschnell schlang ich meine Peitsche um Sirius Bein und riss ihn zu mir, wie ich es eben auch mit dem Schwätzer getan hatte, nur dass dieses Mal kein Angriff sondern eine Rettung mein Ziel war. Und es funktionierte. Der Schuss ging ins Leere.
Entschieden landete ich neben meinem Neuro-Hunter und zog ihn auf die Füße. Für einen winzigen Moment schwiegen alle Waffen. Es war diese gefährliche Ruhe vor dem Sturm. Sirius und ich gegen einen Haufen gut ausgerüsteter Killer. Dabei würde ich wohl eher auf ihn aufpassen müssen, als dass er mir eine echte Hilfe war. Und wieder fragte ich mich, warum ich ihn retten musste.

Kapitel 17

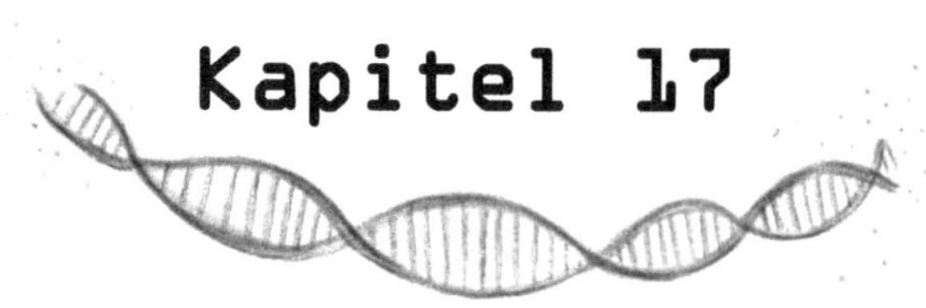

„Danke“, kampfbereit zückte Sirius eine Waffe, die im Vergleich zu denen unserer Gegner aussah wie eine Wasserpistole. „Ich will dich nur später selbst töten, Sisi“, erwiderte ich angespannt. „Über diesen Spitznamen müssen wir später noch reden“, wachsam hielt er den Blick auf unsere herzlosen Gegner gerichtet. „Es gibt so einiges, worüber wir später noch reden müssen“, entgegnete ich und für mehr war auch nicht mehr die Zeit.

Wie auf ein geheimes Stichwort eröffneten sie alle gleichzeitig das Feuer. Zum Glück hatte ich meine Hinterhörner. Einen winzigen Moment vorher spürte ich ihre Absicht und diesen Augenblick nutzte ich, um mir meinen kleinen Feigling zu greifen und senkrecht in die Luft zu schießen. Na ja, ein Schießen war es nicht ganz, sein Zusatzgewicht bremste mich schon ordentlich aus. Trotzdem reichte es, um diesem zerstörerischen Angriff zu entgehen.

Nur in Sicherheit waren wir damit noch lange nicht. Schnell zielten sie wieder auf uns. „Halt dich an mir fest!“, befahl ich meinem Anhängsel und kassierte bei einem lahmen Ausweichversuch gleich zwei Treffer. Ich bereute meine Entscheidung, ihn gerettet zu haben, von Sekunde zu Sekunde mehr.

Fest klammerte er sich an mich. Dabei traf er unangenehm einige meiner Kampfverletzungen, aber davon durfte ich mich jetzt nicht ablenken lassen. Konzentriert schwang ich meine Peitsche. Zwei Impulse konnte ich damit abblocken und einen Pfeil sogar zurückschleudern, bevor er explodierte. Dem Mega-Schwert des Vollidioten konnte ich trotz

der Extralast gut entkommen. Nur waren bei dieser Strategie nicht wirklich nennenswerte Treffer für mich dabei.
Aber ich bekam tatkräftige Unterstützung von den Alpha-Motoneuronen, die ein bisschen Schaden für mich übernahmen. Allerdings würde das nicht reichen. Wir mussten die Strategie ändern! Wir brauchten mehr Power!
Mein Blick fiel auf den Typen mit den inaktiven Ranvierschen Schnürringen. Bingo! Dann würden wir mal shoppen gehen.
„Vertrau mir!“, brüllte ich in Sirius Ohr: „Lass mich los!“ Ohne zu zögern folgte er meiner Anweisung und ich fackelte nicht lange. Mit voller Wucht schleuderte ich ihn von mir weg, direkt auf unseren Freund. Er kegelte ihn glatt um. Sofort setzte ich mit meiner Spiralnerv-Technik hinterher und von unserem Gegner blieben nur ein paar süße Fünkchen. Oh und natürlich ein Batzen Münzen plus eine Auswahl Waffen, darunter die hochwertigen, sprunghaften Erregungsweiterleiter, auf die ich es abgesehen hatte.
„Aktiviere die Ringe!“, rief ich meinem Mitstreiter zu und ließ meine Peitsche mit einem Impuls kollidieren, der ihn ansonsten pulverisiert hätte. Selbst für meine Peitsche war es fast zu viel. Es gab einen gewaltigen Rückstoß und mein Nervenfortsatz rutschte mir aus der Hand. Flink fing ich ihn mit der anderen wieder auf.
Sirius aktivierte die Ranvierschen Schnürringe und wollte sie schon selbst benutzen, doch ich hatte andere Pläne. Entschieden setzte ich meine Vorderhörner ein, um wieder die Kontrolle zu erlangen und wirbelte die knisternden Kreise um mich. Perfekt.
Plötzlich wurde es leichter. Meine Gedanken übernahmen meine Bonuswaffen fast wie von selbst. Überrascht schaute ich für einen Wimpernschlag zu Sirius. Er erwiderte meinen Blick, auf seinem Gesicht ein kleines Lächeln. Doch das war nicht der Moment, um lieb zu lächeln.
Er sah den Strahl des Elektro-Schwerts nicht auf sich zu sausen, obwohl es eigentlich nicht zu übersehen war. Gut, dass ich es tat.

Dieses Mal ging ich direkt an die Quelle. Beinahe mit der Geschwindigkeit der motorischen Nervenzellen schickte ich drei Schnürringe zu Mörder Numero Uno und brachte ihn mit meinem Angriff ein wenig aus dem Gleichgewicht, genug um mit seiner verlängerten Waffe daneben zu schlagen.
Mein neues Spielzeug gefiel mir.
Es dauerte nicht lange und der nächste Typ war Geschichte. Sofort nahm Sirius seine materiellen Überbleibsel wieder auf und wie aus dem Nichts standen auf einmal seine Freunde auf der Matte. Aha. Wenn fette Beute winkte, waren sie zur Stelle, aber wenn der Kampf aussichtslos schien, verkrümelten sie sich. Tolle Freunde.
Sirius war bei mir geblieben. Na ja, eine großartige Wahl hatte er dabei auch nicht gehabt. Doch fürs erste ließ ich die Freunde in Ruhe. Wir konnten Unterstützung schon gut gebrauchen.
Obwohl wir (besonders durch die netten Waffen der Gefallenen) unseren Gegnern schon gut Saures gaben, fielen ihnen immer wieder Alpha-Motoneuronen zum Opfer, die von ihren vorigen Angriffen schon geschwächt waren. Manchmal wurden sie auch ganz unbeabsichtigt von Querschlägern getroffen. Es sah nicht gut aus. Mittlerweile reichten sie nicht mal mehr für einen vollständigen Menschen! Sie mussten überleben!
Verbissen kämpfte ich noch härter. Ich würde sie retten! Mit einem weiteren rezeptiven Feld bekam der Schwertkämpfer Sirius zu fassen. Er wehrte sich nicht einmal, der hemmende Transmitter der Horizontalzellen ließ ihn völlig friedlich unter dem Netz liegen. Und er würde dort auch friedlich bleiben.
Bevor der Killer ihm als letzten Rache-Akt etwas antun konnte, landete ich genau zwischen ihnen. Meine Ranvierschen Schnürringe waren noch immer aktiv und dazu meine Peitsche... An seiner verzweifelten, eisernen Mine konnte man sehen, dass er wusste, wer von uns beiden die Macht hatte und wahrscheinlich bereute er, dass er mit mir nicht

kurzen Prozess gemacht hatte, als er es noch konnte. Jetzt war es zu spät.
Ganz heldenhaft kämpfte er noch bis zum Schluss, aber sein Schicksal konnte er damit auch nicht ändern. „Du hättest mir meinen Sieg gönnen sollen. Versuch das mal im nächsten Leben!“, mit diesen Worten verpasste ich ihm den tödlichen Schlag, ganz klassisch mit meiner Peitsche.
Persönliche Sprüche klopfen zu können, hatte schon was. Dumpf kribbelten meine Hinterhörner noch, keine direkte Gefahr mehr. Ein wenig außer Atem schaute ich zu den anderen. Sirius Freunde hatten die beiden letzten der ach so edlen Kämpfer in die Mangel genommen. Gleich war es aus.
Locker schlenderte ich zu Sirius rüber und befreite ihn von dem Netz. Bis die Wirkung der Netzhautzellen wieder nachließ, würde es noch eine Weile dauern. Hätte ich jetzt einen Stift, könnte ich ihm einen Schnurrbart malen oder Schnurrhaare oder eine Monobraue... Die Möglichkeiten für einen kindischen Streich waren grenzenlos! Nur leider fehlten mir die Mittel und ganz der richtige Moment war es eigentlich auch nicht. Das war eine ernsthafte Schlacht.
„Wir werden dennoch gewinnen!“, rief eine Frau mit eindeutig verschobener Wahrnehmung. Neuro-Hunter... Große Worte bis zum Ende.
Nein! Auf einmal warf sie eine Granate. Direkt auf den einarmigen, dick myelinisierten Nerven-Menschen. Doch es war keine lähmende GABBA-Granate, auch kein Acetylcholin, es waren Antikörper, angelegt an die Autoimmunerkrankung Encephalomyelitis disseminata: Die Entzündung von Myelinscheiden, MS.
Mit dieser Waffe konnte man super die Rüstung eines Gegners durchschmoren und wahrscheinlich hatten sie die hier noch nicht genutzt, weil sie selbst auf die Myelinscheiden scharf gewesen waren.
Das alles waren nüchterne Fakten, aber es beschrieb nicht annähernd, was sich abspielte. Sie lösten sich auf. Ängstlich

versuchten die Kleinen noch wegzulaufen, doch es gab kein Entkommen. Innerhalb von Sekunden waren sie alle tot.

Entsetzt starrte ich auf die Stelle. Das konnte nicht sein! Ich hatte doch für sie gekämpft! Wir hatten für sie gekämpft! Und alle Angreifer waren besiegt! Wieso hatten wir nicht gesiegt? Wieso waren sie trotzdem gestorben? Überallhin folgte mir der Tod…

Plötzlich veränderte sich etwas. Es wurde heller, fast so als wäre die Sonne aufgegangen, nur dass es hier keine Sonne gab. Und weiter hinten konnte ich eine Bewegung erkennen, als sich die Herberge selbst reparierte. Auf einmal tauchten auch wieder Alpha-Motoneuronen auf und flitzten energiegeladen hin und her.

Fassungslos starrte ich die fröhlichen Kerlchen an. Sie waren doch eben gestorben und Sirius hatte gesagt, wenn Wächter verschwanden, tauchten sie nie wieder auf. Hatte er sich geirrt? Was hieß das? Und wobei lag er vielleicht sonst noch falsch?

Jetzt wirkten die schnellsten Nervenfasern sogar noch glücklicher als vorher. Es wirkte fast so als… als hätte ihr Tod alles zum Besseren geändert. Aber der Tod war nichts Gutes! Es war einfach der Tod! Das Ende! Aber hier…

Ich verstand das alles nicht!

„Fly“, sanft legte Sirius mir die Hand auf die Schulter. Ich sah ihn einfach nur an, ich konnte nicht mehr tun. „Du hast mich gerettet“, ernst blickte er mir in die Augen: „Du hast uns eine echte Chance für die weiteren Kämpfe geschenkt.“

„Aber… Sie sind alle tot“, murmelte ich immer noch verwirrt und… leer.

„Ja und das ist traurig. Ich mag Alpha-Motoneuronen auch. Sie erinnern mich an Kaulquappen mit Lichtgeschwindigkeit. Aber durch ihren Tod konnte neues Leben kommen. Manchmal ist ein Neuanfang nicht schlecht. Veränderung kann wundervoll sein“, mit einem kleinen, aufmunternden Lächeln schloss er seinen philosophischen Versuch: „Dass du bei uns bist, ist auch eine Veränderung, die undenkbar ist und

trotzdem wundervoll. Auch wenn du ganz schön kompliziert und gewalttätig sein kannst."
Ich antwortete ebenfalls mit einem kleinen Lächeln. Mittlerweile könnte ich mich auch daran gewöhnt haben, dass mein Weltbild zerbrach, auf jede Weise, immer wieder neu. Der Kampf war das einzig Beständige in meinem Leben.
Kurz schloss ich die Augen und atmete tief durch. Ich hatte keinen Bock auf die nächste Identitätskrise. Ich war schon kaputt genug. Wir waren auf C3. Zwei Segmente fehlten noch, zwei Kämpfe und dann würde ich endlich Antworten haben, dann würde alles einen Sinn ergeben.
Entschlossen öffnete ich meine Augen und eigentlich hatte ich vorgehabt, mich gleich in den nächsten Kampf zu stürzen und es hinter mich zu bringen, doch vor mir stand immer noch Sirius und mir fiel der Schmerz wieder ein, als er einfach weg gewesen war.
Auf ein paar Antworten musste ich nicht warten. „Wo warst du? Als der Schwert-Heini kam, war ich alleine", erstaunlicherweise klang meine Stimme ganz ruhig, regelrecht bedrohlich ruhig.
„Es tut mir so leid! Du hättest nicht alleine kämpfen…", setzte er schuldbewusst zu einer Entschuldigung an, doch ich unterbrach ihn: „Ja, im Entschuldigen bist du echt Weltklasse, darin dein Wort zu halten nicht." Darauf fiel ihm nichts ein.
„Du willst mir also nicht die Wahrheit sagen", ich war nicht vorwurfsvoll, nicht einmal wirklich verletzt, es war einfach nur eine Feststellung.
„Du würdest es nicht verstehen. Du hast schon zu viel durchgemacht", er schaffte es nicht, mir dabei in die Augen zu sehen. Süß. Er wollte mich beschützen. Hatte er noch nicht gemerkt, dass es hier andersherum lief?
„Du musst mich nicht schonen. Ich verkrafte das schon. Sag es mir", forderte ich ihn immer noch so überraschend nüchtern auf. Mein Charakter konnte echt sprunghaft sein. Allerdings konnte ich wahrscheinlich froh sein, dass ich überhaupt noch einen Charakter hatte.

Wenn diese Gilde wirklich in mein Segment gekommen wäre, als ich noch brav nach den Regeln gespielt hatte, hätten sie mich wahrscheinlich wirklich getötet. Und was wäre ich bei diesem Neuanfang wohl geworden? Ein Hippie, der Schmetterlingsflugshows machte und alle umarmte, um ihnen die Liebe zu zeigen? Make love, not war! Yeah!
Mein schicker Hut lief ja schon schwer in die Richtung, auch wenn ich mir vorstellen konnte, dass die Blumen nach all den Kämpfen schon gut gelitten hatten. Hm... So war das Leben oder zumindest mein Leben.
Plötzlich hob Sirius den Blick und holte zur nächsten vernichtenden Wahrheit aus: „Du bist nicht real."

Kapitel 18

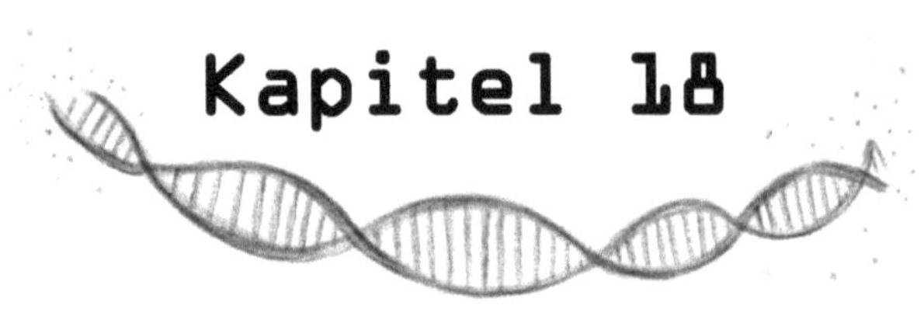

Ich sollte nicht real sein. Das war ja mal was Neues. Zuerst war ich Teil einer psychotischen Weltherrschafts-Tante und jetzt nicht real. Was würde als nächstes kommen? Ich war nur ein Schmetterling mit einer sehr lebhaften Fantasie, der davon träumte eine krasse Kämpferin zu sein, statt bei jeder Berührung gleich kaputt zu gehen? Das wäre doch mal ein Dasein!
„Ich hätte eine kleine Frage…", in einer meiner emotionalen Anwandlungen packte ich ihn am Kragen und zog ihn mit einem Ruck zu mir. Kompliziert und gewalttätig. Mit meiner Personenbeschreibung hatte er wohl recht gehabt, doch statt ihn zu schlagen, drückte ich ihm einen kleinen Kuss direkt auf die Lippen.
Ich war eindeutig durcheinander von dem ganzen Hin und Her, aber ich versuchte mir meine eigene Überforderung von diesem irrsinnigen Impuls nicht anmerken zu lassen. Schnell ließ ich ihn los und schaffte sogar den Spruch zu bringen, den ich mir schon vorher überlegt hatte: „Fühlt sich das nicht real an?"
Groß starrte er mich einfach nur an und seine Reaktion erfüllte mich mit einer gewissen Befriedigung. Keine Ahnung warum, aber es gefiel mir, dass ich ihn aus den Socken gehauen hatte. Verbuchen wir es einfach mal als weiteren Sieg. Und schön normal weitermachen.
Lässig wedelte ich mit der Hand vor seinem Gesicht: „Hallo? Erde an Sisi!" „Du kannst mich nicht so nennen", war er wieder da, wenn auch noch ein wenig durch den Wind. „Sisi", wiederholte ich mit einem provozierenden Grinsen. „Du…",

fieberhaft ratterte es in seinem Kopf, doch anscheinend fiel ihm kein guter Spitzname ein.
Für einen Moment genoss ich diesen erneuten Erfolg, doch dann wurde ich wieder ernst: „Kommen wir nochmal zu dieser Realitäts-Sache zurück. Wie genau meinst du das?“ Na gut, vielleicht war ich auch nur ansatzweise ernst, denn im nächsten Augenblick witzelte ich: „Ist das eine dramatische Version von du-bist-zu-gut-um-wahr-zu-sein?“
Ihm war offensichtlich nicht zum Lächeln. Ui, wir waren also jetzt ganz nüchtern.
„Es ist ein Videospiel, das alles hier. Es heißt Anatopia. Wir sind Gamer aus der echten Welt und es ist zwar die Story, dass man im Gehirn einen Code für die Rettung der Welt findet, doch in Wahrheit sind neben dem Ruhm und der Ehre alle nur auf den Job bei Fantastika scharf, der dem Gewinner versprochen wurde. Das ist eine geniale Chance! Sie sind der großartigste Videospielkonzern überhaupt und auch bei der medizinischen Robotik dick dabei. Als wir nicht da waren, waren wir ausgeloggt. Essen, Arbeit, es gibt noch ein Leben außerhalb. Was sag ich da? Das hier ist kein echtes Leben! Es ist nur ein Spiel! Ein Programm! Du wurdest programmiert und... ich hab keine Ahnung warum du dich so verhältst! Du wirkst so... menschlich...“, erzählte er mir die neuste Wahrheit und endete damit, mich gedankenverloren anzusehen.
Ein Videospiel. Das war ja fast so gut wie meine Schmetterlings-Traum-Theorie.
„Was redest du da für einen Unsinn? Ein Videospiel! Das hier ist kein Spiel! Es ist bitterer Ernst“, widersprach die eigentliche Anführerin der Gruppe ihm. Interessant. „Kali? Was soll das? Du weißt es doch auch!“, fassungslos sah er seine Chefin an.
„Vielleicht ist er noch benebelt von dem Netz oder hat beim Kampf etwas auf den Kopf bekommen“, die Granaten-Tante hatte einen ganz besorgten Blick aufgesetzt. „Toxic!“, wandte er sich jetzt auch ungläubig an sie. „Armer Sisi“, benutzte einer der Gewehrtypen, die ich einfach nicht auseinander

halten konnte, meinen Spitznamen und der andere schüttelte nur den Kopf.
„Wie bist du nur darauf gekommen? Anatopia ist doch das Codewort für diesen Ort, kein Spiel“, schloss sich auch der Typ, der letztes Mal mit Ranvierschen Schnürringen gekämpft hatte, an. Ich sollte echt mal ihre Namen lernen. Obwohl... Wenn alles gut lief, würde ich sowieso nicht mehr lange mit ihnen zu tun haben und ich konnte sie immer noch nicht leiden.
„Ich mache mir wirklich Sorgen um dich“, stellte sich auch die Bogenschützin auf die Kein-Spiel-Seite. Damit stand es fünf zu eins.
Sprachlos starrte Sirius seine Freunde an. Er war offensichtlich sehr überzeugt von dieser Sache. Ich war mir da noch nicht so sicher. Zwischendurch waren doch schon Begriffe wie Gamer und Hacker gefallen, das würde zu einem Spiel passen, aber es könnte genauso gut einfach Neuro-Hunter-Jargon sein. So speziell waren diese Bezeichnungen nun auch wieder nicht. Außerdem fühlte ich mich viel zu lebendig, um irgendein Programm zu sein und auch dieser Ort! Wie sollte das alles hier nicht echt sein?
Andererseits... wenn es wirklich nur ein Spiel war, welchen Sinn hatte es überhaupt? Das alles. Mein Leben. Ich wollte kein Videospiel sein! Dann zog ich ja sogar den Bösewicht vor.
„Fly! Du kennst mich. Du weißt, dass ich nicht gut lügen kann. Das hier ist ein Videospiel“, als könnte er seinen Worten so mehr Nachdruck verleihen, packte er mich an den Schultern: „Aber ich mag dich trotzdem, auch wenn du nicht real bist und das verrückt ist. Es tut mir wirklich leid, wie alles gelaufen ist und ich werde bis zum Ende für dich da sein, wenn du mich lässt.“
Tief sah ich ihm in die Augen. „Ich glaube dir“, verkündete ich mein Urteil und sein Gesicht hellte sich auf, doch mein Satz war noch nicht fertig: „Ich glaube dir, dass du es selbst glaubst. Aber dass du davon so überzeugt bist, heißt nicht,

dass es auch Wirklichkeit ist. Deine Freunde sehen das ja anders, aber denen würde ich nicht einmal glauben, wenn sie mir sagen, dass wir auf C3 sind."
Irgendeiner von ihnen schnaubte sauer, ich glaube es war diese Kali. Nach einer kleinen Pause hatte ich die Lösung für dieses Problem: „Wir bleiben noch kurz hier. Mit den neuen Münzen können wir die Waffen weiter verstärken und wir können noch vollständig zu Kräften kommen, damit der nächste Kampf schön glatt über die Bühne geht. Dabei würde ich gerne auch mal das Essen hier ausprobieren und ein paar unbeteiligte Neuro-Hunter zu ihrer Meinung zu dem Thema fragen."
„Für einen Rückenmarksträger bist du voll korrekt", meinte Gewehr-Idiot 1 grinsend. Nerviger Kerl. „Das ist eine gute Strategie", stimmte mir Kali mit vor der Brust verschränkten Armen zu: „Nett, dass du mit deiner Kopflosigkeit nicht wieder all unsere Leben riskierst."
„Das hier ist doch ein Videospiel. Nur euer Spielstand ist gefährdet", erwiderte ich honigsüß. „Fly. Ich meine es ernst!", versuchte Sirius mich mit seinen großen Augen zu überzeugen. „Hey, ich geh deinen Worten doch nach", meinte ich locker und klopfte ihm auf die Schulter.
„Aber hierhin kommen doch nur die Extremen! Die würden nie zugeben, dass es ein Spiel ist! Die reden sich selbst ein, dass es real ist!", ließ die Nervensäge nicht locker. „Das klingt nach einer sehr faulen Ausrede", bleib auch ich standhaft.
In letzter Zeit hatte ich viel Verwirrendes gesehen und noch mehr von der Sorte gehört. Jetzt war es vielleicht mal an der Zeit auf Pause zu drücken, also mehr oder weniger. Eigentlich war es ja eher ein Umschalten von dem gewalttätigen Erwachsenensender auf Teenie-Party-Detektivprogramm. Ich durfte bei alldem meine alberne Seite nicht verlieren. Wenn ich am Ende nur noch total abgestumpft und besessen der Wahrheit hinterher hechelte, war ich auch nicht besser als ein Programm.

„Fly“, wiederholte mein unverbesserlicher Partner ganz ernst und tiefsinnig meinen Namen. „Sisi“, erwiderte ich, alles andere als ernst und tiefsinnig. „Das ist kein Spiel!“, zeigte sich langsam wieder seine Wut. „Nicht? Aber genau das hast du eben doch gesagt“, herausfordernd hatte ich eine Augenbraue hochgezogen.
„Ja, nein, du weißt was ich meine!“, rang er mit den Händen in der Luft. Auf einmal tauchten nur ein paar Meter entfernt über den Fasciculus cuneatus ein paar Neuro-Hunter auf.
Natürlich. Dieses Segment war nun neu erobert. Bald schon würden sie in Scharen hierhin strömen. Massenhaft Material für meine gewaltfreie Befragung, doch sie würde nur gewaltfrei bleiben, wenn ich nicht wie ein Rückenmarksträger aussah.
„Gib mir nochmal diesen Umhang!“, verlangte ich eilig von Sirius. Sofort kam er meiner Aufforderung nach, zumindest größtenteils. Statt mir den dunklen Stoff einfach auszuhändigen, legte er ihn schwungvoll über mich. Die Kapuze blieb an meinen Vorderhörnern hängen. Regelrecht zärtlich rückte er sie zurecht. Seine Finger streiften meine Stirn. Für einen Wimpernschlag sahen wir uns viel zu tief an. Um uns huschten die Alpha-Motoneuronen weiter umher und ihr lebendiges, freies Leuchten spiegelte sich in seinen Augen… Wie er mich ansah… Das fühlte sich echt an. Wie könnte ich nicht echt sein?
„Alpha-Motoneuronen! Krass! Dann können wir unsere Rüstung so richtig fett aufleveln“, hörte ich eine begeisterte Stimme, die mich aus meinen abstrakten Gedanken riss.
„Ey! Die sind nicht zum Aufleveln! Es sind friedliche, wunderschöne Lebewesen! Wollt ihr eure Hände mit ihrem Blut beflecken? Dem Blut Unschuldiger?“, trug ich vielleicht ein wenig dick auf und ich ging sogar noch weiter: „Wo ist die Ehre der Neuro-Hunter? Ist das alles nur ein Videospiel für euch?“
Mit großen Augen blickte das Trio zu mir, das schon die Waffen gezogen hatte, um auf meine süßen Schützlinge zu

schießen. Auf einmal neigte der erste von ihnen ehrfürchtig seinen Kopf und die anderen beiden folgten.
„Verzeiht uns. Wir haben nur unseren eigenen Fortschritt gesehen und darüber die Schönheit dieser Welt vergessen“, entschuldigte sich der Anführer sogar. Warum hatte ich bis jetzt nicht öfter mit dieser Art von Neuro-Huntern zu tun gehabt? Die waren ja mal vernünftig!
„Euren Fortschritt im Spiel“, präzisierte Sirius ihre Worte und sie hoben irritiert ihre Köpfe. „Den Fortschritt auf unserer Mission. Wir dürfen nie unser höchstes Ziel aus den Augen verlieren. Die gesamte Welt zählt auf uns. Doch gleichzeitig bietet diese Welt so viel Schönheit, dass es ein Verbrechen wäre, die Zeit, die uns vergönnt ist, nicht zu genießen“, erwiderte der Anführer richtig zen-mäßig.
Auf die Dauer würde er mich sicher nerven, aber für den Moment fand ich ihn super, mal eine erfrischende Abwechslung.
„Was labert ihr?! Es ist ein Spiel! Nach dem Ende gibt es einen Neustart und man kann es immer noch weiterspielen, nur der Hauptgewinn ist dann weg! Es gibt kein Zeitlimit!“, bei seinem verzweifelten Versuch seine Wahrheit zu beweisen, wurde Sisi ja richtig ungestüm.
Der irritierte Ausdruck auf den Gesichtern der anderen Neuro-Hunter vertiefte sich, wurde beinahe verstört.
„Verzeiht meinem Partner. Die lange Reise hat ihn sehr angestrengt“, war es nun an mir, mich zu entschuldigen. Verständnisvoll nickten sie und der Anführer sprach ganz harmonisch: „Es ist ein harter Kampf, doch er wird sich lohnen. Viel Glück auf dem weiteren Weg.“
„Viel Glück“, echote ich und hob zum Abschied die Hand. Als sie weitergingen, wandte ich mich herausfordernd an Sirius.
„Das sind doch nur verrückte Extreme, die selbst jeden Bezug zur Realität verloren haben! Du hast sie doch reden gehört! Die nehmen bestimmt irgendwelche Drogen!“, rechtfertigte er aufgebracht das eindeutige Ergebnis: „Genau das habe ich doch auch gesagt! Wir sind zu hoch! Hier kommen kaum noch Normale hin! Die leben alle fürs Spiel!“

„Aber du nicht“, keine Ahnung, ob das eine Aussage oder eine Frage werden sollte. Ich versuchte einfach zu verstehen, was in seinem Kopf abging, auch wenn es mir eigentlich egal sein konnte.
Nach einer viel zu langen Pause sagte er schließlich irgendwie ganz tiefgründig: „Doch. Ich lebe auch hierfür. Aber... es hat sich geändert.“ Wieder war da einer dieser merkwürdig intensiven Blicke und es war klar, dass ich für diese Änderung verantwortlich war. Die Frage war nur, ob im Guten oder Schlechten, doch ich traute mich nicht, es laut auszusprechen.
„Am besten warten wir, bis andere Neuro-Hunter sich am nächsten Segment versuchen. Basierend auf ihren Berichten könnten wir eine Strategie entwerfen, statt blind einem überlegenen Gegner entgegen zu treten und alles zu riskieren“, plante diese Kali einfach in unseren besonderen, verwirrenden und nachdenklichen Moment hinein.
Sirius Freunde hatten echt null Feingefühl. Die Liste ihrer negativen Charaktereigenschaften wuchs beständig.
„Genau. Und die Münzen nutzen wir für die Aufwertung und Basiszubehör. Die neuen Waffen sind schon krass. Mein alter Reflexbogen hätte nie mit diesem Teil mithalten können. Aber irgendwie vermisse ich ihn“, gedankenverloren strich die Bogenschützin über ihre frisch eroberte tödliche Waffe.
„Ja. Man hat in die eigenen Waffen einfach so viel Mühe und Zeit investiert. Sie waren etwas Persönliches, das man sich Stück für Stück aufgebaut hat. Ein Erfolg, den man sich selbst erarbeitet hat, etwas Besonderes“, mit diesen dramatischen Worten warf mir einer der Baller-Heinis einen vernichtenden Blick zu.
„Vader...“, setzte Sirius an mich zu verteidigen, doch das konnte ich auch gut alleine: „Was denn? Beschwert ihr euch jetzt, dass ihr durch mich leicht an Waffen erster Güte gekommen seid?“
„Leicht?! In dem Kampf sind alle Vorräte drauf gegangen, die wir uns wieder mühsam erarbeitet hatten und fast wären wir

wegen dir auch verreckt, zum zweiten Mal!", entgegnete der andere Gewehr-Typ aufgebracht. „MC!", ermahnte mein besonderer Neuro-Hunter auch ihn mit seinem Namen.
„Ist doch wahr! Sie hat Null Teamgeist!", schloss sich ihm nun auch Mister-Ex-Ranviersche-Schnürringe an. „Night!", wurde Sirius es nicht langsam leid, einfach nur alle beim Namen zu nennen? Also mir ging diese alle-gegen-Fly-Debatte schon ordentlich auf den Keks.
Ja, ich hatte keine Rücksicht auf sie genommen, aber ich hatte sie ja auch überhaupt nicht als Team gewollt! Diese Mimosen! Und wer hatte hier bittschön angefangen wen töten zu wollen? Ich erinnere nur an unsere erste Begegnung.
„Dann plant ihr mal schön und beweint eure alte Schrottausrüstung. Ich geh feiern", zum Abschied winkte ich ihnen noch kurz und verzog mich dann ohne auf eine Reaktion zu warten in Richtung Marktplatz. Ich würde prüfen, wie real ich war und nach all den Tiefschlägen auch mal mein Leben ganz sinnlos einfach genießen.
Spaß haben. Das klang fast schon absurd. Aber nach allem, wofür ich in letzter Zeit gekämpft hatte, konnte ich auch mal für ein bisschen Freude in die Schlacht ziehen. Das Leben war doch immer der schwerste Gegner...

Kapitel 19

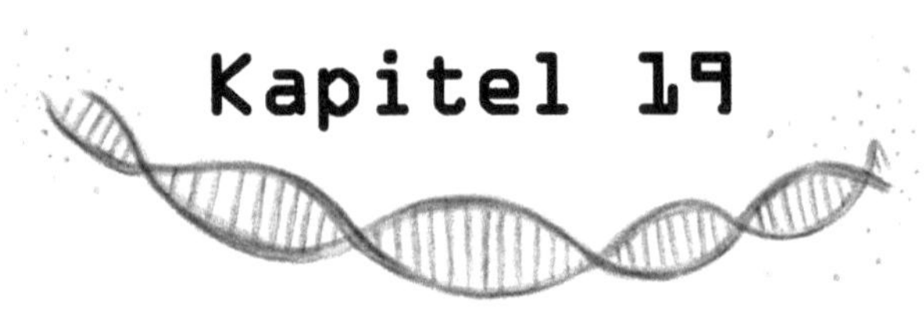

Die Kapuze tief ins Gesicht gezogen, saß ich im „Spin-Nerv“ und sah dabei zu, wie sich der hiesige Partytreffpunkt immer mehr füllte. Den Namen, der wahrscheinlich auch ein Wortspiel mit den Spinalnerven sein sollte, hatte er wohl von der Tanzfläche, die mehrere langsam drehende Kreise hatte, mal größer und mal kleiner, schon ein wenig seltsam, aber irgendwie auch lustig.
Einer hatte sich auf diesem System abgelegt, er war scheinbar nicht darauf vorbereitet gewesen, dass sich der Boden unter seinen Füßen drehen würde. Und das Gesicht, das er dabei geschnitten hatte! Einfach köstlich!
Mit einem großen Schluck trank ich meinen Gin Tonus zu Ende. Man konnte ihn in zwei Varianten wählen: Tonus erhöhend, also anspannend oder Tonus senkend, logischerweise dann entspannend. Nach der ganzen Anspannung hatte ich mich für die zweite Möglichkeit entschieden, auch wenn die Erfahrung ja gezeigt hatte, dass ich zu jeder Zeit für einen Kampf bereit sein musste. Doch das wollte ich gerade einfach nur ausblenden, was so mittelmäßig funktionierte.
„Hey, ich hab gehört, eine mysteriöse, vermummte Gilde hat diesen Boss geschlagen. Gehörst du zufällig zu ihnen?“, sprach mich auf einmal ein Neuro-Hunter an.
Er hatte große Augen und obwohl er ein Tuch über dem Mund hatte, konnte man sehen, dass er lächelte. Sichtbare Waffen trug er keine bei sich, aber in diesem abstrakten Speicher hatte er sicher welche. Eigentlich sah der schlichte Kerl ganz freundlich aus, zumindest zu seinesgleichen.
Allerdings war ich nicht hier, um eine Verhaltensstudie zu führen, wie Neuro-Hunter reagierten, wenn sie mit meiner

wahren Identität konfrontiert wurden. Nein, zuerst wollte ich immer noch klären, was meine wahre Identität überhaupt war.
„Ne. Ich bin nur ein kleiner Nachahmer. Das Videospiel habe ich mir gerade erst gekauft. Ich dachte mir, gehe ich mal gleich aufs Ganze“, meinte ich betont locker. Sofort erstarb das Lächeln auf dem Gesicht meines Gegenübers. Mit einem befremdlichen Blick wandte er sich von mir ab. Es war ziemlich offensichtlich, dass er mich für einen Spinner hielt.
Und noch ein Punkt gegen Sirius abstrakte Erklärung. Bis jetzt hatte es nicht ein einziger auch nur ansatzweise bestätigt. Sah ganz so aus, als wäre ich doch real. Yeah!
„Nochmal das Gleiche“, orderte ich und stellte das Glas hinter mir auf die Theke. Ich brauchte noch mehr Entspannung. Leicht wippte ich zu dem energiegeladenen Rhythmus der Musik. Der ging richtig ab. Auch die Lichteffekte waren gut. Alles hier drin hatte etwas Ausgelassenes und Elektrisierendes an sich und so langsam war ich locker genug, um es zuzulassen.
Vielleicht sollte ich meine Nachforschungen auf später verschieben und noch ein bisschen Spaß haben, einfach mal alles vergessen...
Warm spürte ich den Gin Tonus in meinem Inneren. Ein angenehmes Kribbeln breitete sich bis in meine Fingerspitzen aus und ich spürte, wie sich meine verkrampften Muskeln nach und nach entspannten. Ich hatte gar nicht gemerkt, wie stocksteif ich geworden war. Jetzt war alles wunderschön wattig. Aber wenn die Party richtig abgehen sollte, brauchte ich noch einen kleinen Kick.
„Einmal bitte Tachy-Täschchen“, bestellte ich bei der aufgestylten Gliazelle, die trotz ihrer vielversprechenden Aufmachung keine echte Persönlichkeit hatte.
Schon nach wenigen Sekunden bekam ich meinen besonderen Snack: Ein Schälchen mit kleinen, knackigen Teigtaschen, die eine süß-saure, knisternde Füllung hatten, die einen richtig auf Fahrt brachte. Woher ich das wusste? Tachy

war die Vorsilbe für alles, was extra schnell war. Zum Beispiel Tachypnoe als zu schnelle Atmung oder Tachykardie als zu schneller Herzschlag. Außerdem hatte ich mich gleich als erstes einmal quer durch die Karte getestet. Davon war ich immer noch ziemlich voll. Doch diese prickelnde Köstlichkeit ging noch locker rein.
Knusprig verputzte ich die Tachy-Täschchen und wandte mich entschieden der rotierenden Tanzfläche zu. Zeit es richtig krachen zu lassen! Hemmungslos fing ich an zu tanzen. Alles verschmolz zu einer wilden, freien Masse. Ich nahm nichts mehr genau wahr und das war herrlich.
Ich drehte mich rechtsrum, linksrum, hin und her. Überall war Bewegung. Alles war in Bewegung. Nur die Zeit stand still. So könnte es einfach für immer bleiben!
Plötzlich legte mir jemand von hinten die Hände auf meine schwungvoll kreisenden Hüften und jemand brüllte: „Zeig uns doch mal was unter diesem Umhang ist!“ Ey! Das versaute mir voll den Moment! Wie er sich auch an mich randrückte! Ekelhaft!
Entschieden fuhr ich herum, um diesem widerlichen Grabscher eine zu verpassen, doch jemand kam mir zuvor. Ich konnte gerade noch sehen, wie Sirius Faust den Typen voll ins Gesicht traf und dieser einen kleinen Schritt nach hinten taumelte.
„Verschwinde du Programmfehler!“, befahl Sirius total bedrohlich. „Oh, wie süß. Das schüchterne Mädchen hat einen Beschützer“, machte sich der Widerling über uns lustig: „Willst du dein Püppchen etwa nicht teilen? Ich könnte ihr zeigen, wie man es richtig macht und sie würde mich auf Knien...“
Nur mühsam beherrscht unterbrach Sirius ihn: „Sollen wir das draußen klären?“ Um seinen gezischten Worten noch mehr mörderischen Glanz zu verleihen, ließ er ein nobles Scharfschützengewehr in seiner Hand erscheinen. Bei diesem Anblick schmolz das Selbstbewusstsein unseres

Gegenübers und ein paar der anderen Besucher schauten teils eingeschüchtert, teils neidisch zu uns.
„Ey man, du verstehst aber auch gar keinen Spaß", murmelte der miese Neuro-Hunter und zog ängstlich und wütend ab. Sofort ließ Sirius die Waffe wieder verschwinden und schaltete schlagartig von zornig auf besorgt, als er sich mir zuwandte.
„Ist alles in Ordnung?", wollte er sanft von mir wissen. „Ja. Das wäre es aber auch ohne dich gewesen. Es ist schon ein wenig affig, wenn du dich immer als mein Beschützer aufspielst. Ich bin stärker als du", erwiderte ich lässig oder zumindest tat ich so. Irgendwie hatte mich sein unnötiges Verhalten seltsam berührt.
„Ich weiß, dass du keinen Beschützer brauchst", er senkte leicht den Blick und es sah ganz so aus, als würde er rot werden, allerdings konnte ich das bei dem Licht nicht mit Sicherheit sagen.
„Was machst du eigentlich hier? Seid ihr mit den Waffen schon fertig?", wechselte ich schnell das Thema. „Ähm nein, die andern kümmern sich noch darum. Ich wollte nur kurz nach dir sehen", er wurde immer nervöser. „Und dann bist du genau in dem Moment gekommen, als mir dieses Ekelpaket auf die Pelle gerückt ist? Was für ein Zufall", kommentierte ich skeptisch.
„Na gut, es war vielleicht nicht so kurz! Ich hab dich beobachtet. Na und? Das hat nichts zu sagen!", fahrig wedelte er mit den Händen und schlug fast einen Neuro-Hunter mit neongrünem Afro, der den Streit eben völlig ignorierte und sich weiter die Seele aus dem Leib tanzte.
„Du Stalker", lächelnd schüttelte ich den Kopf und fing auch langsam wieder an zu tanzen. Etwas unsicher stand er einfach nur da. „Wir sind auf der Tanzfläche", erinnerte ich ihn lächelnd und griff seine Handgelenke, um ihn ein bisschen zum Schaukeln zu bringen.
„Ich bin kein guter Tänzer", gestand er nervös. „Mit dieser Einstellung bestimmt nicht", erwiderte ich und veranstaltete

mit seinen Armen immer ausholendere Bewegungen, die sicherlich seltsam aussahen, aber er ließ es zu.
„Was machen wir hier eigentlich?“, fragte er mit einem fast schon selbstironischen Lachen. „Das nennt sich Spaß, aber keine Sorge, ich bring es dir bei, Sisi“, meinte ich schelmisch.
„Ich weiß, wie man Spaß hat!“, widersprach er mir grinsend. So langsam taute der Gute auf.
„Dann zeig es mir!“, forderte ich ihn frech heraus. Auf einmal entriss er mir eine seiner Hände und drehte mich mit der anderen zu einer wilden Pirouette an, die irgendwie in seinen Armen endete.
„Dafür dass du nicht tanzen kannst, war das gar nicht mal schlecht“, kommentierte ich und mein Herz machte einen kleinen Stolperer, der bestimmt ungesund war. „Siehst du?“, siegreich grinste er auf mich herab und wiegte leicht im Takt der Musik oder eher neben dem Takt.
„Das war schon alles?“, wieder im herausfordernden Modus zog ich meine Augenbrauen hoch. „Mach es besser“, konterte er mit einem unglaublichen Strahlen im Gesicht. Ui, das klang ganz nach einem krassen Dance Battle.
Dummerweise war ich auch keine gute Tänzerin, obwohl ich immer mit Leidenschaft dabei war. Aber ich hatte mich noch nie vor einem Kampf gedrückt, selbst wenn er aussichtslos schien. Also los!
Wirbelnd wand ich mich aus Sirius warmen Armen und machte die erstbeste Tanzfigur, die mir einfiel: Der Roboter. Prustend lachte Sirius los und brachte mich damit unfairerweise auch zum Lachen. Ich konnte mich gar nicht mehr aufs Tanzen konzentrieren. Aber irgendwie war das auch gar nicht schlimm.
Ausgelassen kichernd tanzten wir einfach völlig chaotisch und albern. Einmal griffen wir uns sogar an den Händen und drehten uns wild im Kreis. Dadurch verschafften wir uns ordentlich Platz auf der Tanzfläche. Die anderen hielten uns bestimmt für irre, aber das war egal. Dieser Moment war einfach genial!

Aufgedreht stellte ich mich auf die Mitte einer der rotierenden Scheiben und wandte Sirius ganz nüchtern den Rücken zu, bis sich das Ding einmal komplett gedreht hatte und ich eine ganz verrückte Grimasse schnitt.
Voll übertrieben lachte Sirius los und stellte sich schnell auf die nächstgelegene Drehscheibe. Ein paar Mal machten wir uns einen Spaß daraus, so bescheuerte Grimassen wie möglich zu schneiden, dann gingen wir wieder zu unbeschwertem Tanzen über.
Wir hakten uns beieinander ein und hopsten wie zwei Gardemädchen im Kreis. Wir wedelten mit unseren Armen rum, als wollten wir einen Krampfanfall nachahmen und wir tanzten eine stürmische Form von Tango, bei der jeder Tanzlehrer in Ohnmacht gefallen wäre.
Ich war schon total außer Atem, aber ich wollte einfach nicht aufhören. Zusammen hatten wir die Tanzfläche echt ordentlich aufgemischt. Wir waren so bescheuert! Einfach perfekt!
Auf einmal wechselte die bis jetzt so wummernde Musik zu einer ruhigen Melodie, regelrecht verträumt und stark in Richtung romantisch-schmalzig. Überrascht blickte ich auf, zum ersten Mal seit einer ganzen Weile nahm ich überhaupt wieder richtig unsere Umgebung wahr.
Anscheinend hatten wir die Tanzfläche nicht nur aufgemischt, sondern zu großen Teilen leer gefegt. Wir standen ziemlich in der Mitte und um uns hatte sich ein großer, erwartungsvoller Kreis gebildet.
„Das ist für euch!“, rief uns ein Neuro-Hunter mit Piratenhut zu. Was? “Tanzen! Tanzen!“, fing eine andere an uns anzufeuern und die Menge stieg mit ein. Sie hatten uns einen ruhigen Song gewünscht? Ich wusste gar nicht, dass man an der Musik etwas ändern konnte. Glia und ich hatten es schon öfter erfolglos versucht.
Der Gedanke an meine Freundin und den Spaß, den wir in unserer Panne gehabt hatten, bohrte sich schmerzhaft in

mein Herz. Dort war es so ähnlich wie hier gewesen und doch so anders…
„Wenn du nicht willst, müssen wir das nicht tun“, deutete Sirius meinen wahrscheinlich nicht so glücklichen Gesichtsausdruck vollkommen falsch. Schnell ergänzte er noch: „Wir könnten ja auch ganz provokant einfach wie eben weitertanzen. Niemand zwingt uns dazu. Du kannst entscheiden. Ich folge dir gerne. Wenn du raus willst, ist das auch in Ordnung…“
Bevor er nervös weiterplappern konnte, machte ich einen Schritt auf ihn zu und legte meine Arme auf seine Schultern. Mit einem kleinen Lächeln sah ich in sein verdutztes Gesicht: „Das hier ist auch in Ordnung. Ich will noch nicht, dass diese Nacht endet.“ Wenn es denn überhaupt eine Nacht war, hier drinnen konnte man das schlecht sagen und das war ja auch egal. Gerade war Zeit völlig bedeutungslos.
Noch etwas zögerlich legte er die Hände auf meine Hüften und wir fingen an sachte im Takt zu wippen. Sein Takt war mein Takt, unser Takt. Ein krasses Gefühl. Er lächelte mich an, ich lächelte zurück. Alles brodelte in mir über und gleichzeitig hatte dieser Moment so eine Vertrautheit und eine ganz besondere Ruhe.
Gedankenverloren kam ich ihm noch ein Stückchen näher und lehnte meinen Kopf an seine Schulter. Jemand aus der Menge seufzte laut auf. Wir waren sowas wie ihr Unterhaltungsprogramm. Dieser Gedanke war irgendwie befremdlich und passte auch gar nicht zu der behaglichen Atmosphäre. Meine Lösung dafür: Ich schloss meine Augen.
Nochmal gleich viel intensiver spürte ich seine Bewegungen, seine Wärme. Glasklar roch ich die süßlichen Getränke, die beim wilden Tanzen verschüttet wurden und ich roch ihn. Er roch nach Metall und Stoff und Freundlichkeit. Keine Ahnung wie ich auf das letzte kam, aber ich war mir hundertprozentig sicher.
Und ich fragte mich, was er in diesem Moment dachte. Nahm er auch jedes kleinste Detail wahr? Spürte er es?

Abrupt endete unser langsames Kuschellied und ging wieder in den heftigen Beat über. Echt ein krasser Kontrast. Verlegen machte ich einen Schritt von ihm weg. Das war absolut verrückt gewesen! Anscheinend hatten die Schaulustigen irgendwann ebenfalls angefangen zu tanzen oder sie hatten jetzt gerade genauso schlagartig wie die Musik den Schalter umgelegt.
Auf jeden Fall wurde um uns herum wieder ganz unbeschwert getanzt. Jeder machte sein Ding und ließ einfach alles raus. Genau das sollten wir jetzt auch tun! Wir mussten dringend diesen irritierenden Schmalz abschütteln!
„Darf ich bitten?“, frech-auffordernd hielt ich meinem Tanzpartner die Hand hin. „Du tanzt mich noch zu Tode!“, lachend ergriff er meine Hand und diese Berührung sorgte nochmal für ein ganz spezielles Kribbeln in meinem Körper.
Nach all der Nähe in letzter Zeit könnte ich mich so langsam doch auch mal daran gewöhnt haben! Voll übertriebene Reaktion! Aber statt mich darüber aufzuregen, erwiderte ich spaßhaft: „Das wäre doch mal eine interessante Todesursache, hatte ich bis jetzt noch nicht. Lass uns daran arbeiten!“
Doch dazu sollte es nicht kommen.

Kapitel 20

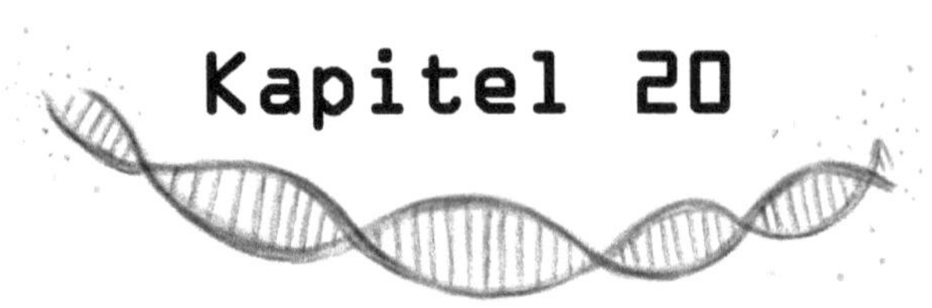

„Hier seid ihr!“, rief diese ätzende Kali in unseren spaßigen Moment und zerstörte einfach alles: „Wir müssen reden.“
Trotzig verschränkte ich die Arme vor der Brust: „Ist das so?“
„Ja“, antwortete sie eisern: „Ich habe hier die Verantwortung und ich werde meine Gruppe nicht ohne vernünftige Vorbesprechung in den Kampf schicken. Wir können uns nicht immer auf glückliche Zufälle verlassen.“
„Blitzmeldung: Ich gehöre nicht zu deiner Gruppe und ich lasse mich von dir nicht einfach rumkommandieren! Außerdem... Was hat deine tolle Vorbesprechung euch damals im Kampf gegen mich gebracht? Hast du das schon vergessen?“, ordnete ich mich nicht so einfach unter.
„Willst du es nochmal drauf ankommen lassen?“, fragte sie bedrohlich. „Warum eigentlich nicht?“, stieg ich kühl darauf ein: „Eine kleine Übung zum Aufwärmen.“
„Wartet! Das ist doch verrückt!“, schnell stellte sich Sirius zwischen uns: „Wir haben doch alle das gleiche Ziel. Fly, bitte komm mit. Eine Besprechung nützt uns doch allen.“ Er hatte ja recht. Mein Widerstand war dumm. Aber allein wenn ich ihre Anführerin ansah... Wir würden ganz klar nie Freunde werden.
„Ich lasse mich nicht gerne von Strategien einengen, aber nur zu. Ich bin ganz Ohr“, ich schaffte es nicht, meine Stimme neutral klingen zu lassen. „Nicht hier. An diesem Ort kann man nur seine Zeit verschwenden“, meinte die Spaßverderberin abfällig und gelangte damit auf ein Rekordtief in meinem Ansehen.
Ich verschwendete also meine Zeit? Am liebsten wollte ich ihr mal zeigen... Nein. Ruhig bleiben. Diese

Zweckgemeinschaft brauchte ich noch für die nächsten beiden Kämpfe. Missmutig folgte ich ihr zurück in die Herberge, in der mich der Killer in Ragout hatte verarbeiten wollte. Der Rest der nervigen Truppe wartete schon brav im Zimmer.

„Gibt es hier irgendeine Anwesenheitsliste, in die ich mich noch eintragen muss?“, kommentierte ich sarkastisch. Von einem der Baller-Heinis bekam ich für diesen Spruch ein kleines Lächeln, die anderen zeigten einfach überhaupt keine Regung.

Unbeirrt legte Kali los: „Die ersten Neuro-Hunter haben sich in C2 gewagt. Sie sind gescheitert, aber sie haben ihre Erkenntnisse mit der Gemeinschaft geteilt. Wir wissen nun, was uns dort erwartet.“ Sie machte es ja sehr spannend.

Locker ließ ich mich auf einen Stuhl plumpsen und zerstörte damit ihre dramatische Pause. Ihre Mundwinkel sanken ein winziges Stück ab und diese minimale Reaktion verschaffte mir schon ein kleines Bisschen Befriedigung. Leicht machen würde ich es ihr nicht.

So episch wie es noch ging, enthüllte sie: „Wir haben einen Sequester im Spinalkanal.“ „Was? Ein Bandscheibenvorfall? Den gab es doch schon bei L4“, bemerkte Sirius überrascht. Material aus einem Gallertkern, das sich von der Bandscheibe gelöst hatte? Das klang wirklich nicht nach einer krassen Herausforderung. Klar, es konnte höllisch wehtun und es konnte durch die komprimierten Strukturen alle möglichen Symptome geben, aber ich konnte mir beim besten Willen keinen Kampf gegen Gelee vorstellen.

Außerdem war ein Bandscheibenvorfall auf dieser Höhe schon reichlich seltsam. Normalerweise war dafür doch die Lendenwirbelsäule bekannt, was ja laut Sirius Aussage auch schon zu sehen gewesen war.

„Dieser Sequester ist anders“, erklärte Kali todernst: „Es gab einen posterior-medialen Bandscheibenprolaps. Das Ligamentum longitudinale posterius ist gerissen.“ Autsch. Allerdings sehr selten. Für gewöhnlich drückten die ausgelaufenen Gallertkerne ja seitlich an diesem Band vorbei auf den

Spinalnerv, aber nein, hier hatten wir einen ungewöhnlichen Vorfall an einer ungewöhnlichen Stelle. Nur konnte ich dabei immer noch kein Problem sehen.
Das war nur für den Menschen ein Problem, der den Schmerz spüren musste. Oder bekamen wir auf diesem Segment etwa eine Kostprobe von diesem Gefühl? Darauf hätte ich ja überhaupt keine Lust!
„Wie genau sieht der Bosskampf aus? Ist es wie auf L4, dass der Nucleus langsam vordringt und alles verschlingt und man ihn nur zurückdrängen muss? Müssen wir dann auch noch das Band wieder flicken?“, erkundigte sich Sirius und man hörte ihm an, dass er von dieser Aufgabe ebenso irritiert war, wie ich.
„Ganz so leicht wird es nicht, fürchte ich“, wieder machte die Anführerin so eine dämliche Pause, um die Besprechung stimmungsvoller zu gestalten oder so einen Quatsch. Demonstrativ gähnte ich.
Mit einem bösen Blick in meine Richtung fuhr sie fort: „Die Fasern des Bandes peitschten wild durch die Luft. Sie sind schnell und sie sind gefährlich. Zusätzlich treibt der Sequester durch das Segment deutlich zügiger als der gemächliche Nucleus propulsus auf L4. Außerdem teilt er sich wohl manchmal und greift somit auf mehreren Seiten gleichzeitig an. Aber das war noch nicht alles: Die gereizten Synapsen feuern wild. Getrennt sind diese drei Komponenten recht simpel, doch in Kombination können sie sehr gefährlich werden.“
Aha. Das klang immer noch nicht so krass. Irgendwie hätte ich gedacht, dass es von Segment zu Segment schwieriger werden würde. Aber scheinbar war das Nervensystem mit seinem Latein am Ende, wenn es einfach Wiederholungen zusammenpackte.
„Für diese Herausforderung werden wir uns in Teams aufteilen“, legte Miss Planung fest: „Die Sequester verschlingen alles Materielle, also müssen sie mit Impulsen zurückgedrängt werden. Vader, MC und Sirius, das übernehmt ihr. Das Längsband der Wirbelsäule muss erst verlangsamt und

dann verbunden werden. Für das erste brauchen wir GABBA-Granaten, das ist dein Part Toxic und für das zweite muss man flexibel die Fasern erreichen können, da sind deine Flügel von Vorteil… Rückenmarksträger. Und um den Schutz vor den Synapsen kümmern Thauriel und ich uns. Noch Fragen?"
„Ja. Warum soll ich mit dem Giftpilz zusammenarbeiten und wie stellst du dir das Verbinden der Fasern vor? Einfach aneinanderdrücken und dann ist wie durch Magie alles perfekt?", herausfordernd hatte ich die Augenbrauen hochgezogen.
„Deine Zusammenarbeit mit Toxic ist nur logisch, was du wüsstest, wenn du zugehört hättest und zum Verbinden habe ich auf dem Markt bereits eine große Menge Fibroblasten bestellt. Damit sollte man es gut verkleben können", gab sie mir trocken Auskunft.
„Oh, wie toll, ich darf mit Kleber spielen", kommentierte ich sarkastisch. „Wann brechen wir auf?", erkundigte Sirius sich sachlich. Anscheinend akzeptierte er diesen Plan einfach so. Er entschuldigte sich nicht einmal, dass seine Freunde mich so völlig selbstverständlich als Werkzeug eingebunden hatten.
Allerdings hatte er sich in letzter Zeit schon so oft entschuldigt… Das würde ich ihm einfach durchgehen lassen.
„In drei Stunden. Dann sollten alle Vorbereitungen getroffen sein und wir können es ohne Unterbrechungen durchziehen", Kalis Worte gefielen mir nicht. „Welche Unterbrechungen sollen das sein?", bohrte ich misstrauisch nach, auch wenn ich schon so einen Verdacht hatte.
„Wir müssen noch mal weg. Ruh dich in der Zeit aus. Wir können keine betrunkene Party-Fee gebrauchen", antwortete die Granaten-Tante und schaffte es noch giftiger zu klingen, als ihre geschätzte Chefin. „Wir müssen uns aus dem Spiel ausloggen, um nochmal zu essen und zu trinken, eben der normale Alltag", erklärte mir Sirius immer noch ganz in seiner Videospiel-Theorie.

Das war ja allerliebst. Ich sollte von ihnen Befehle annehmen und wurde nochmal alleine gelassen. Hatten sie etwa schon vergessen, was das letzte Mal passiert war?!
„Ich weiß“, Schuldgefühle zeichneten Sirius Gesicht: „Es tut mir leid, aber es geht nicht anders. Pass bitte auf dich auf. Du bist stark.“ Als bräuchte ich ihn, um mir das zu bestätigen.
„Und was sagt ihr dazu? Ihr lebt ja nicht in einem Videospiel, was ist eure Begründung?“, wandte ich mich fast schon ein wenig neugierig an die Gruppe. Ich war mir immer noch nicht ganz sicher, was ich von alldem halten sollte.
„Im Grunde das Gleiche, wir sind ja nur Projektionen von Menschen im Nervensystem eines anderen Menschen. Nur dass es kein Videospiel ist, sondern bitterer Ernst. Diese Mission ist real, die Gefahr ist real“, antwortete Thauriel dramatisch. „Und ich bin real“, schloss ich ihre Aufzählung.
„Du bist so einzigartig, du musst real sein“, stimmte mir Ballertyp 1 zu. „Das sehe ich mal als Kompliment“, meinte ich lässig. „Wir treffen uns in drei Stunden wieder, kampfbereit“, regelrecht streng sah mich diese Kali an und verschwand dann. Im nächsten Moment folgten ihr auch die anderen, einzig Sirius blieb.
„Ich komme wieder. Ich wünschte, ich müsste nicht gehen“, und da war er wieder, dieser irritierend tiefe Blick. „Man hat immer eine Wahl“, keine Ahnung warum ich das sagte oder warum meine Stimme dabei so bodenlos tief klang. „Man kann die Augen nicht vor der Realität verschließen“, kam er mit einer ebenso nutzlosen Erkenntnis.
Irgendwie schaffte ich es, mich aus diesem Moment wieder loszureißen. „Los, verzieh dich zu deinen Freunden und leb deinen tollen Alltag. Ich komme auch ohne dich gut klar“, distanziert wandte ich mich von ihm ab. „Du gehörst zu meinen Freunden“, und nach diesen Worten sah ich ihn aus dem Augenwinkel einfach verschwinden. Jetzt war ich wieder alleine. Super.
Unschlüssig schlackerte ich mit meinen Armen und stand dumm rum. Eigentlich gab es nichts mehr, das ich tun

konnte. Alle Vorbereitungen waren schon im Gange und mein Ziel, mir mit den Münzen Spaß und leckeres Essen zu finanzieren, hatte ich auch schon erreicht. Genau. Und während ich mein verkorkstes Leben genossen hatte, hatten die Neuro-Hunter alles geregelt.

Ich fühlte mich wie ein Statist. Dabei war das doch meine Mission! Ich war vorangeprescht. Ich hatte gekämpft. Aber jetzt stand ich hier und wartete.

Für einen Moment wollte ich einfach eins der Betten greifen und durch den Raum schleudern oder mit meiner Peitsche zu Kleinholz verarbeiten, was realistischer war. Doch ich tat es nicht. Keine Ahnung wieso.

Stattdessen ließ ich mich schlicht darauf sinken. Ich wollte nur, dass es endlich vorbei war.

Eine ganze Weile saß ich einfach nur da, aber ich hielt es nicht die ganze Zeit aus. Und dann zerstörte ich doch den ganzen Raum. Und ich ging spazieren. Ich fing Streit mit einigen Neuro-Huntern an und hätte mich fast geprügelt. Und ich bekam eine Verwarnung von ein paar Wächter-Gliazellen, weil ich mich auf einen dieser werkenden Klone gestürzt hatte.

Wirklich faszinierend wie lange drei Stunden sein konnten.

Aber am Ende hatte sich die Zeit des Wartens gelohnt. Es war ein epischer Kampf voller Raffinesse und Teamgeist. Ein strategisch perfekt abgestimmtes Zusammenspiel, fast wie ein Tanz. Rekordverdächtig schnell war das gesamte Segment pikobello aufgeräumt und für alle zugänglich.

Nur dumm, dass es nicht unser Kampf war. Ganz genau. Uns war eine andere Gruppe Neuro-Hunter zuvorgekommen. Mies gelaufen.

Wie die größten Helden schritten diese Idioten über den Markt und alle applaudierten ihnen. Also bitte! Mussten die so eine Show abziehen? Aus sicherer Entfernung beobachteten wir diese aufgeblasenen Idioten, die alle die gleiche lässige Straßenkleidung trugen.

Zumindest hatten wir am Anfang eine schön sichere Entfernung, doch dann kam diese Gang direkt auf uns zu. Echt jetzt? Was sollte das noch werden? Unter meiner schwarzen Kapuze verdrehte ich die Augen. Dieses angeberische Gehabe war so überflüssig!
Eine Schar dämlicher Fans folgte den gefeierten Champions, allerdings mit gebührendem Abstand. Entschlossen trat Kali hervor. Alle waren gespannt, was zwischen den Eroberern der letzten zwei Segmente passieren würde.
„Remus", begrüßte Kali den Boss unserer Gegenspieler mit eisiger Höflichkeit. „Kali", erwiderte er überlegen grinsend: „Wie schön, dass ihr auch gekommen seid." „Beeindruckend wie ihr diese so unerwartete Aufgabe gemeistert habt", Kalis Stimme triefte vor Sarkasmus.
„Ja, es war einfach perfekt. So kann das gehen, wenn man seinen Verstand benutzt und eine fähige Gruppe hat. Wenn man das Chaos bedenkt, das ihr veranstaltet habt…", dieser Remus schüttelte nur den Kopf. Nervig.
„So etwas nennt man Kreativität und Individualismus", mischte sich Toxic ein und machte ihrem Namen dabei alle Ehre. „Ihr seht aus wie eine billige Boy-Band. Wir sind echte Neuro-Hunter", stolz richtete sich MC kerzengerade auf oder vielleicht war es auch Vader. Die beiden sahen sich nicht einmal großartig ähnlich, aber für mich waren sie irgendwie eins. Egal. Sollten sie sich doch streiten wie ein Haufen Kinder im Sandkasten.
„Ach ja? Ihr seid armselige Rusher, die sich auf dieses Level pushen gelassen haben", erwiderte der großkotzige Boy-Band-Typ. Plötzlich heftete sich sein Blick genau auf mich: „Es gibt Gerüchte, dass ihr den Boss aus C4 habt."
Erwischt. In der Menge schnappten einige dramatisch nach Luft. Warum mussten Neuro-Hunter immer so pathetisch sein?
„Lasst sie in Ruhe!", schützend stellte sich Sirius vor mich. Wie süß. „Ihr wart dieses Pärchen im Spin-Nerv!", erkannte einer der eintönigen Teammitglieder unserer Gegner, doch

nach einem kleinen Seitenblick von Remus verstummte er sofort und setzte wieder seine überheblich-lässige Miene auf. Was für eine tolle Gruppendynamik.
„Wir sind kein Pärchen“, stellte ich genervt von diesem blöden Gespräch klar. Bedrohlich musterte er mich und forderte mich auf: „Zeig dich.“ „Nö. Hab kein Bock“, weigerte ich mich desinteressiert und der Gute fing richtig an zu brodeln.
„Ihr habt uns nichts zu befehlen! Wir stehen auf einer Stufe und am Ende werdet ihr unsere Stiefel küssen“, ergriff wieder unsere arrogante Anführerin das Wort. „Ihr seid Hacker. Das ist Betrug“, unterstellte mir Remus ganz gefährlich. Oh, gleich fing ich an zu zittern. Die Vorwürfe waren doch schon uralt. Neuro-Hunter waren wirklich immer wieder für ein Déjà-vu gut.
„Ach ja? Und warum hat uns das System nicht blockiert? Wir sind Neuro-Hunter, genau wie ihr. Nein, warte, wir sind nicht wie ihr, wir sind besser“, spielte Kali dieses Überlegenheitsgehabe mit. „Dann habt ihr sicher keine Angst vor einem kleinen Duell. Ich gegen das schüchterne Mädchen da“, forderte mich der selbstbewusste Oberidiot heraus. Alles klar. Die waren echt alle gleich.
Egal ob schmierige Erpresser, noble Ritterorden oder kämpferische Boy-Bands, am Ende schickte ich sie doch alle heim. Diese würden auch nicht länger standhalten und in den Erinnerungen mit all den anderen verschwimmen. Unwichtige, lästige Hindernisse, weiter nichts.
„Auf Wiedersehen“, eiskalt schritt ich einfach an ihnen vorbei. Von denen würde ich mich nicht aufhalten lassen. Nichts würde mich aufhalten…

Kapitel 21

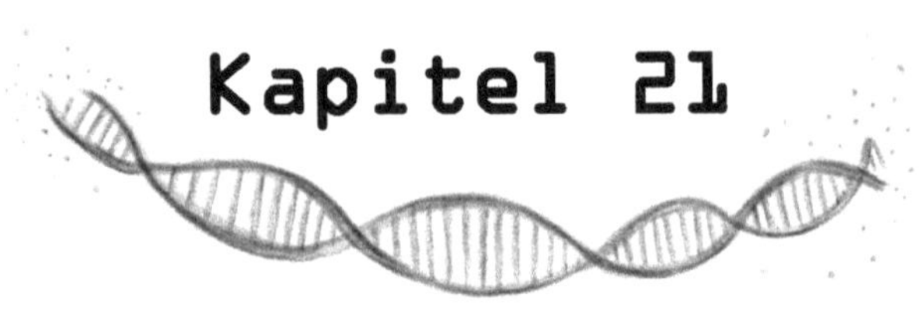

„Fly! Warte! Wo willst du denn hin?“, rief Sirius und lief mir hinterher. „Tractus spinocerebellaris“, gab ich ihm nüchtern als Auskunft und marschierte dabei beständig weiter.
„Oh, die Kleine hat Schiss und ihr Lover läuft ihr hinterher“, hörte ich, wie sich Remus über uns lustig machte. Vielleicht hätte ich ihn doch vorher noch in ein Funkenwölkchen verwandeln sollen, aber jetzt würde ich für diesen Schwachkopf nicht nochmal umdrehen. Das war er mir echt nicht wert.
„Nein. Warte! Wir wissen gar nicht, was uns da erwartet! Wir können nicht einfach so aufbrechen!“, bestimmend griff er mich am Arm und zwang mich damit stehen zu bleiben.
Sofort entriss ich ihm meinen Arm wieder: „Hör mir gut zu. Das ist das letzte Segment. Wenn wir das geschafft haben, klärt sich alles auf. Aber wir wissen nicht, ob das Gehirn so ist wie das Rückenmark. Wir wissen nicht, ob man dort auch herumspazieren kann, sobald die Abwehrmaßnahmen bezwungen sind. Ich will kein Risiko eingehen. Wir müssen die ersten sein. Und ich habe lange genug gewartet.“
„Fly! Das ist doch verrückt! Es bringt dir gar nichts, die erste in diesem Segment zu sein, wenn du es nicht überlebst! Du sagst, du willst kein Risiko eingehen, aber das ist ein gewaltiges Risiko!“, widersprach er mir aufgebracht: „Wir müssen uns vorher vorbereiten und planen und…“
Hitzig unterbrach ich ihn: „Planen und vorbereiten? Dann stehen wir am Ende da wie jetzt! Abgehängt von irgendwelchen Idioten! Das lasse ich nicht zu!“
„Und ich lasse nicht zu, dass du leichtfertig dein Leben riskierst! Du kannst nicht nochmal neustarten! Du hörst auf zu existieren! Das wäre dein Ende!“, er schrie mich regelrecht

an, doch es war keine Wut, es war Angst. Aber das machte keinen Unterschied.
„Ich habe dich nicht um Erlaubnis gebeten. Wenn du nicht mit willst, kannst du auch bleiben“, eisern wandte ich mich von ihm ab und ging weiter. Niemand würde mich aufhalten.
„Nein! Tu das nicht! Fly! FLY!“, schnell hatte er mich wieder eingeholt und sich mir in den Weg gestellt.
„Du und deine Freunde, ihr seid für einen Kampf gerüstet. Vorräte, Waffen, es ist alles da. Hierauf haben wir hingearbeitet. Wenn du diesen letzten Schritt nicht gehen willst, geh mir wenigstens aus dem Weg!“, entschlossen machte ich noch einen Schritt nach vorne.
Wir standen uns verdammt nah, ich konnte fast seinen Atem spüren und doch fühlte ich mich so weit von ihm entfernt. Seite an Seite hatten wir gekämpft und Spaß gehabt, wir hatten das gleiche Ziel verfolgt und jetzt stellte er sich gegen mich.
„Ich will dich doch nur schützen, verdammt nochmal! Wir sind nicht stark genug!“, seine Stimme klang ganz gepresst, sein ganzer Körper war verspannt. Er sah aus, als könnte er mich gleich in Fetzen reißen. „Ich bin stark genug“, verbesserte ich ihn und ließ den Umhang fallen: „Wenn du jemanden beschützen willst, such dir jemand anderes.“
„Fly“, er klang so verzweifelt… Nein! Ich war kurz davor! Ich durfte nicht aufgeben. „Das war’s dann wohl“, meinte ich irgendwie leer und flog auf.
Sirius griff noch nach mir, doch ich war schneller. Es tat weh. Es tat weh, ihn nochmal zu verlieren. Nein. Das war falsch. Man konnte nichts verlieren, das man nie gehabt hatte. Er war nie ein echter Freund gewesen. Er hielt mich für ein Programm und ich war der Schlüssel zum Sieg. Nichts war echt gewesen. Alles an diesem verfluchten Ort war nur eine einzige, große Lüge und ich hatte es beinahe geschafft, die Wahrheit zu erreichen. Ich brauchte sie. Ich musste es wissen.

Unaufhaltsam landete ich auf den verflochtenen Axonen der seitlichen Kleinhirnseitenstrangbahn. Tief atmete ich ein und schloss meine Augen. „FLYYYY!“, schrie er und seine Stimme drohte von all den Gefühlen zu bersten. Nein. Ich war schon zu weit gekommen.
Ohne nochmal zurückzublicken, startete ich meine letzte Reise. Der vertraute elektrische Wirbel erfasste mich. Für einen Moment war ich vollkommen eins mit dem Nervensystem. Na ja, eigentlich war ich schon immer ein Teil des Nervensystems gewesen und ich hatte es verteidigt. Jetzt kämpfte ich dagegen an. Es tat mir leid. Aber ich sah keinen anderen Weg.
Abrupt endete mein harmonisches Dasein als elektrischer Impuls. Sofort wurde ich gebührend begrüßt. Von dem Schlag wurde ich glatt von den Beinen gerissen.
Bevor ich schmerzhaft über den harten Untergrund kullern konnte, fing ich mich mit einem Flügelschlag wieder auf. In meinem Kopf schrillten sämtliche Alarmglocken. Das war keine Warnung mehr, das war eher ein Migräneanfall! Wie sollte ich mich dabei noch konzentrieren?
Oh. Verdammt war das übel, richtig übel. Ein Glioblastom! Die bösartigste, aggressivste Form eines Hirntumors, bei dem sich die Gliazellen unaufhaltsam teilten und immer weiter teilten... Aus der stark deformierten Gliazelle vor mir waren schon acht geworden. Exponentielles Wachstum. So eine Scheiße!
Vielleicht wäre in diesem Fall Vorbereitung wirklich nicht schlecht gewesen. Wenn ich das gewusst hätte, hätte ich sie augenblicklich erledigt und damit die Wurzel des Problems aus der Welt geschafft. BUMM! Gewonnen! Nur war es dafür zu spät und mit jeder Sekunde wurde es schlimmer.
Ich musste sofort reagieren. Planlos schleuderte ich meine Peitsche. Bloß zwei saftige Treffer und die erste Gliazelle war schon hinüber, zumindest glaubte ich, dass es die erste war. Es könnte auch ein Klon gewesen sein. Wie es Klone nun

mal so an sich hatten, sahen sie alle gleich aus und es wurden mehr und mehr.
Ich würde sie nie so schnell töten können, wie sie sich vermehrten. Auf meinen Angriff hin, fingen sie an zu schießen. Flink wirbelte ich durch die Luft und wich den Impulsen aus. Noch war das kein Problem, aber es war nur eine Frage der Zeit, bis es zu viele wurden und ich würde sterben, allein und sinnlos, ohne je die Wahrheit gekannt zu haben. Mieses Schicksal.
Doch bis es so weit war, würde ich kämpfen und meinen Frust an diesem Geschwür auslassen. Wütend schrie ich auf und ließ meine stark geladene Peitsche hinab sausen. Oh ja. Der Schlag hatte gesessen. Die Gliazelle verpuffte, aber mit ihrem letzten Atemzug musste sie sich noch einmal teilen und jetzt standen da zwei. Also hatte ich quasi doch nichts verpuffen gelassen. Unbefriedigend.
Plötzlich waren sie da, Sirius und seine nervigen Freunde. Meine Hinterhörner hatten mich gar nicht vorgewarnt, doch da waren sie, ein bunter Fleck in der düsteren Farblosigkeit der Tumorzellen.
Thauriel zögerte keine Sekunde und nutzte die Spezialfunktion bei ihrem neuen Reflexbogen, um einen Schutzschild um sie aufzuspannen, zumindest auf einer Seite, also ein Bogen, erzeugt vom Reflexbogen. Das klang jetzt verwirrend. Auf jeden Fall waren sie hinter dieser halbseitigen Barriere vom Schlimmsten abgeschirmt.
Allerdings hätte die Bogenschützin ohne mich noch ihr altes Standard-Teil und wäre zu diesem Manöver gar nicht fähig gewesen, somit war es zu großen Teilen mein Verdienst. Nur mal am Rande.
Doch statt ihnen das auf die Nase zu binden, informierte ich sie schnell: „Sehr aggressives Glioblastom. Hohe Mitosenzahl. Extreme Anaplasie.“ „Hätten wir abgewartet, hätten wir den Tumor vor seinem rasanten Wachstum vernichten können!“, warf mir Kali vor.

Anscheinend hatte sie noch nicht gecheckt, dass das wirklich nicht der richtige Zeitpunkt zum Diskutieren war. „Das weiß ich auch, aber wir brauchen eine Lösung für jetzt!“, erwiderte ich und hackte weiter wahllos in die Menge, einfach um etwas zu tun.
„GABBA-Granaten. Wir verlangsamen ihre Teilungsfähigkeit und erkaufen uns Zeit!“, hatte Toxic sogar eine brauchbare Idee. „Nicht darüber reden! Machen!“, schrie ich sie etwas gestresst an. Das war nicht der Augenblick für ein kultiviertes Kaffeekränzchen.
Sofort warf sie die erste und es zeigte Wirkung! Sie teilten sich immer noch weiter, aber nicht mehr ganz so im Turbogang. Nur hatte der Giftpilz einen sehr begrenzten Wurfradius und wir mussten sie alle erwischen.
„Zu mir!“, forderte ich sie hektisch auf. Ohne zu zögern folgte sie auch dieses Mal meiner Anweisung. Ein wahres Wunder! Flink flog ich über das rasant wachsende Glioblastom und warf die lähmenden Granaten ähnlich wie ein Kampfjet.
Unverwandt schossen die mutierten Gliazellen weiter um sich. Einmal erwischten sie sogar eine der Granaten in der Luft und ich hätte um ein Haar nochmal die lästigen Spritzer abbekommen, doch ich konnte gerade noch rechtzeitig ausweichen.
So weit, so gut. Aber ewig würde die Wirkung nicht anhalten und unsere Probleme wurden immer noch größer, nur halt jetzt etwas langsamer.
Angespannt landete ich bei den anderen, die sich immer noch hinter diesem Reflexbogenschild versteckten. „Wir machen es, wie wir es bei C2 geplant hatten“, verkündete Kali völlig aus dem Nichts und total bescheuert. Wir konnten Krebs doch nicht behandeln wie einen fiesen Bandscheibenvorfall!
„Fly. Nutz die Fibroblasten, um alle Zellen miteinander zu verbinden. Dann bündeln wir alle unsere Waffen und killen sie auf einen Schlag“, stellte Kali schnell ihren dummen Plan vor, der tatsächlich funktionieren könnte.

Eilig ließ ich mir von ihr den Kleister geben und drehte die nächste Runde über das schon sehr beachtliche Glioblastom. Hatten wir wirklich genug Schlagkraft, um die alle auf einmal zu eliminieren?
Autsch! Ein Schuss hatte mich am Bein getroffen. Nicht weiter schlimm. Heikel würde es erst werden, wenn diese Spontanaktion nicht aufging und eine Flut solcher Schüsse auf uns einprasselte. Die Bindegewebsmasse, die ich über ihnen verteilt hatte, bildete klebrige Fäden. Ob die überhaupt die Elektrizität leiten würden? Mal sehen.
Plötzlich gab es einen grellen Lichtblitz, die Betonung lag auf Blitz. Das laute Knistern und Zischen purer Energie erfüllte die Luft. Diese Idioten hatten ohne Vorwarnung einfach ihren Angriff ausgeführt.
Dabei hatten sie doch gar nicht wissen können, ob ich fertig war! Was im Übrigen tatsächlich der Fall war. Und ich musste gestehen, ihre Schussvorrichtung war pfiffig. Mit den Ranvierschen Schnürringen hatten sie quasi einen Tunnel gebildet, ähnlich einem echten Axon, der die Impulse beschleunigte. Unter ihrem Arsenal konnte ich das Schwert vom Ritter-Heini ausmachen und ihre üblichen Knarren, allerdings waren die Details im blendenden Licht des konzentrierten Energiestrahls kaum auszumachen.
Dafür konnte ich gut erkennen, dass es zu funktionieren schien. Durch die wuchernden Gliazellen zog eine Welle aus glühenden Funken. Ein wirklich befriedigender Anblick. Jetzt fehlte eigentlich nur noch Popcorn oder eine andere Knabberei.
Scheiße! Plötzlich kam ein Querschläger direkt auf mich zu geschossen. Reflexartig schlug ich kräftig mit den Flügeln. Volle Kanne erwischte er mich. Heiß durchzuckte mich die Energie und mein ganzer Körper verkrampfte sich. Wie ein Stein fiel ich vom Himmel. Hart knallte ich auf den Boden.
Es roch verbrannt. Es roch nach Tod. Vor meinen Augen war alles leicht verschwommen und es zitterte. Babumm. Babumm. War das mein Herzschlag? Verrückt.

„Fly!“, der Schrei kam irgendwie verzerrt bei mir an. Man hatte mich dieser kleine Blitz fertig gemacht! Kein Wunder, dass er das gesamte Glioblastom so schnell pulverisiert hatte.
„Fly! Fly! Fly!“, wiederholte jemand immer wieder meinen Namen, als wäre es sein neues Mantra. Arme schlangen sich um mich. Es war warm. Es fühlte sich gut an.
„Bitte bleib bei mir! Bitte! Du schaffst das! Komm schon!“, redete der Knuddler weiter auf mich ein. Anstrengend hob ich meinen Kopf und sah ihn blinzelnd an. Das hätte ich mir auch denken können.
„Sisi“, krächzte ich mit einem kleinen Lächeln. „Fly!“, jubelte er richtig und drückte mich schmerzhaft fest an sich. Meine Haut fühlte sich ganz dünn und empfindlich an und auch der Rest von mir wirkte wie ein zerbrechliches Klappergestell. Dieser Kampf war so einfach gewesen und hatte mich doch fast vernichtet. Ein Tod durch Dummheit. Das wäre es echt noch gewesen.
„Du zerquetschst mich“, presste ich heiser hervor. Hastig ließ Sirius mich wieder los. Strahlend schaute er auf mich herab und strich mir eine Haarsträhne aus dem Gesicht. „Wenn du dann mal fertig bist, sollten wir ihr vielleicht etwas zur Stärkung geben“, mit diesen Worten kniete sich Thauriel neben mich.
Stimmt. Sie hatte mich auch nach dem Kampf gegen die Alpha-Motoneuronen aufgepäppelt, glaubte ich zumindest. Meine Erinnerungen an dieses Nahtoderlebnis waren doch sehr schwammig.
„Oh! Natürlich!“, stimmte Sirius ihr immer noch so erleichtert zu und wandte sich voller Wärme an mich: „Bald geht es dir wieder besser.“ Unsanft rammte mir die Bogenschützin eine Spritze in den Arm. Der Inhalt kribbelte merkwürdig in meinen Adern. Und schon jagte sie mir die nächste rein. „Schluck das“, grob drückte sie mir dazu noch einige Tabletten in die Hand. Yummie.

„Leute. Da ist noch eine Gliazelle…“, bemerkte MC oder Vader unruhig. Schwer schluckte ich die Pillen und blickte immer noch etwas mitgenommen auf. Ein bisschen Wasser wäre ja ganz nett gewesen. Und wenn wir schon dabei waren, vielleicht auch ein kleiner Hinweis, damit ich rechtzeitig auf Abstand gehen konnte und überhaupt nicht zum Kollateralschaden wurde.
Auf einmal zog sich mein Magen schmerzhaft zusammen. Was war das denn für beschissene Medizin gewesen?! Mit einem Stöhnen krümmte sich auch Sirius. Bei den anderen sah es ebenfalls nicht besser aus. Was?
Verkrampft blickte ich auf. Und da sah ich sie, die letzte Gliazelle, die wie durch ein Wunder überlebt hatte oder sollte ich eher die erste sagen? Ein Rezidiv. Aggressiver als der erste Tumor und noch stärker mutiert. Verdammt. Ich erkannte es. Doch ich erkannte es zu spät…

Kapitel 22

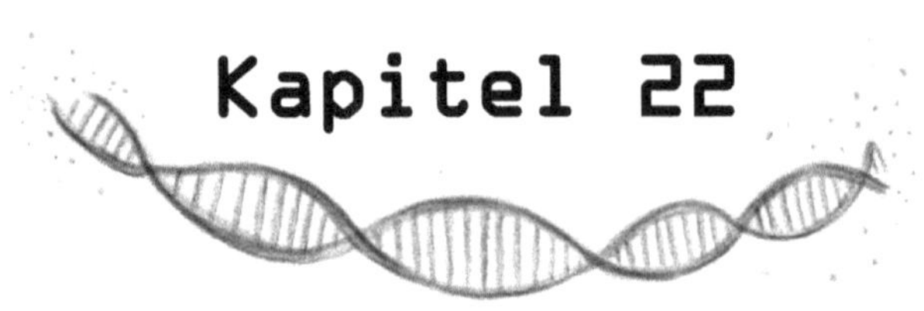

„Angriff!", schrie Kali voller Schmerz. Augenblicklich schossen sie mit allem, was sie hatten, auch den Ranvierschen Schnürringen. „NEIN!", meine Stimme brach weg. Mit aller Macht versuchte ich die Kontrolle über die tödlichen Energiekreise zu bekommen, doch es reichte nicht. Unser Gegner hatte sie.

Die Gliazelle war zu einem Rückenmarksträger mutiert und zwar aus den Segmenten S2-S4 mit zusätzlichen Seitenhörnern, die den Parasymphatikus beherbergten. Ja, eigentlich war das der Ruhenerv des vegetativen Nervensystems, nur nicht für die Eingeweide und es würde sicher auch gar nicht lustig werden, wenn unsere Herz- und Atemfrequenz von ihm schön ruhig bis auf Null gesenkt wurde. Super miese Kampfvoraussetzungen.

Doch Sirius würde davon nichts mehr spüren. Durch die Vorderhörner schickte das Monster die Ranvierschen Schnürringe postwendend zurück. Ich konnte sie nicht aufhalten, nicht mit meiner motorischen Funktion. Aber ich würde ihn nicht sterben lassen.

Blitzschnell zog ich ihn zur Seite. „Mach sie weg!", befahl ich ihm kreischend und schubste ihn erneut aus der Flugbahn. Mir ging es scheiße. Ich war nicht schnell genug. Einer der Ringe streifte ihn an der Hüfte. Laut schrie er auf.

Unbarmherzig kamen sie auf uns zu. Wir hatten keine Chance, nicht so. Verzweifelt griff ich meine Peitsche und spannte sie vor ihm auf. Nein. Die Zeit stand still. Oder zumindest meine Gedanken, mein Leben, alles was Bedeutung hatte.

Sie zerschnitten meine Peitsche. Die Ranvierschen Schnürringe. Einfach so. Und dann gruben sie sich in Sirius Körper. Es fühlte sich an, als würde ich fallen. Aber ich lag schon am Boden. Und doch fiel ich. Ich fiel immer tiefer. Endlos.
Wie hatte das passieren können?
Die Tumorzelle teilte sich wieder. Synchron wirbelten sie mit ihren Neuriten-Peitschen. Und meiner... Sie zielten auf den Schutzschild. Er zerbrach. Sie zielten auf Thauriel. Sie löste sich auf.
„Fly", hustete Sirius und man hörte ihm an, wie viel Kraft es ihn kostete, viel zu viel Kraft. Entsetzt sah ich ihn an. Ich konnte nichts sagen. Ich konnte nichts tun. Ich war vollkommen machtlos.
„Du bist so viel mehr als ein Programm. Die Zeit mit dir... war unglaublich. Du bist unglaublich", brachte er schwerfällig hervor. Er wusste, dass er diesen Kampf nicht überleben würde und ich genauso wenig. Er wusste, dass das hier unser letzter Moment war. Aber ich war noch nicht fertig.
Nilli war zu schnell gestorben und Glia einfach verschwunden, ihn würde ich festhalten. Dieses eine Mal würde ich jemanden retten. Entschlossen tat ich das, was ich nie tun wollte. Ich benutzte meine friedvolle Erinnerung als Waffe: Das Makrophagen-Fragment.
Mit all meiner Kraft schwang ich den übergroßen Seifenblasenstab. Schillernd weißlich breiteten sich die schwebenden Blasen aus. Wenn man sie so sah, wirkten sie vollkommen harmlos, regelrecht freundlich.
Blitzschnell zerschnitt einer unserer mittlerweile wieder sehr zahlreichen Gegner die Blasen, doch das zerstörte sie nicht, sondern machte daraus nur mehrere Kleinere. Sanft berührten sie die unnatürliche Gliazelle.
Sofort spürte ich wie die Energie auf mich übertragen wurde. Es war wie ein Rausch. Mein ganzer Körper war richtig elektrisiert. Atemlos drückte ich Sirius das große Ding in die Hände und zog noch schnell die vier Ranvierschen Schnürringe, die ihn erwischt hatten, aus ihm. Vor Schmerz schrie

er laut auf und auch für mich war es nicht gerade angenehm, in die gebündelte Energie zu greifen. Aber die Dinger mussten eben raus, wenn er wieder heilen sollte.
„Fly!“, schrie Kali schrill und ballerte wild um sich. Die Neuriten zischten zielgenau auf sie zu. Einen Herzschlag später blieben von ihr nur Funken. Sie töteten in aller Seelenruhe einen nach dem anderen, auch wenn sie zweifelsohne auch gleich alle auf einen Schlag auslöschen könnten, aber so ließ sich die gewaltige Macht natürlich besser demonstrieren. Erst einmal die Opfer noch alles versuchen lassen, sie noch ein wenig um ihr Leben kämpfen lassen. Arroganz. Eine berechnete, kühle Arroganz. Sie hätten mir nicht diesen Versuch ermöglichen sollen.
„Benutz den Stab. Saug so viel Energie ab, wie möglich. Wir machen es jetzt auf meine Weise“, gab ich Sirius entschieden Anweisungen. Neben uns löste sich einer der Baller-Männer auf. Eins musste man dem Glioblastom lassen, sie verschwendeten bei ihrer Machtdemonstration keine Zeit.
Immer noch deutlich geschwächt bewegte mein Partner die mächtige Waffe und ein weiterer Rutsch Seifenblasen ploppte auf. Nur würde das noch nicht reichen. „Mach eine große Blase um sie herum!“, ordnete ich ziemlich unter Druck an.
In meinem Kopf war ein Plan, ein irrsinniger Plan, der an irrsinnig vielen Sachen scheitern könnte und der obendrein versprach sehr schmerzhaft zu werden. Als wären der Schwindel von der übertriebenen Senkung meines Pulses und die Bauchkrämpfe nicht schon schlimm genug. Eigentlich war ich gar nicht in der Verfassung für einen Gegenschlag.
„Los jetzt!“, brüllte ich den Verwundeten an. Gebündelt schlugen alle deformierten Rückenmarksträger mit ihren Peitschen zu. Ihr Ziel war Toxic. Im Bruchteil einer Sekunde reagierte ich. Keine Ahnung, woher ich noch diese Geschwindigkeit nahm.
Ich schlang den kläglichen Überrest von meinem Neuriten als Verbindung um Sirius und meine Hand. Mit der anderen griff

ich die tödlichen Nervenfortsätze unserer Gegner. Schlagartig strömte so viel Energie in mich. Ich hatte das Gefühl zu zerreißen, zu verglühen, es war einfach zu viel.
Meine Beine brachen weg, doch ich ließ nicht los. Durch meinen Neuriten bekam ich die Energie, die Sirius von unseren Gegnern abzapfte, der einzige Grund, warum ich dieses irre Manöver überlebt hatte.
Mit einem kleinen, friedlichen „Blop!“ schloss sich die große Blase um sie und Sirius verstärkte beständig die Wirkung. Schon verrückt. Umso mehr sie wurden und umso mehr ihre Kraft wuchs, desto mächtiger wurde auch ich. Es war überwältigend. Der Schmerz, die Energie, die Macht.
Ich stand an einem Abgrund, doch statt zu fallen, flog ich. Es raubte mir den Verstand. Sie wollten mich töten, aber ich war ein Teil von ihnen. Tief sah ich in ihre ausdruckslosen Gesichter, von Geschwüren entstellt und ohne Menschlichkeit. Sie mussten keinen Schmerz spüren, sie hatten nur die klare Macht, sie hatten eine klare Aufgabe, sie hatten einen klaren Platz im Leben. Alles wurde mir klar.
Ich sollte wie sie sein. Ich sollte an ihrer Seite sein. Ich war ein Wächter. Ich hatte keine Menschlichkeit. Alles brannte. Ein Kreislauf der Energie, der mich auszehrte. Es wäre so leicht sich darin zu verlieren, schlussendlich den Platz einzunehmen, für den ich bestimmt war…
„Fly! Tu es!“, schrie Sirius und drückte meine Hand ganz fest. Mühsam hob ich den Blick zu ihm. Da stand er, dieser verrückte Kerl, der all die ätzenden Zweifel erst ins Rollen gebracht hatte. Und in seiner Hand hielt er diese überdrehte Waffe, die so gut zu Nilli und unserem gemeinsamen Spaß passte.
Dumpf spürte ich all die Erinnerungen in meinem gegrillten Hirn. Mit einer Hand klammerte ich mich an ihn, mit der anderen an die Rückenmarksträger. Ich saß voll zwischen den Stühlen. Zu keinem von ihnen gehörte ich wirklich. Aber ich hatte mir auch ein klares Ziel gesetzt und es wäre doch nur konsequent, weiter daran zu arbeiten.

Tut mir leid. Aus die Maus.
Laut schrie ich auf, ein Schrei in dem einfach alles steckte, die vernichtende Qual, die Einsamkeit, die Verzweiflung, die Ungewissheit, alles was mich irgendwie antrieb. Ich krallte mich so fest an Sirius Hand, dass es mich nicht wundern würde, wenn ich sie ihm brach. Mit aller Gewalt schickte ich die Energie zurück.
Ausgebrannt kippte ich nach vorne oder hinten? Keine Ahnung. Aber da war Wärme und Zärtlichkeit. Mir tat einfach alles weh und ich hatte keinen Schimmer, auf welchem Planeten ich war. Doch das war in Ordnung. Irgendwie war alles in Ordnung. Etwas berührte meine Hände. Es kribbelte. Überall fing es an zu kribbeln. Und es brannte. Autsch.
Langsam kam der Schmerz zurück. Von mir aus hätte diese friedliche Benommenheit noch einen Moment länger dauern können. Obwohl... Eigentlich wollte ich schon sehen, was ich mit dieser krassen Aktion erreicht hatte. Immerhin hatte ich den Endgegner quasi im Alleingang gekillt. Jetzt wollte ich auch eine Belohnung haben.
Wehe es gab noch ein Rezidiv. Darauf hätte ich ja überhaupt keinen Bock.
„Fly!“, Sirius Stimme sprudelte über vor Glück. Sanft griff er meine Hand. „Du hast es geschafft! Du lebst!“, er sprach diese Worte aus, als wären sie das größte Geschenk der Welt, als wäre ich das größte Geschenk der Welt... Allerdings war ich noch zu schwach, um darauf etwas Flottes zu erwidern.
Auf den beiden Segmenten, die wir erobert hatten, wäre ich fast draufgegangen. Wenn ich so darüber nachdachte, war es wirklich ein Wunder, dass ich noch lebte. Das konnte man ja nicht von allen aus unserem Team sagen, aber die waren auch nicht so wichtig.
„Wir können sie doch auch einfach tragen“, mischte sich Toxic ungeduldig in dieses Wunder von einem Moment. Wieso hatte ich das Glioblastom eigentlich nicht noch vorher sie töten lassen?

„Nein. Sie soll es richtig miterleben. Sie hat uns diesen Sieg erkämpft. Sie hat das verdient“, setzte sich Sirius süß für mich ein. „Du behandelst sie, als wäre sie der Stern der Welt. Aber sie gehört nicht in unsere Welt! Sie wird nie wirklich ein Teil von uns sein... Vielleicht sollten wir uns endlich von ihr befreien. Jetzt brauchen wir sie nicht mehr“, nahm der Redebeitrag vom Giftzwerg eine sehr ungünstige Wendung.
Verdammt! Ich war völlig wehrlos.
„Toxic! Das kannst du doch nicht ernst meinen! Wir sind ein Team!“, setzte sich überraschend der übrig gebliebene Gewehr-Typ für mich ein. „Sie ist kein Mensch!“, entgegnete die Granaten-Lady beunruhigend überzeugt.
„Und sie zu töten, nachdem sie für uns alle fast gestorben wäre, ist menschlich? Sie hat dein Leben gerettet. Ohne sie würdest du jetzt nicht hier stehen, niemand von uns. Es ist egal was sie ist, was sie getan hat, spricht klar für sie. Sie hat ein Recht hierauf. Und wenn du sie loswerden willst, musst du zuerst mich töten“, Sirius Stimme klang so fest und entschlossen... Er würde mich beschützen...
Ich brauchte doch gar keinen Beschützer! Mit aller Kraft schlug ich die Augen auf, was leider nur für die Zeitlupen-Version dieses Momentes reichte und krächzte: „Wenn ihr dann fertig seid, würde ich gerne ins Gehirn aufbrechen.“
„Fly“, wieder sprach er meinen Namen so... überfüllt mit positiven Emotionen aus. „Sisi“, sorgte ich für ein kleines Déjàvu. Warm lächelte er mich an. „Ernsthaft? Hör auf mit ihr zu flirten, du Spinner! Legen wir endlich los!“, gab die Giftspritze genervt von sich.
„Ist es für dich in Ordnung, wenn ich dich trage?“, fragte mich Sirius rücksichtsvoll. „Dieses eine Mal“, erlaubte ich ihm gespielt eitel, auch wenn das Schelmische bei meinem miesen Zustand ein wenig unterging. Und es entsprach sowieso nicht der Wahrheit. Er hatte mich ja schon einmal getragen...
Irgendwie neigte er dazu, in meinen schwachen Momenten bei mir zu sein. Nicht so toll. Aber darüber wollte ich mir

gerade keine Gedanken machen, es gab hier weitaus Wichtigeres.
Behutsam hob Sirius mich auf und trug mich genau in die Mitte des Segments. Dieses Mal war es anders. Es war keine bestimmte afferente Bahn. Es war auch nicht dieser ruckartige, gewaltige Energiefluss, der einen mitriss. Stattdessen war es eher ein sanfter, verwaschener Übergang, als würden wir geradezu schweben…

Kapitel 23

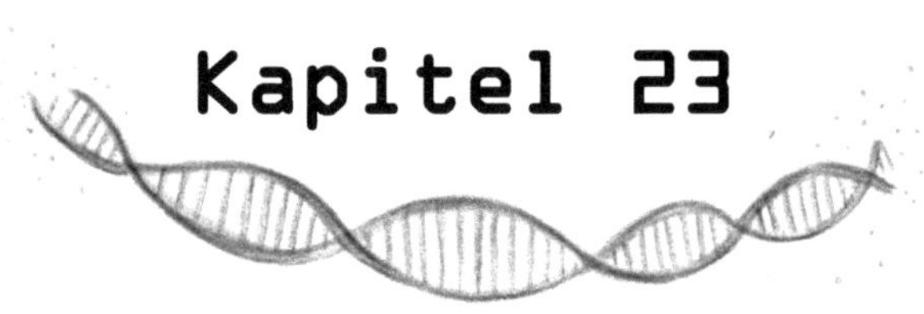

Langsam löste sich die klare Trennung von grauer und weißer Substanz auf und verwandelte sich in ein wirres Geflecht aus Zellkernen und Nervenfortsätzen, das mich ein wenig an den Dendriten-Dschungel erinnerte. Doch das hier war etwas ganz Anderes.

Hier zeigte sich die Formatio reticularis, die netzartige Anordnung, die für den Hirnstamm typisch war. Und dort! Diese Knotenpunkte! Das mussten Nuclei sein, Kerngebiete, die Zentren für bestimmte Aufgaben bildeten. Faszinierend.

Auf einmal stoppte unsere Tour durch die komplexe Schaltzentrale abrupt und auf welchem Kerngebiet landeten wir? Ausgerechnet einem der vier Nuclei vestibularis, die für das Gleichgewicht verantwortlich waren. Sofort fing sich alles an zu drehen. Es wankte hin und her und alles wurde hoch und tief.

Taumelte auch Sirius oder bildete ich mir das nur ein? Plötzlich sackten wir ein Stück ab und ich fiel auf den Boden. Er hatte sich also wirklich bewegt.

„Fly? Geht es dir gut?", wollte er sofort besorgt von mir wissen und fing an zu würgen. Auch mir wurde speiübel. Natürlich, die Area postrema lag in der Nähe der Gleichgewichtszentren. Wir waren auf dem Brechzentrum gelandet. Das wurde ja immer besser.

Schlagartig hörte der Würgereiz wieder auf, nur ein bisschen flau war mir noch.

Irritiert sah ich auf. „Gern geschehen", meinte Toxic trocken und richtete sich auf. Aha. Dann hatte sie wahrscheinlich mit ihren GABBA-Granaten, die Area postrema lahm gelegt, eigentlich ziemlich pfiffig.

„Was soll das? Ich dachte nach C1 geht es direkt ins Gehirn", verständnislos schaute sich Mister Gewehr um.
„Wir sind ja auch im Gehirn. Das ist das verlängerte Rückenmark, die Medulla oblongata", verbesserte ich ihn ebenfalls ordentlich enttäuscht.
Dass wir jetzt hier am unteren Ende des Hirnstamms standen, konnte nur eines bedeuten...
„Das ist wohl das nächste Level. Wir müssen uns noch bis zum Großhirn vorkämpfen", sprach Sirius meine Befürchtung aus. Also ein Trip durch den Hirnstamm, vielleicht noch das Kleinhirn und dann das Zwischenhirn, beziehungsweise dem Thalamus als das Tor zum Bewusstsein, was sicher kein Zuckerschlecken werden würde.
Wir waren mit den Herausforderungen des Rückenmarks doch schon kaum fertig geworden! Wie sollten wir das schaffen?!
„Hier muss es auch irgendwo sichere Bereiche geben. Sowas wie Märkte, um Vorräte aufzustocken", suchend blickte sich Toxic um, aber was wollte sie in diesem Nervenchaos schon entdecken? Hier gab es nur ganz viele verflochtene Nervenzellen und halt die dicken Knoten, von denen wir uns lieber fern hielten.
Die Kerngebiete hier in der Nähe waren sicher die anderen vier Gleichgewichtszentren und der Nucleus solitarius, auf dem die Geschmacksbahn verschaltet wurde. Das klang ja nicht so schlimm, allerdings wurde dort auch der Blutdruck reguliert, was schnell unschön werden konnte.
Außerdem musste hier noch irgendwo das Atemzentrum sein. Mit dem wollte ich auch den Kontakt vermeiden. Unsere Begegnung eben mit den mutierten Gliazellen hatte mir bei Weitem gereicht, was das Rumpfuschen in meinem Kreislauf anging.
Dummerweise gab es für solche Angriffe hier jede Menge Potenzial, von den Reflexen ganz zu schweigen. Blöder Hirnstamm! Das war ein regelrechtes Minenfeld!

„Wartet! Seht ihr das dahinten? Die dicken Stränge? Ich glaube, das ist die Pyramidenbahn. Wir sollten ihr folgen. Sie führt auf jeden Fall nach oben und ich könnte mir gut vorstellen, dass bei der Pyramidenbahnkreuzung etwas Besonderes ist“, erwies sich der Baller-Mann tatsächlich als nützlich.
„Wie heißt du eigentlich?“, fragte ich offen nach seinem Namen. Gekränkt sackten seine Mundwinkel nach unten: „Das weißt du nicht?“
„Vader, MC ist gestorben“, antwortete Sirius für ihn. „Danke Sisi“, frech grinste ich ihn an und er rollte daraufhin nur mit den Augen.
„Wir sollten diesem Plan lieber folgen, statt herumzualbern. Die GABBA-Granaten werden die Area postrema nicht ewig ausschalten“, mischte sich Toxic todernst ein. Spaßverderberin.
„Dann mal viel Spaß beim Klettern“, mit diesen Worten flatterte ich zugegebenermaßen etwas wacklig in die Luft. Von dem Kampf war ich immer noch ordentlich angeschlagen und ich hatte nicht das Gefühl, dass ich so schnell Erholung bekommen würde.
„Das ist unfair“, beschwerte sich Sisi absichtlich kindisch. „Kommt schon meine Äffchen, wir müssen ganz nach oben“, feuerte ich sie frech an. „Du machst dich zum Affen“, konterte er ein wenig einfallslos, aber das machte er mit seinem Grinsen wett.
„Fang mich doch, Äffchen“, forderte ich ihn viel zu gutgelaunt auf. Meine Peitsche war futsch, ein Teil meiner Existenz und ich dachte nicht einmal daran. Vielleicht hatte ich mich nach allem einfach an Verlust gewöhnt. Vielleicht lag es aber auch nicht an mir, sondern an ihm...
Aufgekratzt griff er nach dem nächstbesten Axon, das wie eine Liane im Dschungel einfach so rumhing. Plötzlich verdrehte er die Augen und kippte nach vorne. Sofort schnellte ich nach unten und schlang meine Arme um ihn.
Ich war fast zu schwach, um selbst zu fliegen, ich konnte nicht auch noch Zusatzgewicht tragen.

Irgendwie schaffte ich es, unseren Sturz zu einem etwas dickeren Zellkörper zu retten, kaum groß genug um nebeneinander zu stehen und glücklicherweise ohne eine Kostprobe der Hirnstammfunktionen. Dieser Nerv hatte Sirius einmal ordentlich den Kreislauf weggeknipst.
„Fly“, murmelte er und stützte sich auf mich. Das schien sein neues Lieblingswort zu sein, besonders gerne, wenn alles schief lief.
Allerdings hätte das hier noch weitaus schlimmer kommen können, zum Beispiel wenn sein Kreislauf dauerhaft geschädigt worden wäre und wir an ihm als Komapatienten anschaulich die Hirnstammreflexe hätten testen können. Oh man, darauf hätte ich echt gar keinen Bock!
Die Frage war nur, wie wir durch dieses Killer-Netz nach oben kommen wollten. Ich hatte nicht die Kraft sie zu shuttlen und wir hatten nicht die Zeit zu warten bis ich wieder die Kraft hatte.
Noch war der Wettlauf nicht gewonnen, noch konnten die anderen Neuro-Hunter uns kinderleicht alles nehmen. Na ja, vielleicht nicht kinderleicht, aber es konnte schnell gehen und darum mussten wir schneller sein.
Angestrengt dachte ich nach und sah zu Sirius. Keine Ahnung warum ausgerechnet zu ihm. Er würde nicht die Lösung haben und ein wirkliches Problem war er auch nicht. Eigentlich war er einfach nur da, regelrecht bedeutungslos. Und trotzdem hatte ich ihn mit dem Makrophagen-Fragment gerettet, das Nilli gehören sollte…
Schlagartig wusste ich, was zu tun war.
„Habt ihr irgendwelche Farbmittel? Vielleicht Leuchtgeschosse? Irgendwas?“, fragte ich die kläglichen Überreste des Teams.
„Ja, wir haben Leuchtgeschosse. Warum?“, kam Vaders Stimme von oben.
„Schießt auf die Axone und Dendriten. Wenn das Leuchtmittel weitergeleitet wird, sehen wir, ob es afferente oder efferente Fasern sind. Afferente können wir nutzen, um uns

höher zu bringen", erklärte ich meinen Plan. Schnell und einfach.
Immer noch ungesund blass im Gesicht zückte Sirius ein Gewehr und feuerte den ersten glühenden Schuss ab. Knapp flog das Geschoss an einem dicken Nervenstrang vor uns vorbei und traf zufällig weiter hinten einen Nervenfortsatz, der das bläuliche Leuchten nach unten fließen ließ. Efferent.
„Du schießt scheiße", kommentierte ich überflüssigerweise.
„Das tut mir aber leid", erwiderte er sarkastisch. Fleißig ballerte Vader über uns. Alles fing an zu glühen.
Ich konnte mit meinen Augen kaum die Richtungen verfolgen. Da waren sicher auch schon ein paar aufsteigende Fasern dabei, aber diese ganzen kleinen Dinger brachten sowieso nicht so viel. Am besten wäre so eine richtig dicke Nervenbahn…
„Woher weißt du eigentlich das alles?", wollte Sirius unvermittelt von mir wissen. Irgendwas an dem Klang seiner Stimme war merkwürdig, fast so als würde er etwas Fremdes in mir sehen… Das war dumm.
„Im Dendriten-Dschungel habe ich es bei einer Power-up-Jagd schon einmal so gemacht. Nilli und ich haben mit dieser Strategie eine Synapsen-Kapsel gewonnen", gab ich ihm ganz offen Auskunft.
Warum sollte ich auch lügen oder abblocken? Es war nichts Neues, dass ich nicht allwissend war und irgendwie kam die Wahrheit halt einfach so aus mir raus.
„Wieso hast du die Synapsen-Kapsel nicht eben für dich genutzt? Wir dachten doch alle, es wäre das Ende. Du hättest dich damit sicher retten können", fing Sirius mal wieder an unangenehme Fragen zu stellen. Eine ganz schlechte Angewohnheit von ihm und momentan war auch ein ganz schlechter Zeitpunkt dafür.
„Die absolute Defensive hätte mir auch nichts gebracht. Das war die richtige Entscheidung. Wir haben doch überlebt", zog ich mir eine tolle Begründung an den Haaren herbei.

„Und das hast du alles in so kurzer Zeit durchdacht?“, ließ die Nervensäge nicht locker. „Ja“, brachte ich eine glatte Lüge. „Das stimmt nicht“, deckte er hartnäckig auf. „Vielleicht bin ich schlauer als du denkst“, konterte ich einfach nur. „Das stimmt wahrscheinlich schon“, gestand er mit einem kleinen Lächeln ein.

„Da! Das muss der Fasciculus cuneatus sein! Ich glaub, da oben sind die Erhebungen der Bahnen für die Extremitäten und das sieht wie die äußere aus“, musste Toxic ihre Entdeckung auch noch mit Anatomiewissen begründen.

Als wüsste ich nicht, dass der Fasciculus cuneatus die Informationen der Arme leitete und seitlich an den Fasciculus gracilis, für die Beine, anschloss. War ja auch logisch, dass der Fasciculus cuneatus und damit auch sein Ende am Tuberculum cuneatum weiter außen lag. Diese Bahnen kamen ja auch erst auf Höhe von Th3 dazu, weiter unten brauchte es eben keine Arminformationen. Immerhin war das meine Welt. Die ich mit meinen Verhalten verriet…

„Dann klettert dahin. Es ist ja nicht weit“, meinte ich ein wenig missmutig und flatterte wieder in die Luft. Dabei achtete ich schön darauf, dass ich nicht aus Versehen einen der tückischen Axone streifte.

„Und was, wenn uns das gleiche wie Sirius passiert?“, wandte Mister Gewehr feige ein.

„Das Risiko müsst ihr wohl eingehen! Ich kann euch nicht bei jedem Problem den roten Teppich ausrollen“, entgegnete ich ungerührt. Eigentlich wäre es fast schon gerecht, wenn sie auch einmal was einstecken mussten. Auf dieser Reise hatte ich es schon oft genug abgekriegt.

„Vielleicht habe ich eine Idee“, meldete sich Sirius unvermittelt zu Wort. Überrascht sah ich zu ihm. Er war nützlich?

„Mit den Neuriten-Peitschen von den Tumorzellen können wir uns doch bis zu der Hinterstrangbahn schwingen. Wenn wir sie dabei geladen halten, sollte uns das vor Impulsen aus den Axonen schützen. Das wäre so ein bisschen wie bei Tarzan“, meinte er optimistisch und an mich gewandt fügte

er mit einem kleinen Lächeln hinzu: „Du hast mich auf die Idee gebracht, als du vom Dendriten-Dschungel erzählt hast."
Wir inspirierten uns also gegenseitig zu spektakulären Ideen. Wie romantisch. Allerdings wurde ich gerade in erster Linie schmerzlich daran erinnert, dass von meinen eigenen Neuriten nur noch ein Stümmelchen da war.
Flink rüsteten sich alle drei mit den tödlichen Waffen aus. Das klare Leuchten ihrer Elektrizität... Fiese Nostalgie.
Genau wie Sirius es geplant hatte, setzten sie es auch um. Sie kamen gut voran mit ihrer Tarzan-Technik. Ich musste mich richtig ranhalten, damit sie mich nicht abhängten. Als wir die afferente Bahn der Arme aus dem Rückenmark erreichten, stockte Vader: „Sollen wir nicht vielleicht lieber einfach so der Pyramidenbahn nach oben folgen? Wer weiß, was für Fallen noch im Fasciculus cuneatus warten. So hat es doch ganz gut geklappt."
„Fallen sind Möglichkeiten. Selbst wenn dort irgendwelche Kämpfe sind, können wir Ausrüstung, Münzen und Erfahrungspunkte für unsere Reise gewinnen. Und wir müssen uns verbessern", argumentierte Toxic selbstüberzeugt: „Wann bist du so ein Angsthase geworden?"
„Wieso müssen wir immer den schwierigen Weg gehen? Wir könnten es auch leicht haben", sträubte sich der Baller-Mann noch. Faszinierend, ich hätte ihn ja für jemanden gehalten, der sofort auf solche Egosprüche ansprang.
„Fly sollte entscheiden. Ihre Entscheidungen haben uns so weit gebracht", wandte sich Sirius unvermittelt an mich. Das war ja ein ganz neuer Wind. Schlagartig wurde Toxics Gesichtsausdruck wieder hochgradig sauertöpfisch, Vader sah tatsächlich ziemlich ängstlich und gehetzt aus und Sirius war ein Paradebeispiel an Unterstützung und Vertrauen. Eigentlich müsste ich ja schon alleine aus Prinzip sagen, dass wir den einfachen Weg nehmen sollten, schlicht um der Giftspritze zu widersprechen, aber so sehr es mich auch wurmte, ich stimmte ihr zu.

Der Fasciculus cuneatus fühlte sich wie der richtige Weg an, sicher würde auch der andere irgendwie gehen, vielleicht sogar ungefährlicher, doch das hier kam mir geradliniger vor, direkter. Keine Ahnung woher genau dieses Gefühl kam, aber ich war bereit, mich darauf einzulassen. Wohl oder übel auf Leben und Tod.

„Der Fasciculus cuneatus“, verkündete ich kurz und schmerzlos und berührte kurzerhand die immer noch glühende Struktur. Augenblicklich erfasste mich der altbekannte Strom der Energie, der versprach mich in unbekannte Höhen zu bringen.

Kapitel 24

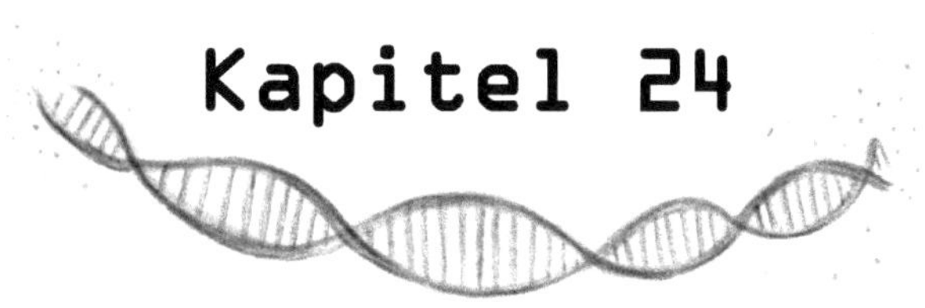

Auf die gewohnt abrupte Art endete unsere tolle, nervale Abkürzung wieder. Was jedoch weniger gewohnt war, war dass meine Beine einfach so wegknickten, genau wie bei den anderen. Querschnittsgelähmt lagen wir auf dem hellen Boden aus weißer Substanz, beziehungsweise gebündelten Nervenzellenfortsätzen. Sie bildeten hier einen sanften Hügel, der eigentlich ganz harmlos wirkte.
Klar. Das Tuberculum cuneatum. Und weil hier die afferenten Bahnen des Rückenmarks für die obere Extremität endeten, gab es wohl keine Beinfunktion. Logisch aber nervig.
Aus dem Nichts bildeten sich Mikroglia, also die typischen Gliazellen für die Verteidigung. „Sirius! Aktivier die Ranvierschen Schnürringe!“, befahl ich dem Häufchen Elend neben mir.
Brav tat er es und ich übernahm gleich die Kontrolle. Mit der Kraft meiner Gedanken oder genauer gesagt meiner Vorderhörner nutzte ich die mächtigen Waffen, um die Gliazellen auf Abstand zu halten und wahlweise auch zu töten. Währenddessen robbten wir wirklich dämlich über den Boden. Vielleicht wäre Vaders Plan doch keine so schlechte Idee gewesen. Wenigstens waren unsere Gegner nicht so stark, eher lästig.
Mühselig erreichten wir den Übergang zum nächsten Hügel, der von außerhalb betrachtet weiter innen lag: Tuberculum gracilis. Augenblicklich kam wieder Leben in unsere Beine, dafür wurden unsere Arme ausgeschaltet. Zum Kämpfen eigentlich noch mieser, aber die Ranvierschen Schnürringe funktionierten ja super ohne alles und so bestand unsere

größte Herausforderung darin, ohne Armunterstützung aufzustehen.
Ich konnte nicht einmal mit meinen Flügeln etwas nachhelfen! Am Ende lösten Sirius und ich es, indem wir uns ganz komisch Rücken an Rücken hochdrückten, keine Ahnung was genau wir da machten. Und die anderen beiden drehten sich seltsam im Kreis bis sie auch irgendwie standen.
Mit schlackernden Armen liefen wir dann noch ziemlich problemlos bis ganz zur Mitte und was erwartete uns dort? Der klaffende Eingang einer Pyramide, die etwas schief in all den Nervenzellen der Formatio reticularis hing und trotz ihrer beachtlichen Größe gut getarnt war. Wirklich Sinn ergab das allerdings nicht. Wie es der Name schon sagte, verliefen die Hinterstrangbahnen hinten, also auf der Seite des Rückens und die Pyramidenbahn war vorne und seitlich. Aber egal.
Ich hatte nichts dagegen, schnell voran zu kommen. Die erste Hürde hatten wir ja schon ohne krasse Schwierigkeiten gemeistert. Hoffentlich blieb es so.
„Die Pyramidenbahn führt doch eigentlich nach unten. Es sind doch motorische Reize vom Gehirn an die Muskeln. Eigentlich würde es keinen Sinn machen, da rein zu gehen“, spielte Vader wieder den Angsthasen. Vorher war er doch nie so feige gewesen oder vielleicht hatte ich auch einfach zu wenig auf ihn geachtet. Jetzt mit unserer geschrumpften Gruppe war das unmöglich und er ging mir gehörig auf den Keks.
„Du hast nichts zu verlieren. Entweder ist das hier eine Mission, die absolut nichts wert ist, wenn sie nicht zu Ende geführt wird oder es ist nur ein Spiel, das so oder so nichts zählt. Also jammere nicht rum und zieh es durch“, rückte ich meinem nervigen Waffenbruder den Kopf zurecht.
„Ich werde an deiner Seite bleiben“, versprach mir Sirius mit ganz tiefgründiger Stimme, obwohl ich gar nicht mit ihm geredet hatte. Ein Haufen Idioten, Neuro-Hunter eben.
„Dann bringen wir es hinter uns“, ohne lange zu fackeln, machte ich den entscheidenden Schritt nach vorne und ließ

mich durch die düstere Öffnung fallen. Artig begleiteten mich die Ranvierschen Schnürringe und mit ihrer bläulichen Elektrizität spendeten sie ein wenig Licht. Mein Sturz war nicht tief.
Locker landete ich auf einem Steinboden, der ebenso wie das ganze Bauwerk eine merkliche Schräge aufwies. Es roch alt und verlassen, wie ein Ort an dem sich Mumien und Geisterwesen rumtrieben, nichts was zu der komplex wissenschaftlichen Welt des Nervensystems passte.
Generell wirkte das Gehirn nochmal wie eine ganz andere Welt, irgendwie wilder und undurchschaubarer, dabei war beides ein Teil des zentralen Nervensystems, eine Einheit.
Mit einem dumpfen Geräusch landete Toxic neben mir, in ihrer Hand hielt sie ein grell-lila Knicklicht, das von den unebenen Kanten der Steine ein verwirrendes Schattenmuster zeichnete. Nur einen Herzschlag später hätte mich Sirius bei seinem Sprung beinahe platt gemacht. Manchmal übertrieb er es echt mit der Nähe.
Die Schlussleuchte bildete schließlich Vader. Wir waren komplett. Wachsam sah ich mich um und machte einen vorsichtigen ersten Schritt. Vielleicht gab es hier ja Fallen, irgendetwas Uraltes. Meine Hinterhörner nahmen keine Gefahr wahr, allerdings war ich mir nicht ganz sicher, ob ich ihnen in diesem Fall vertrauen konnte…
Nach diesem ersten Schritt geschah zumindest nichts. Doch es könnte immer noch beim zweiten Schritt sein oder dritten oder vierten… einfach jederzeit. Und wir konnten nicht ganz behutsam Schrittchen für Schrittchen vorgehen.
„Wie wäre es mit einer prophylaktischen GABBA-Granate?“, schlug ich locker vor, auch wenn es sich so falsch anfühlte, an diesem gespenstigen Ort normal zu reden, selbst ein Flüstern wäre zu laut gewesen.
„Mein Vorrat ist nicht endlos“, erwiderte sie giftig: „Geh du doch vor. Du steckst doch haufenweise Treffer ein ohne Probleme.“ Aha, mehrmals an der Grenze zum Tod zu stehen, war also ohne Probleme.

„Schicken wir doch Vader. Er hat von uns allen am wenigstens Nutzen", entgegnete ich und verschränkte herausfordernd die Arme vor der Brust. „Ey!", protestierte der Angsthase natürlich sofort.
„Wir schicken niemanden als Fallentester vor", spielte Sirius mal wieder den besonnenen Vermittler. Ja, wir alle hatten unsere Rollen. Ich wollte das nicht mehr. Ich wollte endlich am Ziel sein. Ich wollte endlich frei sein, frei von den Lügen und der Unwissenheit und all den Kämpfen, die sich endlos aneinander reihten.
Dann würde ich jetzt mal aus meiner Rolle ausbrechen und in den Kamikaze-Modus gehen, was bei meinem riskanten Verhalten in letzter Zeit vielleicht doch nicht so neu war. Doch bevor ich meinen Fuß wieder absetzen konnte, hielt mich Sirius zurück.
„Warte. Ich hab vielleicht eine Lösung", sagte er sanft und schickte lauter schillernde Seifenblasen in den Tunnel. Plop. Grelle Pfeile schossen aus den Wänden. Plop. Der Boden öffnete sich für einen sicher weniger angenehmen Sturz. Plop. Plop. Plop. Ein feines Netz aus messerscharfen Fäden, das kaum sichtbar den Durchgang versperrte und die übrigen Blasen killte.
War das schon alles? Diese Fallen waren echt ordentlich altmodisch und nicht schwer zu umgehen. Aber ich sollte mich nicht beschweren. Und wer wusste schon, was diese Pyramide noch so für Überraschungen bereit hielt...
Vorsichtig folgten wir dem Weg der Seifenblasen, nur halt ohne die Auslöser zu berühren. Das tödliche Geflecht ließen wir mit einer Überdosis Energie durchbrennen. Das funktionierte ganz gut, auch wenn dabei unsere letzten Generatoren abdankten, immer noch besser, als unsere wertvollen Waffen womöglich zu zerschnippeln.
Nach dem Netz wandte Sirius wieder seinen Kindergeburtstags-Trick an. Allerdings lösten die friedlich wirkenden Blasen dieses Mal keine Fallen aus. Da war ganz klar etwas faul. Das eben konnte einfach noch nicht alles gewesen sein.

Misstrauisch schickte mein Gefährte den nächsten Stoß Blasen los. Immer noch nichts. Plötzlich stieß mich jemand in den Rücken. Meine Hinterhörner kribbelten erst in dem Moment, als es geschah. Eine spontane Aktion also. Machte es auch nicht besser.

Unvorbereitet stürzte ich nach vorne und landete auf dem steinernen Boden. Angespannt hielt ich den Atem an. Ich war bereit für Schmerz und Kampf. Aber es kam weder das eine noch das andere. Der Gang schien tatsächlich sauber zu sein. Fast schon ein wenig irritiert stützte ich mich auf.

„Fly! Alles in Ordnung?“, wollte Sisi sofort von mir wissen, sein Gesicht war wieder so besorgt. „Wenn du immer so guckst, kriegst du noch Falten“, erwiderte ich frech: „Und ohne dein schönes Gesicht, was bleibt dir dann noch?“ Moment mal. Hatte ich sein Gesicht gerade schön genannt?

Zum Glück war er gerade zu sehr mit etwas Anderem beschäftigt, um das zu bemerken: Wut. „Was sollte das?! Was, wenn es eine Falle gegeben hätte?!“, fuhr er Toxic an und knallte sie dabei gegen die Wand. Der Gute konnte ja auch ordentlich aufbrausend sein. Irgendwie war es komisch, dass dieser ungezügelte Zorn für mich war.

„Es gab keine Falle und ich glaube hier sind auch sonst keine mehr“, blieb ich mal ganz rational. Doch Toxic würde ich in Zukunft mehr im Auge behalten. Dass sie von mir nichts hielt, war ja schon klar gewesen, aber dass sie ihren Worten so leichtfertig Taten folgen lassen würde… Ich musste aufpassen.

„Und was, wenn uns dieser erste Schritt nur in Sicherheit wägen sollte?“, zeigte sich Vader immer noch so nervig übervorsichtig. Irgendwie hatte ich das Gefühl, dass sich die Charaktereigenschaften von jedem umso extremer zeigten, desto höher wir kamen. Es ging ständig um alles oder nichts und es wurde immer mehr, was man verlieren konnte. Nur für mich zählte das nicht. Ich hatte längst alles verloren.

„Schwächelt jetzt nicht auf den letzten paar Metern“, verlangte ich von meiner durchwachsenen Gruppe und schritt

mit gutem Vorbild voran. Scharf zog Sirius hinter mir die Luft ein, doch ich löste keine Falle aus, mein Gefühl hatte mich nicht getäuscht.
Noch etwas zögerlich folgten mir die anderen. Selbstbewusst erreichte ich den Bereich, wo sich der Gang in der Dunkelheit verlor. Plötzlich wurde diese undurchdringliche Finsternis erleuchtet und vor uns lag exakt der gleiche Wegabschnitt, den wir eben schon zurückgelegt hatten.
Nein, es war nicht ganz identisch. Die Steinplatten leuchteten in einer bestimmten Reihenfolge bunt auf und erloschen wieder und an den Wänden flackerte für einen Wimpernschlag etwas wie Hieroglyphen. Nur was genau hatte das zu bedeuten?
Probeweise machte ich noch einen Schritt und bekam prompt einen elektrischen Schlag, nicht tödlich aber auch alles andere als angenehm. Sofort fing mich Sirius auf, als ich nach hinten fiel. Und da lag ich also wieder, geborgen in seinen Armen. So schlecht ging es mir nicht, ich hätte mich gleich aus seinem Griff reißen können. Noch vor kurzer Zeit hätte ich es ohne zu zögern getan, doch jetzt...
Seine Nähe war falsch. Er könnte mich jederzeit so hintergehen wie Toxic eben. Aber irgendwie wollte mein Herz das nicht glauben. Ja, ich fühlte mich richtig wohl. Ich lehnte mich an ihn. Es fühlte sich nicht falsch an. Tief atmete ich ein.
„Da an der Wand ist eine Hieroglyphe aufgeleuchtet, genau in dem Moment, als du aufgetreten bist und auch die Platte unter dir“, teilte Vader seine Beobachtung mit uns: „Vielleicht ist es ja wie ein Spiel. Ihr kennt doch diese Tanzautomaten, wo man die richtigen Felder treffen muss. Das könnte so ähnlich sein. Weiter vorne haben mehrere auf einem Haufen aufgeleuchtet, dann nur noch vereinzelte. Was, wenn wir den Weg eben vorherbestimmt haben und die Hierogylphen zeigen uns die Tanzmoves? Das passt doch auch zu der motorischen Funktion der Pyramidenbahn.“
Interessante Theorie. „Würdest du dein Leben darauf verwetten?“, fragte ich ihn herausfordernd. Ich hatte in letzter Zeit

schon genug getestet. Jetzt war wieder der Angsthase zurück. Seine Augen wurden groß und er öffnete mehrmals den Mund ohne etwas zu sagen.
„Verhalte dich endlich wie ein Champion!“, stachelte Toxic ihn an, was ziemlich scheinheilig war, immerhin rührte sie sich selbst kein Stück. Und ob es zweckbringend war, wusste ich auch nicht, eben hatten diese Motivationsreden ja reichlich wenig gebracht. Wir waren wirklich eine tolle Truppe.
Auf einmal trat Vader nach vorne auf die Platte und streckte die Arme im typisch abgeknickten Ägypten-Move von sich. Schlagartig wechselte der leuchtende Stein unter ihm die Farbe von neon-orange zu leuchtend blau und für einen Wimpernschlag flackerte der weitere Weg auf.
Mit neuem Selbstbewusstsein stellte er sich auf die nächste Platte und hob in einer sehr affigen Pose das Bein in die Höhe, wie es die Hieroglyphe an der Wand vorgab. Er hatte tatsächlich recht gehabt! Was für eine bescheuerte Herausforderung! Statt Kämpfen machte man ein lächerliches Workout oder einen Tanz oder was auch immer das darstellen sollte.
Einer nach dem anderen brachten wir diese peinliche Aufgabe hinter uns. Ich war die vorletzte, hinter mir kam noch Sirius. Am dunklen Ende des Tunnels wartete ich auf ihn. Vader war schon durch die undurchdringliche Finsternis gestolpert und Toxic war ihm gleich gefolgt.
Ohne nachzudenken, ergriff ich Sirius Hand und zog ihn mit mir den entscheidenden Schritt nach vorne.

Kapitel 25

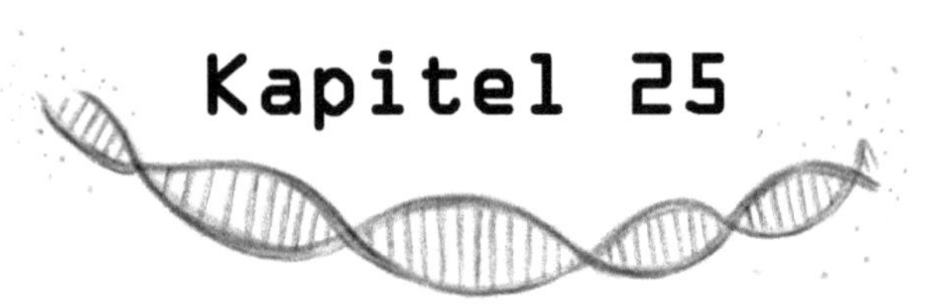

Nach diesem pechschwarzen Einschnitt erwartete uns nicht noch ein Flur mit kindischen Aufgaben, was an sich schon mal gut war, aber… Auch wenn es irgendwie dumm war, hatte ich mehr erwartet. Eine große Steininschrift verkündete, dass wir in der „Grabkammer“ waren oder anders gesagt auf einem Markt.

Natürlich war das nicht schlecht. Für den Weg, der noch vor uns lag, war es gut, wenn wir die erbeuteten Münzen in bessere Ausrüstung steckten. Trotzdem war das sowas wie eine Sackgasse, eine Unterbrechung.

Unterstützend drückte Sirius meine Hand ein wenig fester und versprach mir: „Wir kämpfen uns da durch.“ „Mit Kämpfen würde ich ja klarkommen, aber das…“, missmutig ließ ich meinen Blick über die Kulisse schweifen.

„Ich könnte dir etwas Hübsches kaufen, das zu deiner Kette passt“, schlug er vor, als wäre es… keine Ahnung… ein Date? Schon allein daran zu denken, war verkehrt!

„Ich brauche keinen Schmuck“, stellte ich klar und hätte dabei wahrscheinlich resoluter gewirkt, wenn ich meine Hand weggezogen hätte, was ich aber irgendwie nicht über mich brachte. Gedankenverloren erzählte ich weiter: „Die Kette ist von meiner besten Freundin Glia. Durch sie konnte ich das Segment erst verlassen und… ja… es ist das Letzte, was mir von ihr geblieben ist.“

„Das tut mir leid“, er klang ehrlich mitfühlend. „Ist das echt?“, fragte ich ihn gerade heraus.

Tief sah er mir in die Augen und gestand mir: „Ich weiß nicht mehr, was echt ist. Bei dir zu sein, fühlt sich echt an. Du… du verhältst dich nicht wie ein Programm. Du nervst mich und

ich mache mir Sorgen um dich und du bringst mich zum Lachen. Das alles ist echt. Aber mein Verstand sagt mir, dass es nicht echt sein kann und... dass es falsch ist, sich in ein Videospiel zu verlieben."
Moment mal! Was?! War das sowas wie eine Liebeserklärung? War er dabei sich in mich zu verlieben oder einfach in diese Welt? Es klang doch ziemlich nach mir, oder? Mein Herz flatterte, als wären ihm auch Schmetterlingsflügel gewachsen.
„Du wirkst für mich auch ganz schön echt", erwiderte ich ganz aufgewühlt und kopflos: „Und... du nervst mich auch und ich mache mir Sorgen und lache mit dir."
Verliebte ich mich in ihn? Wir standen auf verschiedenen Seiten und hatten uns von Anfang an nur gestritten, das konnte keine Liebe sein! Liebe war sowieso so ein abstraktes Wort! Was sollte das überhaupt sein? Nur absoluter Kitsch! Außerdem war ich in seinen Augen ja noch nicht einmal echt, also so richtig... Ich dachte eindeutig zu viel darüber nach!
„Sollen wir uns... ähm... doch mal hier umsehen. Vielleicht finden wir ja noch was Nützliches", brach ich diesen wirren Gedankenstrudel ab und zog jetzt doch meine Hand weg.
„Das ist alles? Wir hatten doch gerade einen Moment und...", sein Gesichtsausdruck sah fast schon verzweifelt aus. Eine tragische (eventuell) Liebesgeschichte. Echt mies.
„Und was? Du siehst mich als Teil eines Videospiels und ich weiß selbst nicht so genau, was ich bin. So oder so werden wir wahrscheinlich nie in der gleichen Welt leben. Es kann nie wirklich echt sein", warum taten diese Worte so weh? Es fühlte sich so an, als hätte ich ihn wieder umgebracht.
„Weißt du was, ich gucke mich alleine um", ohne auf eine Antwort zu warten, stapfte ich los. Wir hatten uns so gut verstanden und ich hatte es kaputt gemacht. Er war der einzige mit dem ich mich gut verstanden hatte. Jetzt war ich wieder ganz alleine. Einfach deprimierend.
Auf dem Markt gab es wirklich eine Menge Schmuck, unnützes Zeug für das ich nie unsere bitter verdienten Münzen

ausgeben würde. Ein paar gab es auch mit besonderen Kräften, die allerdings unterm Strich nicht so besonders waren. Interessant waren da gewisse Heilpasten und Tinkturen. Nicht ganz epochengerecht gab es sogar einen Defibrillator. Na ja, er war schon ein wenig im ägyptischen Stil. Die Elektroden waren Steine mit Hieroglyphen, aber wenn es seinen Zweck erfüllte, sollte mir das Aussehen egal sein. Mit einem Stromschlag einmal ein stehengebliebenes Herz zu reanimieren könnte noch wirklich nützlich werden. Dafür kostete es mich auch ein Vermögen.

Meine verbliebenen Münzen reichten gerade noch für ein kleines Fläschchen Medizin und einen Spieß gebratene Heuschrecken. Viel zu schnell hatte ich alles erledigt. Still lehnte ich mich an einem freien Plätzchen an die Wand, knusperte meine Eiweißquelle und beobachtete den Markt.

Toxic war natürlich an einem Waffenstand und ich konnte mir bildlich vorstellen, wie sie nach einer Lösung suchte, mich endgültig loszuwerden. Auch wenn ich ihre Fokussierung darauf ein wenig vorschnell fand. Wir waren zwar schon weit, aber nicht am Ziel und dieser Haufen hatte Unterstützung dringend nötig.

Egal. Mich würde sie so schnell nicht kriegen. Und Vader… Man war er ein Shoppingopfer! Er stand gerade mit einer goldenen Rüstung vor einem Kristallspiegel und posierte super peinlich. Abwägend hielt er auch einen roten Stoff vor sich, mit dem er sich sicher wie Caesar einwickeln wollte oder vielleicht auch wie der Weihnachtsmann.

Womöglich dachte er ja ein extravagantes Outfit würde helfen, damit sich alle an ihn erinnerten. Uh! Klebten da etwa Glitzersteine in seinem Gesicht? Das war ja kaum mit anzusehen! Wir waren auf einer kämpferischen Mission und wollten keiner Diskokugel die Show stehlen.

Jetzt entdeckte auch Toxic diese Anprobe zum Fremdschämen und sie machte Vader total zur Sau, weil wir unsere Münzen nicht in so einen „Firlefanz“ investieren durften und uns auf unseren „Kern besinnen mussten“ damit wir eine

Chance hatten das „Ding noch abzuräumen“. Was war bitteschön mit ihrem Sprachgebrauch los? Lag es an mir oder fingen gerade alle an durchzudrehen?
Außer Sirius, der wirkte eher zerstreut und leicht gequält, wie er eine Ewigkeit vor einem Stand mit Halsketten stand, ohne sie wirklich zu betrachten. Ich bemerkte, wie er mich aus dem Augenwinkel beobachtete. Das war kein schönes Gefühl. Am liebsten wäre ich einfach zu ihm rüber gegangen. Aber was würde das schon ändern? Wir würden uns nie nah sein.
Auf einmal kribbelten meine Hinterhörner. Gefahr! Instinktiv sprintete ich los. Im Eingang zur Grabkammer tauchten die Mitglieder der Boyband-Gruppe auf, die uns auf C2 zuvorgekommen war. Sie waren bewaffnet. Bevor der Anführer auch nur daran denken konnte, einen Schuss abzufeuern, hatte ich sein Gewehr runtergerissen und den Lauf mit meinem Fuß am Boden fixiert. Auf dieses Manöver war ich schon ein wenig stolz.
Die uniformen Idioten guckten alle sehr überrumpelt und beeindruckt aus der Wäsche. Der Anführer hatte sich als erstes wieder gefangen. Mit einem selbstgefälligen Grinsen ließ er seine Waffe einfach wieder verschwinden, wodurch ich einen kleinen Stolperschritt nach hinten machte.
Jetzt standen wir uns genau gegenüber. Ich müsste meinen Kopf nur ein kleinwenig neigen, um mit meinen Vorderhörnern seine Stirn zu berühren oder wahlweise ein Loch rein zu bohren.
„So sieht man sich also wieder. Aber in meiner Erinnerung wart ihr irgendwie mehr. Habt ihr euch etwa überschätzt? Traurig“, meinte Mister Obercool mit einem Blick an mir vorbei. Sie hatten die letzten Herausforderungen offensichtlich ohne Opfer gemeistert und das auch beunruhigend schnell. Sie waren ein echtes Team. In einem offenen Kampf würden wir nicht gegen sie gewinnen und wenn wir uns wie wild in den Wettlauf zum Großhirn stürzten, würden sie uns lässig überholen.

Mit meiner Gruppe hatte ich schon verloren. Aber es war nie zu spät für neue Bündnisse. Vielleicht würden sie meine (nicht richtig vorhandenen) Insider-Kenntnisse haben wollen oder ich könnte mich auch einfach nur als kampferprobte Verbündete anbieten.
Toxic wollte mich doch sowieso loswerden, Vader war ein kleiner Angsthase und Sirius... er war nur eine dumme Ablenkung. Nur blöd, dass ich ihm das Makrophagen-Fragment gegeben hatte, das musste ich mir noch zurückholen.
Im Grunde war dieser Plan perfekt. Trotzdem sträubte sich irgendwas in mir, irgendwas sehr Dummes.
„Hier sind wir in der Pyramide, dem System schlechthin für bewusste Bewegungen. Hier gibt es eine einzigartige Möglichkeit zu battlen...“, grinsend legte der idiotische Anführer eine Pause ein, bevor er es auflöste: „Ein Dance Battle.“
Woher hatte er diese Information? Hatte er es sich vielleicht einfach nur ausgedacht? Ne, ich konnte mir nicht vorstellen, dass diese so toll durchstrukturierte Gruppe genug Fantasie für so einen Quatsch hatte.
„Ich fordere euch heraus“, machte er es ganz offiziell. Damit war mein Plan zu ihnen überzulaufen wohl dahin. Aber ein Dance Battle? Vielleicht wäre es klüger, zu versuchen, sich vor dieser Herausforderung zu drücken.
„Wir verzichten“, kam mir Toxic mit ihrer giftigen Art zuvor.
„Die Helden von C1 sind also Feiglinge“, versuchte uns der Anführer eindeutig zu provozieren und seine gleichförmigen Anhängsel machten übertrieben: „Uuuh.“
Waren wir hier etwa in einer Sitcom gelandet?
„Wir sind keine Feiglinge, wir wollen unsere Energie nur lieber für ernstzunehmende Gegner aufsparen“, brachte auch Vader mal einen guten Konter, allerdings wirkte er dabei selbst nicht besonders ernstzunehmend mit dem goldenen Schmuck, den er immer noch trug.
„Ihr habt also kein Interesse am Stab des Apoplex? Bedauerlich. Dann warten wir bis jemand kommt, der das anders

sieht“, meinte Mister Angesagt und heuchelte wirklich erbärmlich seine Gleichgültigkeit.
Aber was sollte das bedeuten? Der Stab des Apoplex… Ein Apoplex war doch die häufigste Form von Schlaganfällen. Eine akute Durchblutungsstörung im Gehirn klang sehr bedrohlich, immerhin waren wir dort.
„Ihr habt wirklich keine Ahnung“, der super Anführer wirkte ehrlich überrascht. „Wovon?“, wollte ich wissen und verschränkte die Arme vor der Brust.
Nach einer kleinen Pause, in der er uns prüfend gemustert hatte, war er so gütig uns einzuweihen: „Hier in der Grabkammer gibt es die Möglichkeit besondere Power-ups zu gewinnen und zwar durch Dance Battles. Die anderen Neuro-Hunter können über den Gewinner abstimmen. Und in der ersten Runde gibt es den Stab des Apoplex, der die Fähigkeit hat, alle in einem Gehirnareal sterben zu lassen, auch die Anwender, wenn man nicht entsprechende Vorsichtsmaßnahmen trifft.“
Beim letzten Satz schaute er mit einem raubtierhaften Grinsen zu mir. Oh. Ich verstehe. Er wollte die Synapsen-Kapsel, gemeinsam mit dem Stab des Apoplex wäre sie die ultimative Waffe. Nur würde er sie nicht bekommen und diesen Stab auch nicht.
Unser Abstecher in diese Fitness-Pyramide sollte einen echten Nutzen haben und dafür würde ich sorgen. „Wir machen es“, entschied ich felsenfest für meine Gruppe. Hinter mir hörte ich eine bunte Mischung aus protestierenden Lauten und das gierige Grinsen auf dem Gesicht des Superstars vertiefte sich.
Mir war schon klar, warum er unbedingt gegen uns antreten wollte. Wir waren chaotisch und unelegant, außerdem unbeliebt. In seinen Augen machte uns das zu leichten Gegnern und vielleicht auch in der Betrachtung der Wahrscheinlichkeitsrechnung. Aber wie oft hatten wir schon das Unmögliche möglich gemacht?

Energisch zog mich Toxic am Arm zurück und zischte aufgebracht: „Spinnst du?! Wir verschaffen ihnen damit eine brutal starke Waffe! Ohne uns müssen sie noch eine Ewigkeit hier warten und wir wären in der Zeit längst am Ziel!"
„Wir könnten diese Waffe auch gut gebrauchen", widersprach ich ihr entschlossen. „Einer kann diese Waffe gut gebrauchen. Die anderen werden mit dem Rest sterben", entgegnete sie verächtlich. Was denn? Dachte sie, ich würde sie alle im entscheidenden Moment damit verraten?
Eigentlich gar keine schlechte Idee... Doch dafür mussten wir das schicke Stäbchen erst einmal gewinnen. Statt mich weiter auf diese Diskussion einzulassen, wandte ich mich ganz problemorientiert an Sirius: „Im Spiralnerv hat unser gemeinsamer Tanz doch gut geklappt. Wir könnten auch hier wieder als Duo antreten." „Ich dachte, du willst Abstand", meinte Sisi schnippisch.
„Ernsthaft?", erwiderte ich mit hochgezogenen Augenbrauen. „Nein, aber das war etwas anderes. Das hat sich einfach so ergeben. Ich weiß nicht, ob ich das erzwingen kann", gab er seine Zickenhaltung auf, aber diese Zweifel waren auch nicht gerade besser.
„Es ist doch nur ein Tanz", erinnerte ich ihn leichtfertig. „Für mich war das mehr als ein Tanz", murmelte er, ohne mich anzusehen. „Und für mich ist das mehr als ein Spiel", konterte ich ernst.
Jetzt sah er doch auf. In seinem Blick lag so viel, das nicht ausgesprochen werden konnte, doch eins war kristallklar: Er hasste, wie es momentan war. Tja, willkommen im Club.

Kapitel 26

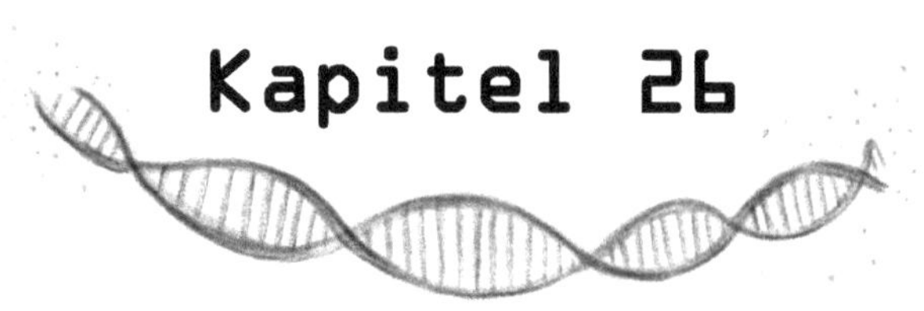

Als angemessene Kulisse für diese absolut unangemessene Art des Kampfes bildeten sich mitten auf dem Marktplatz zwei neonumrandete Dreiecke. Es war Zeit. Entschlossen griff ich Sirius Hand und sagte aufbauend: „Gemeinsam haben wir schon schlimmere Herausforderungen überstanden."
„Ach wirklich?", fragte er mit sarkastisch hochgezogenen Augenbrauen. Darauf bekam er von mir ein kleines Lächeln, das er tapfer erwiderte. Unsere Gegner hatten sich schon auf ihrem Kampffeld eingefunden, sogar bereits in lässiger Startpose. Selbstbewusst nahmen wir auch unseren Platz ein.
„Was? Ihr tretet nur zu zweit an? Was ist mit dem Rest?", wollte der Anführer höhnisch wissen. Für den Fall, dass die Übertragung an die anderen Neuro-Hunter schon lief, entschied ich, uns als die schwachen Kämpfer darzustellen, die schlimme Verluste erlitten hatten und trotzdem alles gaben. Mit so jemandem konnte man doch viel besser mitfiebern als den Angebern vom Dienst und so weit hergeholt war diese Rolle auch gar nicht.
„Der letzte Kampf hat uns schwer geschafft. Drei von uns sind gefallen und wir sind alle müde und geschwächt. Aber Sirius und ich werden alles geben!", demonstrativ stellte ich mich kerzengerade hin und rückte noch ein Stück näher zu meinem etwas versteiften Partner.
Komm schon! Spiel mit! Das war eine Show!
„Die Liebe siegt über alles!", trug er ein bisschen dick auf und wirklich ehrlich kamen diese Worte auch nicht rüber. Hoffentlich überwand er das gleich, wenn es beim Tanzen richtig zur Sache ging. Ich wollte nicht wegen ihm verlieren!

Auf einmal fuhren die dreieckigen Tanzflächen nach oben. Instinktiv breitete ich meine Flügel aus. Wenn der Boden sich ohne Vorwarnung bewegte, war es immer von Vorteil ihn nicht mehr zu brauchen. Fliegen war wirklich praktisch. Nur zeigten meine Flügel in diesem Moment dummerweise überdeutlich, dass ich nicht zu den Neuro-Huntern gehörte und ich damit wahlweise der Feind oder ein unfairer Programmierfehler war. Beides gab keine Pluspunkte, das konnte man unmissverständlich an den verächtlichen Gesichtern unserer perfekten Gegner sehen.
Irgendwie war ich mir nicht mehr so sicher, ob das so eine gute Idee gewesen war. Hatten wir überhaupt eine Chance? Es wäre wirklich mies, wenn ich unseren schlimmsten Konkurrenten damit zu einer mächtigen Waffe verhelfen würde. Ich wäre ganz klar die erste auf ihrer Liste, weil sie die Synapsen-Kapsel haben wollten. Wenn es jedoch anders herum wäre, könnten wir den Stab des Apoplex als Abschreckung nutzen und uns Ruhe verschaffen.
Wir mussten einfach gewinnen! Zwischen unseren beiden Plattformen tauchte eine Art dreieckiger Zauberwürfel auf, der sich wie wild drehte.
„Ihr zuerst“, überließ uns Mister Obertoll mit einer galanten Armbewegung den Vortritt, aber das fiese Funkeln in seinen Augen zeigte seine wahren Absichten überdeutlich: Er wollte uns blamieren, weil wir die Dummen waren, die vom Ablauf keine Ahnung hatten.
Tut mir leid, wenn wir zu sehr mit Überleben beschäftigt gewesen waren! Aber ich musste jetzt ruhig bleiben und immer schön selbstbewusst.
„Stopp!“, verkündete Sirius auf einmal mit fester Stimme und das bunte Flimmern des deformierten Zauberwürfels hörte auf. „Thriller von Michael Jackson“, teilte uns eine blecherne Ansagestimme mit. Dankbar blickte ich zu meinem Partner auf. Er hatte durchschaut, worum es hier ging. Ich war froh, ihn an meiner Seite zu wissen, egal ob es echt war oder nicht.

„Macht euch bereit!“, forderte uns die verzerrte Stimme auf. Wo gab es bitteschön noch so schlechte Tonqualität? Oder sollte damit das Alter der Pyramiden nachempfunden werden? Die waren damals ja auch ganz sicher mit Lautsprechern ausgestattet gewesen…
Glühend tauchte vor uns die Zahl „3“ auf. Kurz darauf folgte auch schon die „2“. Ein Countdown. „Thriller ist ein perfektes Tanzlied, kennst du den Tanz?“, fuhr Sirius hastig zu mir herum. „Nein“, antwortete ich überfordert. „Mach es mir einfach nach. Das wird richtig bombastisch old school“, übernahm er dieses Mal den Optimismus.
Noch etwas, wofür ich dankbar war. Unaufhaltsam leuchtete die „1“ auf und die Musik startete. Nervös schielte ich zu meinem Tanzpartner rüber. Seltsam zuckte er mit dem Kopf zur Seite als hätte er irgendeinen Anfall. Unsicher runzelte ich die Stirn. Das sah wirklich nicht nach einem Tanz aus!
Auffordernd zog er kurz die Augenbrauen hoch. Also gut. Immer noch etwas skeptisch machte ich es ihm nach. Dann kamen noch die Arme dazu und ein bisschen Hüftschwung. Absolut komisch!
Albern imitierte ich seine Tanzmoves. Hin und her und klatschen. Irgendwie machte das ja schon Spaß. Wie von selbst breitete sich ein Grinsen auf meinem Gesicht aus. Ich vergaß ganz, dass wir gerade ein Dance Battle hatten und übertrieben viel von diesem Tanz abhing. Es war genau wie in der Bar: Sirius und ich im Wirbel der Musik.
Viel zu früh endete das Lied wieder und wir schlossen mit einer leicht frechen Verbeugung. Ausgelassen grinste ich ihn an. Mit dieser Retro-Choreographie hatten wir sicher einige überzeugen können und man hatte uns die gute Laune bestimmt angesehen, das war doch die Hauptsache.
Wieder tauchte diese glühende Würfel-Pyramide auf. Für die Spannung wartete der Anführer unserer Gegner einen Moment bevor er entschieden: „Stopp!“, rief. „I would do anything for love von Meat Loaf“, verkündete die blecherne

Stimme ihnen und gleich danach kamen auch die Startaufforderung und der Countdown.
Schnell schmissen sich die Jungs in eine entsprechende Pose und legten sich alle theatralisch die Hände auf die Brust. Es folgte eindeutig eine einstudierte Performance mit Ausdruckstanz, synchronen Formationen, Sprüngen und allem Möglichen. Da war wirklich nicht ein kleiner Makel! Wieso konnten sie so perfekt tanzen? Als Neuro-Hunter ging es doch primär ums Kämpfen!
Und wie konnten sie einen abgestimmten Tanz für dieses Lied haben? Es war doch nach dem Zufallsprinzip ausgewählt worden! Oder hatten sie betrogen? Vielleicht hatte sie sich aber auch einfach eine Choreographie überlegt, die sie so bei jedem Liebesong mit Rock-Elementen durchgezogen hätten.
So oder so waren sie um Welten besser vorbereitet als wir. Auch in der Abstimmung der anderen Neuro-Hunter spiegelte sich das wider. „82% zu 18% für die Darbietung der zweiten Gruppe“, gab die Ansagestimme das vorhersehbare Ergebnis bekannt. Ein Wunder, dass uns überhaupt jemand gewählt hatte. Eigentlich hätte ich mir das auch denken können.
Das war ein einziges Desaster.
„Runde 2!“, machte die blecherne Stimme unbeirrt weiter und die Lied-Würfel-Pyramide tauchte erneut auf. Unsere Chance für einen Gleichstand, wenn auch nur eine sehr bescheidene Chance.
„Stopp!“, sagten wir wie aus einem Munde. Überrascht sahen wir uns an und mir rutschte ein völlig unpassendes Kichern raus. „Stronger von Kelly Clarkson“, enthüllte uns die Ansage. Stärker zu werden oder bereits zu sein, klang doch nach einem guten Motto. Dieses Lied würde uns stärker machen, wir würden eine Schippe drauflegen.
Der Countdown startete. Hektisch wandte ich mich an meinen Tanzpartner: „Aktivier die Ranvierschen Schnürringe!“

„Was?“, fragte er völlig verwirrt. „Vertrau mir!“, erwiderte ich eindringlich, für richtige Erklärungen war einfach keine Zeit. Schnell ließ er die blauglühenden Waffen erscheinen, die perfekt zur Atmosphäre passten. Schon startete das Lied. Unsere Konkurrenten warfen uns einen einstimmig sehr besorgten Blick zu. Anscheinend befürchteten sie, dass wir darauf abzielten, sie auf die gute alte Art fertigzumachen. Um ihre Angst noch ein wenig zu schüren, schenkte ich ihnen ein gefährliches Lächeln, doch in Wahrheit sahen meine Absichten ein wenig anders aus.
Ich übernahm die Kontrolle über die Energieleiter und griff Sirius an. Dabei richtete ich mich ganz nach dem Rhythmus der Musik. Kämpferisch wirbelte ich umher und ließ die Ringe mittanzen. Nach einem ersten kleinen Schreckmoment stieg Sirius mit ein.
Zwischendurch gewährte ich ihm auch die Macht über die schwebenden Waffen. Es ging hin und her. Haarscharf wirbelten sie an mir vorbei und auch ich setzte ihm richtig zu. Wir waren stärker!
Übersprudelnd sang ich den Refrain mit oder ich schrie ihn eher wie eine Kriegserklärung. Auf einmal stolperte Sirius und landete auf dem Boden. Nicht gut für eine aktive Kampf-Tanz-Darbietung, aber ich versuchte das Beste daraus zu machen.
Siegreich schaute ich auf ihn herab, mit all meiner Stärke, die Ringe fächerförmig um mich herum. Das wäre eigentlich das perfekte Ende. Nur war das Lied noch nicht fertig, ebenso wie Sirius.
Plötzlich trat er mir die Beine weg. Überrumpelt landete ich auf ihm. Er hielt mich fest. Wir rollten über den Boden. Jetzt war er oben. Atemlos beugte er sich zu mir herab. Mein Herz schlug so schnell, dass es sicher jede Sekunde kollabieren würde. Doch einen letzten Zug hatte ich noch.
Unbeugsam ließ ich zwei Ranviersche Schnürringe zwischen uns schnellen, genau auf Halshöhe, einer schnitt Sirius sogar leicht.

„Tut mir leid, aber ich bin stärker“, brachte ich atemlos hervor und setzte dabei mein bestes kämpferisches Grinsen auf. Punktgenau endete das Lied.
Für einen gefühlt nie endenden Herzschlag blieben wir noch genauso liegen. Diese Performance hatte es echt in sich gehabt. Das Adrenalin rauschte richtig durch meinen Körper. Und dieser Fastkuss am Ende… Ich fühlte mich unglaublich energiegeladen. Alles knisterte und prickelte und musste irgendwo ausbrechen. Doch dafür war jetzt nicht der richtige Moment.
Schon wählte die gegnerische Tanzgruppe ihren Song. Schnell rappelte Sirius sich wieder auf und ich tat es ihm gleich. „Enter Sandman von Metallica“, gab die uralte Technikstimme bekannt. Ich wünschte, ich könnte mit den ganzen Liedern etwas anfangen, aber was ich sagen konnte, war, dass über die Gesichter unserer Gegner ein kleiner Schatten huschte. Also mochte ich den Song jetzt schon.
Der Countdown startete. Knapp nickten sie sich zu und gaben sich unauffällig Handzeichen. Dieses Mal waren sie wohl nicht mehr so super vorbereitet. Rockig legte das Lied los und die tollen Tänzer gaben ihr Bestes. Aber es hatte einfach nicht die Strahlkraft vom ersten Lied.
Ja, ihre Technik war gut und sie waren immer noch schön synchron, doch sie wirkten viel zu brav für diese wilde Musik und es hatte etwas von einem faden Zweitaufguss.
Da war meine Idee mit dem Tanz-Kampf doch viel kreativer, halt ein echtes Dance Battle im wahrsten Sinne des Wortes. Wie von selbst wippte ich mit. Und dann verklang der letzte rebellische Ton.
Die Abstimmung stand an. Unwillkürlich griff ich nach Sirius Hand, ich musste einfach etwas drücken. In der ersten Runde hatten wir wirklich eine beachtliche Bruchlandung hingelegt, hatten wir jetzt eine Chance? War es dumm, zu hoffen?
„53% zu 47% für die erste Darbietung“, verkündete die nervige Stimme emotionslos und ich konnte es gar nicht

glauben. Wir hatten diese Runde tatsächlich gewonnen! Wir waren Champions! Wir würden jede Herausforderung schaffen! Yeah!
Ausgelassen grinste ich ihn an und er schaute mit dem gleichen Gesichtsausdruck zurück. Wie schön seine Augen funkelten…
„Es folgt die Entscheidungsrunde“, zerstörte die Ansage herzlos den Moment. Ich hatte mich eindeutig zu früh gefreut, wenn wir es jetzt nicht schafften, bedeutete dieser Sieg gar nichts. Noch war nichts entschieden, noch mussten wir weiterkämpfen.
Entschlossen blickte ich auf die glühende Pyramide mit den flimmernden Feldern.
Ein letzter Tanz…

Kapitel 27

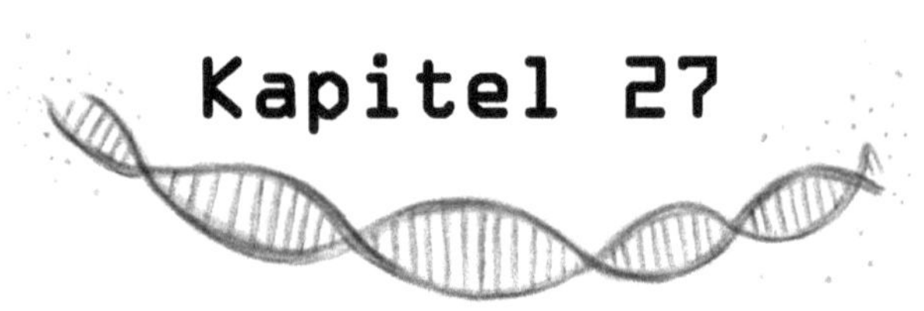

„Wähle du. Du hast mir schon so viel Glück gebracht“, überließ mir Sirius ein wenig schmalzig den Vortritt. „Das ist Zufallsprinzip, ich wähle da gar nichts“, konterte ich frech und sagte ganz lässig nebenbei: „Stopp.“

Staubtrocken wurde meine super bewusste Wahl bekannt gegeben: „Halleluja von Rufus Wainwright.“ Oh nein. Sirius Gesichtsausdruck verhieß nichts Gutes. „Da können wir nicht kämpfen. Es ist sehr ruhig und emotional und so“, informierte er mich und ruinierte mir seiner Panik unsern locker-flockigen Start.

„Wir haben doch schon einmal zu einem Kuschellied getanzt. Erinnere dich daran und hör auf die Musik“, versuchte ich ihm nochmal etwas Selbstbewusstsein zu geben. In dieser Runde ging es um alles oder nichts. Jetzt durften wir nicht den Kopf verlieren.

Schon endete der Countdown und die Musik setzte ein. Genau wie Sirius gesagt hatte, war die Melodie sehr getragen und gefühlvoll. In ihr schwang eindeutig eine melancholische Note mit. Perfektes Material für einen ausdrucksstarken Partnertanz, aber konnten wir das wirklich so darstellen?

Sanft drehte mich Sirius durch eine Pirouette in seine Arme und wir wiegten verträumt hin und her. Das war ein schönes Gefühl, doch um zu gewinnen würde das wohl kaum reichen. Wir brauchten etwas Spektakuläres! Etwas Berührendes! Etwas das hervorstach und damit am besten diese arroganten Gockel überflügelte. Und wir brauchten es sofort. Kreativität auf Druck, wie toll.

Weil mir nichts Besseres einfiel, drehte ich mich zum Start nochmal aus seinen Armen, aber hielt ihn immer noch mit

meiner Hand fest. Dramatisch legte ich meinen Kopf in den Nacken und machte so eine schwungvolle Bewegung, modifiziert aus dem Repertoire unserer Gegner übernommen.
Ich hatte einfach keine Ahnung, was ich bei sowas tun sollte. Kämpfe waren doch alles, was ich konnte! Auch mein Partner stieg auf die tragische Schiene auf und machte mit gequältem Gesicht ausholende Bewegungen. Kam es nur mir so vor oder sah es so aus als würden wir gezwungen werden Pantomime zu spielen und das auch noch richtig schlecht?
Mit aller Macht versuchte ich mich von diesem Gedanken nicht aus der melancholischen Stimmung bringen zu lassen und mich weiter elegant und emotional zu bewegen. Aber es fühlte sich einfach nicht richtig an.
Damit würden wir niemanden überzeugen, wenn es ja nicht einmal bei mir selbst ankam. Geschlagen schloss ich die Augen und blieb stehen. Ich weiß, das war der schlimmste Fehler überhaupt und aufgeben sollte nie eine Option sein. Aber dieses traurige Lied und die erdrückende Last all der hoffnungslosen Probleme...
Auf einmal spürte ich eine sanfte Hand an meinem Kinn und öffnete die Augen wieder. Sirius war ganz nah. Alles um mich herum verschwamm. Voller Wärme und unumstößlicher Entschlossenheit sprach er drei geradezu magische Worte aus: „Ich bin da."
Zärtlich beugte er sich zu mir und küsste mich. Fest drückte ich mich an ihn, als könnte er der ganzen Welt, und vor allen Dingen mir, Halt geben. Was für eine klägliche Illusion. Doch mit einem Mal musste ich, was zu tun war.
Kräftig schlug ich mit den Flügeln. Es war gar nicht leicht uns beide in die Luft zu bringen und noch schwerer, es leicht aussehen zu lassen. Sofort verspannte Sirius sich. „Vertrau mir", flüsterte ich, meine Lippen immer noch auf seinen und flog mit einer kleinen Spirale höher, als würden wir gedankenverloren in der Luft tanzen. Das konnten uns diese Supertänzer nicht nachmachen.

Wieder kam der herzzerreißende Refrain. Wie lange war das Lied noch? Viel Zeit konnten wir nicht mehr haben und wir brauchten noch Spannung. Tut mir leid.
Weil mir nichts Besseres einfiel, stieß ich meinen Partner von mir. Entsetzt riss er die Augen auf. Seine Hände griffen ins Leere. Ich sah dabei zu, wie er fiel. Es war wie in Zeitlupe. Wir waren nicht hoch genug, als dass der Sturz ihn töten könnte, aber er würde sich verletzen. Schon wieder.
Passend zum Lied spürte ich, wie bei dieser Gewissheit etwas in meinem Inneren zerbrach. Nein. So konnte ich mich nicht von ihm trennen, auch wenn es für Dramatik sorgen würde. Im Sturzflug zischte ich zu ihm herab, schlang meine Arme um seine Brust und fing seinen Sturz kurz vor dem schmerzhaften Aufprall ab.
Sein Atem ging ganz schnell. Scheinbar war bei ihm noch nicht ganz angekommen, was gerade passiert war. Sanft legte ich seinen Kopf auf seine Brust und gab ihm einen kleinen, fürsorglichen Kuss auf die Stirn.
Das Lied im Hintergrund wurde ruhiger. Es klang schwer danach, dass es jeden Moment endete. Schnell stand ich auf und versuchte seinen Kopf dabei nicht ganz so auf den Boden knallen zu lassen. Mit trippelnden Schritten lief ich ans andere Ende der Plattform und schlug dabei leicht mit meinen ausgebreiteten Flügeln, damit sie schön eindrucksvoll leuchteten.
Als ich den Rand erreichte, ließ ich meine Flügel wieder antriebslos herabhängen und grau ersetzte das Farbenspiel. Für die tragische Extranote und weil das Lied auch noch nicht ganz zu Ende war, ließ ich mich auf die Knie fallen, was nicht so super angenehm war, aber dieses Opfer brachte ich gerne für ein paar Prozentpunkte.
Und schon verklang das traurige Lied, das für meinen Geschmack viel zu gut zu unserer Situation gepasst hatte. Generell wirkte die ganze Auswahl wie eine miese Andeutung: Alberner Spaß, entschlossene Kämpfe und hoffnungslose Liebe... Nein, da interpretierte ich zu viel rein.

Verbissen richtete ich mich wieder auf. Wir hatten bei dieser irren Musicalversion von unserem Leben alles gegeben, jetzt hing es von der Performance unserer Gegner ab. Hoffentlich kriegten sie nochmal einen Rocksong, mit dem sie nichts anfangen konnten.
„Stopp!“, unterbrach ihr Anführer meine Gedanken und ich hielt die Luft an, obwohl es mir logisch betrachtet überhaupt nichts brachte den Songtitel zu kennen, ich wusste ja doch nicht, was da dahinter steckte.
„Pokerface von Lady Gaga“, gab die Blechstimme bekannt und unsere Gegner behielten bei diesem Ergebnis nicht gerade ein Pokerface. Es war eindeutig, dass sie damit mehr als zufrieden waren. Verdammt!
Kurz hielten sie noch eine getuschelte Absprache ab und schmissen sich dann in eine etwas seltsame Ausgangsposition. Es sah aus, als hatten sie alle irgendwelche Krämpfe oder so. Was sollte das?
„Lady Gaga hat immer eine sehr extravagante Performance“, erklärte mir Sirius auf meinen wahrscheinlich ordentlich verwirrten Blick hin. Na toll. Sie konnten jetzt also das Gleiche machen, wie wir bei unserem ersten Lied und eine Insider-Anspielungs-Choreografie hinlegen, nur natürlich in perfekt. Unsere Chancen waren gerade rapide gesunken.
Es war ein Fehler gewesen, dieses bescheuerte Battle überhaupt anzunehmen. Wenn es später wieder zum richtigen Ernst überging, würden wir das noch bitter bereuen. Oder auch nicht.
Anscheinend hatte einer aus der Gruppe wirklich einen Krampf im Arm bekommen. Der Gute schnitt ein sehr schmerzhaftes Gesicht und bewegte sich abgehackt und unkonzentriert. Uh! Jetzt stieß er sogar mit einem anderen zusammen. Eisern machten sie weiter und versuchten sich nichts anmerken zu lassen, doch es war offensichtlich, dass sie diese unvorhersehbare Kleinigkeit aus dem Takt gebracht hatte.

Tja, wenn alles immer makellos aufeinander abstimmt war, konnte schon eine winzige Unstimmigkeit reichen, um alles zum Wanken zu bringen. Trotzdem kamen sie mit dem etwas speziellen Pop-Song immer noch sehr gut durch, nur halt nicht so perfekt wie sonst.
Würde es reichen? Wir waren auch nicht perfekt gewesen.
Angespannt griff ich wieder nach Sirius Hand, auch wenn unser Kuss die Nähe nochmal viel seltsamer werden gelassen hatte.
Komm schon! Sag es endlich dumme Ansage!
„62% zu 38% für die erste Darbietung. Damit gewinnen sie den Stab des Apoplex", enthüllte die Blechstimme kein bisschen mitreißend, trotzdem war diese Ansage absolut überwältigend. Wir hatten es geschafft! Obwohl unsere Chancen quasi bei Null gestanden hatten!
„Wir haben gewonnen", sprach Sirius es laut aus, na ja, es war viel mehr ein Flüstern, er war genauso ungläubig wie ich.
„Gewonnen", wiederholte ich zuerst ganz schleppend, dann sprudelte ein ausgelassenes Lachen aus mir. Ich konnte einfach nicht mehr! Das war unglaublich! Von all unseren Siegen war das der, mit dem ich am wenigsten gerechnet hatte und mit Abstand auch der Albernste. Da musste man einfach lachen!
Völlig gelöst stieg mein umwerfender Tanzpartner ins Lachen mit ein. Kurz fiel mein Blick auf die komplett entgeisterten Gesichter unserer Gegner und ich musste noch heftiger lachen, dabei war es eigentlich gar nicht meine Absicht, mich über sie lustig zu machen, das war schlicht und ergreifend pure Freude.
Ich bekam kaum noch Luft! Plötzlich schlang Sirius die Arme um mich und wirbelte mich im Kreis. Unbeschwert jauchzte ich auf. Das war unser Siegestanz! Yippie!
„Euch gehört nun der Stab des Apoplex, mit dem ihr sämtliches Leben in einer Ebene auslöschen könnt", meldete sich die veraltete Stimme wieder zu Wort und unterbrach damit unsere aufgedrehte Freude.

Majestätisch kam eine Art ägyptisches Zepter zu uns geschwebt. Größtenteils war es aus glitzerndem Gold und mit funkelnden, roten Kristallen beladen bis auf den Stein an der Spitze, der sich klar mit seinem bedrohlichen Schwarz abgrenzte. Er symbolisierte dann wohl die Nekrose, die diese suizidale Waffe schonungslos verursachte.
Wenn es nach mir ging, würden wir das Teil überhaupt nicht benutzen, außer natürlich als Abschreckung.
„Nimm du es entgegen. Es war dein Mut, der uns hierher gebracht hat", überließ mir Sirius ganz wie ein Gentleman den Vortritt. „Dieser Sieg war nur durch unsere Zusammenarbeit möglich", erinnerte ich ihn entschieden: „Wir nehmen ihn gemeinsam." Richtig episch streckten wir zusammen die Hände aus und als wir den kostbaren Stab griffen, gab es einen kleinen, völlig übertriebenen Glitzerregen.
Herzhaft musste ich loslachen. Dieser Moment war einfach so verrückt! Langsam senkten sich unsere dreieckigen Tanzflächen wieder ab und wir kehrten zum Rest unserer Gruppe zurück, wenn man das überhaupt noch so nennen konnte.
„Der Wahnsinn! Ich hätte euch auch schon in der ersten Runde gewählt! Old school! Fand ich super! Aber dann der Kampf und dieses knisternde Finale! Boah! Ganz große Klasse!", schwärmte Vader begeistert. Da hatten wir wohl einen kleinen Fan.
„Das war ein verdammt großes Risiko. Ihr habt Glück, dass Enter Sandman kam und beim letzten Tanz die anderen verkackt haben", distanziert hatte Toxic die Arme vor der Brust verschränkt. War ja klar gewesen, dass sie uns den Sieg nicht gönnen konnte. Dumme Giftspritze.
„Thauriel hätte euren letzten Tanz bestimmt auch gefeiert! Ihr wart elfengleich! So elegant!", brachte der Angsthase noch mehr euphorische Komplimente: „Und wie ihr die Ranvierschen Schnürringe in den Tanz eingebaut habt! So krasse Sachen hat Night nie gemacht, aber er ist ja auch mehr der nüchterne Stratege. Aber MC! Mit ihm wäre das noch viel mehr eine Party geworden!"

„Und Kali hätte mir zugestimmt, dass es eine unnötige Aktion war“, spielte Toxic wieder die Stimmungsbremse. „Bestimmt haben sie zugesehen und uns unterstützt. Ich vermisse sie auch, aber irgendwie sind sie doch immer noch an unserer Seite“, spielte Sirius den Weisheiten-Guru.
„Außerdem hat alles bestens funktioniert“, ergänzte ich mit einem überlegenen Grinsen zur Miesmuschel: „Da hat sich auch unser ach so unnötiger Ausflug in die Bar ausgezahlt. Nicht immer alles von vorne herein zu verurteilen, kann helfen.“
„Warum ist die Stimmung hier wieder so angespannt? Wir haben gerade einen wertvollen Sieg eingefahren, das ist ein Grund zu feiern“, gab sich Sisi alle Mühe die Situation zu entschärfen.
„Feiert noch so lange ihr könnt. Ihr werdet das Großhirn niemals erreichen. Bis jetzt hattet ihr immer nur Glück, aber das wird nicht reichen“, mischte sich der Anführer der tollen Tänzer ganz bedrohlich ein.
„So wie ich das sehe, seid ihr einfach nur verzweifelt, weil ihr uns nicht einmal in eurer Königsdisziplin schlagen konntet und jetzt haben wir das hier“, demonstrativ stampfte ich mit der absolut tödlichen Waffe auf den Boden: „Ich an eurer Stelle wäre sehr vorsichtig.“
Unwillkürlich war unser taffer Gegner einen Schritt zurückgewichen und der Rest scharrte sich hinter ihn wie ein Haufen verschreckter Hühner. Das erfüllte mich schon mit einer gewissen Genugtuung. Angst bedeutete, dass sie meine Stärke sahen, das war sowas wie ein Kompliment.
„Du würdest es nicht einsetzen“, in der Stimme des Boyband-Bosses schwang eine gewisse Unsicherheit mit. „Ich bin eine Rückenmarksträgerin. Ich hab schon mehr Neuro-Hunter getötet als ich zählen kann, warum sollte mir das etwas ausmachen? Und wir wissen alle, dass ich mein eigenes Leben nicht aufs Spiel setzen muss. Also wie gesagt, ich wäre an eurer Stelle sehr vorsichtig“, erwiderte ich ganz in meiner alten Rolle als Verteidigerin von C4.

Auf einmal blitze in meinem Kopf der Gedanke auf, mit dem Stab des Apoplex dorthin zurückzukehren und alle Eroberer mit einem Schlag auszulöschen. Es wäre wie ein Neustart. Ich könnte wieder als Wächter weitere Neuro-Hunter fernhalten und meine Pflicht erfüllen. Schwarz und weiß. All die verwirrenden Facetten dazwischen könnte ich einfach vergessen. Wie leicht wäre es, so zu tun, als wäre nichts gewesen und mich an meinem alten Ich festzuklammern...
Natürlich würde da auch irgendwann die Langeweile wiederkommen, aber war die Aufregung alles wert, das bis jetzt passiert war? Und würde es vielleicht noch schlimmer werden, wenn ich weiter ging? Vielleicht konnte ich noch Sachen verlieren, von denen ich gar nicht wusste, dass ich sie hatte...
„Ihr werdet noch Fehler machen", zischte Mister Supertoll mit all seinem Mut noch eine letzte Drohung und sie zogen ab. Für einen Moment herrschte eine ohrenbetäubende Stille. Das Leben, das ich haben könnte, dröhnte in meinem Kopf. Wie oft hatte ich die Eintönigkeit verflucht und all die offenen Fragen. Doch ich hatte gewusst, wer ich war, ich hatte einen Sinn gehabt. Und ich hatte Glia gehabt, als Freundin, die wirklich auf meiner Seite gestanden hatte. Um Verrat hatte ich mir nie Gedanken machen müssen, der Feind war immer draußen gewesen.
Jetzt war er überall, vielleicht war sogar ich es...
„Wir sollten einen sicheren Platz suchen. Bevor wir uns auf den Weg weiter durch den Hirnstamm machen, sollten wir auf jeden Fall noch einmal schlafen und uns regenerieren. Sonst hat er sicher recht und wir machen Fehler", plante Toxic nüchtern unser weiteres Vorgehen.
„Was? Du willst jetzt eine Pause machen? Wir sind schon so weit gekommen und gerade läuft es doch so gut", widersprach ich ihr verständnislos. „Es wird nicht mehr gut laufen, wenn wir alle in ein paar Stunden total übermüdet sind und gerade mitten in der nächsten Etappe festhängen, ohne

Möglichkeit eine Pause zu machen“, konterte sie mit ihrem giftigen Starrsinn.
„Und was macht ihr dann? Plant ihr in eurer mysteriösen Neuro-Hunter-Realität wie ihr mich am besten loswerden könnt?“, warf ich ihnen vielleicht ein wenig paranoid vor, allerdings war der Gedanke auch nicht so abwegig.
„Wenn du davon redest, wie egal es dir ist Neuro-Hunter zu töten, wäre das doch kein Wunder“, verteidigte sie sich und ich musste widerwillig eingestehen, dass sie damit ein gutes Argument gebracht hatte. Meine kleine Wächter-Demonstration hatte sicher nicht für die Harmonie in der Gruppe gesorgt. Aber die war ja schon von Anfang an im Eimer gewesen.
„Eine Pause könnte wirklich gut sein“, schlug sich Sirius ganz ruhig und sachlich auf ihre Seite. Auch wenn es nichts Großes war, fühlte ich mich verraten, es war wie ein Stich mit einer eisigen Klinge, nicht dass so eine Waffe wirklich existierte, obwohl sie sicher sehr effektiv wäre.
„Toxic hat recht, am Ende werden wir nur unaufmerksam und verlieren. Und für dich bedeutet das das endgültige Aus. Ich will nicht, dass das passiert. Bitte lass uns einfach eine Pause machen, auch nur für ein paar Stunden“, versuchte er mich voller Fürsorge zu überreden.
Hatten ihm meine gleichgültigen und mörderischen Worte gar nichts ausgemacht? Er schien mir immer noch zu vertrauen und mein Beschützer spielen zu wollen. Hatten sich meine Worte eben führ ihn vielleicht genauso angefühlt wie seine für mich? Sofort machten sich die dummen Schuldgefühle bemerkbar, eine andere Art von fiesem Stich.
Als ich wegen meiner dämlichen Grübelei nicht gleich antwortete, ging Sirius direkt davon aus, dass es an meinem Misstrauen lag und bot mir verständnisvoll an: „Du kannst auch das Zepter des Apoplex aufbewahren. Damit bist du quasi unantastbar und musst dir keine Sorgen machen.“
„Bist du wahnsinnig?! Sie hat doch schon die Synapsen-Kapsel!“, fuhr Toxic ihn fassungslos an. „Und ich gebe ihr auch

noch das Makrophagen-Fragment, wenn sie sich dann besser fühlt. Sie wird es nicht gegen uns einsetzen. Sie ist nur alleine mit Leuten, die sie schon mal umbringen wollten. Wärst du dann nicht auch vorsichtig?“, verteidigte er mich mit einer felsenfesten Selbstverständlichkeit, die etwas in mir weich werden ließ.

„Verwahre du den Stab des Apoplex. Ich vertraue dir“, entschlossen und völlig unzurechnungsfähig überreichte ich ihm die hochrangige Waffe. „Bist du dir sicher?“, gab er mir einfühlsam die Chance für einen Rückzieher ins Misstrauen.

„Ja“, bestätigte ich mit derselben Überzeugung, mit der er auch hinter mir stand.

Mein Verstand warnte mich zwar, dass Leute, die hinter einem standen, einem auch in den Rücken fallen konnten, doch ich wollte nicht auf ihn hören. Irgendwie wusste ich einfach, dass Sirius anders war und selbst wenn ich mich irrte, war durch ihn alles anders geworden. Mit ihm hatte alles angefangen und es hätte sogar schon etwas Poetisches, wenn es auch mit ihm enden würde.

Trotzdem wäre es mir natürlich am liebsten, wenn am Ende dieser Reise nicht mein Tod stand, sondern der Anfang eines neuen Lebens ohne Lügen...

Man! Warum war ich gerade so pathetisch? Sicher war das die hochemotionale Musicalstimmung. Ätzend. Wir mussten weiter! Sonst klauten uns diese Tanzloser zum Schluss noch unser Ende, egal ob tragisch oder überglücklich.

„Gehen wir. Bei der nächsten Unterkunft bleiben wir. Zwei Stunden, maximal drei für euer zweites Leben und dann legen wir den Rest zurück“, übernahm ich entschlossen die Planung oder wiederholte vielleicht eher, was die anderen schon geplant hatten, aber so klang es nicht nach Einknicken.

„Na dann los“, leicht hochnäsig schritt Toxic voran und ich überließ ihr die Führung. Sie beharrte sowieso nur darauf bis wir den Ausgang der Grabkammer erreicht hatten. In den dunklen Gang zu gehen, würde ja ein potenziell tödliches

Risiko bedeuten. Ja, ja, dieses Verhalten kannte ich von den mutigen Neuro-Huntern ja schon.
„Für den Notfall“, mit diesen Worten drückte ich Sirius meinen altmodischen Super-Defibrillator in die Hand und ging mit gutem Beispiel voran. Keine Fallen. Nicht einmal dämliche Fitness-Tanzspiele. Kinderleicht erreichten wir wieder die Formatio reticularis des Hirnstamms.
Nach unserem kleinen motorischen Abenteuer kam mir das hier vor wie eine ganz andere Welt, viel farbloser und feindseliger. Ein dummes Stimmchen in meinem Inneren wünschte sich in die aufgedrehte und energiegeladene Pyramide zurückzukehren. Natürlich tat ich es nicht. Für mich konnte es nur immer weiter voran gehen. Kein Zurückblicken, kein Zögern.

Kapitel 28

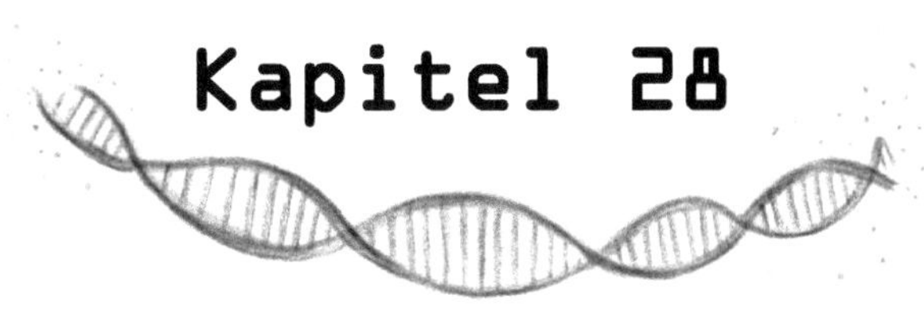

„Wollt ihr wirklich meinen Weg kreuzen? Seitlich oder vorne zum vorderen Horne. Ich werde euch dorthin senden und eure Reise wird unten enden“, hörte ich auf einmal eine seltsame, reimende Stimme. Verwirrt runzelte ich die Stirn. Woher kam die und was hatte das zu bedeuten?
Die Pyramidenbahn würde zu dem beschriebenen Verlauf passen. War das vielleicht eine Art letzte Herausforderung der Pyramide?
„Vader!“, rief Toxic entrüstet. Sofort schaute ich zu unserem kleinen Angsthasen rüber. Er hielt ein kleines Display in seinen Händen und starrte wie gebannt darauf.
„Falsch. Wir werden nach oben reisen und allen unser Können beweisen! Haltet den Atem an und passt gut auf, denn wir haben es drauf!“, ertönte unverkennbar die Stimme des selbstverliebten Anführers unserer Boyband Truppe und dann auch noch diese arroganten Reime! Zum Kotzen!
„Ein EEG! Live Bilder aus dem Nervensystem! Wo hast du denn das her?“, begeistert stellte sich Sirius neben ihn. „Gerade eben gekauft. Und dann kam die Kampfmeldung von der Pyramidenbahnkreuzung“, informierte Vader ihn ohne von seinem neuen Spielzeug aufzusehen.
„Wir hatten uns doch geeinigt, die Münzen für Waffen und Ausrüstung auszugeben! Unsere Vorräte sind eine Katastrophe!“, zeterte die ewige Nervensäge. Uh. Mir fiel gerade ein, dass es echt brutal wäre, wenn es den Begriff wirklich gäbe: Eine Säge für Nerven, am besten eine Kettensäge. Das wäre ein Gemetzel…
Nein. Ich musste bei der Sache bleiben. „Das mit den Münzen hast du allein entschieden und ich hab mir auch eigene

Sachen gekauft. Vader hat jedes Recht dazu. Außerdem ist dieses Ding echt praktisch. Jetzt können wir den nächsten Kampf spicken und müssen nicht völlig unvorbereitet reingehen", entschieden stellte ich mich ebenfalls zu unserer Shoppingqueen und schaute auf das EEG.

Die Kampffläche war wie ein etwas unregelmäßiges X geformt, was anatomisch auch logisch war. An der Pyramidenbahnkreuzung wechselten die Fasern des Tractus corticospinalis von der linken Hirnhälfte nach rechts und andersherum, sodass die Körperhälften überkreuz motorische Informationen bekamen. Bis auf den Tractus corticospinalis anterior, der weiter stur vorne verlief und nur einen sehr geringen Teil ausmachte. Das waren dann wohl diese Stränge, die leicht fransig an den Seiten verliefen.

Was passierte wohl, wenn einer der Kämpfer über den Rand trat? Bis jetzt tänzelten noch alle geschickt in der Mitte und versuchten einen fetten Muskelberg mit kämpferischem Sportoutfit und Elektroschockwaffen zu besiegen. Aber vielleicht tat mir ja noch einer den Gefallen über den Rand zu segeln.

Normalerweise war diese Struktur ja senkrecht und nicht waagerecht, außerdem müsste sie sich auf der ventralen Seite befinden, also einmal quer durch das verlängerte Rückenmark von unserer Position aus.

Wie hatten diese Idioten die Strecke so schnell zurückgelegt? Oder war sie genau wie die Pyramide hier einfach nicht an ihrem eigentlichen Platz?

„Wir sollten versuchen einzugreifen. Vielleicht ist das so ein Bosskampf wie in den Segmenten und er kann nur einmal geführt werden und selbst wenn nicht, sind beim ersten Sieg die Belohnungen höher und wir müssen uns für das, was kommt, rüsten", kommandierte Toxic von ihrer Schmollecke raus.

„Was wäre denn so verkehrt daran, wenn sie uns den Weg frei kämpfen? Ihr wolltet doch eine Pause und aufgerüstet

haben wir uns in letzter Zeit doch schon oft genug", erwiderte ich, ohne zu ihr rüber zu sehen.
Bis jetzt schlugen sich unsere Tanzgegner ja echt gut. Ihr Kampf wirkte tatsächlich so, als hätten sie auch dafür eine Choreografie und ihre Waffen waren schon schick, aber da konnten auch wir mit ein paar echten Schmuckstücken glänzen. Unser Kampfstil setzte sie halt nur nicht so perfekt abgestimmt in Szene.
„Offensichtlich sind wir noch nicht ausreichend aufgerüstet, sonst würden wir hier nicht zu viert stehen", erinnerte mich die Giftspritze. Ja, da hatte sie schon recht, aber dieses ganze Vorbereiten und Verbessern war immer so zeitaufwendig. Ich wollte am liebsten gleich durchmarschieren.
„BUMM! Und tot", kommentierte Vader den finalen Schlag unserer Konkurrenten. Sie hatten alle gleichzeitig angegriffen, perfekt abgestimmt. Wenn wir dieses Manöver versuchten, würden wir uns sicher aus Versehen gegenseitig treffen, auch wenn es bei Toxic fraglich wäre, ob da nicht doch eine gewisse Absicht dahinter steckte.
„Da seht ihr es! Wir machen nicht schlapp! Es geht nur bergauf und nicht bergab", lieferte der Selbstdarsteller noch einen letzten nervigen Reim, bevor die Übertragung endete. „Tja, jetzt ist es wohl zu spät, um selbst den Ruhm abzugreifen", mit einem provozierend lockeren Schulterzucken schaute ich zu Toxic.
„Das ist eure Schuld!", unterstellte sie uns wütend: „Seit Kali nicht mehr da ist, läuft hier gar nichts mehr!" „Toxic, beruhig dich. Wir wissen jetzt, was auf uns zukommt und können uns vorbereiten, falls es ein Kampf ist, den jeder für den Übergang absolvieren muss", nahm Sirius mal wieder die Rolle des besonnenen Vermittlers ein.
„Wenn es denn tatsächlich danach weiter im Hirnstamm geht, vielleicht ist es auch nur so eine Sackgasse wie diese Pyramide", gab ich kritisch zu bedenken. „Du hast darauf bestanden, da rein zu gehen", erinnerte mich Vader und nach einem warnenden Blick von mir, wurde er schlagartig ganz

kleinlaut. Ich sollte mit der Einschüchterungsmasche echt aufhören, das war nur ein Rückschritt und eigentlich hatte ich mir doch geschworen nach vorne zu streben.
„Wir sollten es versuchen. Vielleicht führt es uns ja auch zu einem Unterschlupf, wo wir Pause machen können. Irgendwo hier muss es ja etwas geben“, zeigte sich Sisi optimistisch. „Ja, ja schon klar, wir machen einfach, was wir immer getan haben und kämpfen auf gut Glück“, meinte ich mit einem kleinen Seufzen.
Wie ich das gesagt hatte, klang es so, als wären wir schon eine Ewigkeit zusammen unterwegs, dabei lag mein altes Leben gar nicht so weit zurück. Unvorstellbar…
„Er hatte Elektroschockwaffen für den Nahkampf. Am besten wäre es, wenn wir auf Abstand bleiben und ihn mit Distanzwaffen angreifen, bis er einknickt“, machte sich Toxic jetzt doch teamfähig an die Angriffsplanung: „Und meine GABBA-Granaten können uns ein wenig Zeit verschaffen. Außerdem sollten wir uns Rüstungen aus Myelinscheiden anziehen. Ich habe drei kaufen können.“
Aha, sie „konnte“ nur drei kaufen, ich denke, das passende Verb war wohl eher „wollte“. Allerdings würde ich mich darüber nicht streiten. Ich wollte auf keinen Fall etwas anziehen, das durch den Tod der süßen Alpha-Motoneuronen entstanden war und ich hatte noch einen viel größeren Diskussionsbedarf, als dass ich mich an dieser Kleinigkeit aufhalten konnte.
„Warum so defensiv? Bekämpfen wir doch Feuer mit Feuer, wie bei unserer ersten Begegnung oder auch C1. Verpassen wir ihm einfachen einen so heftigen Schlag, dass er gar keine Gelegenheit hat, uns anzugreifen“, schlug ich ein völlig anderes Vorgehen vor.
„Das ist viel zu riskant. Außerdem haben wir gar nicht die richtige Ausrüstung dafür“, lehnte die Giftspritze natürlich sofort ab.
„Doch, die haben wir“, bekam ich unerwartet Hilfe von unserem kleinen Feigling: „Wir haben doch die Neuritenpeitschen

von C1, wenn wir die bündeln, haben wir locker genug Saft. Jeder könnte zwei oder sogar mehr nehmen und die Enden könnten wir an Ranviersche Schnürringe binden, so würden sie nochmal verstärkt werden und wir könnten sie einfacher zu ihm schleudern."
Der Plan war richtig gut. Keine Ahnung, ob mir so eine kreative Lösung eingefallen wäre, die Idee in meinem Kopf war doch ziemlich… abstrakt gewesen.
„Ich bin dabei", stimmte ich gleich zu. „Ja, weil du dabei die Kontrolle hast", unterstellte mir die ätzende Nervensäge. Wenn das noch lange so weiterging, würden wir beide noch einen Kampf auf Leben und Tod führen, aber fürs erste hatte ich andere Pläne und so sagte ich schlicht: „Wie wäre es mal mit ein wenig Vertrauen?"
Widerwillig dachte sie für einen Moment nach und gab dann mit einem sehr steifen Nicken nach. „Gut, dann besuchen wir mal den Kampfplatz", mit diesen Worten griff Sirius eine der Neuritenpeitschen, während ich meine Flügel ausbreitete. Ich könnte ihn auch tragen, wie bei unserem Tanz, aber wir wussten wohl beide, dass das nicht gut wäre.
Ohne große Probleme stießen wir auf die doch recht auffällige Struktur der Pyramidenbahnkreuzung, die tatsächlich vorne lag. Nur seltsam, dass wir sie vorher gar nicht bemerkt hatten oder war es Absicht, dass man erst Stück für Stück vorgehen konnte? War das eine Art Abwehrmechanismus? Oder war es etwas anderes? Programmierte Herausforderungen?
Für die Videospiel-Theorie fühlte ich mich immer noch einfach zu lebendig und dieser Ort war auch zu lebendig. Es gab so viele Antwortmöglichkeiten von absolut grauenvoll bis versöhnlich und ich wollte mich nicht auf eine festlegen, nur damit meine Welt am Ende wieder an der Wahrheit zerbrach.
Wie auch in der Übertragung unserer Gegner tauchte der Muskelgigant mit seinen Elektroschockwaffen auf und fing an uns sein Gedicht vorzutragen. Sehr unhöflich nutzten wir

diese Zeit, um noch schnell die Neuritenpeitschen mit den Ranvierschen Schnürringen zu verbinden und voilà.
Kaum dass er fertig war, jagte ich sie auf ihn und wir grillten ihn mit vereinter Kraft. Schnell und schmerzlos oder wohl eher schmerzhaft, aber er gehörte zu den Persönlichkeitslosen, er würde wiederkommen und wieder und wieder. Ein ewiger Kreislauf des Kampfes und auch wenn ich die Seiten gewechselt hatte, steckte ich immer noch drin.
„Ich frag mich, was der Gewinn für den ersten Sieg war", meinte die echt permanent unzufriedene Toxic. „Wir haben doch eine gute Beute bekommen und ohne dieses Vorwissen wäre es nie so glatt gelaufen. Das waren doch leicht verdiente Münzen", bot auch Sirius ihr mal die Stirn.
„Damit können wir uns sicher eine top Schlafmöglichkeit leisten, in die auch nicht einfach jemand reinstürmen kann", ging ich gleich einen Schritt weiter. „Dann folgen wir mal dem Tractus corticospinalis", ganz mutig setzte der Feigling einen Fuß auf die dicke absteigende Bahn der linken Hirnhälfte und verschwand einfach.
War er etwa unbeabsichtigt zurück nach unten ins Rückenmark gereist? Ich wollt das alles nicht nochmal durchlaufen!
„Vader?", fragte Sisi zögerlich, obwohl es klar war, dass er uns nicht hören würde. „Vielleicht sollten wir in die Grabkammer zurückkehren und nach einer Karte von den höheren Ebenen des ZNS suchen, damit wir auf solche Falltüren nicht mehr reinfallen", überlegte Toxic und schien sich überhaupt nichts daraus zu machen, dass uns ein weiteres Teammitglied verloren gegangen war. Bald waren keine mehr da.
„Mit dieser Einstellung werden wir nicht gewinnen", widersprach ich ihr genervt. Mit ihr drehte man sich immer in einem nie enden wollenden Kreis… Auf einmal tauchte Vader ohne jede Vorwarnung wieder auf. Fast hätte ich ihn allein aus Reflex angegriffen.
„Wo bleibt ihr? Da hinten ist der Übergang vom verlängerten Rückenmark zur Brücke. Dort können wir uns nochmal rüsten und Pause machen", informierte uns der Zurückgekehrte

und man konnte ihm richtig ansehen, wie stolz er auf sein mutiges Voranpreschen war.
Was? Wollte er dafür jetzt eine Medaille?
„Suchen wir uns zuerst eine gute Unterkunft, bevor wir wieder alle Münzen ausgeben und sie uns nicht mehr leisten können“, ohne auf die anderen zu warten, schritt ich an Vader vorbei. Ihre Strategie immer alles gleich zu investieren war wirklich radikal und ich wollte nicht am Ende dumm dastehen und unnötige Kämpfe führen, nur um unsere Reserven aufzustocken.
„Behandele uns nicht wie dumme Kinder. Du verstehst doch nicht einmal, wie die Dinge auf unserer Seite laufen“, kaum dass Toxic neben mir aus der Pyramidenbahn auftauchte, meckerte sie auch schon los. Einfach nur anstrengend.
Dieser Wechsel war anders gewesen, als die normalen Reisen durch die Nervenbahnen, man konnte es eigentlich nicht einmal Reise nennen. Es war mehr, als wären wir durch einen unsichtbaren Schleier getreten und jetzt standen wir auf einem Platz mit vielen Gebäuden, der nur auf die ersten Besucher zu warten schien oder wohl eher Eroberer. Einladend brannten überall Lichter. Aha. Glühende Synapsen. Das sah schon schön aus und friedlich.
„Hey! Guckt mal! Der Laden klingt doch gut!“, mit diesen Worten deutete Sisi auf ein Gebäude dessen blau leuchtende Reklame „Locked-In“, verkündete. „Für mich hört sich das mehr nach einem Gefängnis an“, beurteilte ich abschätzend.
„Das Locked-In-Syndrom tritt auf, wenn die Pons geschädigt ist, dann hat man noch das volle Bewusstsein, ist aber komplett bewegungsunfähig, bis auf senkrechte Augenbewegungen“, erteilte mir Toxic überheblich eine Lehrstunde in neurologischen Krankheiten.
„Hört sich immer noch nach Gefängnis an“, kommentierte ich nur unbeeindruckt. Gefangen im eigenen Körper zu sein, war doch scheiße. „Da gegenüber wäre noch das apallische Syndrom“, meinte Vader begeistert und deutete auf die andere

Straßenseite. Der Laden war in rotem Licht gehalten und wirkte mindestens genauso mies.
Ich wusste genau, was sich hinter diesem Begriff verbarg, doch scheinbar hielt es die Giftspritze auch hier für nötig, mich zu belehren: „Das ist quasi das Gegenteil: Bewegungen wären zwar möglich, weil Zwischenhirn, Hirnstamm und Rückenmark intakt sind, aber weil die Großhirnfunktionen ausfallen, gibt es kein Bewusstsein mehr."
Hatte sie vergessen, dass ich Teil des Nervensystems war? Wenn hier jemand den Klugscheißer spielen durfte, dann ja wohl ich, aber sie waren wohl anscheinend alle von Anatomie und Physiologie des Nervensystems besessen.
Eins musste man ihnen lassen: Ihre Hausaufgaben hatten sie gemacht.
„In beiden Fällen sind wir wehrlos, was ist daran so verlockend?", verständnislos sah ich die Eindringlinge an. „Weil unser Bewusstsein aktiv bleibt, bekommen wir im Locked-In-Syndrom Zusatzwissen über das, was hier so geschieht. Das könnte uns im weiteren Verlauf helfen", klärte mich Sirius sanft auf und auch Vader erklärte mir auf Augenhöhe: „Währenddessen würden wir im apallischen Syndrom entweder motorische Verbesserungen bekommen oder wie ferngesteuert hier rumlaufen und noch ein paar kleine Kills sammeln."
Wie ein Zombie Geschöpfe wie mich umbringen? Ich wäre schlimmer als eine der persönlichkeitslosen Gliazellen… Vor dem Gedanken graute es mir.
„Das Locked-In-Syndrom", entschied ich prompt. „Das sagst du nur, weil Sirius es vorgeschlagen hat. Außerdem liegt die Entscheidung nicht allein bei dir", musste Toxic mal wieder Probleme machen.
„Wissen ist Macht", erwiderte ich nur erhaben. „Für mich ist es auch in Ordnung", meinte Vader mit einem Schulterzucken. Oho. Was sagt man dazu? Toxics Gesichtszüge entgleisten vollkommen: „Ihr stellte euch alle auf ihre Seite?!"

Und weil ich unverhofft in der Position für Gefallen aus Güte war, verbesserte ich sie edelmütig: „Es gibt keine Seiten, wir sind ein Team und du könntest ein Teil davon sein.“ Na gut, vielleicht war das auch eher schadenfroh als edelmütig, aber ein beflügelndes Gefühl hatte ich trotzdem, was witzig war, da ich ja strenggenommen schon Flügel hatte.
„Klärt eure Angelegenheiten und stärkt euch, nach drei Stunden beginnt unsere letzte Etappe“, mit einem entschlossenen Grinsen schritt ich auf das vielversprechende Locked-In-Syndrom zu.
Ich hatte Unterstützung, ich hatte stärkere Waffen als je zuvor und ich hatte ein Ziel. Hiernach würde mich nichts mehr aufhalten…

Kapitel 29

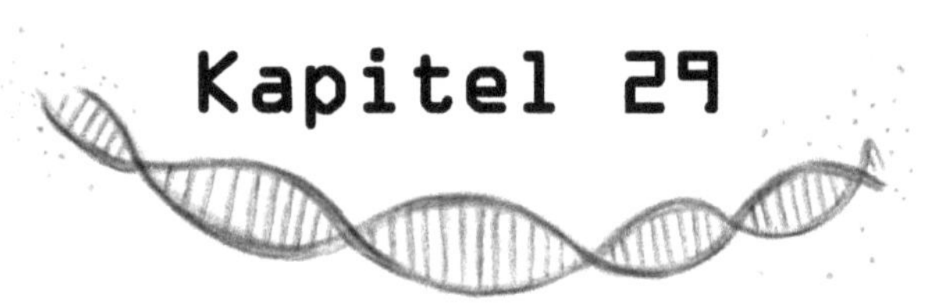

Keine Ahnung wie ich mir diese sehr kostspielige Auszeit vorgestellt hatte, aber nicht so. Ich stand einfach aufrecht in einem Glasbehälter, als wollten mich die Gliazellen, die den Laden betrieben, einlegen. Rückenmarksträger in Essigwasser, klang doch lecker.
Allerdings war es Liquor, der in die wenig vertrauenserweckenden Röhren gepumpt wurde und darin trieb ich irgendwie und fühlte mich wie eine Essiggurke. Ich war wach, aber bewegungsunfähig, nicht einmal meine Atmung funktionierte, was unter diesen Umständen wohl auch besser war.
Meine Augen waren geschlossen, doch ich konnte alles hören und damit meine ich wirklich alles. In meinem Kopf schwirrte ein Chaos aus unzähligen Neuro-Huntern auf allen Segmenten. Ich hörte sie lachen und schreien, lockere Gespräche führen und Drohungen aussprechen. Nur hier und da konnte ich Bruchstücke aufschnappen.
„Eine Rückenmarksträgerin“ „so romantisch“ „NEIN! Bitte nicht!“ „Wie hat er das gemacht?“ „Ein Hacker“ „Schwing die Hüften!“ „unfair“ „Flieg mit mir!“
Moment mal! Diese Fetzen bezogen sich auf mich, auf uns! Glaubte ich zumindest. Es wäre ein plausible Erklärung. Das Locked-In-Syndrom zeigte mir Nennungen von uns im gesamten Nervensystem auf! Und weil ich kein Neuro-Hunter war und wir ein paar spektakuläre Kämpfe geführt hatten, waren wir natürlich sehr bekannt, zu bekannt.
Wenn diese Flut noch weiterging, würde mein Schädel noch platzen! Die abgemachten drei Stunden würde ich das ganz sicher nicht aushalten! Konnte man das irgendwie abschalten oder vielleicht auch lenken?

Versuchen konnte ich es ja mal. Wahllos konzentrierte ich mich auf eine der verworrenen Stimmen.
„Ich frag mich, wie sie existieren kann“, es war eine Frau, sie klang ruhig, ja, gedankenverloren: „Eigentlich sind die Rückenmarksträger doch nur da, um uns aufzuhalten.“ „Ausnahmen bestätigen die Regel“, erwiderte eine andere Stimme unbeschwert.
Langsam verebbte das überwältigende Chaos in meinem Kopf und da waren nur noch diese beiden.
„Als sie den Neuro-Hunter geküsst und mit ihm getanzt hat, wirkte sie so absolut echt…“, überlegte die Frau vom Anfang weiter. „Soll ich dir zeigen, wie es ist von einem Neuro-Hunter geküsst zu werden?“, lenkte der andere schelmisch bis hin zu verführerisch vom Thema ab.
„Ist das dein Ernst?“, fragte sie mit einem ausgelassenen Lachen: „Das hier ist nicht einmal real!“
„Du kannst ja vergleichen, ob es in der Realität oder hier besser ist“, blieb er auf freche Art hartnäckig. „Du bist so verrückt!“, ihr Lachen ging mehr in ein Hauchen über. Wahrscheinlich küssten sie sich jetzt, zumindest redeten sie nicht weiter und in der Stille konnte ich endlich wieder meine eigenen Gedanken hören.
Sirius und ich würden uns nie in der Realität küssen können oder zumindest in keiner, die für uns beide real war und streng genommen sollten wir uns überhaupt nicht küssen. Wieso hatte ich von allen Gesprächen ausgerechnet dieses ausgesucht?
Jetzt fühlte ich mich einfach nur mies und hatte keinerlei brauchbare Informationen dazugewonnen. Vielleicht war es doch nicht so gut, meine eigenen Gedanken zu hören.
Bereitwillig ließ ich wieder die Sturzflut aus Erwähnungen über mich hereinbrechen. Brachte das überhaupt etwas? Konnte ich von irgendeinem von ihnen noch etwas Neues erfahren? Sie klangen vielmehr genauso verwirrt und ahnungslos wie ich. So viele Vermutungen, so viele Beschwerden, so

viele unbefangene Scherze, wenn unser Tanz nachgeahmt wurde...
Auch wenn ich es besser wusste, waren es gerade die letzten Momente, in denen ich mich verlor. Es war so leicht, sich auszumalen, wie sie im Kreis wirbelten und zu Thriller tanzten. Augenblicke voller Freude und Farbe. Irgendwie war ich ein Teil davon und doch unerreichbar. Im Grunde war es nur eine weitere nette Illusion, eine Ablenkung auf meinem Weg zur Wahrheit. Aber obwohl ich das wusste, konnte ich einfach nicht aufhören.
Indirektes Glück war immer noch besser als gar keins, auch wenn es momentan für mich ja nicht einmal so schlecht lief, nur lag halt die „Ist es echt?"-Problematik vernichtend über allem.
Ohne Vorwarnung änderte sich schlagartig alles. Die Stimmen verstummten und stattdessen tauchte ein Bild vor meinen Augen auf: Es war eine große, schimmernde Brücke, die über einen pechschwarzen Abgrund führte, eine drohende Leere... Nein, das stimmte nicht ganz, dort blitzten Impulse auf! Nerven! Das musste DIE Brücke sein, die Pons, die die Medulla oblongata mit dem Kleinhirn und dem Mittelhirn verband!
Mein Blick schweifte weiter, gelenkt von einer außenstehenden Macht. Ein glühender, weißer Baum und schießende Impulse... Was hatte der mit der Brücke zu tun?
Auf einmal tauchte meine Sicht unter. War ich wieder im äußeren Liquorraum oder dieses Mal vielleicht in einem der Ventrikel im Gehirn, in denen der Liquor aus dem Blut gefiltert wurde?
Verschwommen sah ich eine Gestalt mit einer schwarzen und einer roten Hand und extrem langen Beinen... Was war das? Bevor ich mir darüber Gedanken machen konnte, schweifte mein Blick schon weiter. Tada! Da war das mächtige Tor des Thalamus, die letzte Hürde vor dem Großhirn, unser Ziel.

Es sah schon ziemlich einschüchternd aus, doch auch hier hatte ich keine Zeit für eine eingehende Betrachtung. Schon endete mein Locked-In-Syndrom-Trip und ich schnappte nach Luft, als ich aus dem Behälter auftauchte.
Sich wieder bewegen zu können, war echt ein verdammt gutes Gefühl! Wie ein Hund schüttelte ich mich erst einmal gründlich, damit auch endlich wieder Gefühl in meine wackeligen Glieder kam.
Es fühlte sich absolut komisch an, auch wenn sich mein Körper eigentlich ganz gut regeneriert hatte. Auch die anderen brauchten einen Moment, um sich nach dieser krassen Auszeit wieder an das wahre Leben zu gewöhnen oder sagen wir einfach mal mein wahres Leben.
„Habt ihr das auch gesehen? Das war wie eine Karte!“, fing Vader als erstes wieder ein Gespräch an. „Ja. Die Brücke, ein seltsamer Baum, Liquor, ein Wächter und das Zwischenhirn mit dem Tor“, fasste ich nochmal zusammen für den Fall, dass wir doch nicht das gleiche gezeigt bekommen hatten.
„Der Wächter hatte bestimmt etwas mit dem Mittelhirn zu tun. Schwarz und rot, das würde doch zur Substantia nigra und dem Nucleus ruber passen, schwarze Substanz und roter Kern“, spekulierte Sirius voller Tatendrang. „Und der Aquaeductus mesencephalis läuft da mitten durch, was zu der Liquor-Perspektive passen würde“, lieferte der kleine Baller-Heini weitere Argumente für seine These.
„Mehr als vage Vermutungen hat uns diese tolle Chance der Informationsgewinnung nicht gebracht. Im apallischen Syndrom hätten wir die Zeit effektiver nutzen können“, musste Toxic unser Vorgehen mal wieder schlechtmachen. „Was geschehen ist, ist geschehen. Machen wir uns nach eurer Pause endlich auf den Weg, nicht dass ihr nochmal müde werdet“, ging ich stichelnd zur Tat über.
Zielstrebig verließ ich unsere sehr spezielle Unterkunft und marschierte über den geisterhaft leeren Markt. Schon lichteten sich die vielseitigen Gebäude und vor uns zeigte sich die mächtige Brücke, die Pons, die einen Durchgangbereich und

eine Verbindungsstelle vieler wichtiger Bahnen darstellte. Sie sah genauso aus, wie in dem Ausblick eben, leider traf das auch auf die sie umgebende Leere zu.
Da wollte ich nicht runterfallen… Ach, was machte ich mir überhaupt Sorgen? Ich hatte Flügel, wenn ich aus irgendwelchen Gründen den Boden unter den Füßen verlor, würde ich einfach fliegen, ganz leicht.
„Hat dein Elektroencephalogramm eigentlich noch irgendeinen Kampf von unseren lieben Freunden aufgezeichnet?“, versuchte ich von Vader noch potenziell hilfreiche Informationen zu bekommen.
Kurz warf er einen Blick auf das Display und schüttelte nur den Kopf. Also gut, dann würden wir uns wohl wieder überraschen lassen. Meine Hinterhörner registrierten zumindest noch keine Gefahr.
„Aktivier schon mal die Ranvierschen Schnürringe“, wandte ich mich dennoch wachsam an Sirius. Angespannt schweigend kam er meiner Aufforderung nach und auch die anderen beiden machten sich kampfbereit.
Es wäre schon praktisch gewesen, wenn wir wie bei der Pyramidenbahnkreuzung gewusst hätten, was auf uns zukam… Wieder machte ich den ersten Schritt. Beschützend stand Sirius direkt neben mir, doch es gab nichts, wovor ich beschützt werden musste.
Alles blieb ruhig. Die einzige Veränderung war ein leichtes, pulsierendes Glühen unter meinen Füßen. Taktile Reize…
„Kommt ihr jetzt auch mal?“, forderte ich meine chaotische Gruppe auf. Ohne zu zögern stellte sich Sirius neben mich, die anderen beiden folgten etwas zurückhaltender. Wachsam setzten wir uns in Bewegung. Dass uns im Locked-in-Snydrom kein Gegner gezeigt worden war, hieß nicht, dass hier auch wirklich keiner rumlief.
Schön mittig überquerten wir die irgendwie faszinierende Brücke. Doch das fühlte sich nicht richtig an, das war viel zu leicht! Alle Segmente waren mit verbissenen Verteidigungen versehen gewesen und auch die Medulla oblongata mit den

fiesen Kerngebieten und der Pyramidenbahn war kein Zuckerschlecken gewesen. Streng genommen hatten wir da fast bei jedem Schritt kämpfen müssen und jetzt gar nichts? Auf einmal spürte ich ein leichtes, undefiniertes Kribbeln in meinen Hinterhörnern. Alarmiert fuhr ich herum, doch es war nirgendwo etwas zu sehen.

„Fly, was ist?“, angespannt verstärkte Sirius seinen Griff am Makrophagen-Fragment. „Irgendetwas stimmt nicht“, konnte ich ihm keine besonders konkrete Auskunft geben. Das ungute Gefühl meiner Gefahrenwarner verstärkte sich rasant.

„Du bist paranoid“, hallte durch die bedrohliche Leere. Oh nein. Auf einmal zerbrach die massive Brücke unter unseren Füßen in tausend Stücke. Reflexartig schlug ich mit meinen Flügeln und griff nach Sirius. Doch ich konnte nicht fliegen! Waren das die Brückenkerne, die Nuclei pontis, die mit für die Regulation der Motorik verantwortlich waren oder zog uns einfach etwas nach unten?

Hilflos gab ich alles, doch wir fielen, immer weiter und weiter. Ich konnte uns nicht retten. Aber es musste einen Ausweg geben! Das konnte nicht das Ende sein! Die Dunkelheit verschluckte uns.

Fest klammerte ich mich an Sirius. Er war bei mir…

Plötzlich schlugen wir auf dem Boden ein. Für einen Sturz mit dieser Länge war die Landung noch verhältnismäßig glimpflich gewesen, dennoch hatte sie mir die ganze Luft aus den Lungen gedrückt.

„Ist alles in Ordnung? Geht es dir gut? Hast du dich verletzt?“, wollte Sirius besorgt von mir wissen und strich mit seiner Hand über meine Wange. Er sah nur mich. Wir könnten in jeder möglichen Gefahr gelandet sein, doch sein erster Gedanke galt mir…

„M-mir geht es gut“, stammelte ich überfordert. Ich stammelte! Was war denn da los?! Vielleicht hatte ich von dem Sturz doch eine Gehirnerschütterung oder so davongetragen.

Seine Beschützereinstellung war doch nichts Neues und auch auf dem Schmusekurs war er schon länger. Warum berührte mich das immer wieder? Oder vielleicht sollte ich eher fragen, warum er mich immer wieder berührte. Wenn er das sein ließ, hätte ich dieses Problem gar nicht. Genau. Er war ein Problem.
„Das ist der Baum", hauchte Vader staunend. Welcher Baum? Irritiert wandte ich meinen Blick von Sirius ab. Wie lange hatte ich ihn wohl mit diesem Gedankenstrudel angestarrt? Unwichtig. Immer nach vorne denken.
Aha. Der weiße Glühbaum aus dem Locked-In-Syndrom, kaum zu übersehen. Allerdings hatte uns unsere interaktive Unterkunft einige wichtige Details vorenthalten: Besagte Struktur wurde von zerklüfteten, riesigen kuppelförmigen Mauern umgeben, die sogar auf dem weißen Plateau acht verschlungene, aufragende graue Formationen bildeten. Zwischen der Wand und diesen Gebilden gab es sogar eine Verbindung: Von außen wurden permanent Impulse nach innen gefeuert. Da kam doch Freude auf.
Und nicht zu vergessen der monströse Killerwurm, der direkt über dem magisch leuchtenden Baum an der Decke entlang kroch. Außerdem gab es drei Stege, die zu diesem speziellen Ort führten, leider verlor sich unserer hinter uns in der Leere und es gab nur den Weg nach vorne.
Aber wenn ich mich nicht ganz irrte, müssten uns die anderen beiden zur Medulla oblongata und dem Mesencephalon führen. In unserem Fall würde ich zweiteren wählen, wir wollten ja keinen Rückschritt machen und wieder ins verlängerte Rückenmark spazieren.
Wenn das hier der Kleinhirnstiel von der Pons war, also Pendunculus cerebellaris medius, müsste der da drüben, der so tief ansetzte, der Rückweg sein, also Pendunculus cereballis inferior und das bedeutete, der da ganz hinten, zu dem in der gewundenen grauen Substanz noch ein paar undefinierte Stufen hochführten war Pendunculus cerebrallis superior und damit unser Pfad ins Mittelhirn.

War ja klar gewesen, dass wir dafür einmal quer durchs ganze Kleinhirn mussten und der Wurm da oben, auch Vermis genannt, würde uns dabei sicher auch noch Probleme machen. Außerdem freute ich mich echt gar nicht auf das Kreuzfeuer, das von den Purkinje-Zellen der grauen Außenwand oder auf klug gesagt dem Cortex cerebelli veranstaltet wurde, um die vier Kleinhirnkerne im Inneren zu hemmen.
Nucleus dentatus, eboliformis, fastigii und globosus, links und rechts. War es nicht schön, dass ihre Anfangsbuchstaben einen Teil des Alphabets ergaben? Zu uns würde gerade wohl am besten A wie am Arsch passen.
Theoretisch könnten wir die äußerste Schicht der Kleinhirnrinde aktivieren, sodass das stratum moleculare die Purkinje-Zellen hemmte. Nur befürchtete ich, dass die netten Alphabet-Kerne durch den Wegfall ihrer Hemmung anfangen würden zu feuern. Die ganze Sache mit der Hemmung der Hemmung war schon ganz schön kompliziert und vor allen Dingen aussichtslos.
So oder so würden wir unter einem krassen Beschuss stehen und selbst so toll taufrisch und regeneriert, wie wir gerade waren, würden wir das nicht lange durchstehen. Eine miese Zwickmühle.
„Arbor vitae. Der Lebensbaum", hauchte Sirius ganz verzaubert von dem mächtig strahlenden Kleinhirnmark. Scheinbar sah er gerade von der tödlichen Schönheit vor uns nur den schönen Aspekt, während meine Gedanken um den anderen Teil kreisten.
Warum mussten wir auch hier unten in der Schädelgrube landen?
„Guckt mal da vorne! Sind das nicht die Tänzer?", bemerkte Vader und deutete auf einen der Kleinhirnkerne, das müsste Nucleus dentatus sein und tatsächlich hatten sich die so perfekt abgestimmten Idioten dort in eine Lücke gequetscht, wo sie vor dem Dauerfeuer geschützt waren.
„Mit ein bisschen Pech, wirken diese Impulse wie GABBA-Granaten und lähmen einen. Dann steht man blöd da, bis

man so viele Treffer kassiert hat, dass man sich auflöst. Immerhin ist das stratum purkinjense für das Hemmen der Motorik bekannt", überlegte sich Toxic gleich den schlimmsten Fall.
Dummerweise wäre das wirklich sehr plausibel und selbst wenn es nur normale Impulse waren, würde es immer noch extrem unangenehm werden, hindurch zu gehen. Und leider fiel mir auch keine kreative Lösung für das Problem ein.
Es wirkte ganz so, als hätten wir keine andere Wahl, als in den sicheren Tod zu spazieren... erloschen im Kreuzfeuer der Synapsen. Beinahe ironisch, wenn ich mir überlegte, dass es früher immer mein Wunsch gewesen war zu wissen, wie es war ein Teil der fernen Impulse zu sein.
Hoffnungslos machte ich einen Schritt nach vorne oder zumindest wollte ich das. Sirius hielt mich auf. „Fly, tu das nicht", sagte er eindringlich und verdammt nah an meinem Ohr: „Wir sind schon zu weit gekommen, um jetzt aufzugeben. Kämpf weiter."
Warum brauchte ich ihn, um mich daran zu erinnern?
„Ich würde sagen, wir aktivieren die Molekularschicht, die ist ja auch gleich hier außen und dann haben wir freie Bahn", präsentierte Vader die gleiche Überlegung, die auch ich gehabt hatte, doch er übersah ein wichtiges Problem, über das ich ihn auch direkt aufklärte: „Wenn die Nuclei nicht mehr durch die Purkinje-Zellen gehemmt werden, feuern sie selbst und wir stehen wieder im Kreuzfeuer."
„Warum probieren wir es nicht einfach?", meinte Sirius aufgeschlossen, aber ich wusste, dass dahinter nur Ideenlosigkeit steckte. „Warum nicht?", meinte ich mit einem immer noch nicht sehr optimistischen Schulterzucken.
„Und wie aktivieren wir sie?", stieß Vader auf das nächste Problem. „Ich würde mal sagen mit einem Energiestoß. Nehmt doch die Neuritenpeitschen, das wäre fast schon eine physiologische Innervation", lieferte ich die naheliegendste Lösung.

„Du bist genial!", aufgeregt gab mir Sirius einen kleinen Kuss auf die Schläfe. Überrumpelt sah ich ihn an. Hektisch wandte er sich ab und ließ die Nervenfortsätze aus seinem ungreifbaren Lager auftauchen.
Diese kleine, völlig selbstverständliche Geste der Zuneigung war also keine Absicht gewesen… Wir steckten schon viel zu tief drin. Aber er hatte recht, ich musste weiterkämpfen.

Kapitel 30

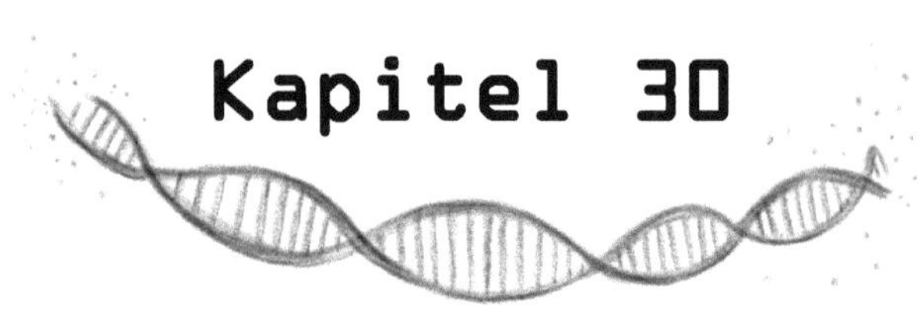

Als Befestigung für die Neuritenpeitschen nutzten wir die schon bewährten Ranvierschen Schnürringe und gaben auf gut Glück einfach einen Impuls in die äußerste Schicht der Kleinhirnrinde. Minimal zeitverzögert hörten die Purkinje-Zellen ein gutes Stück rechts von unserer Position auf zu feuern und blieben auch einen Moment länger still.
Dann setzte der ungehemmte Kern ein und gab ein paar grelle Salven zum Besten, bis er schließlich wieder ordnungsgemäß gehemmt wurde. Kein besonders spektakulärer Ablauf und auch ziemlich vorhersehbar. Außerdem reichte die Feuerpause locker, um wie unsere lieben Konkurrenten zu einer der grauen Strukturen zu laufen und dort in Deckung zu gehen.
Wir hatten noch den Vorteil, dass wir durch unsere mobilen „Elektroden" ganz leicht auch im Verlauf für einen schussfreien Korridor sorgen konnten, dafür musste ich ja nur einfach die Ranvierschen Schnürringe versetzen.
Die Peitschen aus C1 und diese Waffen von den Ritter-Typen waren wirklich Gold wert. Damit erschien diese unlösbare Aufgabe gleich wie ein Spaziergang. Tja, Kreativität war nun mal wichtiger als eine spitzenmäßige Ausrüstung. Unsere Konkurrenten müssten diese Lektion jetzt auch gelernt haben.
Nach ein wenig Ausprobieren hatten wir die Stellen gefunden, die wir aktivieren mussten, damit sich für uns die perfekte Schneise zu einem der Kleinhirnkerne auftat. Wir hatten bewusst den gewählt, der von den Idioten am weitesten entfernt lag (es müsste Nucleus fastigii sein). So konnten wir sie aus sicherem Abstand vorführen.

Zusätzlich lag unser Ziel schon ziemlich mittig, von da war es nur noch ein Katzensprung bis zu dem verheißungsvoll glühendem Arbor vitae. Dort würden wir dann die andere Seite aktivieren und die restliche Strecke zurücklegen, wirklich ein einfacher Plan.
Aber ich hätte mir eigentlich schon denken können, dass unsere Rechnung nicht so aufgehen würde.
Der Weg bis zur zerklüfteten Zellkörperansammlung war nicht schwer. Es war schon irgendwie ein aufregendes Gefühl, wie wir durch ein Kreuzfeuer der Synapsen gingen, ohne in der direkten Schusslinie zu stehen, als würde sich das Meer der Impulse geradezu magisch für uns teilen, allerdings steckte dahinter ja ein berechnetes Vorgehen.
Als nächstes war wieder Experimentieren angesagt. Grob platzierte ich die Ranvierschen Schnürringe an ähnlichen Stellen wie eben und arbeitete mich auch da zur perfekten Position vor. Natürlich bekamen sie dabei auch einige Treffer ab, jedoch war der Schaden dadurch sehr überschaubar. Bis jetzt lief alles genau wie geplant.
Plötzlich schnellte der riesige Wurm nach unten. Ein Geschöpf von dieser Größe sollte nicht so eine Geschwindigkeit draufhaben! Blitzschnell schnappte er mit seinem monströsen Maul nach einer der Neuritenpeitschen und schlürfte sie auf wie eine Spaghetti. Dummerweise hing Sirius noch am anderen Ende. Instinktiv hielt er den Nervenfortsatz fest. Genau die falsche Reaktion. Dieses Tauziehen konnte er nicht gewinnen.
Er wurde aus unserer schützenden Nische heraus mitten ins Kreuzfeuer gerissen. Ohne zu zögern sprang ich ihm hinterher und stieß ihn zurück zu unserem grauen Kern. Und das war auch die letzte Bewegung, zu er ich fähig war.
Mit einem dumpfen Schmerz traf mich einer der Impulse und ich erstarrte vollkommen. Da hätte ich ja noch lieber einen heftigen Krampf wie bei Achl-Granaten gehabt, damit konnte man wenigstens arbeiten, aber so... Schon traf mich der

nächste Schuss und ich konnte überhaupt nichts dagegen tun. Verdammt!
Auf einmal schlang sich eine der Neuritenpeitschen um mich und schleuderte mich zu der verwinkelten grauen Substanz oder genauer gesagt direkt dagegen. Kein besonderes angenehmes Rettungsmanöver, aber allemal besser als zu sterben.
Schnell zogen sie mich noch das letzte Stück zu sich. Oh. Vader hatte die Peitsche in der Hand. War das seine Idee gewesen? So langsam wurde er ja echt richtig nützlich, ein wertvolles Teammitglied.
„Du hast mich gerettet", atemlos sah Sirius mich an. „Als wäre das was Neues", brachte ich stark verlangsamt hervor, was meinem Spruch ein wenig den Pepp raubte. Trotzdem lächelte er daraufhin total süß. Fast hätte ich noch irgendetwas total Kitschiges und unangebrachtes gesagt, wie „Du bist meine Rettung" oder so einen Quatsch. Zum Glück kam Toxic dem zuvor und meinte bedauernd: „Jetzt haben wir eine Neuritenpeitsche und einen Ranvierschen Schnürring weniger. Und der Wurm da oben wird sicher eine sehr harte Nuss."
„Darum müsst ihr euch jetzt nicht mehr kümmern", hörte ich auf einmal eine Stimme hinter mir. Mist! Ich spürte den Schaft einer Waffe an meinem Hinterkopf und genau in dem Moment meldeten sich auch meine Hinterhörner. Anscheinend waren sie durch den verhängnisvollen Treffer ebenfalls verlangsamt worden. Schönen Dank auch.
„Los. Rückt die Ranvierschen Schnürringe und die Neuritenpeitschen raus, ansonsten killen wir euer tolles Ass im Ärmel", drohte der Anführer hörbar gestresst. „Du weißt schon, dass ich mehr als einen Schuss aushalte. Wenn ihr mich wirklich auslöschen könntet, hättet ihr es längst getan und würdet nicht einen auf dicke Hose machen", durchschaute ich ihn tiefenentspannt.

Na ja, um ehrlich zu sein, war ein Teil davon auch Fassade. Es war scheiße, sich während einem Hinterhalt nicht richtig bewegen zu können. Ich fühlte mich so ausgeliefert.
„Wollt ihr es wirklich drauf ankommen lassen? Wir haben schon ganz andere Gegner besiegt“, gab uns Mister Supergefährlich noch eine letzte Chance, die Sirius auch ganz unhöflich noch während der letzten Silbe nutzte.
Treffsicher beförderte er den taffen Anführer ins Kreuzfeuer und sich selbst gleich mit. Echt jetzt? Ich hatte ihn doch gerade erst daraus gerettet! Und dummerweise war ich momentan nicht in der Verfassung, es nochmal zu tun. Zum Glück tat es einer der Tänzer. Mit gleich mehreren explodierenden Pfeilen seines Reflexbogens sorgte er dafür, dass die graue Substanz großflächig aktiviert wurde und eine Feuerpause entstand.
Nun, da die Gefahr der fiesen Impulse nicht mehr bestand, stürzten sie sich mit Feuereifer ins Gefecht und „sie“ waren in diesem Fall einfach alle. Auch ich gab mein Bestes. Motorisch erreichte ich über meine Vorderhörner einigermaßen stabil die Ranvierschen Schnürringe und mischte damit den Kampf noch etwas auf.
Plötzlich spürte ich ein intensives Kribbeln in meinen Hinterhörnern. „Vorsicht!“, warnte ich die anderen sofort, auch wenn ich noch nicht genau sagen konnte wovor. Nur einen Herzschlag später klärte sich diese Frage, als der Vermis seinen Kopf wieder herabsausen ließ.
Knapp konnten ihm alle aus dem Weg springen. Schade, es wäre so praktisch gewesen, wenn er unsere Gegner einfach verschluckt hätte. Doch nach dem Wurm wollte uns das Kleinhirn immer noch nicht in Ruhe lassen. Schon fingen die Nuclei wieder an zu feuern. Ich wollte gar nicht wissen, was ein Treffer bewirkte. Dennoch erfuhr ich es nur den Bruchteil einer Sekunde später, zum Glück mal nicht an mir selbst.
Einer der Tänzer wurde erwischt und schlagartig bewegte er sich ohne jede Kontrolle, nicht krampfhaft, aber einfach ohne die Feinabstimmung der Motorik für die das Kleinhirn

normalerweise sorgte. Das sah ganz schön albern aus, fast als wollte er einen Körperclown spielen, nur dass die Situation todernst war.
Bevor ihm seine Mitstreiter helfen konnten, berührte er auf einmal den weißglühenden Lebensbaum und verschmolz augenblicklich mit ihm. Meine Augen wurden ganz groß, nur damit ich sie im nächsten Wimpernschlag zusammenkniff, weil die beeindruckende weiße Substanz gleißend hell aufleuchtete.
Eine undefinierbare Stimme, die wie das Leben selbst klang, verkündete: „Ein Leben für ein Leben. Welche gefallene Seele wollt ihr erwecken?“ „Dan!“, schrie einer der Tänzer entsetzt. War das vielleicht die Abkürzung für Dancer? Dass in meinem Kopf überhaupt noch für so unsinnige Gedanken Platz war…
„Der Preis kann nicht die Belohnung sein“, erklärte die ungreifbare Stimme ruhig. „Kali!“, fand Toxic ihre Stimme wieder. Erneut gab es dieses grelle Licht und ich konnte eine dunkle Silhouette erkennen… Das war tatsächlich Kali! Sie war direkt aus dem mächtigen Stamm des Lebensbaums getreten! Unglaublich!
„Wo sind wir?“, fragte sie irritiert und betrachtete dann ihre Ausrüstung, die genauso aussah, wie zum Zeitpunkt ihres Todes. Hatte Sirius nicht gesagt, dass sie dabei immer alles verloren? Noch unglaublicher!
„Nein!“, schrie der Anführer völlig außer sich über den Tod eines seiner Mitglieder und schleuderte dafür Vader einfach gegen den Baum. Ich hatte gar keine Zeit mehr zu reagieren. Unser lieber Angsthase verschwand schlicht, na ja, schlicht war für dieses Leuchtfeuer vielleicht ein wenig der falsche Begriff. Aber er war weg.
„Dan!“, forderte der Mörder, ohne dem Baum überhaupt die Zeit für seinen Text zu geben und nach einem erneuten Aufleuchten tauchte der Idiot wieder auf. Und Vader hatte den Preis dafür gezahlt…

Wütend schrie ich auf und griff eine der Peitschen. Sie fühlte sich anders an, als meine eigene, völlig falsch, aber für den Moment war das egal. Tödlich geladen hieb ich auf unsere Angreifer ein und wirbelte mit meiner alten Stärke durch die Luft.
Ein paar der hemmenden Impulse, die mittlerweile wieder von den Purkinjezellen kamen, schossen an mir vorbei, doch sie trafen mich nicht, meine Hinterhörner spürten ganz genau ihre Position. Ich war vollkommen im Kampfmodus. Ich war bereit zu töten.
„Rückzug!“, schrie einer von ihnen und sie schafften sich versteckt hinter dicken Myelinscheiden nach draußen. Mit einer gewissen Genugtuung beobachtete ich, wie ihre kostbaren Markscheiden von den heftigen Impulsen zerfressen wurden. Allerdings wäre es noch weitaus befriedigender gewesen, wenn das Gleiche auch noch mit ihren passiert wäre.
Doch ich konnte nicht mehr tun, als ihnen für ein paar schwache Angriffe die Ranvierschen Schnürringe hinterher zu schicken. Trotz super Kampfmodus, wäre ich nie unbeschadet durch das Kreuzfeuer gekommen und ich erinnerte mich nur zu gut an die Wirkung. Wenigstens gab es um den Arbor vitae eine schussfreie Zone.
„Was ist passiert?“, wollte die ehemalige Anführerin der Gruppe endlos verwirrt wissen. „Der Lebensbaum hat dich scheinbar wieder zum Leben erweckt, mit dem Stand, den du bei deinem letzten Tod hattest. Unglaublich! Wir könnten die ganze Crew zurückholen!“, hoffnungsvoll leuchteten Sirius Augen und es tat mir richtig weh, das kaputt zu machen: „Wir können nicht warten, bis noch jemand vorbeikommt. Wir müssen weiter.“ „Du hast recht“, gestand er sich niedergeschlagen ein.
Auf einmal prickelten meine Hinterhörner kräftig und ich machte einen Sprung zur Seite. Die GABBA-Granate erwischte Kali. „Hör auf!“, brüllte Sirius die verrücktgewordene Granaten-Tante an und packte sie.

„Lass mich los! Du liebst den Feind! Du bist keiner von uns!“, kreischte sie völlig außer sich und riss sich los: „Sie hat alles zerstört! Wie kannst du…“ Mitten im Satz stolperte sie über ihre eigenen Füße und berührte den Baum. Das letzte was ich von ihr sah, war dieser Gesichtsausdruck auf dem sich blinde Wut mit ungläubiger Erkenntnis mischte und dann war sie weg.
Als hätte mich doch eine ihrer lästigen Waffen getroffen, stand ich völlig regungslos da. „Ein Leben für ein Leben. Welche gefallene Seele wollt ihr erwecken?“, erklang nochmal die machtvolle alles-und-nichts-Stimme. Gute Frage.
Wen sollten wir dafür zurückholen? Vader? Irgendwie war er mir ja schon ans Herz gewachsen, wir waren ein Team geworden, vielleicht sogar sowas wie Freunde… Außerdem wäre es auch rein taktisch die klügste Wahl. Durch unsere gemeinsamen Herausforderungen war er stärker geworden und hatte sicher auch noch Vorräte. Und wen gab es außer ihm denn noch?
Der andere Baller-Heini, dessen Namen ich schon wieder vergessen hatte? Der konnte gerne vergessen bleiben. Der Typ mit den Ranvierschen Schnürringen? Das war jetzt mein Ding. Oder die Reflexbogen-Lady? Genauso überflüssig.
Vader war der Einzige, der mir irgendetwas bedeutete und er war auch die einzige sinnige Entscheidung. Entschlossen fixierte ich den Baum und öffnete den Mund, um ihn wieder zu erwecken, doch dann zögerte ich.
Aus dem Nichts musste ich daran denken, wie Nilli und ich im Dendriten-Dschungel gewesen waren. Sie war gestorben. Aber es musste nicht so sein. Ich konnte meine Freundin wiederhaben!
„Nilli“, meine Stimme klang ganz zaghaft und verletzlich. Was, wenn sie nicht wiederkam? Und was, wenn doch? Wenn sie mich mit ganz anderen Augen sah, jetzt da offensichtlich war, dass ich kein Neuro-Hunter war? Was, wenn das ein einziger, großer Fehler war?

Ängstlich hielt ich die Luft an und nichts passierte. Kein Glühen, keine zweite Chance.
„Sirius! Wie konntest du zulassen, dass Toxic stirbt?!", fuhr Kali ihn an, als wäre es seine Schuld. Die Giftspritze war ja wohl im Selbstzerstörungsmodus unterwegs gewesen. Aber mit der netten Anführerin hatten wir ja einen super Ersatz für sie. Sicher würde es auch nicht lange dauern, bis Kali den nächsten Mordversuch startete, immerhin war ich die böse Rückenmarksträgerin und ich hatte schon das Gefühl gehabt dazu zu gehören...
Plötzlich leuchtete der Lebensbaum wieder mit seiner ganzen Strahlkraft auf und ich schaute voller Angst zu ihm. Jemand trat hervor. Die bonbonrosa Haare und die Klamotten in weiß, lila und rot. Das war unverkennbar Nilli. Sie war wieder da. Es fühlte sich an, als würde ich einen Geist sehen, allerdings hatte ich ja eigentlich schon bei anderen Neuro-Huntern mitbekommen, wie sie quasi von den Toten auferstanden. Doch bei ihr war es etwas Anderes.
Ich war zu schwach gewesen, um sie zu retten und jetzt hatte ich sie zurückgeholt... Unser endgültiges Ende war gar nicht so unveränderlich gewesen... Für einen Moment fühlte es sich an, als wäre einfach alles möglich und doch hatte ich irgendwie Angst vor dem, was das bedeutete.
„Fly?", fragte sie mich verwirrt und schon allein der Klang ihrer Stimme und ihr lebendiges Gesicht... Tränen traten mir in die Augen. „Nilli", krächzte ich total am Ende und doch glücklich. „Ich glaub's nicht", ausgelassen lief sie auf mich zu und umarmte mich. Fest drückte ich sie an mich und fing so richtig an zu heulen.
Sie umarmte mich, obwohl ich eine Rückenmarksträgerin war. Sie mochte mich immer noch. Sie war wirklich wieder da.
„Wer ist das?", wollte Kali misstrauisch wissen. „Ich glaube, das gehört dir", mit diesen Worten streckte Sirius meiner Freundin das spezielle Seifenblasen-Makrophagen-

Fragment hin und ignorierte seine ehemalige Anführerin dabei vollkommen.
„Du hast es nach meiner Idee gemacht!“, realisierte meine fröhliche Begleiterin mit diesem Leuchten in den Augen. Ich hatte sie so vermisst, mit ihrer Freude und ihrer Unschuld. So gern hätte ich unsere unbeschwert abenteuerliche Zeit fortgesetzt, doch wir standen noch im Kleinhirn, das mehr als eine Gefahr barg und ich war schon zu weit gekommen, als dass ich jetzt die Augen schließen und ein unbekümmertes aber blindes Leben führen könnte.
„Bist du bereit, uns auf unsere Reise zum Großhirn zu begleiten?“, fragte ich sie ganz ernst. „Ja, natürlich! Ich hab schon immer davon geträumt, ganz oben zu sein! Das ist unglaublich!“, bestätigte sie total außer sich vor Freude. Sie schien die schrecklichen Gefahren bei alldem gar nicht zu sehen, was an ihrer sorglosen Art liegen konnte oder weil das alles für sie vielleicht gar nicht real war...
Ich musste es wissen: „Was ist das für dich? Was ist Anatopia?“ Verwirrt blinzelte sie. „Ist es ein Videospiel?“, wurde ich konkreter.
„Nein, natürlich nicht!“, antwortete sie mir, als wäre das doch selbstverständlich: „Es ist eine Welt, in der es ganz viel zu entdecken gibt und man kann ein Held sein und mutig, man kann cool sein und neue Freunde finden. Man kann verrückt sein und bunt und wild. Das hier ist ein zweites Leben. Und es wäre ein Traum, wenn es auch die Realität retten könnte.“
Das klang irgendwie genauso, wie ich mich fühlte: Alles war so vielschichtig und intensiv, dass es echt sein musste und doch konnte es niemand sagen.
„Sie verdient die Wahrheit“, todernst blickte Sirius meine zurückgekehrte Freundin an. „Das ist die Wahrheit“, bekräftigte sie ohne den Hauch eines Zögerns: „Ich bin ein Neuro-Hunter und ich will diese Welt retten, um meine Welt zu retten, weil ich hier das sein kann, was ich dort nie war.“
Ihre Worte klangen ja richtig episch. Sie war auf jeden Fall mit echter Überzeugung dabei, aber Sirius genauso. Doch

gerade hatten wir keine Zeit, all diese Wahrheiten zu erörtern. Warum sollte man sich lang und breit mit der Theorie befassen, wenn man auch gleich zur Praxis übergehen konnte?
„Gehen wir zum Mittelhirn“, entschlossen bohrte ich meine Ranvierschen Schnürringe so in die äußere graue Substanz, dass sich für uns wieder ein sicherer Pass bildete. Eilig durchquerten wir ihn, wobei man bei Nilli und Kali deutlich das Staunen merkte. Sirius und ich mussten sie regelrecht hetzen, damit sie nicht verblüfft stehen blieben, bis sie erschossen wurden.
Plötzlich kribbelten meine Hinterhörner wieder heftig. Oh nein. „Achtung!“, schrie ich und riss alle zu Boden. Der Killerwurm stürzte sich auf uns. Ich war nicht schnell genug. Gerade so bekam er noch Nillis Arm zu packen. Fest hielt ich ihre andere Hand umklammert. Wild schüttelte er sie als wäre sie ein Spielzeug.
Meine Hand rutschte ab. Schwungvoll wurde ich durch die Luft geschleudert, geradewegs aus unserem sicheren Korridor. Sofort fing ich mich mit meinen Flügeln wieder und schaffte es blitzschnell zurück zu huschen, bevor mich einer der Impulse treffen konnte. Atemlos schaute ich zu dem heimtückischen Vermis, der sich wieder an die Decke zurückgezogen hatte. Er hatte Nilli nicht mehr in seinem gewaltigen Schlund hängen. Hieß dass, sie war… tot? War ich wieder zu langsam gewesen?
„Fly! Wir sind hier!“, rief auf einmal Sirius und winkte mir zu. Unterstürzend hatte er seinen Arm unter Nillis gelegt. Apropos Arm, ihrer sah echt übel aus. Alles war voller Blut. Ohne Medizin würde sie wohl noch an den Verletzungen sterben, aber gerade lebte sie noch und damit das auch so blieb, mussten wir erst einmal hier weg!
Schnell flog ich zu ihnen runter und stützte meine verwundete Freundin auf der anderen Seite, so gut wie es eben ging. Nur was für Heilzubehör hatten wir überhaupt noch? Die meisten unserer Vorräte hatte Toxic doch gehabt…

Während ich noch darüber grübelte, schafften wir uns so schnell wie möglich auf die grauen Stufen, die zum Pedunculus cerebellaris superor führten. Ein leichtes, langsam zunehmendes Kribbeln in meinen Hinterhörnern verdeutlichte mir unseren Zeitdruck. Uns blieb nicht mehr viel Zeit bis die Kleinhirnkerne wieder anfingen zu feuern, aber wir hatten es auch schon fast geschafft. Nur noch ein paar Schritte, ein Herzschlag…

Leuchtend zuckten die Impulse los. Kräftig drückte ich mich vom Boden ab und unterstützte meinen Sprung mit einem Flügelschlag. Wir segelten über die unförmige Treppe in Sicherheit und landeten etwas plump auf dem Bauch. Schlagartig fiel die Anspannung von mir und ich lachte ein wenig unangebracht auf. Wir hatten es geschafft! Wir hatten alle das Kleinhirn überlebt!

Na ja, bis auf Vader und Toxic, aber gerade überwog meine leicht irre Erleichterung und ich dachte gar nicht darüber nach.

„Fly", Nillis Stimme klang ganz dünn und ihre Augen waren groß und dunkel. An ihrem Bauch wurde ihr lila Top von einer zackenförmigen, schwarzen Austrittsstelle gekennzeichnet, wo der Impuls sie durchschlagen hatte. Doch bei ihr war nicht einfach nur vorübergehend die Feinmotorik ausgeschaltet. Es war ein Treffer zu viel, sie hatte nicht mehr genug Energie. Die Nachwirkungen des starken Impulses würden sie in Sekunden umbringen. Nein! Nicht noch einmal! So schnell ich konnte, nutzte ich die eine Sache in meinem Besitz, die mir eben beim Thema Heilung und Erneuerung eingefallen war und die ich gleich wieder verworfen hatte. Es war für Notfälle, Fälle wie diesen.

Nilli zersprang in einem Funkenregen. Verzweifelt drückte ich den seltsamen Defibrillator auf ihre verglühenden Überreste und aktivierte ihn. Mein Herz setzte einen Schlag aus. Komm schon Nilli. Bitte.

Unaufhaltsam verblassten die Funken und mein rettendes Gerät löste sich mit ihnen auf. Es war nicht stark genug

gewesen oder vielleicht hatte ich auch einfach zu spät reagiert. Aber was es auch war, es war vorbei. Ich hatte meine Freundin wieder verloren, nachdem ich sie gerade erst gefunden hatte.
Warum musste ich immer alles verlieren?
Tränen stiegen mir in die Augen und meine Lunge zog sich für ein gewaltiges Schluchzen zusammen. Ich konnte einfach nicht mehr stark sein.
Plötzlich war es, als würde die Zeit zurückgedreht werden. Aus dem Nichts leuchteten die Funken erneut auf und setzten sich zu einem strahlenden Menschen zusammen. Nilli! Es hatte doch funktioniert! Sie lebte noch!
Vor Freude weinend drückte ich sie an mich und schniefte: „Du hast mir echt Angst gemacht. Mit deinem Tanz mit dem Tod solltest du wirklich mal aufhören.“ „In Ordnung“, versprach sie mir und umarmte mich zurück.
Über ihre Schulter fiel mein Blick auf Sirius. Er stand einfach da und sah uns lächelnd an. In seinen Augen glänzten auch Tränen. Dieser verrückte Kerl freute sich aufrichtig für mich. Egal wie falsch es war, er stand auf meiner Seite und von allen, die ich verloren hatte, war er der Einzige, der immer wieder zu mir zurück kam…
„Wenn ich das richtig sehe, sollten wir uns auf den Weg zum Mittelhirn machen, kuscheln wird uns nicht weiterbringen“, zerstörte Kali mit mürrischer Disziplin meinen emotionalen Moment.
Entschlossen richtete ich mich auf und half dabei Nilli auf die Beine. Wir mussten wirklich weiter, unsere Gegner hatten schon einen guten Vorsprung, aber gemeinsam würden wir es schaffen.
Das war meine zweite Chance und ich würde sie nicht aufgeben!

Kapitel 31

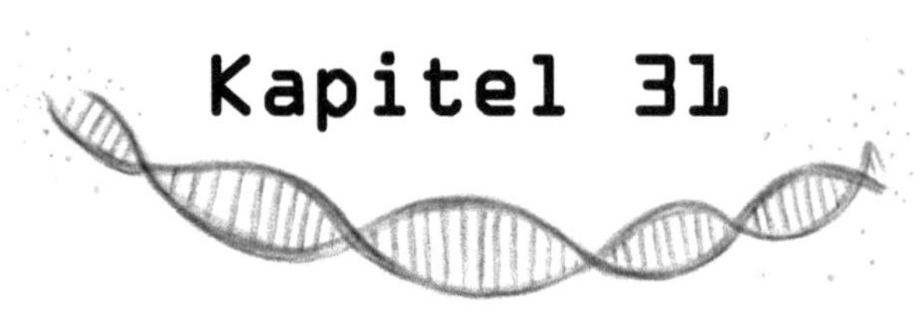

Dicht zusammen gingen wir über den Pedunculus cerebellaris superius, der ein wenig an eine schmalere Version der Pons erinnerte. Auch er war von dieser beunruhigenden Dunkelheit umgeben, doch genau wie auf der Brücke gab es keine direkten Angriffe und das war auch gut so.
Nilli war trotz der Wiederbelebung noch sehr geschwächt und jetzt hatten wir nichts mehr, um sie im Notfall wieder zurückzuholen. Bei der nächsten Auseinandersetzung musste sie sich auf jeden Fall im Hintergrund halten.
Ihr durfte nichts passieren!
Auf einmal endete unser Pfad, doch nicht wie er eigentlich sollte beim Tectum, also dem hinteren Teil des Mittelhirns sondern einem stillen Wasserfall, der beständig in die Tiefe floss. Er schien kein Anfang und kein Ende zu haben, eine Art ruhige Barriere, die täuschend friedlich wirkte. Man konnte sich leicht vorstellen, dass einen so etwas wie ein Wasserparadies erwartete, eine Oase ohne Sorgen, aber ich konnte die Gefahr spüren.
Sicher führte dieser klare und doch undurchsichtige Schleier in den Aquaeductus mesencephali, den Liquorkanal, der direkt durchs Mittelhirn lief und den dritten und vierten Ventrikel verband.
Ich konnte mich noch gut an den Ausflug von Nilli und mir in den äußeren Liquorraum erinnern, als uns der Makrophage fast platt gemacht hatte. Im inneren Liquorraum würde es mit Garantie nicht leichter werden.
„Hoffentlich fällt jetzt nicht alles ins Wasser“, machte Nilli ausgelassen ein dummes Wortspiel. Obwohl sie schon zum

zweiten Mal gestorben war, hatte sie sich immer noch ihre Freude bewahrt. Sie war wirklich einmalig.

„Wenn wir schon baden gehen, dann richtig“, erwiderte ich genauso dämlich. „Dann lasst uns ins kalte Wasser springen“, stieg auch Sirius mit ein. „Wie alt seid ihr? Los! Wir müssen weiter!“, spielte Kali die strenge Anführerin, doch genau wie bei Toxic war es sehr auffällig, dass sie nicht selbst den ersten Schritt machte. Wieder einmal ein Fall von großer Klappe und nichts dahinter.

„Wir folgen dir“, mit einer herausfordernd einladenden Handbewegung deutete ich auf den Hirnwasserfall. Grimmig lächelte sie mich an und trat ohne zu zögern hindurch. Vielleicht war sie doch mutiger, als ich ihr zugetraut hätte.

„Auf ins Badeparadies“, mit diesen lässigen Worten, die gar nicht zu dem mulmigen Gefühl in meinem Inneren passten, durchquerte ich ebenfalls die nasse Barriere. Wie zu erwarten gewesen war, befand sich dahinter gleich der innere Liquorraum.

Anders als im Subarachnoidalraum, wo Nilli und ich ja schon einen Ausflug gemacht hatten, gab es hier keine Trabekel, die sich wie Balken quer durch den Raum zogen und ich hatte keine Ahnung, wie wir hier wieder rauskommen sollten. Auf jeden Fall mussten wir schnell sein, ewig konnten wir nicht den Atem anhalten.

Oh nein! Meine Hinterhörner kribbelten heftig und in der klaren Flüssigkeit war es auch wirklich nicht zu übersehen: Gleich drei Lymphozyten schwammen auf uns zu. Heilige Scheiße! Wir mussten uns irgendwie verteidigen! Hektisch tippte Sirius meine geschwächte Freundin an und malte irgendwelche Kreise in die Luft. Die Seifenblasen vom Makrophagen-Fragment!

Zum Glück begriff sie es auch sofort und setzte unsere machtvolle Waffe ein. Doch der Liquor war nun mal keine Luft und statt bedrohlich umher zu schweben, trieben sie träge an Ort und Stelle. Aber da konnte ich Abhilfe schaffen.

Geschwind ließ ich die immer noch aktivierten Ranvierschen Schnürringe durch das Wasser zischen, sodass um uns herum ein Strudel entstand, der die Blasen erfasste. Jetzt befanden wir uns quasi in einer Blase aus ganz vielen.
Würde das als Schutz reichen? Und wie sollten wir in dieser absoluten Defensive irgendwie den Ausweg finden?
Das war die nächste aussichtslos miese Situation in einer langen Reihe...
Auf einmal blühte Nilli wieder so richtig auf, doch das war kein gutes Zeichen. Die Seifenblasen absorbierten die Kraft der gefährlichen Lymphozyten. Sie hatten uns also im Visier. Plötzlich brach ein unförmiger Klumpen durch unseren schützenden Kreis. Verdammtes Immunsystem! Instinktiv wich ich nach hinten aus, doch der Liquor machte meine Bewegungen träge. Wir konnte nicht entkommen oder zumindest nicht so. Sirius handelte sofort und griff eine der Neuritenpeitschen, die immer noch an den Ranvierschen Schnürringen hingen. Nur was hatte er damit vor?
Dumpf spürte ich, dass er versuchte die kreisrunden Waffen zu steuern, aber sie waren so tief in meinem Kontrollbereich, dass sie nicht darauf reagierten. Dafür wusste ich jetzt, was er plante und übernahm kurzerhand die Umsetzung.
Eilig drückte ich auch Nilli und Kali Nervenfortsätze in die Hand und hielt mich selbst an einem fest, während ich die glühenden Ringe weiter beschleunigte. Rasant ließ ich uns von ihnen durchs Wasser ziehen. Sirius war echt ein Genie! Mit diesem Tempo konnten die fiesen Antikörper bei Weitem nicht mithalten. Es war sogar ein Stück weit lustig. Fast als hätten wir Jet-Skis, nur halt unter Wasser.
Oh! Da war ein Monozyt! Geschickt steuerte ich um ihn herum. Immer mehr tauchten auf. Das wurde ja ein richtiger Parkour. Außerdem zog meine fröhliche Freundin die ganze Zeit eine lustige, bunt schillernde Spur aus Blasen hinter uns her. Weniger lustig war, dass sie uns bei Kontakt genauso Energie abzweigten, wie unseren Gegnern. Ich musste also echt überall aufpassen.

Meine Hinterhörner waren im Dauerbetrieb und zu allem Überfluss ging mir langsam die Luft aus. Schnell schrumpfte der adrenalingeladene Spaßfaktor und wurde mehr zu blankem Stress. Das hier war kein Spiel.
Plötzlich wurden wir von einem gewaltigen Sog erfasst. Panisch versuchte ich irgendwie dagegen anzusteuern, doch er war zu stark. Schlagartig wurden wir aus dem Hirnwasser gesprudelt. Gierig schnappte ich nach Luft und war für einen Moment so froh darüber zu atmen, dass mir alles andere egal war.
Und dann löste sich direkt neben mir einer der super starken Tänzer auf. Oh. Hier erwartete uns offensichtlich viel Spaß. Nur eine Sekunde später entdeckte ich den König der Party. Es war eine riesige Gestalt mit einem roten und einem schwarzen Arm. Außerdem lief es auf regelrecht lächerlichen Stelzenbeinen rum und natürlich war da noch das Gesicht, das man eigentlich gar nicht so nennen konnte. Es gab weder Mund, Nase noch Augen, sondern nur vier Erhebungen, die ein wenig an die Punkte eines Würfels erinnerten.
Nein, warte! Vier Erhebungen! Das waren die vier Hügel des Mittelhirns! Das Tectum! Und rot und schwarz! Nucleus ruber und substantia nigra! Er war wie ich, nur fürs Mittelhirn! Und irgendwoher kannte ich das auch schon… Stimmt! Die Vision aus dem Locked-In-Syndrom! Damit hatten wir wohl unsere letzte Etappe vor dem Thalamus als Tor zum Bewusstsein erreicht und dieser Kampf versprach denkwürdig zu werden.
Schon verpuffte der nächste selbstüberzeugte Kämpfer. Entschlossen ließ ich die Ranvierschen Schnürringe um mich herum kreisen. Zwar hingen immer noch die Neuritenpeitschen an ihnen, aber um die zu entfernen, fehlte eindeutig die Zeit. Entweder es ging so oder gar nicht.
Meine Hinterhörner kribbelten, doch der Impuls war zu schnell. Hell traf er mich und ich platschte rückwärts in den Liquor, aber ich hörte dieses Geräusch gar nicht. Auf einen Schlag war alles gespenstig still geworden. Es wirkte völlig surreal, auch wenn es eigentlich sogar Sinn ergab. Sicher

war der Angriff von den Coliculli inferiores ausgegangen, also den unteren zwei Hügeln in seinem... „Gesicht" und weil sie für die Verschaltung der Hörbahn verantwortlich waren, war ich jetzt taub. Total logisch und doch so unwirklich und befremdlich.
Erbarmungslos feuerte der Träger des Mittelhirns weiter und mit einem schwarzen Impuls der substantia nigra verpasste er Sirius volle Kanne Morbus Parkinson. Durch den schlagartigen Dopaminmangel fingen seine Hände sofort an zu zittern, sein Gesicht wurde viel ausdrucksloser und er stand da richtig vorn übergebeugt. Für einen Kampf war er nicht mehr zu gebrauchen.
Als schönes Gegenstück bekam Kali einen Angriff vom Nucleus ruber ab und dadurch eine nette Ataxie. Die unkontrollierten Bewegungen erinnerten mich ein wenig an die Auswirkungen der Kleinhirnkerne, Feinmotorik war auch bei ihr überhaupt nicht mehr möglich.
Innerhalb von wenigen Sekunden waren wir schon ziemlich rapide in unserer Angriffskraft geschrumpft. Was sollte das denn noch werden? Nilli riss den Mund richtig auf. Ich glaube, sie wollte etwas sagen oder schrie es vielmehr, doch mein Gehör hatte sich ja verabschiedet. Oh verdammt!
Der Endgegner des Mittelhirns kam auf uns zu und schoss dabei weiter Impulse. Schnell versuchte ich auszuweichen. Doch wieder war ich zu langsam. Plötzlich wurde ich von einem heftigen Impuls erneut ins Hirnwasser geschleudert und es wurde dunkel.
Aha. Da hatte mich wohl ein Signal von den Corticolli superiores getroffen, auf denen die Sehbahn verschaltet war. Damit hatte ich die zwei unteren und oberen Erhebungen der Vierhügelplatte komplett. Nichts hören und nichts sehen. Perfekt.
Jetzt blieben mir nur noch meine Hinterhörner, um mich irgendwie zu orientieren. Ich fühlte mich so hilflos und ich konnte die Ranvierschen Schnürringe nicht nutzen, weil in der Flugbahn einer meiner Freunde stehen könnte. Ich hatte

keine Ahnung, wo sie waren und weil sie für mich keine Gefahr darstellten, konnte ich sie auch nicht über meine Hinterhörner orten.
Was, wenn sie schon tot waren? Was, wenn ich ganz alleine war?
Ein Impuls! Reflexartig drehte ich mich zur Seite und ich spürte, wie er knapp an mir vorbei auf die Wasseroberfläche traf. Davon bekam ich auch ein paar Spritzer ab und ein kleiner Schlag, der elektrisch durch den Liquor weitergeleitet wurde. Das zwickte schon ziemlich.
Auf einmal griff jemand nach meinem Arm und zerrte hektisch daran. Mein Herz machte einen erleichterten Satz. Das mussten Nilli oder Sirius sein! Ich war doch noch nicht alleine!
Schnell folgte ich meinem Freund aus dem Wasser. Jemand versuchte die Kontrolle über die Ranvierschen Schnürringe zu bekommen, sicher war es Sirius. Sofort ließ ich es zu.
Hatte er mich auch aus dem Wasser gezogen? Aber er war doch ein hochgradiger Parkinsonfall. Dann war das hier Nilli. Es ging ihnen beiden gut!
Auf einmal traf mich noch ein Impuls und zwar richtig frontal am Brustkorb. Vor Freude hatte ich gar nicht mehr auf meine Gefahrenempfindung geachtet. Ein verhängnisvoller Fehler. Viele Treffer dieser Sorte würde ich nicht mehr einstecken können. Ich spürte jetzt schon, wie meine Lebenskraft schwächer wurde. Aber wenigstens hatte mich keine neue Funktion erwischt. Parkinson oder Ataxie hätten mir echt noch gefehlt.
Hektisch rollte mich Nilli zur Seite und stand unter mir auf. Sie drückte mir eine Neuritenpeitsche in die Hand. Arbeiteten wir wieder mit starkem Strom und versuchten ihn zu grillen? Waren wir wirklich stark genug für jemanden seines Kalibers? Immerhin hatten wir Vader und Toxic verloren, mal abgesehen von dem einen Ranvierschen Schnürring, der inklusive Nervenfortsatz von dem Wurm des Kleinhirns aufgeschlürft worden war…

Egal. Kreativ geleitete, mächtige Elektrizität war irgendwie unser Markenzeichen geworden und wenn das unser letzter erfolgloser Angriff war, dann sei es so. Wir würden nicht kampflos untergehen!
Konzentriert lud ich die Neuritenpeitsche so stark ich konnte. Es brannte schon richtig in meinen Handflächen. Ich schrie oder zumindest glaubte ich, dass ich schrie. Mein Körper fing an schmerzhaft zu glühen. Noch stärker! AAAHHH!
Plötzlich wurde alles von einem gewaltigen Knall zerrissen und ich wurde nach hinten geschleudert. Hart traf ich auf dem Boden auf. Einfach alles dröhnte und pochte. Undeutlich konnte ich um mich herum wieder die Konturen des Mittelhirns erkennen. Die Wirkung der Impulse hatte also unvermittelt nachgelassen. Dafür konnte es eigentlich nur einen Grund geben: Wir hatten gewonnen.
Angestrengt setzte ich mich auf. Mir war schwindelig und meine Ohren taten weh, genau wie mein ganzer Kopf und meine Hände, eigentlich einfach alles. Jemand stand direkt vor mir. Dunkel hob er sich vom Rest ab, aber ich konnte ihn nicht erkennen. Dumpf spürte ich das Kribbeln meiner Hinterhörner. Wer...
Bevor ich die Frage zu Ende denken konnte, zerfiel er in einem Funkenregen und gab dabei, glaube ich, noch einen letzten Schrei von sich. Mein Gehör war noch nicht ganz auf der Höhe.
Ein weiterer Jemand kam auf mich zu. Sirius. Allein seine verschwommene Silhouette reichte, um mich zum Lächeln zu bringen. Völlig außer Atem ließ er sich neben mich auf den Boden fallen.
„Du lebst noch“, stellte ich einfach nur erleichtert fest. „Und du auch“, gab er glücklich aber total erschöpft zurück. Verträumt grinsend sah ich ihn für einen Moment einfach nur an und ließ mich zurück auf den Boden sinken.
Gedankenverloren blickte ich nach oben. Auch hier zuckten Impulse wie im Rückenmark und erinnerten mich an zu Hause, an all die Wünsche und Hoffnungen. Manchmal

hatten Glia und ich genauso da gelegen und so getan, als wäre es der Sternenhimmel und mit jeder „Sternschnuppe" hatten wir versucht, unsere Wünsche gegenseitig zu übertreffen. Sie hatte immer gewonnen.

„Ich wünschte, du wärst hier", flüsterte ich und erinnerte mich bittersüß an unser Lachen, wenn wir uns nur noch irgendwelchen Quatsch zusammengereimt hatten.

„Was?", fragte mich Sirius ganz ruhig und offen. Er war hier.

„Du bist der Einzige, der immer zu mir zurückkommt", mit diesen Worten wandte ich meinen Blick erneut zu ihm. Er sah abgekämpft aus, aber trotzdem war da noch dieses lebendige Leuchten in seinen Augen. Wie er mich so direkt ansah...

Mein Verstand schaltete sich aus und ich streckte mich für einen kleinen Kuss zu ihm. Es sollte sich nicht so richtig anfühlen. Es sollte mich nicht all die Probleme vergessen lassen. Es gab zu viele Probleme...

Flackernd meldete sich mein Verstand wieder zurück und ich dachte reichlich verspätet an das Ereignis, das uns zu diesem Moment gebracht hatte. „Was ist passiert?", fragte ich, mein Gesicht immer noch verdammt nah an seinem.

„Ich weiß es nicht. Ich hab auch keine Erklärung, aber ich will nicht mehr von dir getrennt sein. Ich...", verstand mich Sirius total falsch. Aber zu seiner Verteidigung, der Kontext war nicht ganz klar gewesen.

Entschieden unterbrach ich ihn. Für Zuneigungsbekundungen und Gefühlsduseligkeit war gerade echt kein Platz. „Mit dem Mittelhirnträger", schob ich den Kontext hinterher und rückte ein Stück von ihm weg. Ein bisschen Distanz würde uns beiden guttun.

„Nilli hatte die Idee. Sie hat mehrere Blasen übereinander gelegt, sodass sie stabil genug waren, eine mit Liquor gefüllte Kugel zu bilden. Das Hirnwasser ist natürlich ein guter elektrischer Leiter, was unseren Angriff verstärkt hat, dafür haben wir den Mittelhirnträger mit den modifizierten Ranvierschen Schnürringen in die Blase gesteckt", schilderte er mir den

etwas komplizierten Hergang, der im Grunde nur daraus bestand, dass wir wieder jemanden gegrillt hatten, nur irgendwie verrückt unter Wasser.
„Wo ist Nilli?“, stellte ich die nächste fundamentale Frage. Ich hätte schon viel früher an sie denken müssen! Bestimmt brauchte sie Hilfe! Sie war doch so verletzlich…
Das Makrophagen-Fragment fiel mir ins Auge, es war regelrecht zerfetzt und kaum wiederzuerkennen. Von meiner besten Freundin fehlte jegliche Spur. Angst breitete sich in mir aus, die Angst, dass ich die Antwort auf meine Frage schon kannte.
„Sie hat es nicht geschafft. Kali auch nicht. Es sind nur noch wir beide übrig“, unterstützend legte er mir die Hand auf die Schulter. Sie waren doch gerade erst zu uns gekommen und jetzt waren sie schon wieder weg! Und Nilli hatte sich sogar geopfert, um diesen Kampf zu gewinnen, um den Weg für uns frei zu machen…
Ein heiseres Schluchzen drang aus meiner Kehle und die Tränen ruinierten meine Sicht, die gerade erst wieder scharf geworden war. „Sie sind ja nicht wirklich tot“, versuchte Sirius mich mitfühlend zu trösten. „Nur wenn deine Wahrheit wahr ist. Was, wenn es etwas ganz Anderes ist? Ich kann das nicht! Ich bin nicht bereit dafür!“, machte ich komplett dicht.
„Hey, Fly“, sanft nahm er mein Gesicht in seine Hände: „Ich kann verstehen, dass du Angst hast. Und ich kann dir nicht versprechen, dass die Wahrheit schön ist. Meine Wahrheit ist nicht schön. Ich will nicht, dass du nicht real bist. Ich will, dass es anders ist, dass es ein gutes Ende geben kann, für uns. Ich finde, wir haben uns die Wahrheit verdient. Aber hier geht es nicht um mich. Was wir uns hier erkämpft haben, ist eine Wahl, deine Wahl. Entweder wir gehen auf die letzte Ebene und stellen uns einer Herausforderung, die wir vielleicht nicht überleben und bekommen so oder so ein Ende. Oder wir gehen zurück und machen einfach mit diesem Leben weiter. Wir könnten in der Pyramide andere Neuro-Hunter abziehen oder wir suchen uns ein nettes Plätzchen im

Rückenmark. Egal welchen Weg du wählst, ich werde mit dir gehen. Es ist in Ordnung für mich. Die Entscheidung liegt bei dir."
Bei dem Gedanken einfach friedlich Spaß zu haben, musste ich lächeln. Wir könnte auch am Arbor vitae im Kleinhirn Nilli wiederholen und Vader. Toxic und die anderen brauchte ich jetzt weniger. Damit könnten wir wieder ein echtes Team sein und Sirius und ich vielleicht sogar noch mehr...
Ich wollte dieses Leben so sehr. Aber... Mein Blick fiel erneut auf das völlig zerstörte Makrophagen-Fragment, mit dem ich gleichzeitig so viel verband. Hierfür hatten wir wirklich einen sehr hohen Preis gezahlt und auch wenn er mir in diesem Moment schon zu hoch erschien, wusste ich tief im Inneren, dass ich nicht aufhören konnte.
Wenn ich jetzt aufgab, würde ich mir nie verzeihen und die Frage würde nie enden. Ja, ich hatte Angst und ich wollte das alles nicht mehr, aber ich brauchte es.
„Wir gehen in den Thalamus", besiegelte ich den letzten Schritt zu dem Ende, auf das ich so lange hingearbeitet hatte.

Kapitel 32

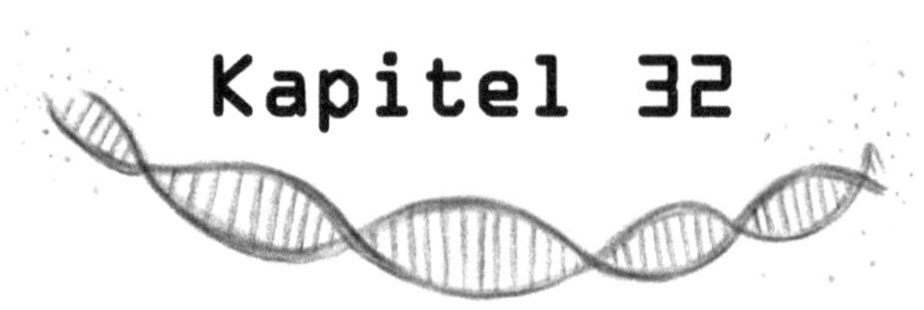

„Was haben wir als Waffen?“, stellte ich noch eine wichtige organisatorische Frage vor unserem großen Aufbruch. „Die Ranvierschen-Schnürringe und ein Großteil der Neuritenpeitschen sind hinüber, außerdem das Makrophagen-Fragment. Ich hab noch ein paar gewöhnliche Schusswaffen parat und als Belohnung haben wir eine fette MP-MG bekommen, die wohl auch bei jedem Treffer Morbus Parkinson auslöst, sowie Vierer-Granaten um Gehör- und Sehsinn auszuknipsen und einen roten Bumerang, der wie es aussieht Ataxie und Intensionstremor auslöst, also Teil der extrapyramidalen, motorischen Schleife ist, wie der Nucleus ruber. Zusätzlich haben wir noch eine Flasche stärkenden Liquor und einige Münzen, aber ich nehme mal an, dass wir nicht noch extra einen Markt suchen“, gab mir Sirius die Bestandsliste durch und hatte dabei völlig recht.
Ich konnte nicht logisch und überlegt an die Sache rangehen und zuerst noch unsere Ausrüstung aufwerten. Das hatten wir schon so oft gemacht und auch wenn es absolut dumm war, es jetzt ausfallen zu lassen, konnte ich es nicht mehr. Es war die Zeit zu handeln und nicht zum Planen.
„Vielleicht hatten unsere netten Konkurrenten ja noch schicke Waffen“, brachte ich doch noch eine Idee in Richtung Vorbereitung, aber auch nur weil ich in der Nähe einen Ranvierschen Schnürring auf dem Boden sah, der nicht von uns war.
Ach nö. Das Ding war sauber in zwei Hälften gebrochen und bräuchte einmal eine Generalüberholung. Auch ansonsten war nicht viel zu holen. Offensichtlich hatten sie, genau wie wir, alles in diesen Kampf gesteckt.

Ein halbes Vermögen an Münzen lag hier rum und diverse Reserven waren auch da, ein bisschen Munition und sogar eine Handvoll nicht zerlegter Waffen, allerdings war das allem Anschein nach nur das halbausgegorene Arsenal für absolute Notfälle, so typisch klägliche Zweit- und Drittwaffen. Nicht ganz die Unterstützung, die ich mir erhofft hatte. Trotzdem steckten wir alles ein, es wäre ja auch schön blöd, es für die nächsten Idioten hier liegen zu lassen.

„Ich glaube, das war es“, meinte Sirius und ließ seinen Blick über dieses karge Schlachtfeld schweifen. „So wie es aussieht, war es das auch für uns“, machte ich ein kleines, pessimistisches Wortspiel.

„Wir haben doch schon einige aussichtslose Herausforderungen geschafft“, erwiderte er ganz der alte Optimist. „Dass wir beide ein Team wurden, war ja schon die erste“, erinnerte ich mich mit einem kleinen Lächeln an den Anfang. „Du bist für mich noch viel mehr“, tief sah er mich an. „Du für mich auch“, meine Stimme war wieder so tief und rau. Wir kamen uns immer näher…

Nein! Nicht jetzt! Entschieden richtete ich mich wieder auf: „Das klären wir, wenn wir am Ende noch beide leben.“ „Das ist doch mal ein toller Ansporn“, sein Lächeln war einfach wunderschön und erst der Ausdruck in seinen dunklen Augen…

„Oh! Bevor ich es vergesse! Hier. Auf unser Leben und die Wahrheit“, mit diesen Worten hielt Sirius mir eine der Liquorflaschen hin. „Auf unser Leben und die Wahrheit“, echote ich und das Glas stieß mit einem fröhlichen Klirren aneinander. Kurzerhand exte ich die leicht süßlich schmeckende Flüssigkeit und spürte, wie die Kraft in mich zurückkehrte. Das Zeug hatte es echt drauf. Jetzt konnte es richtig losgehen.

„Ich würde sagen, wir checken die Colliculi superiores der Vierhügelplatte ab. Vielleicht finden wir da ja einen Hirnnerv fürs Auge, der von hier aus ins Hirn geht. Nervus occulomotorius oder Nervus trochlearis, ganz egal, Hauptsache schnell weg hier“, dachte ich einfach laut nach. „Klingt nach

einem Plan“, stimmte mir Sirius schlicht zu und wir marschierten gemeinsam los.
Ganz von selbst griff ich seine Hand. Es fühlte sich schlichtweg richtig an und ich wollte ihn ganz offiziell bei mir haben. Wir würden das gemeinsam tun, egal ob wir siegten oder starben. Er war immer bei mir.
Wie schon erwartet, befanden sich auf der Vierhügelplatte aufsteigende Bahnen. Für einen Wimpernschlag sah Sirius mich tief an und zog mich für eine feste, letzte Umarmung an sich. Kurz schloss ich meine Augen. Ein letzter Moment des Friedens...
Schlagartig war es vorbei. Wie pure Energie zischten wir nach oben. Alles ging sehr schnell, ich konnte nicht einmal genau feststellen, in welchem Teil des Thalamus wir gelandet waren. Impulse zuckten durch die Luft, Gliazellen griffen uns wild an und komische Monster, die vielleicht Hormone verkörperten, zumindest hatte ich noch nie etwas Vergleichbares gesehen und hier würde es als Schnittstelle zwischen dem Nerven- und Hormonsystem durchaus Sinn ergeben. Aber egal was es alles war, wir waren brutal unterlegen.
Ganz dahinten konnte ich Teile des gigantischen Tors zum Bewusstsein ausmachen, doch es war unerreichbar. Statt wenigstens nur einen überschaubaren Gegner, auf den man seine gesamte Aufmerksamkeit und Feuerkraft konzentrieren konnte, gab es hier eine ganze Armee und es schienen nicht weniger zu werden oder vielleicht fiel es bei der gewaltigen Menge schlichtweg nicht auf.
Irgendeine fremdartige Waffe zischte auf uns zu. Sirius stand in der Schusslinie! Schnell riss ich ihn zur Seite. Meine Hinterhörner! Flink wich ich aus und bekam an meinem Flügel nur einen Streifschuss ab. Trotzdem hinterließ das übertrieben starke Geschoss einen übel brennenden Riss. Fliegen könnte damit ein kleinwenig problematisch werden, allerdings konnte ich momentan sowieso nicht abheben.
Von da oben könnte ich zwar wahrscheinlich besser kämpfen, aber ich hatte kaum noch Möglichkeiten, Sirius zu

schützen, was ein verrückter Grund war, immerhin war ich nicht einmal in der Lage, mich selbst zu schützen.
Verzweifelt ballerte er mit der MP-MG umher, während ich großzügig Blendgranaten verteilte und irgendwie versuchte mit dem Bumerang warm zu werden. Die Ranvierschen Schnürringe hatten auf ihre Art ja noch irgendwie zu mir gepasst, aber das hier...
Es fühlte sich überhaupt nicht nach mir an. Ich hatte keine Ahnung, was wir hier überhaupt taten! Es war Leichtsinn! Es war Irrsinn! Es hatte einfach gar keinen Sinn...
„Sirius! Es sind zu viele!“, rief ich ihm zu, auch wenn er das sicher selbst gemerkt hatte. Dieser Kommentar war genauso sinnlos wie unser Kampf. „Lass uns noch ein letztes Mal tanzen“, forderte er mich mit einem unangebrachten Lächeln auf und griff auch gleich nach meiner Hand.
Überrumpelt ließ ich mich in seine Arme ziehen, wobei er über meine Schulter weiter ballerte. Doch sein Blick war allein auf mein Gesicht gerichtet. Na ja, bei der Dichte unserer Feinde war die Chance, dass er etwas traf, sehr hoch.
„Was soll das?“, fragte ich ihn verständnislos. „Ich will ein gutes Ende, ein richtiges Ende, eins, das man nie vergessen kann“, antwortete er mir ganz poetisch, auch wenn für sowas nicht der richtige Zeitpunkt war. Es ging um Leben und Tod! Hatte er das etwa vergessen?! War er jetzt völlig verrückt geworden?!
Er wirbelte mich im Kreis, als würde uns der Rest der Welt nicht betreffen. Daran zu glauben, wäre so schön... Oh Scheiße! Der Bumerang kam zurück! Hektisch griff ich danach, doch Sirius bekam einen kleinen Schnitt am Arm ab, eigentlich halb so wild, wenn da nicht die Spezialkraft wäre...
Sofort bekam er an diesem Arm Ataxie, was natürlich gar nicht zu unserem romantischen Kampf-Tanz passte.
Schon stürzte sich eins dieser deformierten, verschlungenen Wesen auf uns. Schnell stach ich mit dem Bumerang auf es ein und konnte es wieder auf Abstand bringen. Aber es gab noch so viel mehr...

„Augen zu!“, befahl mir mein Partner und drückte meinen Kopf seitlich gegen seine Brust. Gedämpft hörte ich den Knall. Er hatte mir die Ohren zugehalten, damit mich die Vierer-Granate, die er direkt neben uns gezündet hatte, nicht voll erwischte.
„Ich liebe dich! Fly. Benutz die Synapsen-Kapsel! Das ist der einzige Weg!“, schrie er mich an. Anscheinend war er von seinem eigenen Angriff halb taub, wenn nicht sogar völlig. Blind schossen die Gliazellen in unserer Nähe einfach in der Gegend rum.
Es würde nicht lange dauern, bis die anderen von weiter hinten nachgerückt waren. Wir hatten keine Zeit. In seiner Hand erschien das Zepter des Apoplex. Er meinte es wirklich ernst. Er wollte für mich sterben. Er liebte mich... Aber es gab nur einen Weg... Einer musste sterben.
Ich hatte ihn schon getötet und verletzt. Ich hatte ihn geküsst und mich an ihm angelehnt. Wir hatten gemeinsam gekämpft und hatten gemeinsam gehofft, aber wir hatten uns immer gestützt und am Ende gemeinsam die Siegesfreude und Erleichterung geteilt. Doch so ein Ende würde es nicht werden. Hier gab es kein gemeinsam. Wir mussten uns trennen. Endgültig. Und als ich ihn so ansah und daran dachte, wie er mir so viel von dieser Welt gezeigt und mich immer wieder aufs Neue herausgefordert hatte, wurde mir etwas bewusst: Ich hatte das Ende erreicht.
Genau wie er es gesagt hatte, ließ ich die Synapsen-Kapsel in meiner Hand erscheinen. Damals hatte ich sie mit Nilli erkämpft, um mein neues Leben zu retten und nun war der Moment gekommen, sie genau dafür einzusetzen. „Ich liebe dich“, wiederholte Sirius mit einem traurigen und gleichzeitig unendlich liebevollen Lächeln. Eine Träne lief über seine Wange.
Mittelstark schlug ich ihm ins Gesicht. Es reichte, um ihn abzulenken. Schon hatte ich das Zepter des Apoplex an mich gerissen und ihm stattdessen die Synapsen-Kapsel in die

Hand gedrückt. Schillernd umgab ihn der undurchdringliche Schutzschild.
„Fly!“, mit großen Augen sah er mich an: „Was...“ „Du bist meine Wahrheit“, sagte ich ihm die einzige Sache, die wichtig war und schlug mit der tödlichen Waffe auf den Boden. Von hinten sprang eins der Monster auf meinen Rücken. Ich spürte noch den Schmerz.
„FLYY!“, sein Schrei erfüllte alles. Auch er war voller Schmerz. Es tat mir leid. Aber ich war nicht stark genug, um wieder vollkommen allein zu sein, nicht nachdem ich meine Wahrheit gefunden hatte.
Rasend schnell breitete sich der Schlaganfall aus. Es dauerte nur einen Herzschlag, doch es fühlte sich so viel länger an. Durch meinen Kopf schossen all die Dinge, die ich noch gerne getan hätte, all die Möglichkeiten, die es nicht geben würde. Doch am Ende hatte ich meinen Frieden damit. Es war in Ordnung.
Sirius würde leben, das war alles was zählte und ich würde als wunderschöner Funkenregen verglühen, ein Teil des Nervensystems und ein Teil seines Herzens. Ich war Fly und nichts konnte daran etwas ändern...

Epilog

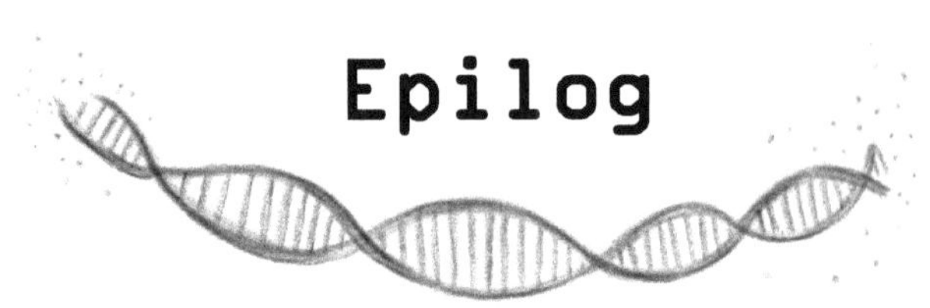

Es war vorbei. Sie hatte sich aufgelöst. Vor seinen Augen. Fly war weg. Tot. In den letzten Tagen war er so oft auf dem vierten Cervikalsegment gewesen und hatte sie gesucht. Sonst tauchten doch alle Herausforderer immer wieder auf. Warum sie nicht? Sie war doch die größte Herausforderung von allen gewesen...

Mit leerem Blick starrte er an die Decke von seinem dunklen Zimmer. Heute hatte er seinen Termin in der Zentrale von Fantastika, dem großen Gaming-Konzern, der auch Anatopia entwickelt hatte. Dort zu sein, war schon so lange sein Traum gewesen.

Eigentlich sollte er sich freuen... Aber sie war weg. Sie hatte sich für ihn geopfert. Wie hatte sie nur so dumm sein können?! Er hätte einfach nur seinen Account neustarten müssen, aber sie...

Er wusste immer noch nicht genau, was sie war. Manchmal versuchte er sich selbst davon zu überzeugen, dass sie eine Verrückte war, die eine totale Obsession mit diesem Videospiel hatte und noch irgendwo da draußen war, am Leben.

Doch tief in seinem Inneren wusste er, dass es nicht so war. Dieser Ausdruck in ihren Augen... das Gefühl in der Unwissenheit verloren zu sein und ihre verzweifelte Suche nach der Wahrheit... Ihre letzten Worte hallten durch seinen Kopf: „Du bist meine Wahrheit."

Doch was war er schon für eine Wahrheit? Er hatte ihr nicht einmal seinen richtigen Namen gesagt. Sie hatte nie sein richtiges Gesicht gesehen. Sie war nie in der richtigen Welt gewesen. Und doch tat es richtig weh, wenn er an sie dachte.

Mit ihr war Anatopia zu seiner Welt geworden und jetzt fühlte sich die eigentliche Realität surreal und abweisend an. Alles war kalt und farblos und Zeit hatte keine Bedeutung mehr. Fly...

„Gagi! Wo bleibst du? Die Limousine könnte jeden Moment vorfahren!", rief seine Mutter und platzte auch gleich in sein Zimmer rein.

„Noch fünf Minuten", grummelte er zu träge und traurig um gerade wirklich wütend zu sein.

„Du solltest wirklich mal mehr Licht in dein Zimmer lassen und Luft! Es gibt keinen Grund mehr, dass du dich so im Dunkeln verkriechst. Es ist vorbei", natürlich musste sie auch direkt die Fenster aufreißen. Das helle Licht stach ihm in den Augen, doch sie hatte recht, es war vorbei.

„Zieh dir etwas Vernünftiges an! So kannst du nicht dahingehen. Passt dir der Anzug vom Schulabschluss noch? Hast du ihn schon anprobiert?", ließ seine übertrieben energiegeladene Mutter einfach nicht locker.

„Wenn du rausgehst, mache ich das", stellte er erschöpft Bedingungen.

„Aber beeil dich", betonte sie noch, bevor sie wieder aus dem Zimmer huschte. Schwerfällig kämpfte er sich tatsächlich aus dem Bett, dass war er Fly schuldig. Bei Fantastika konnte er endlich klare Antworten bekommen und es wäre auch dumm, seine Belohnung auszuschlagen. All das sollte nicht umsonst gewesen sein.

Gezwungen zog er sich den Anzug an, in dem er sich noch gleich viel fremder fühlte. Fly hätte ihn in dem Ding bestimmt ausgelacht. Wie gerne würde er ihr Lachen noch einmal hören...

„Gagi! Gagi! Sie sind da!", rief einer seiner Brüder auf einmal und auch er stürmte einfach so in sein Zimmer. Von Privatsphäre hielten sie alle offensichtlich reichlich wenig.

„Wie sehen denn deine Haare aus?! Da werden bestimmt auch Fotos gemacht! Gagandip!", kam seine große Schwester und versuchte auf seinem Kopf irgendwas zu richten. Und

dass sie dabei seinen vollen Namen benutzen musste... Anstrengend.
„Es ist doch egal, wie ich aussehe“, murmelte er nur gleichgültig. „Zieh endlich deine Schuhe an! Du kannst sie doch nicht einfach so warten lassen!“, mischte sich auch seine Mutter ein.
„Ja, ja“, mit einem Stöhnen bahnte er sich den Weg an seiner Familie vorbei und fischte in dem Schuhhaufen nach seinen.
„Aber nicht diese alten Turnschuhe, die schon auseinanderfallen!“, wies ihn seine Mutter noch an. Ja, ja. Als würde irgendwer auf seine Schuhe achten.
Wie ein Schlafwandler schlurfte er all die Treppen nach unten. Oh man. Dort stand wirklich ein krasser Schlitten. Das alles fühlte sich wie ein irrer Traum an. Auf der Straße hatten sich schon einige Menschen versammelt, manche gafften einfach nur, andere filmten mit ihren Handys. Klar, das war eine große Sache.
Er wünschte nur, er könnte diesen Moment richtig erleben, doch mit seinen Gedanken hing er einfach viel zu sehr bei ihr. Ein Mann in einem extra förmlichen schwarzen Anzug hielt ihm auffordernd die Autotür auf. Toll. Anscheinend hatte er ein Rendezvous mit den Men in Black.
Wie ferngesteuert stieg er in den schwarzen, schicken Wagen ein. Es roch alles neu und extrem sauber, mit einem Hauch Parfüm und Leder.
Im Inneren saß schon eine Frau, natürlich ebenfalls fein herausgeputzt, mit perfekt gestylten Haaren und Glitzersteinen auf den Fingernägeln, die irgendwie etwas Skurriles ausstrahlten.
„Mein Name ist Anastasia. Ich bin Ihr persönlicher Guide der Fantastika-Zentrale. Sie werden einen exklusiven Einblick in alle Abteilungen erhalten. Für Fragen und Anliegen jeder Art stehe ich Ihnen allzeit zur Verfügung. Wollen Sie zu Beginn etwas trinken?“, fing die Frau mit ruhiger und aalglatter Stimme an.

„Können Sie auch andere Spieler finden?“, fragte er die einzige Sache, die ihn interessierte.
„Theoretisch wäre das zwar möglich, aber aus Datenschutzgründen können wir das leider nicht durchführen. Darf ich fragen, welcher Spieler Ihnen im Sinn steht?“, erkundigte sich diese Anastasia immer noch höflich-kühl.
Irgendetwas stimmte mit der Tante doch nicht! Sie wirkte so unnahbar, so seltsam… Fast wie ein Roboter! Nein, die Robotik war noch nicht so weit. Sie war einfach nur aus der Welt der Schönen und Reichen. Fly hatte so viel menschlicher gewirkt…
„Fly“, sprach er ihren Namen aus und in diesem schlichten Wort steckte so viel mehr. „Ah, ich verstehe. Ich werde Sie mit der entsprechenden Person in Kontakt setzen“, in der Stimme seines Guides lag ein seltsames Lächeln. „Was soll das bedeuten?“, verwirrt zog er die Augenbrauen zusammen.
„Wollen Sie Ihrem Ausflug wirklich die ganze Spannung nehmen? Sie sind doch ein spitzen Gamer und wissen sicherlich ein gutes Spiel zu schätzen“, erwiderte sie und ihr Grinsen wurde noch breiter. Irgendwie beunruhigend…
Schweigend wandte er den Blick ab. Das alles hatte wirklich etwas von einem Videospiel, eine neue Welt, die es zu erkunden galt, nur ohne jede Unterstützung oder echte Einweisung. Super Voraussetzungen. Allerdings war er mit Fly ja auch mehr als einmal blind in die Gefahr gestürmt… Bei dem Gedanken musste er fast lächeln.
Stumm verharrte er den Rest der Fahrt. Anastasia tippte abwesend einige Sachen in ihr Handy ein. Ab und an gaben ihren langen Nägel klackernde Geräusche von sich. Unvermittelt hielt das gewaltige Auto an. Sein suspekter Guide machte keine Anstalten, sich zu bewegen. Sollten sie jetzt nicht aussteigen?
Von außen wurde die Autotür geöffnet, es war wieder Mister Alienjäger. Völlig selbstverständlich stand Anastasia auf. Konnte sie etwa selbst keine Türen öffnen? Unsympathisch.

Unwohl folgte er ihr zu einem mit Neonlicht erleuchteten Aufzug. Mit ihrem Fingerabdruck aktivierte sie ihn und nach einem winzigen Moment schoben sich die Türen lautlos auseinander.
Ach du Scheiße, das Ding war im Inneren verspiegelt, wie unangenehm. Er sah aus wie ein verlorenes Hündchen und seine Schwester hatte recht, seine Haare waren wirklich sehr... wild. Verlegen strich er durch sie und zupfte an diesem blöden Anzug.
„Programmierebene eins“, verkündete die Frau und der Fahrstuhl setzte sich geschmeidig in Bewegung. Es ging nach oben, nur wie viele Stockwerke sie zurücklegten, konnte er beim besten Willen nicht abschätzen. Sanft stockte die Kabine wieder und die Türen öffneten sich.
Mit großen Augen trat er in den weitläufigen Raum. Hinten war eine Fensterfront, die eine atemberaubende Aussicht über die ganze Stadt lieferte und überall standen Computer, riesige Touchscreens, Grafikskizzen und Spielautomaten. Hier konnte er sich so gut eine Gaming-Night vorstellen.
Plötzlich folg eine Drohne direkt vor sie und sprach mit elektronischer Stimme: „Tassi. Raus. Wir sind gerade hoch komplexe Programmierungen am vornehmen und jede Unterbrechung könnte zu einem Zusammensturz des kompletten Systems führen. Heute keine Anzugträger jeder Art mit denen du Gassi gehst.“
„Marthe Achterberg. Genau dich suchen wir. Würdest du bitte kommen? Er ist der Gewinner“, erwiderte Anastasia kühl.
„Sisi?“, fragte die Drohne.
Dieser Spitzname! War sie Fly? Nein, sie hatten ihn nur sicher irgendwo aufgeschnappt, wer wusste schon, welche Daten sie hier alles sammelten. Er durfte sich keine dummen Hoffnungen machen und er durfte auch nicht völlig dumm einfach rumstehen.
„Eigentlich ist mein richtiger Name Gagi, also eigentlich Gagandip Devi. Aber du kannst mich Gagi nennen, das machen alle“, antwortete er mit all seinem Selbstbewusstsein.

Auf der anderen Seite des Raumes bewegte sich einer der Spielautomaten. „Gagi!“, wiederholte eine nur allzu vertraute Stimme und lachte ihn richtig aus: „Das macht es ja viel besser.“

Wegen seinem Namen und seinen indischen Wurzeln hatte er sich schon einige dumme Sprüche anhören müssen, doch zum ersten Mal fühlte es sich nicht schlimm an. Es war gefühlt das Schönste, was er je gehört hatte.

Hinter dem blauen Automaten kam eine Frau im Rollstuhl hervor. Er traute seinen Augen nicht. Das konnte nicht sein! Aber das war ihr Gesicht, ihre Augen, ihre Stimme. Das war Fly! Seine Fly! Sie lebte! Sie war real!

„Fly!“, rief er ungläubig und lief los, für drei Schritte, dann blieb er mit dem Fuß an einem Kabel hängen und legte sich voll ab.

„Wer hat denn die Stolperfalle gebaut?“, fragte Marthe und fuhr mit ihrem Rollstuhl näher: „Derjenige bekommt von mir eine Cola spendiert. Das war ein lustiger Auftritt.“

Hastig rappelte er sich wieder auf: „Fly?“ „Wenn du mich schon mit meinem Gamertag ansprechen willst, dann ist es Glia“, entgegnete sie mit diesem Grinsen, Flys Grinsen. Sie war es! Moment mal! Glia! Den Namen kannte er doch auch!

„Du bist Flys Freundin?“, eigentlich sollte das mehr eine detektivische Feststellung sein, doch es wurde irgendwie doch eine Frage.

„Bingo. Du hast ja doch was im Köpfchen. Ich hatte diesen Avatar, um auf sie aufzupassen, bis sie so weit war, sich zu beweisen“, erklärte sie ihm, aber dadurch wurde die Sache überhaupt nicht klarer. Wie konnte sie so aussehen und so klingen wie sie? Sie machte sogar die gleichen Handbewegungen beim Reden!

„Also gut, Lady Gagi, komm mit, ich werde mal das Fragezeichen aus deinem Gesicht radieren“, gekonnt wendete sie den Rollstuhl wieder und fuhr zu dem Spielautomaten zurück, aus dem sie gekommen war.

Dahinter verbarg sich ein geheimer Raum mit fetter Gamingausrüstung und bequem aussehendem Sofa.
„Setz dich, Lady Gagi", forderte sie ihn frech auf. „Könntest du mit diesem Spitznamen aufhören? So heiße ich nicht", wehrte er sich jetzt auch mal und ließ sich auf der Sitzgelegenheit nieder, die wirklich so gemütlich war, wie sie wirkte.
„Wenn du das sagst... Lady Gagi", machte sie stichelnd weiter.
„Na gut, Achterbahn", konterte er so gut es ging. „Schwach. Da fällt dir doch bestimmt noch etwas Besseres ein", entgegnete sie herausfordernd.
„Ich finde Achterbahn passt schon sehr gut. Immerhin geht es mit dir auf und ab und man weiß nie, was nach der nächsten Kurve kommt", verteidigte er seinen Einfall ganz poetisch.
„Oh, was für eine nette Metapher", gestand sie ihm ein und erinnerte ihn in der nächsten Sekunde an die unmögliche Wahrheit: „Aber du kannst gar nicht wissen, wie es mit mir ist. Wir kennen uns noch keine fünf Minuten."
„Wie kann das sein? Du siehst genauso aus wie sie und du verhältst dich wie sie. Du bist sie!", verständnislos schaute er in dieses Gesicht, das er so liebte. Und ihr Wortgefecht gerade eben hatte sich so wundervoll angefühlt, als wäre alles wie vorher. Genau so sollte es sein, aber es konnte nicht sein. Nichts davon ergab irgendeinen Sinn!
„Fly ist ein Akronym und steht für fictitious living you. Ich muss gestehen, diese tolle übergeordnete Bedeutung ist mir erst im Nachhinein eingefallen, aber es macht sich doch gut. Auf jeden Fall ist sie quasi eine digitale Kopie von mir, ein Experiment für personalisierte künstliche Intelligenz. Ich hab ihr mein Charakterprofil und jede Menge Daten draufgespielt und geguckt wie sie sich so entwickelt. Und es hat ganz gut geklappt. Sie hat mehr oder weniger selbstständig Entscheidungen getroffen und sich am Ende ja sogar für dich aufgeopfert, wirklich ein sehr rührender Moment. Sie war also kein richtiges System, aber auch kein richtiger Verstand, irgendso eine spannende Grauzone. Ist zwar nicht ganz astrein, dass

sie dir dabei geholfen hat bis ins Großhirn zu kommen, aber dafür haben wir jetzt ganz viele wertvolle Daten zum Auswerten. Von daher hat es sich unterm Strich wirklich gelohnt", weihte sie ihn aufgedreht in Flys Wahrheit ein.
Sie war also die ganze Zeit nicht richtig real und irgendwie doch… Das musste er erst einmal verkraften.
„Ich weiß, du warst mit sehr viel Leidenschaft und Herz… im Spiel. Ich kann verstehen, dass es komisch ist, wenn es auf einmal vorbei ist. Nach sowas brauche ich auch immer erst eine gewisse Zeit, bis ich aufs normale Leben wieder klarkomme", meinte sie verständnisvoll und echt einfühlsam. Das war die Fly, in die er sich verliebt hatte. Sie hatte die gleiche Stärke und Entschlossenheit, die gleiche kämpferische Ader und das gleiche mitfühlende, warme Herz.
„Jetzt schau mich nicht so schmachtend an. Mit mir wirst du nicht romantisch rumtanzen und eine Sinn- und Seinsuche durchführen. Ich weiß, wer ich bin", brachte sie ihn schlagfertig zurück auf den Boden der Tatsachen.
„Dass du im Rollstuhl sitzt, ist ein Grund, aber kein Hindernis", entgegnete er und sprang kurzerhand auf. „Was hast du…", weiter kam sie nicht, schon hatte er ihren Rollstuhl gegriffen und drehte sich mit ihr im Kreis.
Ausgelassen lachte sie auf und er musste auch unbeschwert loslachen. Das war so ein gutes Gefühl! Die Welt um sie herum wurde ein bunter Strudel.
Nach ein paar stürmischen Runden wedelte sie kapitulierend mit den Armen in der Luft: „Stopp! Stopp! Stopp! Ich kotz gleich!" Immer noch ganz aufgedreht hielt er an und torkelte zum Sofa zurück.
„Warum sitzt du eigentlich im Rollstuhl?", stellte er viel zu selbstverständlich eine viel zu persönliche Frage. Ganz locker antwortete sie ihm: „Ganz klassisch. War ein blöder Unfall und jetzt hab ich eine Querschnittslähmung. Ein paar Ärzte haben da rumgespielt und versucht meine Nerven irgendwie zu retten. Ich hab sogar teilweise noch Sensibilität, aber halt nicht wirklich Funktion. Da hat eigentlich auch

meine Faszination für Neuroanatomie angefangen. Bei diesem Videospiel dabei zu sein, war also der perfekte Job."
„Aber du kannst dir doch bestimmt so Gehhilfen machen lassen, ein Cytoskelett, bei dem du den Rollstuhl nicht mehr brauchst", überlegte er eifrig.
„Ja, theoretisch schon, aber die sind mir noch nicht weit genug in der Forschung und ich hab mein eigenes kleines Projekt am Laufen", mit diesen Worten gab sie was an dem Computer hinter sich ein und plötzlich erschien ein Hologramm von zwei Schmetterlingsflügeln auf dem Sofatisch.
„Das sind Flys Flügel!", stellte er verblüfft fest. „Ich sagte ja: Jede Menge interessante Daten", stolz grinste sie. „Oh! Du könntest dir auch ihre Hörner machen und damit Sachen fernsteuern!", dachte er laut nach. „Ich bin doch kein Einhorn! Oder Vierhorn oder was auch immer. Und ich bin auch nicht Fly, versuch nicht mich zu ihr zu machen", blockte sie gleich ab und ergänzte noch nachdenklich: „Aber eigentlich war sie ja ein Klon von mir... Schon verwirrend..."
Ja, verwirrend traf es sehr gut. Aber es war eine schöne Verwirrung. Er hatte eine neue Chance. Und er war so kopflos, dass er auf dem besten Weg war, sie zu versauen. Schon platzte die nächste dumme Frage aus ihm heraus: „Hast du auch eine Peitsche?"
„Ich weiß gar nicht, was mein Experiment an dir gefunden hat", wenigstens wirkte ihr Kopfschütteln eher amüsiert als abfällig.
„Du hast wirklich die gleiche, einzigartige Persönlichkeit, in die ich mich verliebt habe, voller Stärke, Entschlossenheit und einem weichen Herz, das...", konnte er einfach nicht aufhören, alles ungefiltert rauszulassen.
Vielleicht funktionierte sein Thalamus umgekehrt nicht richtig, ne, das war ein dummer Gedanke. Zum Glück hatte er den nicht laut gesagt.
„Wenn du noch weiter redest, fahr ich dir mit meinem Rollstuhl die Zehen ab", drohte sie ihm mit der Vorstufe eines Grinsens.

„Oh, du willst, dass ich die Chance bekomme, die Welt aus deiner Perspektive kennenzulernen? Dass ist genau die Romantik, die ich schon mein ganzes Leben gesucht habe“, konterte er scherzhaft und hoffte so sehr, dass sie ihn verstand, dass sie ihn sah, wie Fly es getan hatte.
„Ich hab ein bisschen mehr Lebenserfahrung. Bei mir reicht es nicht, ein bisschen Süßholz zu raspeln. Du musst dich da doch mehr ins Zeug legen, Lady Gagi“, endlich kam ihr herausforderndes Grinsen richtig raus.
Ja! Sie war es! Und er konnte die Achterbahnfahrt kaum erwarten, die mit ihr vor ihm lag...

Danksagung

Wenn ich diese letzte Seite erreicht habe, ist das immer ein unbeschreibliches Gefühl und natürlich haben mich auch dieses Mal auf meinem Weg hierhin viele Leute begleitet. Allen voran natürlich wieder meine Mutter, die mir beim Überarbeiten sehr geholfen hat und meine Schwester, die mich beim Cover vor mehreren Nervenzusammenbrüchen bewahrt hat.
Außerdem geht an dieser Stelle noch ein herzliches Dankeschön an Frau Kappes, die mir Feuer unterm Hintern gemacht hat, weil sie die Geschichte lesen wollte. Sowas ist immer eine sehr starke Motivation.
Und genau wie bei meiner ersten Anatomiegeschichte möchte ich auch hier dem ganzen Bildungszentrum Eifel-Mosel danken, ohne die Physiotherapieausbildung wäre mir wirklich einiges entgangen.

Lust auf mehr?

Wenn dir diese Geschichte gefallen hat, kannst du gerne meine Webseite besuchen. Dort sind alle meine Bücher und geplante Neuveröffentlichungen zu finden. Alles von Fantasy, über Kinderbücher bis zu Kurzgeschichtensammlungen und allem was die Zukunft noch so bringt. Du bist also immer auf dem neusten Stand. 😉

https://buecher-von-wilma.jimdosite.com

P.S. Ich freue mich auch immer über Feedback, zum Beispiel als Rezessionen. :)

Die vergessene Plage

ISBN: 978-3-7562-1214-9

Amelias Leben ist ein ziemliches Chaos, aber was soll man auch erwarten, wenn man zu den elf Ägyptischen Plagen gehört, inklusive üblem Familienkrach, die beste Freundin eine Todsünde ist und man sich zu allem Überfluss auch noch verliebt? Und dann ist da noch die Apokalypse... Klasse.

Basar der Zeit

ISBN: 978-3-7526-4066-3

Der Basar der Zeit, im Herzen der Stadt, auf dem Zeit in allen möglichen Varianten angeboten wird. Dort schlägt sich Acelya schon ihr ganzes Leben mit kleinen Diebstählen durch, doch jetzt hat sie es auf fettere Beute abgesehen: Der Schlüssel der Zeit, durch den Zeitreisen ermöglicht werden. Dummerweise gibt es da noch Nedra, eine unausstehliche Kämpferin des Schlüsseldienstes und ein uraltes Geheimnis, das die gesamte Zeit vernichten könnte...

Mephisto – und die Wette um mein Herz

ISBN: 978-3-7557-9899-6

Greta braucht keinen neuen Mann, doch Mephisto sieht das anders. Der Teufel aus Goethes Drama geht mit ihrer Tochter eine Wette ein - mit keinem geringeren Einsatz als deren Seele. Für die Deutschlehrerin ist klar, dass sie sich nicht verlieben darf.
Doch schnell ist dieser Teufelspakt nicht mehr ihr größtes Problem, denn Mephisto hat sich einige Feinde gemacht...

Wo die Zeit stillsteht

ISBN: 978-3-7597-2215-7

Druiden haben die Macht und wer aus der Reihe tanzt, wird in eine Taschenuhr gesperrt. Durch Zufall konnte Thea aus ihrem Zeitverließ entkommen, doch sie musste einen hohen Preis zahlen. Jetzt will sie sich zurückholen, was ihr gehört und dafür braucht sie wohl oder übel die Hilfe eines verbannten Druiden. Dummerweise hat der nur Interesse daran, die Welt zu zerstören und eine turbulente sowie nervige Zusammenarbeit beginnt...